LADY DEATH

THE MEMOIRS OF STALIN'S SNIPER

最強の女性狙撃手

レーニン勲章を授与されたリュドミラの回想

リュドミラ・パヴリチェンコ
Lyudmila Pavlichenko

龍和子［訳］
Kazuko Ryu

原書房

1　第54ステパン・ラージン連隊狙撃手リュドミラ・パヴリチェンコ。

2　1942年3月、リュドミラ・パヴリチェンコ上級軍曹。携帯するライフルはPEMスコープを装着したモシン・ナガンM1891/30。

3　モシン・ナガン M1891/30 狙撃用ライフル、PU スコープ装着 (courtesy John Walter)。

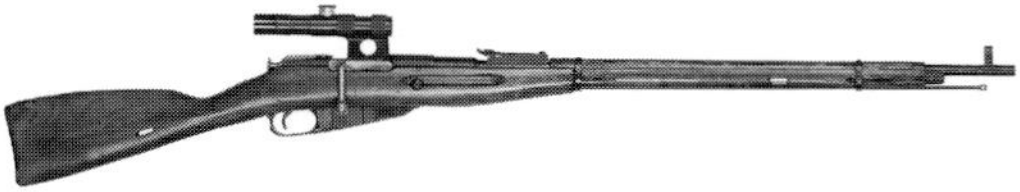

4　SVT-40 ライフル、PU スコープ装着 (James D. Julia, Inc., auctioneers,Fairfield, Maine, USA)。

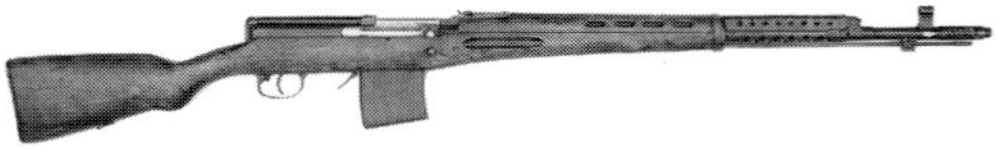

СМЕРТЬ НЕМЕЦКИМ ОККУПАНТАМ!

ДИПЛОМ

СНАЙПЕРА-ИСТРЕБИТЕЛЯ В ВЕЛИКОЙ ОТЕЧЕСТВЕННОЙ ВОЙНЕ

ПРИМОРСКАЯ АРМИЯ

Дан ст. сержанту Павлюченко Л. М.

что является снайпером-истребителем по уничтожению немецких фашистских оккупантов.

Тов. Павлюченко на „5“ апреля 1942 г. уничтожил „257“ фашистов.

ВОЕННЫЙ СОВЕТ ПРИМОРСКОЙ АРМИИ:

Командующий Армией — генерал-майор Ив. ПЕТРОВ.

Члены Военного Совета — ЧУХНОВ. КУЗНЕЦОВ.

5　1942 年 4 月 6 日付け、リュドミラ・パヴリチェンコに授与された狙撃手の認定証。

6　爆撃された建物と輸送隊、1942年のセヴァストポリ。

7　爆撃された建物、1942年のセヴァストポリ。

8　アレクセイ・キツェンコ少尉とリュドミラ・パヴリチェンコ上級軍曹。1942年1月のセヴァストポリ
(from Lyudmila Pavlichenko's personal files)。

Смерть немецким оккупантам!

Доблестный снайпер Людмила Михайловна Павличенко

Верная дочь Ленинско-Сталинского комсомола, она вступила в ряды Красной Армии добровольцем в первые дни великой Отечественной войны.

Огнем своей винтовки Людмила Павличенко уничтожила под Одессой и Севастополем 309 немцев.

«Это самое верное и правильное отношение к немцам. Если их сразу не убьешь, то беды потом не оберешься», — писала она однажды своей матери.

Высокое воинское мастерство и отвага Людмилы Павличенко вдохновляют на подвиги тысячи снайперов Красной Армии — стахановцев фронта.

Воины Красной Армии! Истребляйте врагов так же беспощадно, как истребляет их Людмила Павличенко!

БЕЙ ВРАГА БЕЗ ПРОМАХА!

Когда я проходила по улицам Севастополя, меня всегда останавливали ребятишки и деловито спрашивали:

— Сколько вчера убила?

Я обстоятельно докладывала им о своей работе снайпера. Однажды мне пришлось им честно сказать, что я уже несколько дней не стреляла по врагам.

— Плохо, — в один голос сказали ребятишки.

А один, самый маленький, сурово добавил:

— Очень плохо. **Фашистов надо убивать каждый день.**

Он верно сказал, этот маленький суровый севастополец. С того памятного дня, когда фашистские разбойники ворвались в мою страну, каждый прожитый мною день был наполнен одной лишь мыслью, одним желанием — убить врага.

Когда я пошла воевать, у меня была только злость на немцев за то, что они нарушили нашу мирную жизнь, за то, что

9 「敵を撃て、はずすな！」のビラ (State Museum of the Heroic Defence and Liberation of Sevastopol)。

10 リュドミラ・パヴリチェンコ。肩にかけているのはSVT-40狙撃用ライフル。1942年1月か2月にセヴァストポリで撮影されたものと思われる (State Museum of the Heroic Defence and Liberation of Sevastopol)。

11-13　1942 年 1 月と 2 月には、SVT-40 狙撃用ライフルを構えたパヴリチェンコの写真が報道向けに数枚撮影された (© Histoire & Collection)。

Прославленный снайпер, Герой Советского Союза Людмила Павличенко на огневой позиции.

14　1942年夏のパヴリチェンコ。7月16日にパヴリチェンコが少尉に昇進し、レーニン勲章を授与されたあとのものと思われる (© Histoire & Collection)。

15　報道向け写真。1942年夏のものと思われる (© Histoire & Collection)。

16　勲章や記章を胸につけた沿海軍の兵士と将校たち。

17　狙撃小隊指揮官のリュドミラ・パヴリチェンコ少尉。第 32 親衛空挺師団の部下たちともに。1942 年 8 月、モスクワ軍管区 (© Histoire & Collection)。

18　最高司令官スターリンの写真の前に立つパヴリチェンコ。アメリカ訪問直前のもの (© Histoire & Collection)。

19　リュドミラ・パヴリチェンコ。アメリカ訪問時の写真 (© Histoire & Collection)。

20　アメリカ訪問時の写真の 1 枚。胸には勲章が見える。左から、狙撃手殊勲章、親衛記章、レーニン勲章、戦闘功績記章 (© Histoire & Collection)。

21　1942年の国際学生会議へのソ連派遣団。ニコライ・クラサフチェンコ、ヴラディーミル・プチェリンツェフ、リュドミラ・パヴリチェンコ (© Histoire & Collection)。

22　全連邦レーニン共産主義青年同盟派遣団。ワシントン DC のソ連大使館前にて（© Histoire & Collection）。

23　パヴリチェンコ。エレノア・ルーズヴェルトと米最高裁長官ロバート・ジャクソンとともに（© Histoire & Collection）。

24　リュドミラ・パヴリチェンコ、紅茶工場の経営者であり、公的慈善団体のロシア戦争救済基金の活動を行うドナルド・ブラウン、ヴラディーミル・プチェリンツェフ。1942 年 10 月、アメリカのボルティモアにて (from Lyudmila Pavlichenko's personal files)。

25　元駐ソ連アメリカ大使、ジョーゼフ・デイヴィスと会うリュドミラ・パヴリチェンコ (© Histoire & Collection)。

26　エレノア・ルーズヴェルトからリュドミラ・パヴリチェンコに贈られた写真 (from Lyudmila Pavlichenko's personal files)。

27　パヴリチェンコ。軍服姿ではない写真はめずらしい。アメリカ訪問時に撮ったもの (Library of Congress)。

28　国際学生会議で演説中のパヴリチェンコ。1942年9月、ワシントンDCのアメリカ大学大ホールにて(Library of Congress)。

29　バーミンガム市長ウォルター・ルイスとならぶパヴリチェンコとプチェリンツェフ(© Histoire & Collection)。

30　連合軍の航空機を視察するパヴリチェンコとイギリス空軍の将校。1942年11月、エアのイギリス空軍ヒースフィールド飛行場にて (from Lyudmila Pavlichenko's personal files)。

31　マンチェスターの紡績工場の労働者とともに、1942年11月 (© Histoire & Collection)。

32　駐英ソ連大使夫人アグニア・マイスカヤとともに。10月革命から25周年を祝う記念式典にて(© Histoire & Collection)。

33　ソ連沿岸警備隊少佐リュドミラ・パヴリチェンコ、1964年。

34　第二次世界大戦のセヴァストポリの戦いに参加した退役兵たち。セヴァストポリの解放を祝う式典にて(1964年5月)。

最強の女性狙撃手◆目次

＊本書中の表現には、現在の時点から見るとかならずしも適切ではない部分もあるが、本書が執筆された年代や地域性などを考慮し、原書のままの表現を採用した。

序文

マーティン・ペグラー

狙撃にかんする書はほかにもあるが、本書は、前線で銃を取った女性狙撃手の手になる初の回想録という点で抜きんでた作品である。とはいえ、リュドミラ・ミハイロヴナ・パヴリチェンコはたんなる狙撃手にとどまらない。三〇九人という最高の確認戦果を誇る女性狙撃手となるからだ。申し添えておくが、正式な確認戦果であるためには本人以外による目視確認を必要とする。多くの狙撃手と同じく、パヴリチェンコの狙撃の多くは戦闘中の攻撃において行われたものだ。攻撃の手を止めてまで倒した敵兵の数を記録するのは賢明でもなければ実際的でもなかった。このため、三〇九という数字はパヴリチェンコの正確な戦果とは言えず、実際には五〇〇前後にのぼるのではないかと思われる。

さらにこのすばらしい回想録によって、のちにパヴリチェンコに向けられることになる批判や記述の多くが誤ったものであることもはっきりする。パヴリチェンコは狙撃手などではなく、赤軍のプロパガンダ要員でしかなかった、という類のものだ。個人の偉業をたたえることになると驚くほどの神話を作り出すのがソ連だったが、パヴリチェンコや同じくソ連軍狙撃手であるヴァシリー・グリゴーリエヴィッチ・ザイツェフはまさしく本物の狙撃手だった。皮肉なことではあるが、望みもしない名声をえたために前線の狙撃任務から切り離されることがなかったら、パヴリチェンコもザイツェフも戦没者として名を連ねたのはまちがいない。ソ連軍の狙撃手の寿命は通常は短かった。スターリングラードの戦いでは、戦場に出た新人狙撃手の寿命は二週間ほどしかなかった。長く生き残るほど狙撃の腕は上がり、生き残るチャンスは高くなる——ある程度までは。だが戦闘となれば、前線における戦いにかんしては、ある時点まで戦果は増加してもそこを越えるとしだいに減少してしまい、結局は戦争神経症を患ったり身体的に消耗したり、また狙撃を続ける意欲が低下してミスが生じてしまう。狙撃手とパイロットの寿命は違う。狙撃手にとってはひとつのミスが命取りとなり、次のチャンスはめったにないからだ。

入隊以前のパヴリチェンコは、自分が将来「死の女」という異名をとり、ソ連邦最高の英雄称号を授与されて、スターリンと面会し、さらにはアメリカ、カナダ、ヨーロッパ訪問まで行うほどの人物になるとは思ってもいなかった。他の何万人というロシアの若者と同じく、戦前のパヴリチェンコはソ連共産党による体制のなかで働くことになるはずだった。教育を受け、賢明な女性であったパヴリチェンコはおそらくは下級官吏となって、共産党員内の階級に沿って昇進したことだろう。だがパヴリチェンコが・二二口径のライフル、TOZ－8と出会ったことで人生は変わることになる。ソ連以外ではほとんど知られていないが、この小型のシングルショットのライフルは何万丁も製造され、射撃クラブや小型の獲物を狙う猟で使われていた。安価で頑丈な作りであり、精度も高く、たいていの人が初めて射撃を学ぶときに使うのがこのライフルだった。目と手の連動や強靭な筋力、視力の良さや忍耐力が狙撃手にふさわしい性質であるとすれば、パヴリチェンコはまさに生来の才能をもっていたのだが、それは彼女がもち合わせた性質のひとつにすぎなかった。パヴリチェンコにはもっと捉えがたい特性があり、それは射撃がうまいからといってそなわっている性質でもなく、またそれこそがふつうのライフル銃兵と狙撃手との違いを生むものなのである。それは、「生来の狩猟本能」と表現されることも多く、すべての男性がそなえているというわけでもなく、女性となるとさらに少ない、と言われる。あるいはそれを、目的意識の強さ、一般的な人々がもつものをはるかに凌駕する意志の力、と言う人もいる。確かに、自分の祖国や政治や、ソ連の大義の正当性に対してパヴリチェンコが揺らぎなき忠誠心をもっていたことで、圧倒的に不利な状況が多かったなかでも断固とした決意をもち続けられたのは事実だ。ソ連軍のほかの兵士たちと同じく、祖国のために死ぬことは価値ある犠牲と考え、これが、何度も負傷したあとも、たとえ仲間が道路脇に倒れようと、自らは戦い続ける根拠であったのだろう。のちには、自らの夫の復讐を果たそうという気持ちも、戦いへと駆り立てたに違いない。だが多くの点で、パヴリチェンコは国のプロパガンダ担当の人物が求めるようなヒロインではなかった。魅力的でなかったと言っているわけではなく、典型的な狙撃手としての特徴をそなえた人物だったというのがほんとうのところだ。無口で内向的とも言えるほどで、人前に出るのは苦手、自分の仕事に打ち込むことしか望んでいなかった。つまりは、パヴリチェンコが単刀直入に言うところの「ファシスト殺し」だ。社交的な狙撃手がいたのは事実だろうが、ごくわずかで、そうした狙撃手は、おそらくは配置された戦場で長くは生き延びなかっただろう。自分の役割に対して周囲の興味が高まってくると、パヴリチェンコはこう述べている。「狙撃手は自身に注意を引くべきではない。任務を成功裏に終えるための必須条件は身を隠し続けることだ」。これは戦場にのみ言えることではなく、パヴリチェンコが宣伝活動に対して憂慮をいだく理由でもあった。狙撃手はネコのように忍耐強くあるべきで、生来のずる賢さをもち、仕事に対して「とりつかれた」とでもいうべき姿勢であることが求められる。たとえば、パヴリチェンコが橋に身を隠すドイツ軍狙撃手を突き止め、倒す場合の行動を考えてみればよい。何時間も注意深く監視し、ドイツ軍狙撃手の視点で考える。何度も同じ場所にもどっては、任務を続行する覚悟を保つ。それも仕留められるという保証はないのにだ。これはごくふつうの兵士が耐えうる任務ではなかった。

世界をめぐる派遣の旅に参加し、大統領や政治家たちと面会するという任務は、こうした女性にはそぐわないものに思える。だがパヴリチェンコは自らが置かれた状況で最善を尽くす必要があった。パヴリチェンコが四度も負傷し、そのどれもが心身に悪影響をおよぼすものだったこと、さらには、数週間前に夫を亡くしていたことも忘れてはならない。夫であるアレクセイ・アルカディエヴィッチ・キツェンコ少尉は、あと数か月でセヴァストポリを離れるというときにセヴァストポリの戦線で命を落とした。現在では、戦争がおよぼす長期的影響にかんする医学的なデータはかなり充実しているが、それは男性兵士のものであり、女性兵士については研究されていないのも同然だ。これまで戦闘部隊にくわわった女性がほとんどいないからだ。このため、パヴリチェンコがソ連を出発したときどのような心身の状態にあったのか正確に把握することはむずかしい。その一方で、じっさいに大衆を前に演説を行い、記者やラジオのリポーターを相手にし、あるいはロシアから出た経験さえないのに、同盟国に対してソ連軍の正しい現状を知らせることを求められたのである。パヴリチェンコも述べているように、大都市モスクワにいるだけでも外国にいるような気分になったほどで、ヨーロッパとアメリカへの派遣の旅は、パヴリチェンコにとってとてつもない重責であったに違いない。さらにパヴリチェンコは慎重な言動も求められた。共産党の役人がつきそっており、パヴリチェンコの話すことを一言一句記録していたからだ。またパヴリチェンコは、自らが相手をするメディアを厭っていた。とくにアメリカでは、信じがたいほどメディアには戦争の現実が見えていなかった。前線では化粧するのかといった質問や、パヴリチェンコの軍服のスカート丈を知りたがるジャーナリストには辟易した。パヴリチェンコはときには集まった大勢の人々に、あなたたちはまだ戦場で戦っている兵士たちの背後に隠れているつもりかとはっぱをかけることもあった。射撃の腕前を披露するよう頼まれることも嫌がった――ロシアでもそうだったのだから、世界をめぐる旅ではなおさらだ。頼まれても応じることはなく、これが、彼女はじっさいにはライフルなど使えないのだというデマが生じることにつながったのだ。もちろんパヴリチェンコは天性の狙撃手だったが、サーカスの芸人ではなく、曲芸のような射撃を行うのが自分の役割だとも思ってはいなかった。さらに、自分がふだん使っていないライフルとスコープでそれをやるのは論外だったのだ。

パヴリチェンコがしばしばふれているライフル、モシン・ナガン、モデル1891／30、PEスコープ付き（のちには改良されたPEMタイプを使った）とSVT-40セミオートマチック・ライフルについて、ここである程度述べておいたほうがいいだろう。モシンは旧式の軍用ライフルで、一八九一年に最初のモデルが開発された。銃身は七三センチ、ボックス式マガジンは五発入りで、総重量四キロ。七・六二×五四ミリのリム付き銃弾を装填する。この弾自体が古い型で、多くの国々では第二次世界大戦までにはリム無しの弾を採用していた。モシンの狙撃タイプは倍率四倍のPEスコープ付きで、このスコープはドイツのツァイス社のスコープをコピーしたものだった。射程は一〇〇〇メートル超だったが、この射程で正確な狙撃が可能なのは、好天候下で狙撃手の能力が非常に高い場合にのみだった。これはパヴリチェンコが好んで使用したライフルであり、非常に頑丈で戦場でも補修が容易で、光学照準器の品質が高かった。このライフルは一九四〇年代初頭まで製造され、この頃、PU照準器付きの新しいタイプが導入された。

この照準器は、小型軽量の倍率三・五倍のスコープだ。

一方のSVT－40セミオートマチック・ライフルは、以前の欠陥があったSVT－38ライフルをもとに新しい技術を取り入れたライフルだった。このライフルも七・六二×五四ミリ弾を使用したが、ガス圧作動方式を採用しているため速く撃て、接近戦では非常に効果があった。また照準器についても、倍率ではPEスコープにおよばないが、モシンと同様、新型のPU照準器を用いた。しかし、機構が複雑なガス圧作動方式であるため、SVTはモシンほどの射程や精度はなく、効果的な狙撃を行える最大射程は六〇〇メートル程度とされていた。さらに信頼度の問題もあった。写真でパヴリチェンコが手にしているライフルはもちろん人前に出すためのものであるが、パヴリチェンコは大規模攻撃において非常に火力にすぐれていた例をいくつかあげてはいるものの、自身ではこのライフルを選択しなかったと思われる。全体として見れば狙撃用銃としてのSVTは期待外れで、一九四二年にはモシンの狙撃用ライフルの製造が再開された。

パヴリチェンコの回想録ではいくつか記憶に残る狙撃の話が出てくるが、オデッサの包囲やセヴァストポリの戦いにおいて、パヴリチェンコの射撃のほとんどがかなり近接した距離で行われたのは事実だ。これは敵までの距離が近いほど仕留める確率が高くなることも理由のひとつだが、パヴリチェンコは、ドイツ兵の腹部を撃つというそれまでにないおぞましい戦術にふれており、それはなによりドイツ兵に心理的効果をおよぼすためでもあったのだ。これは東部戦線における戦闘がいかに情け容赦のないものだったかがわかる逸話であり、ピストルの最後の弾は自分に向けるために残しておいたと語るパヴリチェンコの言葉も誇張ではなかった。狙撃手が生きて捕虜になれば、拷問を受けて命を落とすことが常だった。パヴリチェンコの回想からは、戦争の進展とともに、ソ連軍が徐々にではあるが、狙撃手の価値に気づき評価していくようすが読み取れることも申し添えておこう。優秀なライフル銃兵が狙撃手へと転向し、攻撃時に歩兵とともに前進する役割をもたされて、前線のスペシャリストのなかでももっとも尊敬を受ける兵士となっていったのだ。じっさいに、狙撃手は週に一度の休日をもらうという好待遇を受けており、こうした前例はなかったことからも、軍が狙撃手をいかに重要だとみなしていたかがわかる。狙撃手の働きが大きかったのがその理由のひとつだ。ソ連軍狙撃手が戦時中に仕留めたドイツ兵の正確な人数は不明だ。だが戦時中にソ連の狙撃学校を卒業した二〇〇〇人の女性狙撃手が一万二〇〇〇人ものドイツ兵を殺害したことが公式に認められており、またソ連軍の男性狙撃手上位一〇人で四三〇〇人以上の確認戦果であるという事実から、その数が圧倒的なものになることは想像がつく。ソ連軍全体であげた狙撃数となると、何万人にもなるはずだ。一九四四年以降の西ヨーロッパでの戦闘において一般に認められている狙撃数と比較すると、気が遠くなるほどの数字だ。西ヨーロッパの戦線では、狙撃の最高記録をもつイギリス軍狙撃手の確認戦果は一一九人なのだ。このため、ソ連のプロパガンダ担当機関が狙撃手――とくに女性狙撃手――という新たな英雄に注目しはじめたのも無理はない。結局、第二次世界大戦中には、女性狙撃手が前線に出て戦闘にくわわったのはソ連軍だけだった。また、女性狙撃手の活躍に目を向けることで、一九四一年から一九四三年にかけての、枢軸国軍のとどまるところを知らない侵攻からソ連の大衆の気をそらす必要もあったのだ。

パヴリチェンコは赤軍において最多の勲章を贈られた女性のひとりとなり、二度のレーニン勲章に、ソ連邦英雄の称号も授与された。戦後、パヴリチェンコは軍に残り、ソ連海軍研究所の歴史家となり、一九五三年に少佐の階級で除隊した。戦後になっても狙撃に寄せられる興味は増し続けており、パヴリチェンコの地位が低下することはない。パヴリチェンコが著した本書を読めば、彼女に対する多くの批判がまったく根拠のないものであることは明白である。だが、膨大な数の退役兵がそうであるように、パヴリチェンコは多大な犠牲を払って戦争を生き延び、心身ともに傷を負った。戦後、パヴリチェンコは生涯アルコール依存と戦い、難聴をはじめ、頭部に受けた多数の負傷の後遺症にひどく苦しんだ。パヴリチェンコが再婚することはなく、一九七四年一〇月に五八歳の生涯を閉じ、モスクワのノヴォデヴィチ墓地に軍葬の礼に則って埋葬された。愛する夫アレクセイの墓地とは一五〇〇キロ離れ、ふたりが共に眠ることはできなかった。

英語版への注

本書の英訳を担当したデヴィッド・フォアマンと、助言と知識を授けてくれたジョン・ウォルターに多大なる感謝を。

英語版においては、地名はロシア語版のロシア語の綴りのものを採用している。本書に出てくる地名の多くは、現在ではウクライナ語のものが使用されている。

本英語版では、ロシア語版の編集者アラ・イゴレヴナ・ベグノヴァと英訳担当者による注を角括弧で本文に挿入しており（TNの注記あり）、巻末注は、ベグノヴァによるものに、ジョン・ウォルター、マーティン・ペグラー、デヴィッド・フォアマンが加筆している。

ロシア語版編集者による注

ソ連邦の英雄リュドミラ・ミハイロヴナ・パヴリチェンコはもっとも優秀な女性狙撃手であり、敵兵および将校三〇九人という確認戦果を達成した。パヴリチェンコは母国のみならず世界においても、第二次世界大戦におけるもっとも有名な兵士のひとりである。一九四二年から一九四五年までに、パヴリチェンコの肖像画（彼女は美しい女性でもあった）が載り、「敵を撃て、はずすな！」と呼びかける一〇万部ものビラがドイツと戦うソ連軍の前線に配布された。一九七四年の死後、ソ連漁業省の艦艇、キエフ州のベラヤ・ツェルコフ［TN　ウクライナ語ではビーラ・ツェールクヴァ］の第三学校、またセヴァストポリ中央部の通りにリュドミラ・パヴリチェンコの名がつけられた。第三学校はパヴリチェンコが一年生から七年生まで通った学校だ。

英雄パヴリチェンコが著した緻密で信頼のおける自伝は、読者を夢中にさせる小説でもある。なかには悲劇のような箇所もある。パヴリチェンコは一九四一年六月二六日に赤軍の第五四ライフル連隊に入隊したものの、西部国境からオデッサまで耐えがたい撤退を行わなければならなかった。だが英雄にふさわしい章もある。オデッサの防衛では、二か月で一八七人ものナチを仕留めたのだ。セヴァストポリの戦いではさらにこの狙撃数を増やし、第二五チャパーエフ・ライフル師団の最優秀狙撃手となり、確認戦果は三〇九にのぼった。さらにはロマンティックな場面もある。パヴリチェンコは戦争のさなかに恋に落ちた。

自身が所属する連隊の勇敢な少尉、アレクセイ・アルカディエヴィッチ・キツェンコがその相手で、ふたりは結婚したのである。

一九四二年八月には、スターリンの命により、ニコライ・クラサフチェンコ、ヴラディーミル・プチェリンツェフ、リュドミラ・パヴリチェンコからなる全連邦レーニン共産主義青年同盟派遣団はアメリカへと飛び、国際学生会議に出席した。早急に西ヨーロッパに第二戦線を形成するよう呼びかけることが目的だった。

パヴリチェンコは、そうした行動は禁じられていたにもかかわらず、戦争の日誌をつけていた。その時々にごく短いメモを残したのだ。狙撃手が毎日鉛筆やペンを取ることはむずかしく、セヴァストポリでの戦闘は激しく容赦ないものだったためなおさらそうだった。一九五三年にソ連沿岸警備隊を少佐の階級で除隊すると、パヴリチェンコは前線にいたときに残した記録のことを思い出す。大学の史学科で学んだ歴史家でもあるパヴリチェンコは、回想録を著すにあたっては真剣に慎重に取り組み、本を出す前に図書館や公文書館での調査が必要であると考えた。一九五八年に、パヴリチェンコが連邦政治出版社から依頼を受け、史実をまとめた七二ページの小冊子『英雄がたどった道　セヴァストポリの防衛 Geroicheskaya byl. Oborona Sevastopolya』を執筆したことはその第一歩となった。さらにさまざまな作品集や定期刊行物に多数の記事を寄せた。そうした記事はパヴリチェンコの狙撃手としての任務を回顧するのではなく、一九四一年一〇月から一九四二年七月までの、セヴァストポリ防衛区の前線と後方における主要なできごとを総体的に語るものだった。

こうした刊行物にかかわったのち、パヴリチェンコは一九六四年にソ連邦ジャーナリスト組合の会員となり、モスクワ支部の軍事史部門局長となった。ここで文筆家である仲間と緊密に交流し、次世代に愛国精神をもち軍務に就くべきだと教育する活動に積極的にかかわったパヴリチェンコは、「狙撃兵」の小隊を指揮した上級軍曹としての立場で本を書き、信頼するに足る描写で歩兵の任務を詳細に伝えれば、今の時代の読者の興味を引くはずだという結論に達した。

一九六〇年代末になると、一九四四年と一九四五年の作戦を成功に導いたソ連軍の主要な指揮官による回想録が公にされはじめた。また赤軍の将校や政治委員が困難で悲劇的でさえある大祖国戦争の開戦について詳述した、次のような書が出版された。イリヤ・アザロフの『包囲下のオデッサ Osazhdennaya Odessa』（モスクワ　ヴォエニスダート、一九六六年）。選集である『黒海要塞のそばで U chernomorskikh tverdyn』（モスクワ　ヴォエニスダート、一九六七年）は、第二五チャパーエフ師団の元指揮官トロフィム・コロミエツ、同師団の女性兵士であるリュドミラ・パヴリチェンコ、第五四連隊の共産主義青年同盟元オルガナイザーであるヤコフ・ヴァスコフスキらが執筆したものだ。さらに、オデッサの防衛にくわわった一兵卒であるニコライ・アレシチェンコの回想録である『彼らはオデッサを防衛した Oni zashchishchali Odessu』（モスクワ　ＤＯＳＡＡＦ［陸海空軍協力会］出版、一九七〇年）がある。こうした書に目を通し、パヴリチェンコは自らも回想録の執筆に着手したのである。

本回想録では、パヴリチェンコは前線での狙撃手の役割をとりあげ、狙撃という軍事任務にかんするすべてを詳細に描くことを望んだ。訓練の方法、戦場での戦術、そしてとくに、パヴリチェンコが詳細な知識を有し、分身のように思っていた銃のことを。一九四〇年代と一九五〇年代においてはこうした情報を開示することは禁じられていたが、敵と戦う狙撃手の話は、詳細な情報抜きには満足に描けなかっただろう。

パヴリチェンコは以前の教えを思い起こし、熱心に材料を収集し、原稿に最適な文体を模索した。大祖国戦争の終結から二〇年をへているという事実は、パヴリチェンコが速やかに計画を進めるのにプラスには働かなかった。思い起こすのがむずかしい物事は多く、多数の記録が失われていることも判明した。さらには、パヴリチェンコは自分の手による貴重な書類や写真、私物の多くを、モスクワの中央軍事博物館や、セヴァストポリの防衛と解放博物館をはじめとするいくつかの博物館に贈呈していたのだ。

残念ながら、重い慢性病によって、戦争の英雄であるパヴリチェンコが本書を書き上げ、狙撃手の回想録が出版されるのを見ることはできなかった。本書の原稿は、パヴリチェンコの息子であるロスティスラフ・アレクセイエヴィッチ・パヴリチェンコの未亡人である、ルボフ・ダヴィドヴナ・クラシェニコヴァ＝パヴリチェンコによって保管されてきたものである。

編集者　A・I・ベグノヴァ

ソ連邦英雄、リュドミラ・パヴリチェンコ上級中尉。1944年モスクワにて（セヴァストポリの防衛と解放国立博物館所蔵）。

1　工場の壁

一九三二年の夏、わたしの家族には大きな変化が生じた。わたしたち一家は、キエフ州南部にあるボグスワフという遠隔地の町からウクライナの首都キエフへと引っ越し、わたしの父であるミハイル・イワノヴィッチ・ベロフにあたえられた公舎に住まうことになった。ＮＫＶＤ（内務人民委員部）に勤務していた父は誠実に仕事に向き合う姿勢を認められて、ＮＫＶＤの本部に地位をえたのだった。

一徹で厳しかった父は、仕事に全力を注いだ。若い頃に大規模工場の組み立て工として働きはじめ、第一次世界大戦中にはしばらく前線に立ち、共産党（当時はロシア社会民主労働党［ボリシェヴィキ］）の党員となり、ペトログラードでの革命にくわわった。その後第二四サマラ「鉄」師団に連隊政治将校として従軍し、ヴォルガ地方中央部およびウラル地方南部においてコルチャーク率いる白衛軍［一九一七年のロシア革命期における反革命側の軍隊］と戦った。父は一九二三年、二八歳で赤軍を除隊した。だが終生軍服に対する愛着は失わず、わたしたち家族が見る父はいつも同じ服装だった。折り返し襟のカーキ色のギャバジン製上着を着て、その胸には赤旗勲章が付いている。ズボンは紺色で、乗馬ズボンのように大腿部がふくらんでいた。そして最後に履くのが牛革の将校用ブーツだった。

当然、家族で議論する場合——議論になったとしてだが——結論を出すのは父だった。わたしの愛する母、エレナ・トロフィモヴナ・ベロヴァはヴラディーミルの女子中等学校を卒業しており、父の厳格な性格をやわらげる術を知っていた。母は美しい女性で、すらりとした体つきは精巧に造られた像のようだった。こげ茶色の豊かな髪と茶色の目が、その顔によく映えていた。外国語の知識も豊富な母は学校で教え、生徒たちは母のことが大好きだった。ヨーロッパの言語はどれもロシア人には聞き慣れないものだが、母は授業にゲームを取り入れることで、そうした言葉がしっかりと頭に残るよう工夫した。母の指導のもと、生徒たちはヨーロッパの言葉を上手に読むのにくわえ、しゃべることもできたのだった。

母は、姉ヴァレンティナとわたしに愛情を注いでくれた。母のおかげでわたしたちは、まだ小さいうちにロシア文学の古典にもふれた。プーシキンやレールモントフ、ゴーゴリ、レフ・トルストイ、チェーホフ、マキシム・ゴーリキーやクプリーンといった作家の作品はみな、自宅の本棚にならんでいたからだ。母のやさしく夢見がちな性格をもらったわたしの姉は、文学作品やフィクションが好きだった。一方のわたしは、歴史や、正確に言うと、わが偉大なる祖国の軍事史に惹きつけられた。

ボグスワフに引っ越す前に、わたしたちは数年間、キエフ州の都市ベラヤ・ツェルコフに住んでいた。そこでわたしは第三学校に通い、子ども時代と思春期をなんの悩みもなくすごした。この町の駅前通りを根城に、わたしたちは親しい仲間と悪ガキ団を結成していた。「コサックと追い剥ぎ」[コサックと追い剥ぎの二手に分かれて行う、日本の「ドロケイ」のような遊び]で遊び、夏には底が平たいボートを近くのロス川に漕ぎ出して水遊びをし、歴史が古くとても美しいアレクサンドリア公園をうろつきまわり、秋には近所の果樹園を襲撃した。わたしは、ティーンエイジャーの男の子たちの一団のなかでもリーダー格だった。パチンコは一番うまく撃てるし、だれより速く走れて泳ぎもうまかったし、ケンカだってしり込みせずに、だれが相手だろうと、その顔に真っ先に拳をぶちこんでやったからだ。

近所で遊びまわる日々は、わたしが一五歳になる頃終わりを告げた。変化は、ある日突然訪れた。当時を思い出しこのときの気持ちを言葉にするとしたら、世界の終わり、または周囲のなにも目に入らなくなる、あるいは理性の喪失といったところだろう。それが、女子学生のわたしの初恋だった。初恋の記憶は、この男性の姓であるパヴリチェンコを名のることで、生涯、私から消えることはなくなった（1）。

幸い、わたしの息子ロスティスラフは父親とはまったく似ていない。息子はやさしく静かな性格でわたしの家族の外見を受け継いでいる。茶色の目、濃い色の豊かな髪、背が高くがっしりとした体格。息子もベロフの家系に連なり、祖国に身を捧げる伝統を引き継いでいる。モスクワ大学の法学部とKGB高等課程を優秀な成績で卒業した息子は栄誉あるソ連軍将校の称号を有しており、わたしの誇りだ。

わたしたちはすぐにキエフの新しい家に落ち着き、首都の喧騒にも慣れてきた。父の姿を見ることはあまりなかった。遅くまで仕事をしていたからだ。このため、わたしたちが父と率直な会話をかわすのは、たいてい夕食後のキッチンとなった。母はテーブルにサモワール［お茶用の湯沸かし器］を置き、わたしたちは紅茶を飲みながら両親とありとあらゆる話題について語り合い、質問をするのだ。まもなく、大きな問題が話題にのぼることになった。

「これからどうしようと考えているのだね、娘たちよ」。熱い紅茶をすすりながら父は言った。

「まだ決めていません」。年の順で、まず姉のヴァレンティナがそう答えた。

「お前たちは仕事のことを考えなければならない」。父は言った。

「仕事？　どういう仕事のことですか」。姉は驚いてたずねた。

「立派な仕事のことだ。恵まれた職場で働き、よい給料をもらえる仕事だよ」

「でも、お父さん」とわたしが割って入る。「わたしはまだ七年生だわ。もっと勉強がしたいです」

「勉強はいつになってもできる、リュドミラ」。父はきっぱりと言った。「今は、申し込み用紙に正しい情報を記入のうえ、仕事に就くべきときなのだ。わたしがすでに手配を済ませ、お前たちを雇ってもらうことになっているとあってはなおさらだ」

「どこにですか」。姉は口をとがらせて反抗的な態度を見せた。

「武器庫の工場だ」

アスコルドの墓公園からは、左手にはドニエプル川の広くなめらかな水面が、右手には、まっすぐだがごく短いアーセナル（武器庫）通り［一九四二年にモスクワ通りと改名された］が見えた。この通りの起点には人目を引く建物があった。武器庫の工房で、ニコライ一世の時代に建てられたものだ。皇帝自身が工房の基礎となる一個目のレンガを置いたと言われている。壁は二メートルもの厚みがあり、二階建てのこの建物のレンガの色は薄い黄色で、このため地元の人々はここを「磁器の家」と呼ぶようになった。

しかし工房も隣接する武器庫の工場も、粘土で作った繊細な工芸品とはほど遠かった。工場はエカチェリーナ二世の命によるもので、一七八四年から一八〇三年までという長い年月をかけて建造された。ここでは大砲や自走砲、ライフル、銃剣、サーベル、ブロードソード［幅広の剣］やさまざまな軍用装備を製造していた。

ソ連時代にはここで鋤《すき》や錠前や二頭立て荷車や、水車や精糖用の装備など、経済に必要な用具の生産もできるようになった。武器庫の職員は仕事に全力を傾け、一九二三年にはウクライナ政府から労働赤旗勲章を授与されるという栄誉を受けている。

ひと目見て、わたしは工場の建物に圧倒された。要塞と見紛うほどの威容だった。長方形の形状（一六八×一三五メートル）で広い中庭と塔をそなえ、外壁の角は丸みを帯び、一階の壁に立派な木製の外装も施されていた。壁の下の外堀とそこに架かる引き上げ橋、輝く甲冑を身に着けた戦士が守る重厚な門があれば、そこは古代の戦闘を描いた彫刻から抜け出てきたかのようだった。

いくつか手続きを済ますと（たとえば国家機密にかんする守秘義務の条項に署名すること）、姉とわたしはこの「要塞」の駐屯隊に仲間入りした。ヴァレンティナは作業の進捗監督官、わたしは一般の労働者だ。姉は一八歳になっており学校の修了書もあったが、わたしはまだ一六歳でなんの専門的スキルもなかったからだ。工場の生活のリズムに慣れ、ほかの労働者と友達になるのに半年ほどかかったが、わたしは共産主義青年同盟への参加を認められた。一九三四年五月にはわたしは旋盤工の工房に移り、ここで一か月訓練を受けてひとりで作業することを認められ、まもなく旋盤工六級の資格を取得した。

この頃は、いろいろと興味深いことが起きた時期だった。武器庫はまさにわたしたちが見ている前で変化しつつあった。ソ連製の新しい旋盤が導入され、改良された装備が設置され、新たな生産能力が効力を発揮し、古い数値目標は刷新されつつあった。工業力を拡大させようとする当局の尽力を目のあたりにし、工場で働く人々は大きな努力でそれに応じた。ついでのことながら、わたしたちの工房の旋盤工は出来高払いで働いていたが、生産額は大きく上昇していた。

不平を言うところなどなかった。わたしは、一九三三年にモスクワの機械工場「赤いプロレタリアート」で製造された変速機付きの旋盤ＤＩＰ３００を操作し、ネジを再加工した。「ＤＩＰ」とはロシア語で「Dogonim i Peregonim」［ＴＮ　「わたしたちは追いつき追い越す」］の略語であり、この旋盤は金属を円筒形や円錐形にしたり、また内外の表面に複雑な加工を施すためのものだった。

この当時の多くはまるで昨日のことのように思い起こされる。稼働可能な装置のそれぞれに積まれる加工用のシャフトの山。切削工具を一回操作するごとにわたしは金属を〇・五ミリから三ミリ（三ミリ超の場合もある）削り取る。切削のスピードは、材料の硬度と工具の耐久性に応じて変える。たいていは高炭素鋼製の工具を使ったが、ほかにも、タングステンとチタンの超硬合金の円盤がハンダ付けされた工具もあった。切削工具の刃の下からくるくるとカールしながら出てくる濃い青紫の薄い金属片は美しく、見とれるほどだった。どれほど硬い金属でも人の力の前にはひれ伏す。精巧な器具を工夫しさえすればよいのだ。

作業にあたる労働者を一致団結させる一方で、工場は自由時間を有効に使えるような場を提供していた。じっさいのところは、工場のクラブは明るくもなければ豪華な装飾もなく、部屋は小さく窮屈なほどだった。だが工場の敷地は、さまざまなサークルが活動するには十分な広さがあった。肉体労働者の演劇グループや、絵画や洋裁や裁縫（女性にはおおいに役に立った）の技術を教える教室、それにグライダーや射撃クラブもあった。集会所は「三世代がともに」というスローガンのもと、夕方の特別なお楽しみ行事が開催される場であり、またここではロシア革命とロシア内戦を戦った退役兵も、工場の労働者の五〇パーセント超をしめる若者たちも同じように評価された。

まずわたしと友人が選んだのはグライダー・サークルだった。友人がそうしようとわたしを説得したのだ。新聞にはパイロットが飛ぶようすやその手柄についての記事があふれており、わたしたちは熱心に飛行理論の授業に出席して、勇敢な空軍中尉が行う航空機の翼の揚力にかんする講義にしっかりと耳を傾けノートを取った。しかし、教官と一緒に行った初飛行でわたしの熱意は一気に冷めてしまった。飛行場の草地が目の前に迫ったかと思うと突然後ろに消え去り、頭のなかがぐるぐるしはじめ、吐き気がしてきた。「つまり、空はわたしの得意分野ではないってこと」とわたしは悟ったのだ。「わたしは根っから地上の人間で、大地にしっかりと足がついていないとダメなんだわ」

工場の射撃サークルの教官であるフョードル・クシュチェンコはわたしたちの旋盤工房で働いており、いつも、若い労働者たちに射撃訓練場に顔を出すよう呼びかけていた。クシュチェンコはその頃赤軍に臨時従軍していて、射撃を熱心に行うようになっていた。彼はわたしたちに、銃弾が飛翔してターゲットに的中する理論はおもしろいから、学んで絶対に損はないと言った。

感じがよく魅力的な若者であるフョードル・クシュチェンコは、わたしにも同じようなことを言って射撃訓練に参加するよう誘った。だが、わたしの頭からはグライダーでの飛行訓練の記憶が消えず、若さゆえに――それしか根拠はないのだが――自分の才能が無限に感じられるとはいえ、このときばかりは自分の能力に対する自信が大きく揺らいでいた。それだけではなく、わたしはクシュチェンコの話を、女の子の気を引くための常套句だと受け止めていた部分もあった。一度だけではあるが手きびしい人生経験をしたことで、わたしは異性に対してつねに用心深くなっていた。

ある日（共産主義青年同盟の集会がある日だった）、わたしはクシュチェンコの話を聞くのにうんざりしていた。わたしが彼に皮肉っぽい口調で言葉を返すとそばに座っていた人々にわたしの冗談は受け、みな大笑いした。同盟のオルガナイザーはそのとき、工房の四半期計画の早期達成に向け、ウクライナ支部会員の労働にかんする退屈な報告書を読み上げていた。彼は、なぜか笑い声が自分に向けられたものだと思い激怒した。オルガナイザーと集会所にいた同盟の会員のあいだで辛辣な言葉のやりとりがあり、いろいろな悪口やひどいあだ名も飛び交い、結局オルガナイザーはクシュチェンコとわたしをその騒ぎの首謀者として集会所から追い出した。

クシュチェンコとわたしは追い出されたことに呆然として出口に向かった。作業時間は終わっており、わたしたちの足音はだれもいない廊下に響いた。クシュチェンコが突然口を開いた。

「俺たちは落ち着く必要があるな」

「それもそうね」と私。

「ということで、射撃練習場に行って何発か撃ってみないか」

「それで落ち着くとでも?」

「もちろんだ。射撃は沈着冷静な人向きのスポーツだ。生来の才能も必要ではあるがね」

「ほかにはどんな才能が必要なわけ?」。わたしは辛辣な言葉を口にせずにはいられなかった。

「ごく実際的なものだ。目がいいとか、銃を撃つセンスがあるとか」。彼は革ジャケットのポケットから取り出した鍵の束をもてあそびながら答えた。

射撃練習場は武器庫の工場本体に隣接した予備工場の土地にあった。以前は倉庫のスペースだったに違いない。建物は長くて天井が低く、屋根のすぐ下にある窓には鉄格子がついていた。今現在のわたしが有している非常に豊富な知識で判断すれば、一九三〇年代半ばの武器庫の射撃場は、必要な水準を満たしていたと言える。射撃理論を学ぶ教室には机とイスが置かれ、壁には黒板がかかっていた。ライフルとピストルをおさめる鍵付きの戸棚がならぶ小さな武器庫と弾薬用の金庫。それに射撃線では、レスト射撃、膝射《しっしゃ》、立射、伏射(マット敷き)が可能だ。二五メートル先にはぶ厚い木製の防護板があり、その上にターゲットが貼られている。

フョードルは棚のひとつを開け、新しいライフルを取り出した。それほど長くはなく一メートル余り

（正確には一一一センチ）だが、カバノキの大きな銃床に、太い銃身のライフルだった。トゥーラ造兵廠で製造したこのライフルは、ソ連邦ではＴＯＺ－８の商標名で有名だった。一九三二年から一九四六年にかけて製造されたライフルで、改良型のＴＯＺ－８Ｍも含めると一〇〇万丁ほど製造されたようだ。信頼度が高くて扱いやすく、小口径の、ボルトハンドルを前後にスライドさせて装填するシングルショットのライフルは、五・六×一六ミリのリムファイア弾を使用し、スポーツマンだけでなくハンターにも非常に有効な銃だった。このライフルのことを書いていると思わず頬がゆるむ。わたしがライフル射撃に熱中し、射手としての修行を積んだときに使っていたのがＴＯＺ－８だったからだ。

火器を扱う場合には事前に詳細に指導する。もちろん、クシュチェンコはまずこと細かに説明することもできたはずだ。だが彼はそうしなかった。わたしにライフルを渡すとこう言ったのだ。

「ライフルをよく知ることだ」

正直言うと、火器はもっとずっと重くて両手でもつのもたいへんだと思っていた。だがこのライフルは三・五キロにも満たない。旋盤作業では重くて大きいものを扱うこともあったので、このライフルをもちあげるのに苦労することもなかった。それに銃身やレシーバーのひんやりとして冷たい金属の感触が心地よかった。下に向かってカーブしたボルトハンドルは、設計者がこのライフルを使う人の利便性を考慮したものだった。

最初に、フョードルは「ライフルの適合性」を確認してわたしに合っているかどうか確認するよう言った。この点にかんしてはまったく問題はなかった。床尾の底部分はわたしの肩のくぼみにぴったりとあたる。右手で床尾をつかみ、わたしは人差し指（わたしの指は長い）の第一関節と第二関節のあいだをトリガーにあてた。頭を少し右に傾け、頬を銃床の上部に押しあて、右目を開けて照準器をのぞく。照星が照門の溝の真ん中にあり、等倍の標的が見えていた。

「撃ってよし」。フュードルが言った。

「弾は?」

「ちょっと待て」。教官は私からライフルをとりあげ、弾を込めてターゲットにライフルを向けた。大音響だった。金属板をムチで打ったような音だ。わたしはびっくりして飛び上がり、クシュチェンコはにやっと笑った。

「慣れていないとびっくりするが、やってみよう。できるはずだ」

ライフルはわたしの手にもどってきた。トリガーに指を置くまでの動きをどうにかくりかえし、わたしは初めてライフルを撃った。「メルカシュカ」(わたしたちはTOZ－8をこう呼んでいた)の反動はそれほど大きくはなかった。さらに、フョードルの助言でわたしはライフルをしっかりと肩に押しあてていたので、気持ち悪くなることもなかった。クシュチェンコはもう三発撃たせてくれて、それからターゲットを見に行った。彼はわたしが待っている射撃線まで、黒い円が書かれた紙の的をもってきてくれた。的を待つあいだ、わたしは緊張していると言えなくもない心もちだった。わたしの顔をのぞき込むと、彼はこう言った。

「初めてでこれだけ撃てるとは驚きだ。才能があるのはまちがいない」

「天賦の才能なんてことはないでしょうね?」。わたしは思わず冗談を口にしてしまった。

「天性のものだ」。わたしのひとり目のコーチは真剣だった。これほど真剣なフョードル・クシュチェンコを見るのは初めてだった。

わたしたちの射撃サークルは週に一度、土曜日に集まりがあった。わたしたちは小口径ライフルの仕組みを詳細に学ぶことからはじめた。ブリーチブロックの取りはずしと組み立てを行い、ライフルの掃除をしてオイルを点し、すみずみまで手入れする習慣を身に着けた。黒板のある教室では授業があり、ここで弾道の基礎を学んだ。わたしは銃弾がまっすぐターゲットに向かって飛んでいくわけではなく、重力と風の抵抗によって弧を描き、また飛翔中に回転することを知って驚いた。

またわたしたちは火器の歴史についても学んだ。一五世紀に技術の発達によりマッチロック式の銃（火縄銃）が誕生し、これによって、初めて火薬を使った飛び道具の使用が可能になったのだ。その後火打ち石を用いたフリントロック式の銃が広く使われるようになり、それに雷管のついたキャップロック（パーカッションロック）式が続いた。大きな変化が生じたのは一九世紀末のことだ。ライフルはマガジンをそなえ、銃身内に溝が付き、ボルトが前後にスライドし、迅速な装填が可能になって、射程が伸び精度が大きく向上した。

手動の火器とは、人間の頭脳と手による完璧な創造物を具現したもののように思える。火器の構造にはつねに最新の技術が取り入れられた。火器の改良に必要な技術が次々と考案され、製造工程をへて大量の製品が生み出される。世界が認めるような非常によくできたモデルは、理想的で完璧な形状になるよう天才技師が練りに練った火器だ。そうした火器は、見た目にもとても美しい。そして手にしっくりとなじみ、使いやすい。こうしたすばらしい火器は、想像できないほど苛烈な戦争でこれを使う人々からおおいに愛された。なかには（モシン・スリーライン・ライフル、シュパーギン短機関銃、デグチャレフ軽機関銃、トゥーラ造兵廠トカレフ式ピストルなど）時代を象徴する火器となったものもある。

しかしわたしの友人たちは、なにより、じっさいに撃つのを好んだ。わたしたちは射撃練習場で訓練し、さまざまな姿勢でターゲットを狙った。立射、伏射、レスト射撃、膝射、それに左肩からかけたスリングで銃を支えて狙う撃ち方もあった。「メルカシュカ」の照準器はオープンサイトで、照門と、銃身の先端には筒状の照星があった。シンプルな構造ではあったが、このライフルで訓練することによって、わたしたちは基本的な射撃スキルを向上させることができた。迅速に照準を合わせることができ、トリガーに力がスムーズに伝わり、正しい姿勢でライフルを構えやすく、右や左に体が「傾く」こともなかった。初速は秒速三二〇メートル。射程は一二〇メートルから一八〇メートル程度だったが、射撃練習場では射程は重要な要素ではなかった。

春になるとわたしたちは町の外の射撃訓練場まで足を運び、「ヴォロシーロフの射手」二級の記章「オソアヴィアヒムの射手の記章で、名はソ連邦英雄のヴォロシーロフ元帥にちなむ」がもらえる水準に達するための訓練をはじめた。これはすぐれた射撃だけではなく、一定の環境で獲物を見つける能力や手榴弾投擲の腕を磨き、体力訓練（ランニング、跳躍、腕立て伏せ）まで要するものだった。わたしたちはこれらをすべてうまくやりとげ、そしてオソアヴィアヒムのキエフ射撃競技会に参加した。

わたしたちのサークルは、オソアヴィアヒム（ソヴィエト連邦国防および航空・化学産業支援協会）に所属する何百というサークルのひとつにすぎなかったことを申し添えておきたい。オソアヴィアヒムとは一九二七年にソ連で創設された大規模な公的組織であり、若者は自発的に参加して軍事訓練を行い、愛国心を育んだ。この組織は入隊前の若い男女の訓練に大きな役割を果たし、オソアヴィアヒムで訓練を受けた兵士は最終的に一四〇〇万人近くにものぼった。そうした兵士はみな、このソ連全土に置かれた組織で基礎を学び、訓練を重ねて専門的な軍事技術を身に着け、パイロットや空挺隊員、ライフル銃兵や機関銃手、戦車の操縦士や軍用犬の訓練士となった。

わたしはオソアヴィアヒムの競技会で賞状をもらい、それを額に入れて、ヴァレンティナと一緒に使っていた部屋の壁にかけた。姉も両親も、射撃に対するわたしの熱意をまともにとりあってはくれなかった。家に帰ると、家族がライフルに一生懸命なわたしを冗談にしていたくらいだ。わたしは、射撃練習場になぜこんなにも惹きつけられるのか、家族にうまく説明することができなかった。金属製の銃身に木製の銃床、ブリーチ、トリガー、照準器がついたライフルのどこがそんなにも魅力的なのか、なぜターゲットを狙って銃弾を放つことがそれほどおもしろいのか、言葉にはできなかったのだ。

共産主義青年同盟の承認をえて、一九三五年末に、わたしは製図工と書写者の技術を学ぶ二週間の研修課程に参加した。優秀な成績でこれを修了すると、わたしは製図工房で上級製図工として働きはじめた。この作業は楽しかった。もちろん、それ以前の旋盤操縦工とはタイプが異なる仕事だったが、この作業も集中力と正確さが要求された。壁の向こうでは旋盤工が大きな音を立てていたが、わたしたちは製図版がならぶ静かな作業場で製図用紙の束に埋もれて働き、設計図を確認して製造担当の労働者にまわした。製図工の仲間との関係は良好であり、ここではわたしの射撃に対する熱意に理解の目を向けてくれていた。

わたしは武器庫の工場にとても感謝している。工場の壁のなかですごした四年間で、専門的な仕事の資格をふたつえることができ、軍需工場で働きながら、準軍事的な組織で訓練することにも慣れた。わたしは成長し、自分の目標や行動に責任をもち、設定した目標を達成することができる一人前の人間になりつつあると感じはじめていた。工場の共産主義青年同盟の組織も、わたしが人生における新しい一歩を踏み出す手助けをしてくれた。一九三五年春、わたしはキエフ大学で工場労働者向けの予備課程に参加することを認められた。それからの一年間、わたしは旋盤工房で働き、夜間に学んだ。そしてわたしは試験に合格し、一九三六年九月、キエフ国立大学史学科の学生証をもつ身となった。史学科のなかでおそらくわたしは最年長の女子学生だったのだろうが、こうしてわたしの子どもの頃の夢は実現したのだ。

2　明日戦争がはじまれば…

わたしには工場で働いた経験があったため、大学ではグループのリーダーに選ばれた。講義に出席し、ノートを取り、必要な書物を読み、演習のレポートをまとめ、宿題をすませ、テストや試験の勉強をするという生活がはじまっていたが、大学での勉強もとくにむずかしいとは感じなかった。自分の興味がどういった学問の分野に向いているのかも、次第にわかってきた。基礎考古学や民族誌学、ソ連邦の歴史、古代史、ラテン語、それに——外国語は二か国語を選択するため——英語だ。わたしは母のレッスンを思い出して勉強し、なにごとも非常にうまくいった。工場で働いていた時期に「ヴォロシーロフの射手」記章をもらい、GTO（Gotov k Trudu i Oboronye、労働と国防にそなえよ）の課程［すべての学校で行われる体力作りのための課程］も終えていたので、大学の体育の授業も難なくこなせた。わたしの学生生活は楽しく自由で、映画や演劇、さまざまなコンサートや美術展に行く時間もたっぷりあったし、のんびりとすごす夜もあり、それにダンスまで楽しめた。

それとは別に、わたしたちはみな政治に大きな興味があり、たとえば、スペインの人民戦線政府（共和国派）にはおおいに共感を覚えていた。彼らは一九三六年以降、スペインのファシストやモナーキストからなる反乱軍（ナショナリスト派）と武力闘争を行っていた。ファシズム陣営の反乱軍はイタリアとドイツの支援を受け、人民戦線政府はソ連が援助していた。新聞はこの遠い南の国のできごとをさかんに、詳細に報道した。ジャーナリストのミハイル・コルツォフによる「プラウダ」紙の記事は秀逸だった。コルツォフは、人民戦線政府が編成した外国人義勇兵による国際旅団の功績や、ドイツの「コンドル」軍団のパイロットと、志願パイロットが乗るソ連機との空中戦について報告した。イベリア半島の平地では戦車戦もあり、ここでもイタリア、ドイツ、ソ連邦の三か国が自軍の戦車を投入して張り合っていた。

スペインのバスク地方にある小さな町ゲルニカに対する残忍な爆撃が行われたときには、わたしたちに大きな怒りがこみ上げた。軍事上、この町を攻撃する必要などまったくなかったのだ。それにもかかわらず、一九三七年四月に、五〇機を超すドイツ機が人民戦線政府側につく町に攻撃を行った。この襲撃で町はほぼ壊滅状態になり、多くの市民が命を落とした。この戦争犯罪とも言える爆撃に衝撃を受けた著名なスペイン人芸術家パブロ・ピカソは、のちに「ゲルニカ」というタイトルの絵画を描き、この作品は現在も世界的に有名だ。ゲルニカの悲劇はソ連の人々の心に大きな影を落とした。この悲劇に心を痛めながらも、これからの戦争とはどういうものなのか、そしてその戦争はいつわたしたちの国にやってくるのか、わたしたちは考えなければならない時期に来ていた（1）。

史学科の二年に進級したわたしは、射撃のスキルを新たに磨きたいという衝動に駆られた。今ならこの技術が役に立つからだ。フョードル・クシュチェンコはわたしに、オソアヴィアヒムの狙撃学校で二年の課程を受講したらどうかと助言をくれた。その頃キエフで開講したもので、「ヴォロシーロフの射手」二級の修了証がないと参加できなかった。また受講するためには、職場や学校による推薦状と簡単な履歴書を用意し、どちらにも人事部の署名があることを求められた。軍事行動に適しているという医療機関の証明書も必要としたが、わたしは必要な書類を提出して参加を認められた。受講してみてすぐにわかったのだが、この狙撃学校の授業はすべて、わたしの射撃の腕を一段上のレベルへと引き上げてくれるものだった。

授業は週に二日行われた。水曜日には夕方六時から八時まで、土曜日には午後三時から六時までだ。わたしたちには狙撃学校の運動場を使える証明書が発行され、また紺色のチュニック［腰丈の軍服上着］が支給され、それを身に着けなければならなかった。まるで軍の規則のようだったがわたしたちに不満はなく、それどころか、射撃訓練を前にして、自分たちが担う責任を自覚し、真剣な思いで取り組もうと気持ちは高ぶっていた。

狙撃学校の課程についてはあまり多くを語るつもりはない。訓練はまさに、赤軍に従軍する「超一流の射撃手」を育てるものだった。政治学に二〇時間、運動場での行進に一四時間、火器の訓練に二二〇時間、戦術に六〇時間、軍事工学に三〇時間、そして格闘術に二〇時間という課程だ。課程の内容にかんするテストには一六時間があてられた。最終試験を「優」の成績で合格した生徒は町や地方の募兵事務所の特別リストに掲載され、定期的に再訓練課程やさまざまなレベルの射撃競技会に召集された。概して、狙撃手はないがしろにされていたわけではなくある程度の配慮を受けてはいたが、とはいえ大祖国戦争開戦までは、ソ連には真のエース狙撃手はほとんどいなかった。たったの一発でターゲットを仕留めるエキスパートは、一五〇〇人いたかいないかだろう。

最初の火器訓練で、工場の射撃サークルで行っていた練習は射手になるための序章でしかないことを思い知らされた。非常に役には立ったが、それだけでは十分ではなかったのだ。モシン軍用ライフルを手に取ったわたしは、感謝しつつ、自分の手になじんでいた「メルカシュカ」を思い出した。モシンのモデル１８９１／１９３０、マガジン付きライフルは「スリーライン」と呼ばれることも多かった。もちろんメルカシュカよりも重くて（銃剣なしで四キロ）長く（一二三二ミリ）、七・六二×五四ミリR弾を使用し、初速は秒速八六五メートル、射程は二〇〇〇メートルだ。スリーラインのグリップはＴＯＺ－８よりも握りづらく、肩への反動も大きかった。また重くて長いために、たとえば、わたしの場合は立射にてこずった。だがそんなこともまったく苦にはならなかった。

わたしたちは標準タイプのモシン・ライフルを熟知し使いこなせるようになる必要があった。赤軍の兵士が装備しているのがこのライフルであるためで、このライフルの機構を学ぶのに一定の時間（一〇時間）が割かれた。わたしはしだいにスリーラインに慣れてきた。このライフルにはボルト部だけでも七つの部品があったけれど、最終的には、目を閉じていてもライフルを分解して組み立てることができるようになった。ライフルには、照門と筒状の囲いがついた照星が装着されており、これで照準を合わせることで命中率をかなり上げることができた。

狙撃用のライフルは、細かい部分で標準タイプのものとは異なる。まず、調節ダイヤルが二個ついたエメリヤノフ（ＰＥ）スコープ――かなり長い金属製の管（長さ二七四ミリ、重さ五九八グラム）――が銃身の上に装着されている。この変更によって、マガジンに挿弾子《チャージャー》を装着するさいにスコープが邪魔になり、弾薬を一度に一個ずつ装填しなければならない。さらに、ボルトハンドルが大きく垂れ下がった形になっている。見ただけでは分からない違いもある。狙撃用ライフルの銃身は上質の鉄鋼でできており、精度に強くこだわり正確な旋盤加工を施し、そして部品を人手で組み立て、独自の調整が行われている。

狙撃学校を終える頃、つまり一九三九年に、赤軍に装備されつつあった新しいモデルのライフルがわたしたちの手元に届いた。シモノフ（ＡＶＳ－36）とトカレフ（ＳＶＴ－38）自動装填式（オートマチック）ライフルだ。このオートマチック機能の原理は、銃弾発射時に銃身内で銃弾を前進させる燃焼ガスを利用するものだった。ライフルは、一〇から一五発入りのボックスタイプの着脱式マガジンを有する。わたしたちや教官に懸念があったとすれば、ＡＶＳとＳＶＴライフルの部品の多さとその機構だった。モシン・ライフルに比べると非常に複雑だったのだ。

わたしは「射撃の真髄」と題された最初の講義を思い出す。この講義には二五時間が費やされた。わたしたちがある日教室に座っていると、年齢は四〇歳くらい、平均的な身長でひきしまった体つきの人物が入ってきた。左の眉の上にはひどく目立つ傷がある。監視官が声を張り上げた。「起立、注目！」。教官が自己紹介をした。「アレクサンドル・ヴラディミロヴィッチ・ポタポフだ」。そして教える内容をてみじかに説明した。それから口をつぐむと生徒をきびしい目で一瞥し、こう言った。「諸君の射撃の腕前はすばらしいと聞いている。だが覚えておくように。腕の良いだけの射手はまだ狙撃手とは言えない」

こうしてわたしたちは、狙撃学校の上級教官であるポタポフの指導を受けることになった。ポタポフの軍人としての経歴は、サンクトペテルブルクのロシア帝国陸軍親衛猟騎兵連隊からはじまっていた。下級兵士に対する射撃訓練に定評のあった連隊だ。一九一五年と一九一六年にドイツとの戦闘で立てた功績で、ポタポフは聖ゲオルギー十字勲章二個（三級と四級）を授与され、また下士官に昇進した。一九一七年から一九二二年までのロシア内戦では赤軍歩兵連隊の一個中隊を指揮し、腐海［ウクライナ本土とクリミア半島のあいだにある干潟］の横断を余儀なくされたさいに重傷を負った。一九二九年に連隊から配置換えとなり、コミンテルンの「ヴィストレル」高等狙撃戦術課程で指導することになった。ヴィストレルは、赤軍の指揮官養成を目的とした学校だ。ソ連で初めて兵士に狙撃術を教えたのがこのヴィストレルだった。だがポタポフが軍の狙撃教官となることはなかった。古傷が痛んだため、大隊指揮官ポタポフは退役したのだ。こうしてオソアヴィアヒムは、切望していた狙撃の専門家を獲得したのだった。

キエフに置かれたこの志願制の狙撃学校は、軍が創設した大規模な公的組織内に設置されたもので、必然的に、モスクワやレニングラードの狙撃学校と同様、装備や技術力の高さにとどまらず、指導教官たちの能力の高さでも有名になった。アレクサンドル・ポタポフは射撃に情熱を傾ける人物であり、銃——とくにモシン・スリーライン、モデル1891／1930——の目利きであり、熱心な愛好家だった。彼は自らの経験や見解や、狙撃学にかんする考察を『射手教本』という小冊子にまとめ、これはキエフで出版された。

断言できるが、ポタポフは生まれながらの教師だった。彼が生徒たちから目を離すことはなかった。授業中はもちろん、射撃練習場でもそうだった。彼には、理論上の知識と射撃訓練はもちろん必須だが、真のプロフェッショナルを育成するにはそれだけでは十分ではないという信念があった。生徒には、目がよいこと（視力の良さは個々の眼球構造によって決まり、生まれもってのものだ）のほかにも必要なものがあった。一定の性格をそなえていることが必要なのだ。穏やかでバランスがとれ、冷静沈着であり、そして怒りや笑い、悲しみや——これはもってのほかだが——興奮に囚われてはならない。狙撃手とは忍耐強いハンターだ。撃つのは一発のみ。それをはずしてしまえば、自らの命がその代償となることもある。

ポタポフはわたしたちに、一か月訓練を見たところで、巧妙で抜け目のない狙撃手になるスキルを身に着けられそうにないと判断した生徒には抜けてもらうと申し渡した。これには、みな心穏やかではいられなかった。とはいえ彼の指導方法はいつも生徒の尊敬を集めるものだったし、ポタポフのことを好きだと言う生徒もいるくらいだった。だからわたしたちは全力で取り組んだ。少なくとも、わたしはそうだった。わたしのほかに、わたしのグループにはふたりの女性がいた。わたしたち女性に対しポタポフは彼なりに礼儀正しく接してはくれたが、一九、二〇、二二歳という若い女性にとっては、将校であるポタポフの礼儀正しさには、うれしいというよりもおびえを感じることのほうが多かった。わたしたち女性は、真っ先に排除される候補なのではないかと危ぶんでいたのだ。しかし結果は、思っていたのとはまったく違っていた。

荒っぽい青年たちが何人も、オソアヴィアヒムの紺色のチュニックに別れを告げることになった。そのなかには「赤軍射手一級」の資格をもつ者も三人いた。ポタポフは、生徒の性別に重きは置いていないと説明した。そして女性のほうが――もちろん、すべてとは言わないが――狙撃行為に向いているのだとも言った。女性は忍耐強く観察力があり、生まれながらにして直観力にすぐれている。軍事課程を学ぶさいに、女性はあらゆる教えを正確に身に着け、しっかりと考えて慎重に射撃のプロセスを行う。また戦場の狙撃手にとって偽装を工夫することは非常に重要であるが、その場合も女性にならぶものはない。ポタポフはそう言ったのだった。

上級教官が女性の能力を評価するのを聞けば、だれであれ考えを改めないわけにはいかなかったはずだ。だがポタポフはわたしたちに喜ぶ暇などあたえなかった。彼はますますきびしくなり、グループに残った生徒の欠点を洗い出し、わたしたちのひとりひとりに以前にまして注意を傾けるようになった。ポタポフは、わたしたちには思いもよらぬ方法で、微細な点について意見をかわす授業を行った。たとえば、わたしたちに建設現場を見学させ――ヴラディーミル通りに建設中の三階建ての第二五学校だ――その現場の作業員が二時間以上にわたって行っていたのはなんの作業か、その現場はどう変化したか、ドアや窓の開口部、階段や内壁で新しくついたものがあるか、その現場を無力化するための射撃——たとえば、板を渡した通路を小走りに行き来して各階を見まわっている現場監督を撃つ——にはどこに陣取るのが最適かといったことを彼に報告させたのだった。

ポタポフは、望遠照準器を通して見るかのように自分の周囲の世界をじっくりと観察することを、時間をかけて徹底的にわたしたちに教えた。急速に進展している状況をじっくりと詳細に観察し、小さな部分を詳細に見てそこから全体を把握する。この手法をとると、あまり意味のないものは遠ざかったり背景に溶け込んでしまう。一方で、大きく重要性を帯びてくるものもある。新しく目に入ってきたものの本質が、レンズを通して拡大したかのように、はっきりと見えてくるのだ。

わたしたちの「親愛なる先生」が、わたしに目をつけているのではないかと思えることもあった。すぐには解決できない任務に取り組んでいるようなとき、わたしは頭に血がのぼるくせがあった。最初はごくふつうの問題に思えたのに、思ったよりも時間とエネルギーを要するとわたしはいらいらしてくる。するとポタポフは訓練の授業をいったん止めて、穏やかだがしつこく、うんざりするほどていねいに、すべてを分析しはじめる。解説し、まちがいを指摘し、そしてわたしがそれを正すやり方を見守るのだ。わたしは、ポタポフがじっくりと時間をかけてくれることに驚いた。するとこの上級教官はこう答えた。「多くをあたえようとすれば、多くを求められるものだ」

狙撃手に必須の複雑なスキルや能力をここで詳細に述べるつもりはない（一般市民の読者にはまったく意味がないことだ）ので、射撃学校がじっさいの射撃訓練だけではなく、射撃理論の授業にも重きを置いていたことだけを述べておこうと思う。わたしたちは弾道学について学んだ。とくにわたしたちは距離の判断基準となる「ミル」を理解するよう教えられ、特殊な公式やＰＥスコープの十字線や双眼鏡や潜望鏡を使って、角度を利用し射程を素早く算出する方法を学んだ（2）。わたしたちは、高速で回転する銃弾が、銃口からターゲットまで飛翔するのに左右にどの程度それるかを学んだ。さまざまな表も覚えた。たとえば、「軽量弾」から「重量弾」にいたるさまざまな銃弾をモシン・ライフルから発射した場合に、平均的弾道から極端にそれる例の表などだ。

四か月におよぶ訓練をわたしたちのグループはともにした。春が来て、わたしたちは射撃訓練場だけではなく、田舎にも出かけるようになった。そこでは根気強く教えてくれるポタポフが、カムフラージュの方法を教える特別授業を行った。少し遠出をして空き地を見つけたら、生徒はテーブルクロスを広げ、そこにレモン風味のミネラルウォーターやレモネードを用意し、また家からもってきたありとあらゆる食べ物を広げる。ポタポフが講義をし、自然のなかでいかにして自分の姿にカムフラージュを施すかを実演する。ときにはわたしたちがポタポフを三〇分以上も見つけられないこともあった。そうしたときは、わたしたちは大声を上げる。「降参です」。すると教官はわたしたちの前に予想外の姿で現れた。ぼろきれや枯れ枝や草の束をくっつけたフード付きの黄緑色のオーバーオールを身にまとっているのだ。

ほかには、狙撃用ライフルをもって森に入り、「ビンの底」と呼ぶゲームをよくやった。昼食後に飲み物が入っていたビンが空になったら、二股になった棒きれの一方にビンを挿してその口が自分たちの方を向くようにし、射撃線から二〇メートルから三〇メートル離れたところにその棒を立てる。そして一発でそのビンの底を割ってみせなければならない。銃弾がビンの口から入ってビン側面にふれることなく底から出るように撃つ。つまりは、底を撃ちぬくゲームだ。

ポタポフはいつも最初にビンを撃ちぬいてみせた。それからライフルを生徒のひとりに渡し、精度とスキルを試す競技会がはじまる。わたしたちのほとんどはとても若く、みな大きな野心を抱き、トップに立ってポタポフの称賛をえるためならなんでもやってやろうと意気込んでいた。まず、わたしたちが取り組むのは膝射だった。右膝を地面についてかかとに体重をかける。次に、左腕のひじの下にスリングを回してライフルを支える。こうすれば、射手は左膝に左ひじを置いて銃のハンドガードをもち、銃口により近い部分に手を置ける。これには筋力と安定性、バランスのよさが求められた。

撃ちぬくのに失敗するとゲームは盛り上がり、参加者は一斉にからかいと笑い声を射手に浴びせた。成功するとポタポフからご褒美をもらう。小さな板チョコレートや気の利いたコメントだ。しばらくわたしは自分の能力にまったく自信がもてなかった。さらに、わたしは自分をよく見せることも注目を浴びることも好きではなかった。それは、「親愛なる先生」がわたしたちに教え込んだ条件がこうだったからだ。「自分をさらけ出すことは危険だ。狙撃手はその姿を見られないかぎり攻撃されない」

ポタポフがわたしにライフルを渡す日がやってきた。緊張しつつわたしはライフルを受け取り、いつもどおり床尾を肩のくぼみにあて、人差し指をトリガーにかけて頬を銃床の上部に押しあてた。わたしは望遠照準器のアイピースを右目でのぞき込んだ。ＰＥスコープの拡大率は四倍だ。だがそれでも、ビンの口は三本の黒い照準線のあいだでかすみ、太字のピリオドのようにしか見えなかった。あとは直感に頼るしかない。「ターゲットを感じる」。これは訓練課程で狙撃手が身に着ける能力だ。

狙いを定めるのに時間を使いすぎるのは初心者が犯しやすいまちがいであり、わたしはずっとそうしないように努めていた。だから、すべては、指導を受けたとおりに正確に行った。つまり、八秒以内に撃つのだ。息を止め、狙いを定めたら息を吐き、トリガーをなめらかに引く。するとパンという音とともに弾が発射され、肩に反動がくる。ビンの透明な側面は変わらず太陽の光を受けてキラキラと輝いていた。だがその底は…なくなっていた！

「よくやった、リュドミラ」。上級教官は言った。「もう一度やってみるか？」

「はい、やらせてください」。すっかり気持ちが高ぶっていたわたしはそう答えた。

ポタポフはそんなわたしの状態をよくわかっていて、ほほえんだ。「落ち着け、三つ編みの美人さんよ――」。それはときどきポタポフが、自分が教える女子生徒にふざけて呼びかけるときの決まり文句だった。「成功するチャンスは十分だ」。

生徒たちが急いで新しい空のビンを枝に挿す。ポタポフはわたしに「重量」弾を渡し、ボルトハンドルを引いてわたしはそれを薬室に入れた。ライフルの発射機構がスムーズに作動するのはもちろんだ。トリガーを引くと、バネの力で撃鉄が前方にすばやく動く。撃鉄はヘビが一直線に走るように、薬莢底部の雷管を打つ。すると薬莢内の火薬が燃焼し、真鍮の薬莢におさまっていた弾頭が解き放たれる。

その日は天気のよいすばらしい一日となり、わたしの思い通りに、銃弾は見事に飛んで行った。「ビンの底」を三つ――森のなかの競技会で最終的にわたしが稼いだポイントだ。ほかの生徒の羨望のまなざしのなか、ポタポフはわたしに板チョコと、自身がまとめた小冊子『射手教本』を贈ってくれた。「わが才能ある教え子リュドミラ・パヴリチェンコへ、よき思い出。A・ポタポフ」という署名入りだ。わたしがこの言葉通りの生徒だと言うつもりはない。結局才能とは生まれもってのものだが、超一流の射撃手となるには、その才能にくわえ、断固とした性格や、勤勉さや不断の努力、あきらめずに学ぼうとする意欲が必要だからだ。

わたしは狙撃学校をまずまずの成績で卒業した。コート紙の修了証書には丸いソ連邦の国章が描かれ、履修した科目と修了級が書かれていた。実践射撃――優、火器力学――優、戦術訓練――優、軍事工学訓練――良。黒い文字で書かれたその成績にわたしは十分満足だった。卒業式の夜にはみな、緊張から解放されて騒ぎ、楽しんだ。わたしたちは将来について話し合った。男性の多くは軍の学校に入学申請するつもりだった。女子生徒はオソアヴィアヒム内で射撃の腕を磨く意向で、競技会に参加し、「ソ連邦スポーツマスター」［優秀なスポーツ選手やスポーツ界で功績のある人に贈られる名誉称号］の称号をえたいと思っていた。しかし、すでに一九三九年になっていた。

九月一日にはナチ・ドイツの軍がポーランドを攻撃し、第二次世界大戦がはじまった。ポーランドは侵略者に抵抗したものの、九月八日にはドイツがワルシャワの手前まで到達していた。ワルシャワの包囲は二十日間続き、その後政府はルーマニアに逃れ、ポーランドは完全にドイツの占領下に置かれた。一九四〇年四月にナチ・ドイツはデンマークとノルウェーに侵攻。イギリスとフランスの支援を受けてノルウェーは二か月もちこたえたものの、六月に降伏した。次はベルギーとフランスの番だった。ドイツは五月二〇日に前進をはじめ、二八日には、ベルギー軍の大半がすでに武器を捨て降伏していた。一九四〇年六月四日にはフランス、ベルギー、イギリスの連合軍がダンケルクで包囲され、その後イギリス軍はヨーロッパ大陸からイギリス本国へと退却した。このときイギリス軍は、大砲や戦車、六万台を超す車両、五〇万トンもの軍用装備や銃弾をドイツ軍に残していき、四万人近い兵士や将校が捕虜となった。同年六月二二日には、皇帝ナポレオン・ボナパルトが率いた勇猛果敢な兵士たちに連なるフランス軍が、パリをドイツ《フリッツ》軍に明け渡した。なんの抵抗もせずに、だ。まさにドイツによる「電撃戦《ブリッツクリーグ》」だった。

ヨーロッパで急展開する戦争を注視しながら、わたしたちは、遅かれ早かれ攻撃者は、世界初の「労働者と農民の社会主義国家」であるわが国も襲ってくるだろうと考えずにはいられなかった。わが家の習慣だった夕方の紅茶を飲みながら、仕事柄、信頼にたる情報をえていた父はそうした話をすることが増えたが、その多くは、その先に待ち受ける困難な状況についてのものだった。わたしは父に反論し、ロシア内戦の歌の歌詞を借りて、「シベリアのタイガからイギリスの海にいたるまで、わが赤軍に勝るものなし」であり、外国の領土に出て戦うことになるだろうと主張した。

その後のできごとから、父が正しく、わたしは（ほかの何百万人というソ連の人々と同じく）まったくまちがっていたことがわかる。わたしの誤った自信は、自分自身が絶好調だったことから来ていたのだとしか説明できない。わたしは大学の受講科目すべてで優の成績を取っており、勉強しながら専門科目に応じた仕事に就くことを認められた。一九三九年末、わたしは国立歴史図書館の資料収集係のリーダーに任命された。武器庫の工場で働いていたときのように、わたしはまた家計に貢献しはじめた。それに、すでに七歳になっていた息子にお金をかけられるようにもなった。

一九四一年一月、わたしは大学の仲間とともに史学科の試験に合格して優と良の成績をおさめ、四年に進級した。そしてキエフ歴史図書館の管理部から、わたしは一時的な配置換えを提示された。オデッサ公立図書館に赴き、四か月間、上級調査助手としてオデッサの研究員を支援するのだ。わたしはウクライナでもっとも歴史の古いこの図書館が有する豊富な資料についてはよく知っていた。この図書館でなら、ウクライナの英雄で一六五四年にロシアと条約を結んだボフダン・フメリニツキーと、彼が開催したペラヤースラウ会議の活動をテーマにした卒業論文の執筆も、スムーズに進むだろうと考えた。その翌年、わたしはキエフ大学でこの卒業論文の審査を受け、大学の修了証を授与される予定だった。

わたしは天にも昇る気持ちで出発の準備をした。とはいえ、ありがたいことに、父との会話はしっかりとわたしの頭に残っていた。このため、わたしはパスポートと学生証、学業成績証明書にくわえ、狙撃学校の修了証とポタポフからもらった小冊子、それに『フィンランドにおける戦闘』というタイトルの回想録もスーツケースに詰め込んだ。これは一九四一年初めにモスクワで出版されたものだった。

キエフからオデッサへと向かう列車は夕方の出発だった。家族全員が駅で見送ってくれた。父はふだん通りまじめで無口だったし、母は最後まで、体によい食事についてあれこれと注意をくれた。姉のヴァレンティナと恋人のボリスはなにかをささやき合っていた。息子のロスティスラフはわたしの手を離したがらず、自分も一緒に行きたい、ちゃんとお手伝いするからと言ってきかなかった。息子の目に涙がこみ上げてくる。わたしは息子を少しでもなぐさめ、元気づけようとした。わたしはこのとき、それから三年近くも息子と離れ離れになるとは思ってもみなかったのだ！

3　プルト川からドニエストル川まで

一九四一年六月二二日、日曜日。今ではすべての人々の記憶に刻み込まれているこの日は、一日がはじまる頃にはとくに変わったことはなかった。オデッサ上空は晴れ渡り、ソ連南部の太陽は暖かな日差しを降り注いでいた。海は波ひとつなく穏やかで、なめらかな青い海面が水平線まで続き、ずっと先では青い空と溶け合ってひとつになっているかのようだった。

ソフィア・チョパックはオデッサ公立図書館で働くわたしの友人で、彼女の兄とわたしはその日の早朝を海岸ですごしていた。わたしたちはプーシキン通りの「チェブレキ［カフカス地方のミートパイ］」・カフェで昼食を摂ることにしていた。夜にはオデッサの劇場でヴェルディのオペラ「椿姫」を観る計画で、すでにチケットも購入済みだった。

お昼にチェブレキ・カフェのオープン・ベランダに座って注文した品を待っていると、通りのスピーカーから、これから、人民委員会議議長で外務人民委員である同志モロトフによる談話があるとの発表が流れた。モロトフの話は端から信じられない内容だった。その日の午前四時に、ドイツ軍が裏切ってソ連を攻撃したというのだ。

「今こそわが国は、かつてないほどひとつにまとまらねばならない」。モロトフの声は断固としていたが、抑揚があり聞く人々の気持ちをあおった。「われわれはみな、自身からも、また周囲からも、ソ連邦の真の愛国者たる努力、組織、自己犠牲を求められている。赤軍、海軍、空軍が必要とするすべてを提供し、敵に対する勝利を確実とするのである。勝利は我らにあり！」

わずか数分の談話であり、すぐには、なにが起こったのか正確に理解するのはむずかしかった。わたしたちはまるで魔法にかかったかのように見つめ合ってじっと座っていた。だがまもなくして、注文したチェブレキと白ワインのボトルをウェイターが運んできた。するとわたしたちは魔法が解けて鏡の裏側から現世にもどってきたかのように、まったく別の話題を大声で話しはじめた。

一方プーシキン通りは、外に出てくる人たちで混み合いはじめていた。スピーカーの下に人々が集まり、さかんに意見をかわしている。不安に駆られて、家から通りに出てきた人々だ。みな近所の人々と顔を合わせ、その恐ろしいニュースをどう受け取っているのか、そして世間の雰囲気はどうなのかをうかがい、外務人民委員部が呼びかけている団結を感じ取りたかったのだ。群衆に混乱や困惑といった感情は見られなかった。みな自信をもってこう口にしていた。「われわれはナチをたたきつぶす！」

オデッサのだれもが、映画や劇場やコンサートホールに出かける計画も、ブラスバンドの音に誘われて海岸大通りをそぞろ歩きするといういつもの日曜日の習慣も、やめるつもりなどまったくなかった。それどころか、ギリシア通りからそう遠くない、オペラやロシア演劇の劇場や若者向けの劇場、それにオデッサの音楽ホールの客席は満員だった。芸を仕込まれたトラを観ようと、サーカスに繰り出す人たちも大勢いた。

わたしたちふたりもオペラを観に行く予定を変更するつもりはなく、七時をすぎた頃には特等のボックス席一六番に腰を落ち着け、「椿姫」の第一幕を観ていた。観衆は、パリの高級売春婦、ヴィオレッタ・ヴァレリーの自宅に招かれてでもいるかのような気分を味わった。舞台のセットや衣装、オペラ歌手の豊かな声、オーケストラの演奏。それに、金箔を貼った壁の装飾部や巨大な水晶のシャンデリア、フランス人画家が描いた非常に美しい天井画など、ホール自体のすばらしい装飾。こうした、劇場のあらゆるものが完璧に調和していたのだ。だがこのすばらしい光景を、なぜだかわたしは心から楽しめていなかった。まるでそれは別世界のことで、こうした光景が急にわたしたちから離れつつあるような気持ちに襲われたのだ。第一幕と第二幕の幕間に、わたしは友人たちにここを出ないかともちかけた。

わたしたちは海へと向かった。夏のあいだ海岸大通りに設えたステージではブラスバンドが陽気な軍隊行進曲を演奏していた。トランペットの音やドラムを叩くにぎやかな音が海岸に響き渡っていた。オデッサ湾には穏やかな水面が広がり、黒海艦隊の戦艦の姿も見えていた。地雷敷設艦として再装備されていた旧巡洋艦の「コミンテルン」、駆逐艦「シャウミアン」、「ボイキイ」、「ベズプレーチュヌイ」、それに小砲艦「クラスナヤ・アブハジア」、「クラスナヤ・グルジア」、「クラスナヤ・アルメニヤ」。鉄鋼の船体やマスト、それに長い砲身を伸ばす巨大な砲塔は、そのときのわたしたちの気分にぴったりだった。やはり、戦争がはじまったのだ。

翌日には、一九〇五年から一九一八年生まれで兵役の義務を負う者は徴兵に応じるべし、という動員令が発表された。一九一六年生まれのわたしはこれにあてはまる。軍がその場でわたしを選び、喜んで採用することを疑いもせず、わたしはオデッサの水上輸送地区にある軍事委員部に出かけた。募兵事務所での面接はごく正式なものだと思っていたので、わたしは一番まともなクレープデシンの服を着て、白くきれいなハイヒールのサンダルを履いていった。ハンドバッグのなかにはパスポートと学生証、それにキエフのオソアヴィアヒムの狙撃学校の卒業証明書が入っていた。

この地区の募兵事務所のドア付近には大勢の人々が集まっており、なかに入るまでに二時間ほど待たされた。面接室は風通しが悪く、タバコの煙が充満していた。ドアはしじゅう音をたてて開け閉めされていた。顔に変な色のしみがある登録官がしわがれ声で、自分の前にやってきたふたりのやぼったい若者になにかを説明していた。彼はわたしを見ると、困ったような顔でこう言った。「看護師の登録は明日からだ」

「衛生兵ではありません」。わたしはそう答えたが、彼はすぐに背を向けた。もう話は終わったということだ。だがわたしはそれが受け入れられず、彼の前のデスクに狙撃手の証明書を置いた。いらついた登録官は、自分の手にあるリストには「狙撃手」という分類はない、と言った。そしてオソアヴィアヒムやわたしのような女性をこきおろす言葉も口にした。兵士になりたいとは言うが、そのむずかしさをまったくわかっていない、と。つまりは、わたしを事務所から追い出したのだった。

募兵事務所からもどると、わたしは期待外れの結果について考えをめぐらせ、障害になっているのはわたしの登録住所だという結論にいたった。わたしの名前は、キエフのペチョルスク地区の募兵事務所のリストにならば狙撃手として登録されるのではないか。その前年、わたしはキエフの射撃競技会で優秀な成績をおさめ、再訓練課程にも合格していた。おそらくウクライナの首都ではわたしのことを受け入れてくれるだろうが、今いるのは黒海沿岸のオデッサだ。この地の募兵事務所に、キエフに問い合わせてもらう必要があった。

翌日、わたしは再び水上輸送地区の軍事委員部に出かけた。登録官の態度は前日よりはかなり好意的だった。彼の反応から判断すれば、すでに狙撃とはなにかは知っているようだった。彼はわたしのパスポートをパラパラめくって目を通し、わたしがA・B・パヴリチェンコと結婚したことを示すスタンプに目を留めた。そして夫はわたしが赤軍に志願することに反対していないのかとたずねた。夫のアレクセイ・パヴリチェンコとは三年も会っていなかったので、反対していないと答えた。わたしのパスポートは登録官の手に残り、事務所の人たちが隣のオフィスで軍に提出する書類をまとめはじめた。

一九四一年六月二四日の夕方、駅に集合すると、新兵はみな——軍服を着ている者も、平服を着ている者もいた——特別仕立ての軍用列車に詰め込まれた。列車はゆっくりと動き出し、黒海に近い大草原地帯を通って西へと向かった。まもなく右手にドニエストル川河口のなめらかな水面がキラキラと輝くのが目に入ってきて、それからシャボ、コリエスノイエ、サラタ、アルツィズ、フラヴァニの駅を通過した。列車はときおり駅で長時間停車し、そこで食事が配られた。だがだれからもなんの説明もなく、目的地についても知らされなかった。ただ、わたしたちは前線に向かっているということだけは知らされ、わたしの胸は自然と高鳴った。「早く、もっと急いでくれ！」。車両に詰め込まれた若者たちは気持ちを抑えきれなくなりつつあった。「まにあわないじゃないか！　俺たちが着く前にナチをたたきのめしてしまったらなんにもならないだろう！」。この美しく、繁栄した国に突然襲いかかった災難の大きさを、わたしたちは理解していなかったのだ。

列車は六月二六日の午前三時に、どこかの小さな駅に止まった。わたしたちは列車を降りて整列するよう命じられた。朝の冷たい湿気に少し体を震わせながら、新兵たちは泥の道を歩き、七時にはかなり深い森に到着していた。わたしたちはベッサラビア［現在のウクライナとモルドバ共和国にまたがる地域］におり、第二五チャパーエフ・ライフル師団の後方部隊に配属されたことが判明した。

わたしはここで初めて軍服をもらい、第五四ステパン・ラージン・ライフル連隊の赤軍兵士となった。備品はすべて新品で、それは、師団の人民委員部が立派に仕事をしており、その工場が秩序正しく維持されていることの証明だった。軍服はカーキ色の綿素材で、略帽、折り返し襟のチュニック、乗馬服のように大腿部がふくらんだズボン、人工皮革キルザのブーツ（自分のサイズよりもツーサイズ大きかった）が支給された。軍服以外には、真鍮のバックル付きベルト、キャンバス地のバッグに入ったガスマスク、カバー付きの小さなサッパースペード（ショベル）、アルミ製の水筒（これもカバー付き）、SSH-40ヘルメット（とても重い）、なかにタオルや着替え用下着、靴下代わりに足を包むポルチャンキ一組、支給食糧や洗面具などを詰めた袋が入っている背嚢も配られた。わたしは背嚢の奥に、レースの襟がついたテープルファイバー製の服と履き心地のよいキャンバス地の編み上げ靴をしまい込んだ。市民生活よ、さらば！

軍に入って初めての朝食はとてもおいしそうに見えた。熱々のソバのポリッジ（粥）と甘い紅茶に、厚くて固いパンがひと切れ付いていた。食事を摂ったところは、戦場の一角ではないかと思えるような場所だった。どこか遠くから機関銃の射撃音が響き、西の方からは砲弾が爆発する音がときおり聞こえてきた。わたしたち新兵はみな爆発音がすると飛び上がったが、年季の入った軍曹や上級曹長は、砲弾が飛んできたり爆発したりする心配はないし、それで負傷することはない、と説明してくれた。その日は、ガヤガヤと会話をかわすことで終わった。わたしたちはのんびりしていてよいと言われていたが、森を出ることは禁じられていた。

軍の宣誓を行う儀式は六月二八日に行われた。第五四連隊の政治委員で上級政治指導員のイエフィム・アンドレイエヴィッチ・マルツェフがわたしたちのところにやってきた。彼は第二五チャパーエフ・ライフル師団（この師団は一九一九年に、ロシア内戦の伝説の英雄ヴァシリー・イワノヴィッチ・チャパーエフが指揮した）の戦闘の歴史と、栄光あるライフル連隊――第三一フルマノフ＝プガチョフ、わたしたちが属する第五四ステパン・ラージンおよび第二二五フルンゼ・ドマシュキン連隊――について語った。一九三三年、第二五チャパーエフ・ライフル師団は、その頃設けられたばかりの、ソ連邦最高の勲章であるレーニン勲章を授与された赤軍初の師団となった。ロシア内戦の前線における師団の顕著な活躍や、平時における軍事訓練の輝かしい成果はよく知られていた。

それから、指令が発せられた。「注目！」。集合した部隊の前に第五四連隊旗が運ばれてきた。わたしたちは気持ちを込めて「赤軍軍人宣誓」をくりかえした。「わたしはソヴィエト社会主義共和国連邦の市民として、労働者・農民赤軍に入隊し、正直で勇敢であり、鍛錬と警戒を怠らぬ兵士となり、軍と国家の機密を厳格に守ることをおごそかに誓います」。わたしたちは宣誓の言葉が印刷された書類に署名し、そうすることによって、今やその命をわが祖国に捧げる兵士となった。わたしたちは、第五四連隊のいくつかの部隊に配属された。わたしが所属するのは、第一大隊第二中隊の第一小隊だった。

第一小隊はヴァシリー・コフトゥン少尉が指揮した。少尉はモギリョフの歩兵士官学校を前年に卒業しており、私よりも年下だった。少尉が真っ先に口にしたのは、なぜわたしが志願兵となったのか、という問いだった。兵士は女性が就く仕事ではなかったからだ。わたしは「魔法の杖」――オソアヴィアヒムの狙撃学校の卒業証書――を取り出した。少尉はそれを見てもはなはだ疑わしい顔つきで、大隊指揮官のセルギエンコ大尉に、わたしを医療小隊に異動させるよう頼むつもりだと言った。女性が前線でできるのは衛生兵の仕事しかない、ということだ。

わたしたちは第一大隊の指令所に行った。そこでは、なぜ、どういう目的でここに来たのか、君は危険の大きさをほんとうに理解しているのか、などなど、同じ問いがくりかえされた。その問いにわたしは、ロシア内戦のある時期、サマラ師団（のちの第二五チャパーエフ師団）に従軍してチャパーエフと会った父について、それからキエフの武器庫の工場でわたしが働き、国防人民委員部からの指令を遂行したことについて、またわたしがキエフ大学の史学科で祖国の軍事史を詳細に学んだことについて語った。

イヴァーン・イワノヴィッチ・セルギエンコは思慮深く、経験豊富でまじめな人物で、わたしの話にしっかりと耳を傾け、コフトゥン少尉に、狙撃手パヴリチェンコを衛生班に異動させるのは不適切であるから忘れるようにと命じた。わたしは喜びで胸がいっぱいになった。「同志大尉、わたしはすぐにも狙撃銃をもつ心構えはできています」

「だが、まだわれわれのところには狙撃用ライフルはないのだ、リュドミラ」。大尉は答えた。

「では、標準タイプのスリーラインはどうでしょうか」

「ここにはそれもないな」

「それではわたしはどうやって戦えばよいのでしょうか、同志大尉?」。わたしは困惑してたずねた。

「君たち新兵が使う武器なら、サッパースペードになるな。兵士たちが塹壕や連絡通路を掘ったり、砲弾や爆撃を受けたあとに補修したりするのを手伝うのだ。それ以外にも、ナチが前線を突破してきたときにそなえ、PGD－33手榴弾一個も支給する。手榴弾の仕組みはわかっているかね?」

「はい、同志大尉」

「すばらしい」。大尉はにっこりと笑った。「今のところ、それ以外の行動は君には必要ない」

わたしは大祖国戦争の開戦当初、多くの戦闘記録を読んでいた。それは大規模な軍事部隊を指揮する将軍たちや、連隊や中隊、小隊を率いる将校、それに政治将校が書いたものだった。戦闘はわが国の国境沿いのいたるところで起こったのだから、戦いぶりは、場所によってまったく異なっていた。たとえばブレスト要塞の防衛部隊は一か月近くも抵抗を続けた。また二週間におよぶ激戦ののち、全軍団と師団が壊滅状態になって、部隊の装備を捨てて混乱に近い状態で撤退し、包囲されてソ連軍の多くの分遣隊が降伏したこともあった。そうした戦況に陥っていたのは、たとえば北西、西部および南西部の戦線だ。ナチ・ドイツの侵略者たちはソ連邦の国境を越え、三週間で、場所によっては三〇〇キロから六〇〇キロも侵攻した。だがわが第二五チャパーエフ師団は南部の戦線の側面左端に配置され、すでにプルト川沿いに約六〇キロにわたって防衛線を敷いていた。ここでは戦況の進展がほかとは異なり、わが軍有利に進んでいた。

一九四一年六月二二日には、ナチ・ドイツと同盟を組むルーマニア軍が、ソ連との境界をなすプルト川を渡ろうとして撃退された。その翌週は小さな衝突や砲撃戦があったが、チャパーエフ師団は陣地を守り続けた。敵陣地に向けた攻撃も試みられた。わが連隊のある大隊（カグールに本部を置く）がルーマニア領土に踏み入り、ファシストの中隊二個を打ち負かし、約七〇人の兵士と将校を捕虜にした。またわが師団はルーマニアの都市キリア・ヴェケを陥落させ、大砲八基、機関銃三〇丁を戦利品とした。六月二三日にプルト川を渡ったルーマニアの部隊も見事に撃退されており、このときの戦闘で約五〇〇人のルーマニア兵が降伏した。六月二二日から三〇日までの八日間に、敵は総計一五〇〇人の兵士を失ったうえ、ソ連領土を一インチも奪うことはできなかったのだ（1）。

その後、戦況は逆転した。七月初旬にはプルト川沿いにソ連軍が敷いた防衛線が、ずっと北の、ヤシ、バルティ間とモギリョフ・ポドルスキ地区で破られたのだ。兵員や装備で大きく有利な敵軍はあっというまに前進し、南の戦線のあちこちでほころびが生じはじめた。敵の侵攻によって「ベッサラビア・ループ」の包囲網が形成され、そこから第二五、九五、五一、一七六ライフル師団を救出しなければならなくなった。こうして七月半ばには、後衛部隊が間断なく戦うなか、わが軍は黒海の大草原地帯を越えて、辛い撤退を余儀なくされたのだった。

七月一九日には、わが勇猛な連隊はカイラクリアからブルガリイカにいたる戦線に配置されていた。二一日にはノヴォ・パヴロフスクからノヴィ・アルツィズまでの戦線、二二日にはアルツィズの戦線、二三日にはカロリノ・ブハスからドニエストル川河口までの戦線に、そして二四日には、スタロカザチェの村や、六七高地、チェルカースィ、それにソフィエンタルの村というように、あちこちの戦線に師団の連隊の姿が見られた。

わが軍はいわゆる「段階的に」撤退を行った。退却を援護する部隊もあれば、撤退する部隊もあり、また新しい射撃陣地を置く部隊もあった。つまり、次のようなやり方だ。第三一プガチョフおよび第二八七ライフル連隊は退却する部隊を守る任に就き、第五四ラージン連隊は撤退し、第二二五ドマシュキン連隊は塹壕を掘る。それから各部隊が役割交換を行い、ドマシュキン連隊は戦い、プガチョフ連隊は撤退し、ラージン連隊は塹壕を掘るのである。

撤退はドイツ機とルーマニア機の攻撃を避けて行われ、日中の場合もあれば、夜間の場合もあった。わたしたちは車両で移動したが、連隊には十分な車両がなく——一八台しかなかった——さらにはそのうち九台（ゴーリキー工場製の一・五トンGAZ-AA）は医療中隊のものだった。一方で、二頭立て荷車は多数（公式には二三三台だが、七月中旬にはその三分の二程度になっていた）あった。だからわたしたちは徒歩でも行軍せざるをえなかった。

大草原地帯は、道の両側に本を開いたかのように広がっていた。七月の暑い夜、わたしたちの前にある草原は不気味に静まり返っていた。だが日中は、一斉砲撃の音がとどろき、射撃を受けて明るくなり、火薬の灼けるにおいが漂った。撤退の列は、避難するベッサラビアの住人たちも伴っていた。

農機具（コンバイン収穫機、トラクター、耕運機など）が道路をゴトゴトと移動し、大きな木箱を運ぶトラックも列を作っていた。工場の装備を避難させていたのだろう。農民の一団は家畜の群れを追い、それと並び、家財道具を運ぶ荷車の列が続いていた。小さな子どもをつれた女性たちやティーンエイジャー、それに老人たちが大勢いたのは言うまでもない。彼らは埃っぽい道路を肩を落としてとぼとぼと歩き、おずおずと空を見上げては連続砲撃に身を震わせていた。

大草原の道上空を「空飛ぶ額縁」が旋回することも多かった。双発式フォッケウルフ189航空機だ。ドイツ軍は「フリーゲンデ・アウゲ（フライング・アイ）」と呼ぶが、赤軍ではその構造──双胴機の中央部に乗員用のキャビンが置かれていた──から俗に「ラマ（額縁）」で通用していた。この機は偵察を行い、ドニエストル川に向けて撤退する列へと爆撃機を導き、また長距離砲撃の標定手の役割を担っていた(2)。「空飛ぶ額縁」の飛行速度は速くはなかったが、非常に上空高く飛んだ。この機への攻撃はすべて、赤星勲章を授与されたわが軍のヤストレブキ［ＴＮ「タカ」］。通常は戦闘機パイロットをこう呼ぶ］が行った。

ナチは定期的に空襲を行った。敵は道路やそのそばの村々を攻撃した。爆撃によって小麦畑は焼きつくされ、家々や、倉庫、行政の建物、製造工場が破壊されてしまっていた。車や機械は燃えつき捨てられていた。わたしたちのまさに目の前で、ユンカース87「ストゥーカ」爆撃機が雲のなかから突如として現れ道路に急降下し、身を守る術のない一般市民に爆撃を行ったり機関銃を撃ったりすることもあった。すべて、これまでの戦争とはまったく異なるものだった。戦争とは同等の戦力をもつ軍が戦うものであったのに、これはソ連の人民を一掃しようとするものでしかなかった。

そして人々を守るはずのわたしたちは、森に隠れるか、彼らと同じ道を東へと向かっていた。一般の人々は、わたしたちがなんの助けにもならないのを見て辛辣な言葉を吐いた。「くたばっちまえ！　どうして敵と戦わないんだ？　なぜあいつらを前に突っ立ってるんだ？」

恐ろしいほどの破壊と人々の大きな悲しみはわたしたちの胸に響き、ひどく心が痛んだ。兵士のなかにはふさぎ込む者もいれば、勝利を信じる気持ちを失い、その先のことを恐れる者もいた。だがわたしの頭にあったのは復讐だった。それは避けられないことであり、抑えがたい気持ちだった。わたしの祖国の平和な生活を乱暴に踏みにじった西からの侵略者は、手痛い代償を支払うことになるだろう。ライフルをこの手に取りさえすれば、わたしは敵を罰することになるはずだ。とはいえわが軍の装備は十分ではなかった。連隊や師団には砲弾ばかりか、ライフルも不足していたのだ。

一九四一年夏にオデッサ防衛区の軍事会議議員だったイリヤ・アザロフ海軍中将の回想録には、「我らに武器を！」という、当時の内情を暴露するタイトルの章がある。アザロフは、ナチが猛烈な速度で侵攻してくるさなか、軍の倉庫でライフルや短機関銃や、標準タイプの機関銃や軽機関銃を探しまわり、どこにも見つけられなかったことを書いている。彼が南部の戦線で新たに編成された部隊に武器を準備できたのはまったくの偶然だった。「われわれは教習用ライフルを五〇丁手に入れた…どれもが薬室に穴が開いているような代物だった。工場が、われわれの求めに応じ穴をふさいでくれ、ライフルの大半が使えるようになった。われわれはこのライフルを射撃訓練場で試射したのだが、まだ使用に耐えることがわかってほっとしたものだ」(3)

標準タイプのモシンM1891／1930がわたしに支給されたのは七月後半、わたしの連隊がノヴォ・パヴロフスクからノヴィ・アルツィズにいたる戦線で激しい砲撃を受けたあとのことだった。戦闘をただ見ているだけしかない状況にいらだちは募った。手にはたった一発の手榴弾しかないのだ。だが共に立つ同志が負傷し、その武器が自分にまわってくるのを待つしかないという状況は、その百万倍もつらいものだ。塹壕で援護射撃していた連隊の仲間が破裂弾の破片を受けて重傷を負い、彼は血まみれになりながら、スリーラインをわたしに手渡したのだった。

しばらく事前砲撃を行うと、ルーマニア軍の攻撃準備は整った。そして第一小隊のほかの兵士とともに、わたしはライフルを浅い塹壕の胸壁にのせ、照門を三の目盛り（つまり、敵までの距離が三〇〇メートル）に合わせてボルトハンドルを引いた。ボルトハンドルを前に強く押すと弾薬が薬室におさまる。そして、「L弾」あるいはモデル1908と呼ばれる軽量弾は発射待機の状態になった。コフトゥン少尉の命令で、わたしたちは射撃を開始した。中隊の軽機関銃も攻撃をはじめた。わたしたちの反撃はうまくいき、この小さな戦闘の決着がついた。塹壕をよじのぼり、わたしたちはファシストたちをはるか後方まで退却させた。わが軍が戦場を支配し、第五四ライフル連隊の兵士が敵兵の死体から武器を集めにかかった。戦利品のなかには口径七・九ミリ、チェコ製vz24モーゼル・ライフルもあったが、わたしたちの弾薬はこのライフルには合わないので、死体からは弾薬袋も回収する必要があった。もちろんそれでも、わが軍の武器不足を解消するには足りなかった。

スリーラインを肩にかついだわたしを見つけると、コフトゥン少尉はわたしのところにやってきた。少尉がライフルを別の兵士にゆずれと言うのではないかとわたしは心配になったが、敵を打ち負かした直後ということで、小隊指揮官の機嫌は上々だった。

「ほかの仲間と攻撃にくわわったのだな、リュドミラ二等兵」

「そのとおりであります、同志指揮官！」。わたしは答えた。

「それで、気分はどうだ？」

「上々であります、同志指揮官！」

「撃てたのか？」。彼は聞いた。

「はい。クリップを空《から》にしました」

「よろしい。上級曹長にこのライフルを君の名前で登録しなおしてもらう。君の狙撃の腕前を拝見しようじゃないか」

「望遠照準器付きのライフルをいただければよいのですが、同志指揮官」。わたしは言った。「照準器があれば成果は大きく異なります」

「この場では約束できないが、機会があればできるだけ早く用意しよう」。そう言って少尉はほほえんだ。その顔を見て、わたしも少尉が指揮する小隊の一員だと認められたことがわかった。

一方で、退却は続いた。チャパーエフ師団はドニエストル川の西岸まで退却して川を渡り、七月二六日には、東岸の、グラデニツァ、マヤキ村、フランツフェルド、カロリノ・ブハスにいたる戦線上に防衛線を敷いた。北にはティラスポリの第八二要塞地帯があった（4）。要塞は戦争のずっと以前に建てられたものだが装備はそれほど悪くはなく、コンクリート造りの要塞は地盤を補強しており、石造りの射撃陣地や、掩蔽壕や深い塹壕が備わっていた。ここには、さまざまな口径の大砲一〇〇基や機関銃と軽機関銃数百丁が置かれた大小のカポニエール［要塞前の空堀に入った敵兵を射殺する施設］があった。またＵＲ－82には地下に倉庫スペースがあり、さまざまな軍用装備が保管されていた。

ソ連軍司令部はここで押し寄せる敵を食い止め、ルーマニア軍とドイツ軍の歩兵師団をドニエストル河岸で粉砕し、それから西部の前線まで押し戻すつもりだった。ＵＲ－82については詳細に書くが、それは第二五および第九五ライフル師団にとって、この要塞が保管する兵器類が非常に役に立ったからだ。わが第五四連隊はようやく、マキシム中機関銃、デグチャレフ歩兵（DP）軽機関銃、モシンのスリーラインおよびSVT－40自動装填ライフルを手に入れたのだ。それに弾薬も補充した。そしてわたしはついに、PE（エメリャノフ）スコープ付きの、新品の（工場の油がまだ残っていた）モシン狙撃用ライフルを手に入れたのだった。

しかし、UR－82を本拠に戦況を一気にひっくり返そうとするわが軍の将軍たちの計画は、まだ遂行されたわけではなかった。数の上ではわが軍の五倍と大きく優位にあったルーマニア軍とドイツ軍が、どっと押し寄せつつあった。七月二六日から八月八日にかけて、ティラスポリ要塞地帯の境界線上で激しい戦闘が続いた。その後南部の前線の部隊がオデッサ郊外まで撤退を余儀なくされた。今や、ソ連軍が防衛線を敷くのは、アレクサンドロフカ、ブヤリイク、ブリノフカ、カルポヴォ、ベリャーエフカ、オヴィディオポリ、カロリノ、ブハスと、人口密集地をつなぐ戦線沿いとなっていた。

一九四一年八月八日、ベリャーエフカ。この日、わたしは初めて狙撃手の任務を行った。つまり、戦争で狙撃手として戦ったのだ。この日を決して忘れない。ベリャーエフカはとても大きく歴史のある村で、ビイェロエ湖のそばに、ウクライナ・コサックの一戦士集団であるザポロージェ・コサックが建設した。オデッサからは四〇キロほどの距離で、住居の大半は踏み粘土造りで葦葺きの屋根をもつが、教会と平屋の学校、それに革命前には裕福な住民が住んでいたと思われる数軒の家は石造りだった。そのうちの一軒には村の評議会が置かれていた。戦闘が長引き、ベリャーエフカの西側はルーマニア王ミハイ一世の部隊に占領されたままだった。わたしたちが大きな損失を出しているのにもかかわらず、ルーマニア部隊はまったく前進せず、夕方にはわが第一大隊は村の東側に陣地を確保していた。セルギエンコ大尉はわたしを指揮所に呼び出し、ベリャーエフカのはるか向こう端を指さした。枝が伸び放題の木々を通して大邸宅が見えた。切妻屋根の玄関があり、屋根は沈む夕日に輝いている。その玄関から、将校の軍服を着てヘルメットをかぶったふたりの男が出てきた。やぼったいヘルメットはプディング・ボウルのようだった。ルーマニア王国は戦前に、こうした鉄鋼製の軍用備品をオランダの業者から購入していた。

「敵将校の本部のようだ。あそこに届くか?」。大隊指揮官がそう聞いた。

「やらせてください。同志大尉!」。わたしは答えた。

「では頼んだぞ」。大尉はわたしの仕事の首尾を見守るため、そこを離れた。

UR－82付近に着いてからの週は、わたしたちはある程度自由になる時間があった。後方へと撤退したあとわたしは、戦闘で使えるように、新しい狙撃用ライフルを入念に手入れしていた。完璧に準備するためには、ライフルをすべて分解し、部品にある程度手をくわえなければならなかった。たとえば、木製のハンドガードをはずして、銃身がぴったりと接合するように銃床にやすりをかけ、銃身を前床に正しくあてて、レシーバーとマガジンのあいだに詰め物をした。ボルトの機構が適切に作動するためには、目が小さなやすりで部品を慎重にこすることが推奨された。ライフルのトリガー機構は、効率よく、信頼でき、安定して作動する必要があるのだ。

ドニエストル川東岸の草原地帯ではよく晴れて風のない日が続き、ライフルの照準を合わせるにはあつらえ向きの天気だった。最初にオープンサイト、それから望遠照準器を合わせる。まず、二五×三五センチの四角のターゲットから一〇〇メートルを測る。次は、その位置にライフルをスタンド(もしくはそれに類したもの)に固定して動かないようにする。オープンサイトを利用して望遠照準器を調節するためだ。

ライフルはわたしの肩にのり、わたしのベルトには弾薬が入った三個の革製ポーチが付いていた。軽量の「L弾」であるM1908と、先端が黄色い重量の「D弾」であるM1930、それに特殊「B－32」装甲貫通弾――黄色い帯があり、先端が黒い――この三種類だ。わたしはライフルを手に取り、望遠照準器のアイピースをのぞき込んだ。水平の線が階段を下りてくる将校の、腰のすぐ下あたりに重なった。わたしは、狙撃学校で教わったじっさいの弾道をもとにした方程式で距離を算出した。ターゲットまでは四〇〇メートルだ。軽量弾を薬室に入れ、わたしは撃つ場所を探してあたりを見回した。

大尉とわたしは破裂弾の直撃を受けて破壊された小作農の小屋にいた。屋根は破れ、石や焦げた梁の破片がいたるところに散らばっていた。伏射の姿勢から撃つのは無理だろう。わたしは壁の後ろから、スリングを使って膝射で撃つことにした。右のブーツのかかとで体重を支え、曲げて立てた左膝に左のひじをのせて、左ひじの下にかけたスリングでライフルの重みを支えるのだ。ポタポフはだてに、狙撃手の格言をしつこく口にしていたわけではない。「弾が出るのは銃身からだが、命中させるのは銃床だ！」。射手がライフルを抱えるときの姿勢で多くが決まるのだ。

わたしは三発目でひとり目のターゲットを撃ち、次のターゲットを仕留めるのに四発使った。最後は、数が少ない「D」タイプの重量弾の一発を装填した。神経質になっていたのか、ためらいがあったのかはわからない。だが敵の爆弾や破裂弾による攻撃のなかを、三週間におよび悲惨な退却を続けたあとではためらいなどあるはずがない。それでも、集中しようとするわたしの頭になにかがよぎったのだ。板に描かれたターゲットを狙う訓練を卒業して、狙撃手が初めて生きている敵を撃つときに、こうしたことがときたま起こると言われている。

「ルーシー」。大隊指揮官が思いやりのある口調で呼びかけた。双眼鏡で、敵将校が玄関でみじろぎもせず倒れているのを確認している。「君は弾を節約する必要があるな。七発でナチふたりでは、弾の使いすぎだ」

「申し訳ありません、同志指揮官。できるようになります」

「努力することだ。そうしなければ、姿が見えているかいないかにかかわらず、敵はゴキブリのようにあちこち動きまわるだろう。われわれのほかに侵略者を止める者はいないのだ」

そう言う一方で、ルーマニア軍はまるで勝ったかのような勢いだった。

一九四一年八月八日、ソ連軍に圧勝したことにより、ルーマニアの国家指導者イオン・アントネスクは、八月一五日にはアントネスクの勇猛な部隊がオデッサに入り、通りで勝利の行軍を行ってみせると宣言した。ルーマニア軍がこれほど勝利に酔いしれるのも無理はなかった。七月一六日にキシナウを奪うと、ドイツ・ルーマニア連合軍はあっというまにプルト川からドニエストル川まで進軍した。わずか三三日でソ連から広範な領土を奪うと、まるでその地が古代からルーマニア王国のものだったかのように、そこを「トランスニストリア」と呼んだのだ。今やドイツとルーマニアはこの地からロシア人、ウクライナ人、ユダヤ人、ジプシー（集団野営地から排除した）をすべて追い出す勢いで、その土地や家々をドイツ・ルーマニア軍の将校や兵士に引き渡させ、「偉大なるルーマニアの尊厳を貶めるもの」としてロシア語やウクライナ語の使用を禁止し、記念碑をすべて取り去り、すべての町や村をルーマニア語の名に変え、オデッサを「アントネスク」と呼ぶことにしたのだった。

ルーマニアは、他国の努力を利用して甘い汁を吸うことばかりに熱心だった。ヒトラーが率いるドイツとその強力な産業やすぐれた軍事技術や高い動員力、歴戦の部隊やバルバロッサ作戦がなければ、ミハイ王が「トランスニストリア」を夢見たところで実現などしなかっただろう。一九四〇年にソ連はベッサラビアとブコヴィナ北部［ルーマニア北東部とウクライナにまたがる地域］を奪回した。そこはロシア革命とロシア内戦という混乱の隙をついて、ルーマニアがロシアからかすめ取っていた領土だった。このときには、ルーマニア軍はわが第五、第一二、第九軍の進軍を前にあっというまに退却し、武力衝突を避け、武器を放棄したのだった。

黒海の大草原地帯の横断に成功したことで、この遅れた半封建的国家であるルーマニアの部隊は、強大な北の隣国ソ連に勝利したという幻想をいだいていた。ルーマニアの将軍たちは、赤軍の意気は下がり、さらなる抵抗には出ないと見たのだろう。だがこの思い違いによって、オデッサ付近にいたルーマニア軍は大きな代償を払うことになった。

望遠照準器のアイピースを通してわたしは、カギ鼻で浅黒い、ジプシーだか東洋人だかよくわからないような顔をたびたび見た。アントネスクは、ルーマニア人は古代ローマ人の子孫などと言い張っていたかもしれないが、ワラキア公国［一四世紀に建国された、ルーマニアの基となった公国］は事実上、一五世紀からオスマン帝国の支配下にあった。ルーマニアの国民に影響をおよぼしたものがあったとしたら、それはトルコであり、トルコは一八七〇年代までルーマニアの主要都市の多くに駐屯隊を置き、ルーマニアの貿易を牛耳り、ルーマニア人をトルコ軍に従軍させた。そしてまた多くのジプシーの集団が、この農民の国の町や村を自由に流浪していた。

一九四一年八月初旬、砂色の軍服を着たルーマニア兵たちはプディング・ボウルのようなヘルメットか、前後がとがった奇妙な形の布製のカペル野戦帽をかぶり、自信満々で不用心に動きまわり、戦争中に守るべき注意点などどこ吹く風のふるまいをしていた。彼らは戦線を歩きまわるときも突っ立って身を隠しもせず、あらゆるところで軍事上必要な安全確保を行わず、いいかげんな偵察を行い、後方部隊（医療大隊、厨房、馬のつなぎ柱、たくさんの荷車、工房などなど）を前線のすぐそばに配置した。要するに、ルーマニア軍は狙撃手にとって恵まれた環境を作り出していた。わたしの狙撃数が日ごとに増えていくのも当然だった。

一九四一年八月一五日にオデッサを陥落させよというアントネスクの命令が達成されないままだったのは言うまでもない。だが、ニコラエ・クペルケ将軍率いるルーマニア第四軍は、三〇万人の兵士と将校、それに八〇機の軍用機と六〇台の戦車を擁していた。それにくわえ第七二歩兵師団の分遣隊も一部配置されていた。それに対するわが軍にあるのは、三五機の航空機、正常に動く戦車は五台から七台ほど。そして五万人から六万人程度の部隊だった。

4 最前線

ソ連軍の技工部隊、工兵部隊、工作大隊およびその地域の住民は、長い包囲にそなえて懸命に働いた。主要防衛線（境界線八〇キロ、幅三・五キロ）の先端はオデッサ最寄りの村を貫通していた。この防衛線には大隊の防衛区が三二、中隊および小隊の支援陣地、大砲と迫撃砲陣地が置かれていた。八月一〇日にはこれら部隊が、補強土やレンガ、鉄筋コンクリートの射撃陣地を二五六個も建造し、さまざまな用途の一五〇〇もの壕を掘っており、これらは塹壕や長く曲がりくねった連絡路を介してつながっていた。塹壕は標準的な大きさで深さ一・五メートルあり、壁は厚板で補強されていた。三層の太い丸太で覆った掩蔽壕もあった。黒海の草原地帯に広がる平地には、幅七メートル深さ三メートルもある対戦車壕が張りめぐらされていた。戦闘陣地の前には地雷原があり、広範囲に、鉄条網を張った柱の列がならんでいた。オデッサから四〇キロの地域には第二の主要防衛線が、二五キロから三〇キロには第三の防衛線、一二キロから一三キロの地域には第四の防衛線が置かれていた（1）。

これこそ、わたしたちが願っていた要塞だった。ノヴォ・パヴロフスクでもノヴィ・アルツィズでも、それにスタロカザチェの村でも、わたしたちを支えていたのは要塞が現れるという期待だった。わたしたちは、夜には月明かりのもと、日中は敵の長距離砲撃を受けながら、小さなサッパースペードで急ごしらえの塹壕を掘り、あるいは食べ物も水ももたずに草原の道を越え、命を落とした同志たちを爆撃のクレーターに埋葬し、弾薬を節約しつつナチと戦ってきた。わたしたちは、開戦当初の、敵による突然のだまし討ちがもたらした混沌と無秩序にも終わりが来ると信じていた。それがいつ、どこで終わるのかはわからなかったけれど、わたしたちは、苦しい撤退の旅のすぐ先に、防衛拠点であり敵を寄せつけない要塞がきっと現れ、そこでわたしたちは射撃の洗礼に耐えながら、最後の血の一滴まで防衛線を守り抜き、厚かましい敵にソ連軍の真の力を思い知らせるのだと信じて疑わなかったのだ。

八月八日には、オデッサが包囲されたことが宣告された。そのとき、わが第二五チャパーエフ・ライフル師団の部隊は、A・S・ザハレンコ大佐の指揮下、ベリャーエフカ、マンゲイム、ブリノフカを結ぶ戦線に配置されていた。わたしたちは数の上で優位にある敵部隊の猛襲を退け、ルーマニア軍が防衛線を突破して南へと進軍するのを防いだ。その後ソ連軍では配置替えが行われた。第五四ステパン・ラージン連隊（I・I・スヴィドニツキー中佐指揮）の一部は旅団指揮官のS・F・モナホフ指揮下の合同分遣隊にくわわって、海軍歩兵の第一連隊と第二六NKVD連隊とともに東側の防衛を受けもった。第一大隊は以前と同じ陣地を受けもち、前線の区画を移動しながら、前線を突破しようとする敵に目を光らせた。

大隊の中核は、ドミトリー・ルビヴィ中尉が指揮するわが第二中隊が担った。「X村付近の状況回復」という命令を受けると、わたしたちは一・五トントラックに乗り込んで（とはいえ徒歩でのほうがずっと多かったのだが）目的地に到着して攻撃を行い、直前に奪われた陣地から敵を追い出すのだ。たいていは、こうした任務はうまくいった。

中隊の装備は今や充実していた。わたしたちは戦闘で敵の武器を大量に捕獲した。さまざまなモデルのライフル、機関銃（ドイツ製MP・40、わたしたちには「シュマイザー」といったほうがなじみがある）、ソヴィエト製TTピストル、モーゼルやベレッタ、ステアー、ナガンのリボルバーといった外国製のピストル、DP軽機関銃、それに大量の弾薬。わたしたちは国境沿いの小競り合いで武器が不足した苦い経験から学び、中隊独自に武器の保管場所を作った。こうした武器をすべてあちこちに運ぶのは面倒ではあったが、前線を守るチーム内でさまざまな話し合いをしていたとはいえ、わたしたちはすべてを連隊の備蓄に頼るのをよしとしなかったのだ。

わたしたちの部隊の周到な戦闘準備は、隊員の年齢の近さや、育ちや受けた教育によるところが大きかった。年齢は二〇歳から二五歳まで。全員が共産主義青年同盟の会員で、重工業部門や、わたしのようにウクライナの高等教育機関から志願した学生がほとんどだった。わたしたちには、プルト川沿いの戦闘を共にすることで仲間意識が育っていた。わたしたちは互いを信頼することを学び、スヴォーロフ元帥の金言である「自分の命を捨てても同志の命を救え！」が鉄則であることを理解したのだ。

戦闘の中断時には、わたしたちは故郷からの手紙を一緒に読み、また一緒に手紙――婚約者宛てのものもあった――を書いた。隊員はみなせっせと、感動的であったりウィットに富んだりする手紙を書いていた。音楽がわかるもの、よい声をもつ隊員もいて、よくみんなで歌いもした。歌ったのはロシア内戦時や人気映画で歌われていたもので、「スラヴ娘の別れ」、「タチャンカ」、「川のかなたに」、それにヴァインシュトク監督の映画『グラント船長の子どもたち』のなかで歌われる「風よ歌え」、アレクサンドロフ監督作『サーカス』の「祖国の歌」、コージンツェフとトラウベルグ監督の『マキシムの青春』の挿入歌など、たくさんの歌だった。

歌は戦闘中にわたしたちの心のよりどころとなった。激しい銃撃戦になることもあり、するとだれかが突然耳元で、大声を張り上げて好きな歌を一節だけ歌ったり、通りがかったときにこう叫ぶのだ。「持ち場を守れ、歩兵よ」(有名な詩の一節)。するとふっと緊張がほぐれるのだった。

攻撃前は高揚するどころではない。頭のなかがからっぽになったような感じで、気持ちは沈んでくる。それはつらく、不快な感情だ。中隊のみなもこの感情と戦った。心はずむような話があればそれを語り、勝利した戦闘のできごとを思い出し、仲間が不安に陥らないようにした。そしてルビヴィ中尉の声が響き渡る。「中隊、前進！　母なる祖国のために、スターリンのために、行けー！」。全員で突進すると、わたしたちは戦うことしか頭になく、この世のほかのことはすべて忘れてしまう。人間らしい感情よりもなによりも敵に対する嫌悪が先に来て、ルーマニア軍はわたしたちの前から野ウサギのように逃亡した。このように、わが第二中隊はすばらしい部隊だった！

わたしたちチャパーエフ師団がいかに果敢に戦おうとオデッサにおける戦況はきびしく、ときには気持ちがくじけることもあった。敵は砲撃の優位をうまく利用し、なにより大砲や迫撃砲の供給が潤沢だった。この違いは大きく、対するオデッサの防衛部隊は十分な補給を受けられなかった。ドイツとルーマニア軍が一斉砲撃を三回行うのに対して、わが軍は一回返せるかどうかという程度だったのだ。わが中隊が一斉砲撃にさらされたことがあった。八月一九日午前のことだ。迫撃砲の破裂弾が塹壕の胸壁に命中した――わたしの目の前ではなかったが、左に二メートルほどのところだった。衝撃波の直撃を受けてわたしの愛用するライフルは木っ端みじんになり、わたしは塹壕の端まで吹き飛ばされて泥に埋まった。連隊の仲間がわたしを掘り出して、第一大隊のほかの負傷者や戦争神経症にかかった赤軍兵士と一緒にオデッサへとつれていってくれ、わたしは入院することになった。

病院一階にある病室の窓を通してすばらしい景色が見えた。うち捨てられた果樹園のリンゴやナシ、桃の木の枝々が海から吹く風に揺れ、黄色く色づいた葉が震えている。そして、熟れて地面に落ちた果実。小さな灰色のスズメと頭の黒いホシムクドリが枝から枝へと飛び交っている。鳥たちはさえずり合っているのだろうが、わたしにその声は聞こえなかった。音のない秋の光景になぜだか気持ちがやわらぎ、窓の外を見ながらじっくりと考えることもできた。わたしの聴力は少しずつもどってきたが、関節や背骨は夜になるとひどく痛んだ。

清潔できれいに整えられた病室で糊の効いたシーツに横たわり、毎朝八時に丸いパンと一緒に出される濃く甘い紅茶を飲みながら、わたしは爆音がとどろく暑い草原を思い出していた。静まり返ったその部屋にいると、遠く、不思議なできごとのようだった。この世のものではない、恐ろしい夢だったとさえ思えた。しかし部隊の仲間は今もあの場所にいる。そしてわたしのいるべき場所もそこにあった。

まもなくわたしの親しい人たちからの何通もの手紙が、連隊から病室へと回されてきた。愛する母エレナ・トロフィモヴナはわたしの体を案じ、行軍中には野外の川や湖から煮沸していない水を飲まないようにと助言していた。父、ミハイル・イワノヴィッチは第一次世界大戦とロシア内戦を回想し、ベロフ家の人間は戦闘では常に運に恵まれているのだと書いていた。姉のヴァレンティナは新しい職場での仕事のようすを伝えてきた。家族は私から遠く離れたウドムルティアにいる。武器庫の工場がキエフからその地に避難したからだ。わたしは体を引き起こし、座って家族に返事を書こうとした。次第に以前の機能を取り戻してはいたが、右手で手紙を書くのには骨が折れた。字は少々乱雑だが、少なくとも心からの手紙だった。

ヴァレンティナ・ミハイロヴナ・ベロヴァ
ウドムルト共和国ヴォトキンスク、中央郵便局留め

親愛なるヴァル

昨日、わたしは病院から市内に出ました。リーナのはがきを受け取ったのですが、キエフからオデッサまで届くのに一か月半もかかったのですよ。リーナがわたしにお母さんたちの住所を教えてくれました。リーナと一緒にいればよかったのに。わたしが入隊して一か月と一〇日が経ちました。わたしは前線に出て、ルーマニア軍とドイツ軍をてこずらせています。でもあいつらのせいで泥に埋まってしまいました…。今は入院中ですが、あと二日で部隊にもどります。わたしは狙撃兵という特殊な任務をもらっています。殺されないかぎり、わたしはベルリンまで行ってドイツ兵を大勢やっつけてからキエフにもどるつもりです。一〇〇〇人。これがわたしの目標で、これだけドイツ兵を仕留めたら、顔をあげて誇らしく帰国できます。わたしは目標を定めたと言えますし、これ以上あとには退きません。要するに、退屈する暇などなく、にぎやかな毎日です。困ったことがあったら、オデッサ、パストゥール通り一三番地、研究図書館のチョパック気付で手紙を送ってください。わたしに転送されます（2）。

一九四一年八月三〇日にわたしは退院して前線にもどることになり、破裂弾の激しい衝撃から完全に回復したことを証明する書類を交付された。わたしはまだ図書館で働いていたソフィア・チョパックを訪ねることにした。図書館に向かう途中、わたしは巡視員に二度も呼び止められ、身分証を確認された。わた

しのチュニックに疑念の目が向けられたのだろう。チュニックは病院の洗濯室できれいに洗われ、ぴしっとアイロンがかけられていた。それに襟には、戦場用のカーキ色のものではなく、ラズベリー色のパレード用台布が縫いつけられていた。あるいは見た目が理由だったのかもしれない。なにしろ当時は、従軍する女性はごくわずかしかいなかったのだ。

戦争がはじまってから二か月たち、以前の、なんの心配もなかった頃のオデッサの美しい街や娯楽好きの住民たちには大きな変化が生じていた。いくつかの通りには砂嚢のバリケードが積まれ、広場には対空銃が設置されていた。閉まっている店も多く、開いている店でも、窓には×印に紙テープが貼られていた。休日に市民が集まる行楽地では職員たちの姿が消えていた。公園や大通り、通りや広場にも人の姿はなかった。石畳の道を歩くのは、ライフルを手にパトロールする民警だけだった。そして企業の工場や港や、運送、通信設備や水運業は警備が強化されていた。

オデッサの街は破壊活動《サボタージュ》が行われることを懸念しており、それには根拠もあった。ナチはオデッサを定期的に爆撃しはじめていた。何者かが数階建ての建物の屋根裏からドイツ軍に合図を送り、爆撃機をターゲットに誘導したこともいくどかあった。港はとくにこうした攻撃で損害を被っていた。

あるときはなんの印もつけていない小型機が突然オデッサの民間飛行場に着陸した。オデッサの防空機能は、つまりそれを見逃してしまったのだ。その航空機からは機関銃をもった一七人のドイツ兵が出てきて銃撃を行った。ドイツ兵は飛行場を確保してさらにドイツ機を着陸させ、大人数の部隊を迎え入れようとしたのだ。だがイリイチチェフ駆逐大隊の兵士たちがすぐに駆けつけ、敵は包囲されて全滅した。ドイツ機は確保され、そしてフリッツが再度こうした飛来に成功することはなかった。

ソフィアは、研究図書館の希少本や手稿の保管室で会ったとき、この事件やそのほかたくさんのことをわたしに話してくれた。保管室はにぎやかと言ってもいいほどだった。職員たちが大きな木箱に資料や、古代の手稿や希少価値のあるさまざまな骨董品などをおさめた革製フォルダーを入れていき、箱には番号を打って中身を書いていた。オデッサが包囲された状況にあると宣言されると、研究図書館をはじめとするオデッサの多くの文化施設で、カフカス地方への退避準備がはじまったのだ。ソフィア・チョパックはカフカスに行くかどうか決めかねていたが、これがソフィアと会う最後の機会となるかもしれなかった。

その日はチョパックの自宅で温かな歓待を受け、ギリシア通りの家でつつましい夕食をごちそうになった。八月二五日以降、オデッサ地方議会の幹部会は、新鮮なパンや砂糖、穀物、脂などについては配給券を発行して販売していた。とはいえ、有名なプリヴォス広場の市場は今も開かれており、今のところ欲しいものはなんでも手に入るが、価格は二倍、三倍と高騰していた。その夜は静かに更けた。

八月二九日には、嚮導駆逐艦「タシュケント」の銃手たちが、ボルショイ・アジャリク川の河口から砲撃を行っていたルーマニア軍の一個砲兵隊を粉砕していた。三日間にわたりこの砲兵隊はオデッサの街や港やその主要な航路をターゲットとし、わが軍の黒海艦隊の艦船が、オデッサの包囲を解くために必要な、新たに徴募した大隊や兵器や銃弾、食糧や装備などを港で降ろすのを阻んでいた。それにくわえ、沿海軍の部隊は別のルーマニア部隊の攻撃を撃退した。とはいえ、それでもナチはオデッサに接近し、東部の防衛地区ではフォンタンカ、西部の防衛地区ではフレイデンタルとクラスヌイ・ペレセリイエニエツの街まで侵攻していた。

早朝、わたしはクヤルニク川とボルショイ・アジャリク川河口に向かうトラックに乗せてもらい、オデッサを発った。第一大隊の指揮所は小さな村の近くに置かれていた。わたしはセルギエンコ大尉に、部隊にもどって任務を再開する旨を報告した。わたしは「赤軍二等兵パヴリチェンコ」という言葉で報告を締めくくった。大尉は笑った。

「まちがっているぞ、リュドミラ」

「どこがでしょうか、同志大尉？」

「もはや二等兵ではない。伍長だ。昇進おめでとう」

「ソヴィエト連邦に尽くします！」

わたしはうれしくて、精一杯声を張り上げて「やったー！」と叫びたかった。だがじっさいにはぐっと気持ちを抑え、厳粛な態度を見せた。それはまだ、軍での初めての昇進にすぎなかった。赤軍に志願兵として入隊してから、わたしは軍での昇進について考えたことはあったが、わたしの熱意と狙撃手としての成功がわずか一か月半で上官に評価されるとは思っていなかった。しかしじっさいには、迅速な昇進はわが軍が大きな損失を被ったからなのだ。つまりは、生き残った者が昇進する、ということだ。

指揮所での会話は続き、わたしは、入院しているあいだにわが第二中隊に変化があったことを知った。ひとつはわが小隊の指揮官、ヴァシリー・コフトゥン少尉が三〇人の部下とともに命を落としたこと。それは、クヤルニク川河口付近で八月二四、二五、二六日の三日間にわたって行われた血みどろの戦闘によるものだった。ふたつめは、連隊が最近補充され、セヴァストポリの志願水兵たちがくわわったこと。彼らは捨て身で必死に敵と戦っているが、歩兵として戦った経験はなかった。そしてほかにも志願兵がくわわっていた――一〇〇人近いオデッサ市民だ。

「君がわが連隊にもどってよかった」。イヴァーン・セルギエンコは言った。「わたしはほんとうにそう願っていたし、君にはプレゼントも用意している。目玉は新しいモシン狙撃用ライフルだ。以前のものは壊れたからな」

「ありがとうございます、同志大尉！」

「もうひとつは小さなものだが、気に入ると思うぞ」。大隊指揮官はわたしに小さな灰色のダンボール箱を手渡した。軍用品が入っているのと同じような箱だ。

わたしは開けてみた。なかには真鍮製の三角が二個入っている。わたしの新しい階級章だ。それは襟の上、今はなにもついていないラズベリー色の台布につけるものだ。大尉はこの草原地帯のどこで、こんな小さな真鍮製の階級章を見つけ出してきたのだろう。草原はあちこちで銃撃を受け、塹壕だらけだというのに。指揮官の配慮にわたしの心は温かくなった。セルギエンコ大尉はわたしだけではなく第一大隊のすべての部隊のことを気にかけていた。非常に経験豊富で先見の明があり、厳格な将校だが公平な人物でもあった。スヴィドニツキー中佐が負傷してわが第五四連隊を去ると、わたしたちはみな、連隊指揮官の任務とともに少佐の階級（指揮官に就くには必要な階級だった）がセルギエンコ大尉にあたえられることを期待した。だが最高司令部はそうはせず、N・M・マツシェヴィッチ少佐を後任にあてた。数年の任期を残した少佐は、ロシア内戦時に兵卒として第一騎兵軍に参加した人物だった。

大隊指揮所でわたしは階級章を台布につけ、伍長として第二中隊の最前線へと向かった。セルギエンコ大尉は別れ際に、新兵のなかから狙撃技術を仕込めそうな者を見つけるべきという趣旨のことを言った。残念なことに塹壕には、わたしを名前で呼んでくれる顔なじみの兵士はわずかしかいなかった。それ以外の兵士はものめずらしそうにわたしのことを見ていた。それまで大海原を航海していた水兵たちはカーキ色の軍服に着替えるどころか、平たい水兵帽や紺色のフランネルの上着、青と白のベストや、幅広の黒いベルボトムのズボンを脱いでもいなかった。船の扱いにかけては専門家であっても、彼らはライフルを手にしたこともなく、「狙撃手」という言葉は彼らにとってなんの意味ももたなかった。水兵を短期間で超一流の射撃手に仕立てることは、正直言って簡単ではなかった。わたしたちはまず、彼らにヘルメットとチュニックを身に着けさせ、靴ではなくブーツを履かせることからはじめた。

一方、オデッサ防衛区の司令部は狙撃手に特別な目標を設定していた。もっとも有利な監視および射撃陣地を確保して敵をかく乱し、敵が前線に近い戦線を自由に動き回れないようにして戦闘意欲を低下させるのだ。これ自体は別に新しいものでも独自のものでもないが、この任務を行う戦場自体はそうではなかった。ところどころに起伏はあるが、平坦な草原にはほとんど木も生えておらず、人口密集地もない。狙撃手の隠れ場を設置するのに適した場所はほとんどなく、カムフージュするとなるともっとむずかしかった。

侵略者たちと戦うためにはこれまでとは違った手段を探さなければならなかった。わたしたちはわが軍の前線から離れたところに隠れ場を設置することにした。わが軍の前線から四〇〇メートルから六〇〇メートル先の、中間地帯でも敵に一番近い部分に置くのだ。わたしたちは徹底した偵察を行ってからこれを実行に移した。偵察は狙撃手自身が行ってその付近のようすを細かく観察し、狙撃や、狙撃後に隠れ場を出て部隊にもどるのに適した場所であるかを判断した。

初めてこうした任務に出たときのことを例にあげよう。すべての偵察を終えると、夜のうちにわたしたちは三人組で任務に出発した。デグチャレフ歩兵用軽機関銃（ＤＰ）をもった兵士がひとりと、狙撃手（私）と狙撃観測手（ピョートル・コロコリツェフ）だ。わたしたちはガスマスク用のバッグに弾薬をいっぱいに詰め、手榴弾をベルトにつけた。ライフル一丁のほかに、わたしたちはそれぞれＴＴ（「トゥーラ造兵廠・トカレフ」）ピストル――わたしは弾薬が強力なので、このピストルを選んだ――を携帯した。隠れ場に入ったわたしたちは、すべての弾が敵に命中するとはかぎらないことも覚悟していた。射撃の精度はさまざまな状況に左右される。ときには、わたしたちの力ではどうしようもないこともある。

隠れ場としてわたしたちが選んだのは、ある程度の高さのある灌木が密集している場所だった。そこはひし形で、縦に約一五〇メートル、幅が一二メートルから一五メートルほどの広さがあった。ひし形の頂点のひとつはルーマニア軍の防衛線のなかに突き出ており、敵の二番手部隊が配置されている浅い小峡谷で終わっていた。この隠れ場は第五四連隊の最前列の塹壕から六〇〇メートルほど離れていた。これはもちろんかなりの距離だが、前線の機関銃手が配置についてわたしたちを監視し、合図（小さなサッパースペードを上げる）でわたしたちの退却を援護することになっていた。

真夜中をすぎてから掩蔽壕を出ると、わたしたちは一時間かけて隠れ場まで進んだ。雲ひとつない空に出た月があたりを照らし、通路も、起伏のある区域も破裂弾でできた穴もすべてがはっきりと見えていた。黒海地帯の静かで暖かく穏やかな夜が、わたしたちがいる田園地帯を包み込んでいた。両軍ともに、いつもとは違って、ライフルで相手を不安に陥らせたり、機関銃を撃ったりすることもなかった。あたりは静かでとても穏やかな状況にあったのだ！　低木の茂みで敵と鉢合わせする可能性があることだけが気がかりだった。わたしたちは歩くときにも監視を怠らず、いつでも撃てるよう準備をしていた。茂みにはルーマニア兵はいなかった。なぜルーマニア軍はここを確保しなかったのか、少なくともここに監視所を置いていないのが理解できなかった。これは、ルーマニア人がもつ無責任というジプシー気質のせいなのではないかと思う。時間に厳格で用意周到なドイツ人は以前から折にふれ、同盟国であるルーマニアに現代の戦争というものについて教えてきたが、それはうまくいってはいなかったのだ。

その夜は、狙撃陣地の準備に費やした。小さな胸壁がついた塹壕を掘り、胸壁は石や草で補強してライフルをそこに置き、すべての準備を整えて敵までの距離を算出した。そして機関銃手は、機関銃を配置した。

　明るくなってきた。午前五時に敵戦線に動きがあった。兵士たちが起床して歩きまわり、声高にしゃべり、呼び合っている。六時には野戦炊事車が到着した。敵戦線はさらににぎやかになってきた。将校たちが現れ、大声で指令を出している。少し離れたところにあるのは医療所だろう。衛生兵の真っ白な上着がわたしたちの目に飛び込んできた。

　全体を見渡すと、ターゲットにできる兵士は大勢いた。わたしたちはそれぞれの受けもちを決めた。左側に私、ピョートル・コロコリツェフが右側に就き、機関銃手は真ん中で監視を行う。わたしたちは午前一〇時になるまで待ち、前線からある程度離れたところにいる敵の行動を観察し、それから射撃を開始した。

　ルーマニア兵は心底驚いていた。数分間、彼らは銃弾がどこから飛んでくるのかもわからず、逃げまどい、興奮して喚き散らしては混乱状態に拍車をかけていた。だがわたしたちは距離を測定し、照準器は調節済みだった。撃てば、ほぼターゲットに命中した。二〇分近くでコロコリツェフとわたしはそれぞれ一七発を撃った。わたしが一六人、ピョートルが一二人という戦果だ。敵が隠れ場を突き止めて攻撃してくる場合にはわたしたちを援護することになっていた機関銃手は、一発も撃たなかった。その必要がなかったせいだ。

　態勢を立て直したルーマニア兵たちは、迫撃砲と機関銃を茂みに向けて撃ちはじめた。だが彼らはわたしたちがどこにいるか把握しておらず、撃ったところでわたしたちにあたりはしなかった。引き上げる潮時だった。わたしたちは自軍の戦線に無事に帰り着き、連隊指揮官に報告書を提出し、わたしたちの勇敢な行動に対し公式に感謝の言葉をもらった。

わたしたちはこの任務について話し合い、夜間に再度同じ場所に行き潜むことにした。わたしたちは気持ちを高ぶらせることもなく、落ち着いて隠れ家まで進んだが、茂みに到着するとおおいに警戒を要することがあった。初日には水を入れた水筒を携帯していたのだが、その場に残したまま塹壕にもどっていた。そこに置いたのは三個の水筒だったのに、来てみると六個の水筒があり、そのすべてに甘口のワインが入っていたのだ。水筒を見つけたわたしたちは、どうすべきか、慎重にならざるをえなかった。「ここを離れたほうがいいのだろうか?」。わたしたちは弾薬二個と、シュワルツローゼ重機関銃の三脚が草につけた小さなくぼみも発見した。こうした痕跡はルーマニア軍であることを示していた。ルーマニア軍の斥候が日中ここにいたことは明らかだった。敵は、この茂みが自軍の前線を攻撃するのに最適な場所だというこことをついに突き止めたのだ。だがその夜はなんらかの理由でその場を離れていたのだった。敵はおそらくは同じ場所からの攻撃はないと思っているのだろう。わたしたちはその隠れ場を再度調べ、その夜はなにも問題はないと確認し、そして、とどまることにした。

わたしたちは正午に狙撃を開始した。前日とまったく同じ展開になった。わたしは将校ふたりを含め一〇人、ピョートル・コロコリツェフは八人の敵を倒した。今回ルーマニア兵はすぐに落ち着きを取り戻し、二丁の機関銃で茂みに反撃してきた。銃弾はしだいにわたしたちの塹壕に近づいてきた。そこでわたしたちは射撃を止めてそこを離れ、目立たないように一方に移動して側面から機関銃手に接近した。一〇〇メートルまで近づくと、わたしたちは狙撃用ライフルから五発を撃って機関銃手ふたりを仕留めた。ピョートルは敵の機関銃に目をつけた。なにしろ銃は新品で、部品はみなぴかぴかに光っていたのだ。つまり、わたしたちは敵の機関銃一丁を持ち帰り、もう一丁はボルトをはずして隠したというわけだ。その後わが連隊の偵察兵はわたしたちの説明をもとにそれを見つけ出し、機関銃とともに自分たちの戦利品とした。あたりには弾薬の箱も大量にあったので、そのオーストリア製機関銃はその後赤軍で使用された。

この地点を狙撃手の隠れ場として三度も使用するとなると、さすがに無理があっただろう。そのためわたしたちは別の隠れ場を探した。今回は、崩れかかった白い空き家だった。同じ中間地帯に建っており、茂みからは四〇〇メートルほどのところにあった。そこに陣取ると、その翌日、わたしたちは屋根裏部屋からルーマニア軍を観察した。午前七時三〇分、ルーマニア兵たちはわたしたちがいた茂みに対して激しく迫撃砲を撃ちはじめ、三〇分にわたって絶え間なく砲撃を続けて隠れ場を徹底的につぶした。誰もいない場所に向かって敵が弾の無駄使いをするのは悪いことではない。

オデッサの草原地帯で土に返ることになる二六人のルーマニア兵に対して（わたしの戦果の合計は六五に届こうとしていたが）、わたしは報酬などまったく求めてはいなかった。開戦からの一か月、わたしたちは勲章など期待しなかったし、それよりも、凶暴な侵略者からわが祖国を守ることだけを考えていた。これよりのちの一九四三年に兵士向けの栄誉勲章が創設されると、敵兵士や将校を一〇人仕留めた射手に対してはこの勲章の三級が、五〇人から七〇人仕留めた射手に対しては二級が贈られた。たとえば、中央女子狙撃学校で狙撃訓練を受け卒業した一四名の若き女性兵士たちは、この勲章の一級と二級を両方授与されている。中央女子狙撃学校の卒業生ではないものの、ニーナ・パヴロフナ・ペトロヴァ上級曹長は唯一、栄誉勲章の一級から三級まですべてを授与されている（一級は死後の授与）。ペトロヴァの確認戦果は一二〇人超である。

第五四ステパン・ラージン・ライフル連隊内で、オデッサの戦いにおいて最も高い評価を受けた女性兵士は私ではなく、機関銃手のニーナ・オニロヴァだった。児童施設で育った孤児のニーナはオデッサの工場で働き、二〇歳のときわたしたちの連隊にやってきた。一九四一年八月後半のことだ。彼女は、志願兵としてやってきたオデッサのほかの住民と同じく、当初は医療中隊の衛生兵だった。だがまもなく、彼女は実戦部隊への異動を申請した。オソアヴィアヒムで機関銃の扱いを学んでいたからだ。ニーナはわたしたちの大隊に配属され、第一中隊で任務についた。このため、わたしたちがお互いのことを知っていたのは言うまでもない。

わたし自身はニーナの手柄をじっさいに目にしたことはないので、戦場にいるときとそれ以外のニーナを知っているオデッサの退役軍人の回想を紹介しようと思う。

「ニーナのことがよく話題にのぼるようになったのは、ギルデンドルフの村近くで戦闘が行われたあとのことだ」と書くのはアザロフ中将だ。

危機的な場面では、ニーナとその隊二番手のザブロディン二等兵が開けた場所に機関銃を撃ちまくって、攻撃してくる敵を打ちのめした。ふたりの銃撃は百発百中だった。ファシストたちはバタバタと倒れていき、生き残った者もあわてて自軍に這いもどった。敵の攻撃ははね返されたのだ（3）。

「わたしが基地にもどると、政治部のトップであるN・A・ベルドフスキー大隊上級政治委員に呼ばれた」。トロフィム・コロミエツ中将はこう回想する。

彼と一緒にいたのは、赤軍の軍服を着た背の低い女性だった。わたしの問いかけるような視線に、ベルドフスキーは彼女をわたしに紹介した。「ラージン連隊の機関銃手、ニーナ・オニロヴァだ。オデッサの防衛で負傷し、後方の病院に搬送された。現在、彼女の言うところでは、すっかり元気だそうだ…」。初対面のときはこのような感じだ。ニーナ・オニロヴァはチャパーエフの「第二のアーニャ」とあだ名され、何百人ものファシストを銃撃して葬り去っていた（4）。だがそこにいたのは、日焼けした丸顔の若い女性だった。にこやかな目をしたかわいらしい女性で、はにかんだような笑みを浮かべていた…。沿海軍には、オニロヴァのことを耳にしたことがない兵士などいなかっただろう（5）。

わが連隊の共産主義青年同盟のオルガナイザーであるヤコフ・ヴァスコフスキーはその回想録で、ニーナの勇敢な行動をこと細かに書き記している。

第一大隊の指揮所にいたわたしは、敵からさらに攻撃を受けた。大隊指揮官のイヴァーン・セルギエンコは壁の割れ目から戦場を監視していたが、電話の受話器に向かって突然、怒鳴った。「左側面の機関銃はなぜ撃たない？　すぐに確認せよ！　必要であればお前が撃て！」。これは中隊指揮官イヴァーン・グリンツォフ中尉に対する命令だった。グリンツォフは左側面の塹壕を走った。危険きわまりない状況だった。左側面からの銃撃はそれほど激しくなかったため、攻撃してくるファシストたちはそちらへと移動をはじめていた。そこに配置された機関銃部隊は編成されて間がなく、大隊にくわわったばかりで、中隊指揮官は戦闘前にその隊の兵士たちと顔を合わせてはいなかった。

機関銃手のところまで走ると、ひとりめは前かがみになって動かず、もうひとりはそのうしろに、何事もないかのようにぼさっとつったっていた。「まだまだですよ。もう少し引きつけてから…」と前方の機関銃手が、グリンツォフの方に振り向きもせずに落ち着き払った口調で言った。だが敵までは七〇メートルほどしかない。

グリンツォフは我慢できずに叫んだ。「いったいなにをやっている？　手榴弾が投げ込まれたら木っ端みじんだぞ！」。グリンツォフは機関銃手を押しのけて自分で撃とうとした。だがその瞬間、機関銃が鳴りはじめた。最初のひと撃ちで敵の半分ほどが倒れる。敵は密集していたため、敵部隊はせまい区域に押し寄せていた。最後に倒れた敵兵たちは機関銃から三〇メートルほどまで接近していた。わが軍の塹壕からは「やったぞ！」という歓声が上がった。中隊のだれも、これほど鮮やかな銃撃を見たことがなかったようだ。

「よくやった！」。グリンツォフは叫んだ。「倒したファシストたちの数を数えろ！　勲章一個では足りないな！」。ようやく機関銃手が中隊指揮官のほうを向くと、そこには日に焼けた、陽気そうな丸顔の若い女性がいた。短く切った髪は少年のようだった…。機関銃手オニロヴァは、「チャパーエフの第二のアーニャ」としてあっというまに連隊中にその名を知られるようになり、それが第二五ライフル師団全体に広まるのにも時間はかからなかった……(6)。

ニーナ・オニロヴァはその後まもない一九四一年一二月にも、セヴァストポリの前線で功績をあげ赤旗勲章を授与された。オデッサ防衛戦の記録によると、このとき身を投げうってファシストと戦い、大きな犠牲を出して街を守ったわが勇敢なる栄光の連隊からは、数十名の兵士が勲章を授与されている。

正直に言うと、わたしたちのみながニーナの革新的戦術を賞賛していたわけではなかった。セルギエンコ大尉はとくに神経をとがらせていた。ニーナはひとつの機関銃陣地を守るだけだが、大尉は大隊の前線すべてに責任を負っているのだ。ニーナを呼びつけると、大隊指揮官であるセルギエンコはまず彼女の勇敢さをたたえてから、敵による正面攻撃のさいに、こうした近距離から銃撃を行うことはあまりにも危険が大きすぎると注意した。別の敵が側面からつっこんできて、ニーナに手榴弾を投げる危険もある。それに連隊のマキシム固定機関銃は非常に古く、ロシア革命以前の年代物だった。弾を大量に送り込む場合はうまく機能しないことも多く、そうなると、なにをもってしてもニーナとニーナの部隊を救えないだろう。ニーナは映画『チャパーエフ』［赤軍指揮官のチャパーエフの活躍を描いた一九三四年の作品で、女性兵士アンナ（愛称アーニャ）が機関銃を手に奮闘する］のなかで機関銃手を演じているわけではなかった。映画では白衛軍が赤軍を打ち負かすことはできなかったが、これはほんとうの戦争であって、戦況が自分の思う通りの展開にならないことはありうるのだ。

結果として、ニーナ・オニロヴァがその革新的な銃撃法を実行することはあまり許可されず、軍の教範を守るよう命じられた。しかしすでに手遅れだった。第二五師団が発行し広く配布されていた新聞「赤軍兵士」や軍のその他の刊行物は、この勇敢な女性兵士の銃撃についておおげさに書きたてた。そして、映画でロマンティックに描かれたロシア内戦の英雄たちに触発されて大きな手柄を立てたこの凄腕の機関銃手を、軍のプロパガンダにかかわる政治委員はおおいに利用したのだった。

一方で、その当時、狙撃手の仕事をロマンティックだと思う者などだれもいなかった。まず、「狙撃手」という言葉自体が聞き慣れず、理解してもらえないものだった。次に、機関銃と機関銃手による作戦は目に見える行動が多く、隠れ場から行う狙撃よりもずっと興味を引く。機関銃を一回撃てば弾が次々と出て、敵の群れがバタバタと倒れる。狙撃手の任務とは、前進する敵戦線の将校をひとり排除し、それによって敵の攻撃を阻止することで、おもしろおかしく描けるようなものではなかった。さらに、狙撃手自身のこともあった。狙撃手とはどんな人々なのか？　無口で社交的ではなく、気難しいとさえ言える。また敵をどのように仕留めるのか、狙撃手がその詳細を正確に述べることもできない（ちなみにこれは認めておらず、守秘義務にかんする条項に正式に署名している)。

一九四一年九月初旬(三日から五日のことだったと思う)、わたしたちは、オデッサ防衛区の東部にとどまっているときに、新設されたライフル師団が一時的にわが連隊にくわわることを知った。当初は第一オデッサ、その後第四二一オデッサ・ライフル師団と呼ばれた隊だ。旧知の仲間がわたしたちにくわわったわけだ。第一三三〇連隊と名を変えたY・I・オシポフ大佐率いる海軍歩兵の第一連隊、第一三三一連隊となったNKVDの第二六連隊、そして第八二要塞地帯を守っていた部隊からも兵士を補強し、さらに砲兵連隊、土木工兵大隊、機関銃大隊一個ずつにその他の部隊もいくつかくわわっていた。師団指揮官にはコチェノフ大佐がついた。司令部はクヤルニク病院内に置かれ、その前進指揮所はテルノフカの村にあった。師団は、長さ一七キロにおよぶ前線を死守する任務を負っていた。兵員が十分なルーマニアの歩兵師団二個が相手だ。わたしたちは九月六日の終日、敵の攻撃を跳ね返し、七日には攻撃に打って出た。ルーマニア軍は前線の各部で〇・五キロから二キロ、北に向かって退却し、戦場には七〇〇人近い死者や重傷者や将校が残された。そのうち二〇〇人ほどがわが軍の捕虜となり、敵機関砲や迫撃砲、機関銃や短機関銃、それに大量の弾薬が捕獲された。

その翌日の九月八日、ルーマニア軍はわが連隊の第三大隊を襲った。ハジベイスク川とクヤルニク川の河口に挟まれたせまい区画に陣地を置いていた大隊だ。わたしたちは連隊の仲間を支援すべく急行し、混成部隊とともに敵の攻撃を押し戻した。強力な砲撃による激しい戦闘が九月九日から十一日までの三日間続いた。以前は国境を警備していた勇敢で鍛錬を積んだ部隊——今は第一三三一ライフル連隊——が前方に進軍してきたのはこのときだった。この部隊はボルガルカ村、アウグストフカ村と、プロトポポフカ村の北境界とのあいだに強固な戦線を敷いた。

このような、平原で大規模な部隊が戦闘するという状況において、狙撃手がするべきこととはなんだろう？　答えは簡単だ。事前に設置した要塞（この地域にはいくつかあった）にほかの兵士たちと陣取り、そこにある塹壕から敵を狙い撃つのだ。敵は損失を出しているにもかかわらず、前進しつつあるのだからなおさらだ。

このとき、わたしは第二次世界大戦においては風変わりともいえる光景を目にした。ルーマニア軍が「心理的」攻撃をしかけてきたのだ。まず、いつもどおり、二〇分ほどにわたり事前砲撃がとどろいた。ソ連軍兵士と将校は十分に装備された深い掩蔽壕や塹壕でそれが終わるのを待ち、第五四連隊に大きな損害は出なかった。砲撃が終わるとあたりは静まり返った。そして兵士たちは持ち場にもどり、敵までの距離の算出にかかった。いつもとは違う光景が現れたのは、そのときだった。

心を奮い立たせるような音楽が聞こえてきたのだ。見ると、プディング・ボウルのようなヘルメットをかぶった歩兵たちが、まるでパレードでも行うように行軍している。草原に広がるのではなく、逆にくっつきあって密集した縦隊を作り、肩と肩はぶつかり合っている。兵士たちは太鼓が打つリズムに合わせて、足を高く上げて歩いている。二列目か三列目には兵士たちの頭上に部隊旗が翻っていた。将校たちは一定の距離を置いて、肩にはむき出しのサーベルをかつぎ、縦隊のあいだを大股で歩いている。左側面には行軍用の装束をまとった僧がひとり見えた。金色の刺繍が施された式服は明るい秋の日差しを受けて輝き、びっしりと列を作る兵士たちを背景にしたそれは、奇妙な光景だった。僧は、ルーマニア兵がもつ教会旗を三つ従えていた。この僧は、あとで判明したのだが、ウクライナ人だった。

双眼鏡を通して向かってくる敵部隊を眺めるのは、楽しくないわけでもなかった。敵はだんだん接近してくる。そのうち、敵兵たちは酔っぱらっていることがわかった。敵は厳密に隊形を維持してはおらず、足並みがぴったりとそろってはいない。とはいえ、たやすく狙われることはわかっているのだから、しらふの兵士にどこまでも平坦な草原を歩かせることなど無理だろう。たとえ、これから一掃しようとする相手を、劣った人種だと見下しているとしてもだ。敵には、勝利を確信する根拠が別にあったのだろう。つまり数の上での大きな優位だ。軍楽隊が奏でる騒々しい音楽に合わせ、四〇〇名しか残っていないわが第一大隊に向かって行進するのは、平時定員の二〇〇〇人を擁する歩兵連隊だったのだ。

容赦なく、敵は距離を縮めてくる。ルーマニア兵たちは七〇〇メートル足らずまで近づき、わが軍の迫撃砲が敵に向かって放たれた。砂色の軍服の隊列のあいだから土が舞い上がる。一瞬敵の隊列はくずれたが、倒れた者を残し、まだ命のある者は隙間を詰めて列を作り、前進を続けた。将校の指揮でルーマニア兵たちは足を速め、ライフルを手にした。銃剣の刃が光る。それは、土埃が舞う草原地帯に走る稲妻のようだった。

わたしは、敵の最前列が、トウモロコシ畑の端にある塀と同じ距離にくるまでじっと待った。わたしは事前に、射撃にそなえてその周辺の図を描き塀までの距離を導き出していた。塀はわたしたちがいる塹壕から六〇〇メートルの距離で、クコの茂みが五〇〇メートル、それにてっぺんが折れた木が一本、四〇〇メートルのところにあった。ルーマニア王ミハイ一世の兵士たちはなにも知らず、直接射撃をくらう位置まで移動しつつあった。

狙撃手が直接射撃を行う場合のスキルはみごととしか言いようがない！　直接射撃を行う場合、ターゲットに届くまで、銃弾がそれよりも高い位置を飛ばないように撃つ。たとえば、目盛りを六に設定して行軍している敵兵士のかかとを狙うという状況では、望遠照準器の照準を再調節しなくとも数発撃つことが可能だった。弾道が緩やかな弧を描くため、敵はまず足を撃たれ、それより近づいた敵は腹、さらに近づき三〇〇メートル程度まで来たら胸、そして頭を撃たれることになる。そこからさらに狙撃手に近づくと、その先は、あたるのが胸、腹、脚と逆になる。

わたしはその頃には自分に合う射撃法を見つけていた。敵の目と目のあいだを撃つのだ。だが太鼓が打ち鳴らすリズムに合わせて行軍する歩兵の隊列を見ていると、今回は、頭だけ狙うという贅沢は許されないだろうと思った。今回やるべきは、とにかく撃って撃って撃ちまくり、酔っぱらった兵士たちの心理攻撃を止めることだった。彼らは自分たちがなにをやっているのかも理解していない。そんなルーマニア兵がわたしたちの塹壕に到達するのを阻むのだ。結局、兵員数がこちらの五倍という数的優位にあるルーマニア軍は、わたしたちの勇敢な大隊を力まかせに踏みつぶし、武器を手にしたわたしの仲間すべてを消し去ろうとしているだけなのだ。

敵は、そんなことを成し遂げはしなかった…。

日は落ちかけ、平原に生えたハネガヤを弱々しい光が照らしていた。ルーマニア軍は負傷者を伴って退却したが、死者（三〇〇人ほどにのぼったようだ）は残していった。ヴォロニン中尉とともに敵兵の死体を踏み越えながら、わたしは「わたしが撃った」兵士を探し、自分の狙撃手用ノートに記録した。前任のルビヴィ中尉が負傷したのに伴い、代わって中隊指揮官となったのがヴォロニン中尉だった。わたしだけでなく、わたしの隊の機関銃手や第二中隊のほかの狙撃兵もすばらしい戦果をあげていた。みな、使っていたのは七・六二ミリのライフル弾で同じものだ。だからわたしは、頭部や首、あるいは胸の左側に銃弾を受けた死体を自分の戦果だとみなした。そうしたものは一九体あり、うち七人は将校でひとりが下士官だった。

「とくに将校を狙っていたのか？」。中尉が聞いてきた。

「はい。教範にはそう書かれています」

「すばらしい戦果だな、リュドミラ」

「ソ連邦のためです」

「敵は心理攻撃をやることにした」。ヴォロニンは沈鬱な面持ちで言った。「自軍の兵に対してなにも思うところはなかったのだろうか」

「わたしたちのことを臆病者だと思っているだけですよ」

「一時間で二度の攻撃。それが今や一キロ後方まで退却している。敵は見えもしなければ声も聞こえない」

「ルーマニア人の気まぐれっていうところでしょう」。わたしは冗談を言った。「騒々しく束になって攻撃をしかけて、うまくいかないとわかると、尻尾を巻いてさっさと逃げるんですよ」

アンドレイ・アレクサンドロヴィッチ・ヴォロニン中尉はキーロフ・レニングラード赤旗歩兵士官学校を一九三九年に卒業し、開戦前にヴォルガ軍管区で入隊して、徴募された補強部隊とともにこの少し前にオデッサに配置されていた。もっとも、前線での経験はなかった。中尉は狙撃手の任務に非常に興味をいだき、いろいろなことを詳しく聞いてきた。正確な射撃を行った褒美として、順番などおかまいなくわたしを昇進させたのも中尉の意向によるものだった。わたしは下級軍曹になり、この若い将校に大きな敬意をいだいた。中尉は生粋のレニングラードっ子だった。歴史学の学者である父親はエルミタージュ美術館に勤務し、息子にも自分と同じ道を歩んで欲しいと思っていたが、アンドレイは子どもの頃から軍人になる夢をいだいていた。それにもかかわらずアンドレイは歴史の知識が豊富で、わたしたちはときおり、わが国の好戦的な祖先の行いについて語り合った。

わたしは中隊指揮官からの新しい命令にできるだけうまくこたえられるよう努めた。中尉はわたしを敵機関銃を一掃する任務に送り出した。敵機関銃手がギルデンドルフ村の方向から正確無比の銃撃を行い、わたしたちの部隊は頭も上げられないほどだったのだ（7）。

九月が終わるまでの一〇日のあいだに、ソ連軍最高司令部は、第四二一および第一五七ライフル師団を投入して、東に陣取る敵に一撃をくわえる準備を進めていた。第一五七師団は九月一七日にノヴォシビルスクからオデッサに到着した。一万二〇〇〇人を超す兵員と、口径七六ミリの野砲二四基、口径一五二ミリの榴弾砲三六基をそなえ、三倍の弾薬補給を受けた砲兵隊からなる部隊だった（8）。第四二一師団には大砲がないに等しかった（前線一キロあたり三基に対し、ルーマニアは一八基だった）ため、第一五七師団の砲兵隊は大きな力になった。計画によると、わが軍の第三七および三八沿岸砲兵隊の航空機と、さらに黒海艦隊の艦船の大砲が歩兵の進軍を援護することになっていた。主要な攻撃を行う区域には、ギルデンドルフ、ボルガルカ、アレクサンドロフカの村と、ヴォロシーロフ集団農場があった。急襲をかけてギルデンドルフの村を奪回するのは、第五四連隊のわが二個大隊と、第一五七ライフル師団の五個大隊だった。

わが連隊の兵士たちはそれ以前に、村の南端から二〇〇メートルほどにある墓地から敵を追い出していた。木々が茂る墓地で、そこでは淡い灰色をした太い幹から枝葉を広げた五本のカエデの木が、爆撃や砲撃をどうにか生き延びていた。墓地の後方に広がる草原地帯では、カムフラージュがむずかしいという問題があった。『フィンランドにおける戦闘』という本を読んでいたわたしは、フィンランドのカレリア地方の森にフィンランド軍狙撃手（いわゆる「ククーシュカ（カッコー）」だ）が潜み、松や樅《もみ》、トウヒの木の枝のなかに身を隠してソ連軍の兵士を狙い撃ったことを知っていた。この作戦をわたしが利用しない手はないだろう。

中尉はわたしの計画を承認した。夕方、わたしは新しいカムフラージュ用ジャケットに緑色のフードと茶色の模様を縫いつけた。上級曹長がわたしにカムフラージュ用ネットの切れ端とだれかの古いチュニックをくれたので、わたしはそれを切って細長いリボン状や細く短い端切れにした。もじゃもじゃにしたリボン状の布はライフルの銃身を覆うのに役に立った。わたしはカムフラージュ用ジャケットの輪郭があいまいになるように、残りの端切れをカエデの葉や小枝や草の葉と一緒にジャケットに貼りつけていった。木の精霊や沼の悪霊がいるとしたらこんな感じだろうという姿にするのだ。

夜が明ける一時間半ほど前に、わたしは墓地に向かって出発した。ギルデンドルフの村の住民はドイツからの移住者で、それほど貧しいわけでもなかった。ドイツ人のきちょうめんさで、住民は村を整えただけでなく、そこからそう離れてはいないところに教会付属の墓地も作った。そこにはまっすぐな小道が何本か伸び、石碑や雷文模様の格子がある墓がならんでいた。ギルデンドルフの初代村長、尊敬すべきウィルヘルム・シュミットが永遠の眠りにつく場には木々が影を作っていた。大理石の墓碑の銘文によると、彼は一八九九年に死去していた。わたしは黒い石板に足を置き、その墓を覆うようにして立つ大きなカエデの木の幹をのぼった。

わたしの装備は必要最小限のものだった。ＰＥスコープ付きモシン狙撃用ライフル、ベルトには「Ｌ」タイプの軽量弾と先端が黒い「Ｂ－30」徹甲弾（というのも、わたしは機関銃手だけを撃つのではなく、その凶暴な銃も使い物にならないようにするつもりだった）を詰め込んだポーチを二個つけ、布製カバーに入れた水筒と、フィンランド様式の軍用ナイフを身に着けた。わたしは双眼鏡も鋼鉄製ヘルメットももっていなかった。破裂弾による衝撃を受けたことでわたしの聴力は低下しており、ヘルメットをかぶると小さな音を聞き取りづらくなったからだ。

夜が明ける直前に突然風が吹いた。カエデの葉はサラサラと揺れはじめたが、どっしりとした幹から伸びる太い枝々はそよぎもしなかった。両足を枝に置くと、わたしの肩と同じくらいの高さにある別の枝にライフルをうまい具合にのせて、望遠照準器を通して村をのぞいた。通りが一本走り、それに沿って平屋の石造りの家々が並び、製粉所、教会、学校が一軒ずつ建つ光景がすべて見渡せた。くずれかけた大きな家の周囲にある果樹園に、三脚にのったドイツ製MG・34多用途機関銃が見える。その横には弾帯の箱がある。機関銃には望遠照準器が装着されていた。この機関銃の破壊力といったら、それはすごかった！さあ、悪辣なファシストの犬たちよ、思い知らせてやる…。

午前七時に見張りが交代したが、ライフルをもった兵士たちはわたしのターゲットではない。わたしは機関銃手が現れるのを待った。そして、ついに機関銃手が姿を見せた。サンドグレーの上着を着て、前後がとがったおかしなカペル帽をかぶった三人のルーマニア兵だ。三人はまずは機関銃の準備に精を出し、それから木の下に腰をおろして金色の大きなナシを食べはじめた。果樹園の木々の下にはナシが山ほど転がっていた。

わたしは三発だけ撃つことにした。そのうち一発は機関銃の銃尾を狙う。軽量弾を込めボルトを引いて装填し、顔を照準器に寄せた。ターゲット――MG・34の三脚のそばに座っている背の高い兵士の頭――は照準器の二本の黒い照準線のあいだにあった。あと数秒すれば弾は放たれる。だが突然、果樹園がざわついた。機関銃手は飛び上がり、整列して「気をつけ！」の姿勢をとった。一分後、ひさしのついた帽子をかぶった将校数人がやってきた。そのうちのひとりが目を引いた。口には紙巻タバコをくわえ、帽子の縁には金色の帯がついている。右肩から金色の飾緒が垂れ、茶色の革製カバンを体側につけ、長いムチを手にしている。とりわけ目についたのは、その将校がまとった、えらそうで高圧的な雰囲気だった。

距離はわかっている。約二〇〇メートルだ。風は止み、気温は二五度近くなっていた。わたしはターゲットを機関銃手から飾緒をつけた男に変更し、息を止めて数えた「二二、二二」そしてなめらかにトリガーを引いた。

ルーマニア兵たちにはライフルを撃つ音が聞こえた。静まり返った朝に、銃撃音が聞こえない者などない。それでも、すぐには狙撃手の仕事だとは思いもしなかったのだろう。副官（副官の軍服は飾緒付きだ）は声もあげずに膝から崩れ落ちた。ルーマニア兵たちは副官のそばでただおろおろとしていた。銃弾は副官の両目のあいだに命中していたのだ。わたしはどうにかライフルに二度弾を装填し、ふたりの機関銃手を倒した。そして四発目の徹甲弾はMG・34の機関部にあたり、機関銃は使用不能になった。

最後の銃弾を放った頃には敵も立ち直り、迫撃砲やライフルで墓地に猛攻をかけてきた。銃弾や砲弾の破片がわたしの周囲を飛び交った。わたしはカエデの木の太い幹にしがみついていたが、すぐに、カエデの木ではたいした防御にならないことがわかった。松の巨木が立ちならぶカレリアの森では、なにかを見つけ出すのはむずかしかった。だが五本の木が集まっているだけでは、カレリア地方の太古から茂る森の代わりにはならないのだ。熱い金属の弾や破片が殺人蜂の群れのようにわたしの方に飛んできて、葉を落とし、細い枝々を折った。その危険な状況に、胸が冷たくなっていく。だが取り乱してはいなかった。新兵なら、「こんなことが自分に起こるはずがない」と思うだろう。だが銃撃を受けたことのある兵士ならこう考える。「ありうることだ。だからもっと慎重に行動する必要がある」。同志が命を落とすところを何度も目にしてきた者ならわかっている。「自分がそうなってもおかしくはない。だがここから逃れさえすれば助かるだろう」と。

すぐにも木から飛び降りなければならなかった。地面が三メートルも下にあったとしてもだ。高価なレンズが壊れないように、わたしはライフルをずっと下に突き出ていた枝にひっかけ、それから、撃たれて落ちたかのような飛び降り方をした。ぶざまに落ちたわたしは墓石に右臀部をぶつけ、ひどい痛みに起き上がることができなかった。ヴォロニン中尉は兵士を数人送り込んでおり、彼らがわたしを引き起こし、歩くのを手助けして掩蔽壕につれ帰ってくれた。

前進は一九四一年九月二一日午前九時、長時間にわたる集中砲火のあとにはじまった。ソ連軍の大砲と迫撃砲による一斉砲撃で大地が揺れるかのようだった。連隊の仲間はギルデンドルフ攻撃の態勢を整えつつあるのに、わたしは塹壕に横たわり、右臀部の痛みに苦しみながらこう考えていた。『フィンランドにおける戦闘』に書かれていたことはもちろん真実だが、それでも、他人の経験を参考にするときには、自分の頭で考え、その土地の環境をよく調べてからにすること。墓地の木の上から敵を襲い狙撃したのはいいが、わたしは危うく命を落とすところだった。それでも、ことわざにあるとおりだ。「終わりよければすべてよし！」

午前一一時になる頃、敵はギルデンドルフと、さらにイリイチェフカ国営農場からも追い払われた。ルーマニア兵たちは統制もとれずに北へと敗走し、死者や負傷者、それに武器や銃弾を戦場に残して行った。ソ連軍は新しく確保した陣地の調査をはじめ、村の果樹園で、壊れた機関銃と、そのそばでふたりの兵士と将校ひとりが銃弾で頭を撃ちぬかれているのを発見した。わたしは狙撃でわが軍の圧勝に貢献したのであり、ヴォロニン中尉はわたしの働きが第二中隊に大きく寄与したことを認めてくれた。

ヴォロニンは医療隊の衛生兵エレナ・パリイにわたしの治療を命じた。レーナはオデッサの医学校の二年生で、八月に志願兵として赤軍に入隊していた。きちんとした訓練を受けたレーナはとてもていねいにわたしを診てくれた。痛み止めの錠剤を飲ませ、肝臓の上に冷湿布を貼り、脂を使わずに煮たソバのポリッジという病人食を食べさせてくれた。だがポリッジよりもわたしを元気づけてくれたのは、連隊の仲間が、敵の機関銃を排除したわたしに気前よくくれたご褒美だった。果樹園からとってきた金色に熟れた果汁たっぷりのナシや、ルーマニア軍から奪った荷車にあった洗顔石けんや香水の小瓶をわたしにもってきてくれたのだった。

中隊指揮官もわたしを訪ねてきてくれた。わたしが仕留めたあの飾緒をつけた高圧的な将校は、国家指導者アントネスク自身の副官であるゲオルギュー・カラガ少佐だと判明したという。少佐の体からは参謀の重要書類や手紙、写真、それに日記が見つかった。少佐は、オデッサ付近でソ連軍の激しい抵抗に会い、ルーマニア軍が悲惨な状況にあることを書き記していた。その日記は沿海軍の参謀本部に渡り、そこからモスクワへと送られた。その一部は一九四一年一〇月に「プラウダ」紙に掲載された。

ギルデンドルフの墓地の五本のカエデの木にまつわるできごとは、銀のシガレットケースという記念の品とともにわたしの記憶にずっと残った。それは死んだルーマニア軍将校が身に着けていたもので、フタにはリボンと羽根飾りのついた豪奢な帽子をかぶった美しい女性が、打ち出し細工と彫刻で描かれていた。アンドレイ・ヴォロニン中尉が見舞いに来たときに、戦利品としてわたしにくれたのだ。ボタンを押すとシガレットケースが開き、茶色の細長いタバコがびっしりとつまっていた。わたしはタバコを中尉に差し出した。だが中尉は断った。「わたしは吸わないんだ。君は吸いはじめて長いのか、リュドミラ？」

「いいえ、タバコを覚えたのは前線に出てからです。緊張をほぐすのに役立つこともありますから」

「よく緊張するのか？」。中隊指揮官は聞いた。

「敵を倒したあとはいつもです。隠れ場で待っているときはなにも感じないのですが。わたしはじっと待ち、ライフルがきちんと作動することだけを考えています」

「ライフルのことを考えているというのか？」。中尉は驚いてこう聞いた。

「もちろんですよ。狙撃手にとってライフルは神聖なものと言っていいくらいですから」

わたしたちの会話はレーナ・パリイが現れたことで中断した。レーナは熱い紅茶が入ったカップを三つもってきた。ハチミツ（地元住民が赤軍の勇敢なる部隊に贈ったものだ）をたっぷり入れた甘い紅茶だ。それを飲みながらわたしたちは戦前の暮らしの話に花を咲かせた。アンドレイは話し手としての才能があり、エルミタージュ美術館のことをとてもわかりやすく語ってくれた。彼はこの美術館のことが大好きで、収蔵品に詳しく、とくに彼の父親がその研究に身を捧げたスキタイ民族の金細工のコレクションについての知識が豊富だった。わたしは、大学の一年次に、チェルニゴフの町近くの発掘作業で考古学の実習を行ったことを話した。そこでわたしは一〇世紀のとんがり帽子のような鉄のヘルメットや、大量の矢や矢じり、鎖かたびらの断片が出てくるのを見たのだ。

わたしは、第二中隊の指揮官アンドレイ・ヴォロニンの人物像をもっと詳しく描けないことが残念でならない。ヴォロニンとのつきあいは長くは続かなかった。彼は、革命後の時代に育ち、ソ連の高等教育機関で学んだのち大祖国戦争のきびしい試練を経験した若い世代のなかでも際立った人物だった。真の愛国者であり、気高く勇敢で断固としていて、祖国の自由と独立のために惜しげもなく命を捧げた人々。アンドレイもまさにそうしたひとりだった。アンドレイが中隊指揮官であったのは一か月あまりだった。タタルカ村付近の戦闘で命を落としたのだ。部隊を奮起させて反撃に出ようとしたまさにそのとき、敵の銃弾が彼の心臓を貫いた。わたしたちは村の墓地にアンドレイを埋葬し、その上に合板で作った赤星を置いた。

九月二一日と二二日にオデッサ防衛区でルーマニア第四軍に対して勝利すると、ソ連軍最高司令部は西部と南部でも、同じように激しい一撃を敵にくわえる計画を練った。本拠地をダルニク村、タタルカ村、ボルガルスキイェ・フトラを結ぶ戦線に移すよう命じられたわたしたちは、ついに第五四ライフル連隊のほかの二個大隊と合流し、第二五チャパーエフ師団の遊軍として持ち場につくことになった。進軍中にオデッサを通ったわたしたちは、自分たちが守る黒海沿いの美しい街を目にして沸いた。

だがオデッサの戦いの全体像は喜ぶにはほど遠いものだった。まずわたしたちが通過したのはペレシピだ。そこでは発電所だけが操業しており、工場の作業場は破壊され、煙突は折れていた。街自体も爆撃と砲撃で激しく損傷していた。わたしたちが道路を歩いていると、歩道には女性や子どもたちが大勢出てくる。手に手にヤカンや水差しやバケツをもってわたしたちに水を飲ませてくれて、またタバコ（確か銘柄はキエフとリトカだった）でもてなしてくれた。そしてわたしたちに歓迎の言葉や、温かい励ましの声をかけてくれるのだった。あとでわかったことだが、街の人々は乏しい配給の水をわたしたちに分けてくれていた。一日につき、ひとりあたりバケツ一杯の水しかもらえていなかったのだ。

新しい基地では一週間くつろぐ時間をあたえられ、わたしはセルギエンコ大尉に呼ばれた。大尉は、中隊指揮官の報告書を読み書類を確認したところ、わたしのファシストに対する狙撃の戦果が一〇〇を超えたことが判明したと言った。わたしは、確かにそうです、と答えた。大隊指揮官はわたしがえらく控えめだとからかい、こうしたすばらしい数字を自分に知らせるのは君の仕事なんだぞ、と言った。わたしは心のなかでこう言った。「それをどうやって証明するというの？　何度も何度も、わたしの目の前で、無謀な英雄たちが手榴弾とともにルーマニア軍の戦車に身を投じた。塹壕で銃弾を撃ち尽くしたら、押し寄せる敵兵たちに銃剣とライフルの銃床で白兵戦を挑み反撃した。最高司令部のだれかが彼らの功績に対する感謝を声に出して言ったことがあるの？　でも彼らはそれを少しもつらいとは思っていない。この地獄のような銃撃下にある、なにも身を守るものがない草原にわたしたちが立っているのは、メダルのためでも勲章のためでもないから」。いくらかわたしが思っていることを察したのだろう。セルギエンコはほほえみ、いずれ自分がうまく取り計らう、君はダルニクの村の師団参謀本部に行くように、と言った。わたしはとくに彼の言葉を真に受けはせず、答えた。「はい、同志大尉！」。そしてセルギエンコとの会話のことは忘れた。

それでもやはり、わたしは出かけなければならなかった。そのときわたしは新しい師団指揮官であるイヴァーン・エフィモヴィッチ・ペトロフ少将についてなにも知らなかったが、それをとくになんとも思ってはいなかった。師団指揮官と歩兵連隊の分隊指揮官――分隊指揮官になったことについてはヴォロニン中尉に感謝していたが――ではあまりに違いが大きすぎた。将軍たちが下級軍曹のことなど気にするだろうか？

ペトロフの副官がわたしに入るように言った。部屋のなかにいたのは、四五歳くらいの、背はやや高くひきしまった体つきで、赤味をおびた髪の毛に粗い口ひげをたたえ、威厳があり知的で断固とした表情の人物だった。彼は鼻眼鏡をかけ、チュニックには騎兵隊の肩章がついていた。というのもその直前まで、当時オデッサ付近で戦っていた第一騎兵師団を指揮していたからだ。ペトロフをひとめ見て、わたしは、彼が生まれながらの軍人で、将校を輩出した家系の出身なのだと思った。実はごく一般的な労働者の家に生まれたと知ったのはあとのことだ。彼の父親はトルブチェフスクの町の靴の修理屋だったが、苦労してでも息子には教育を受けさせた。まずペトロフは中等学校で学び、その後カラチェフの教師養成学校へと進んで、それから一九一七年一月にモスクワの聖アレクセイ士官学校に入ることができたのだった。

少将は穏やかな表情でわたしを見た。無関心ともいえるほどだった。「同志下級軍曹」。彼は低く、かすれた声で語りかけた。「君の前線における働きを知り、最高司令部は君の名を刻んだ狙撃用ライフルを贈呈することになった。容赦なくファシストたちを撃つのだ」

師団指揮官の副官はわたしに、ＰＵ望遠照準器付きの真新しいＳＶＴ－40ライフルを手渡した。この照準器はＰＥ照準器よりも短く軽い。金属製の筒部分には、「一〇〇。戦果一〇〇達成を記念して下級軍曹Ｌ・Ｍ・パヴリチェンコへ。第二五師団指揮官Ｉ・Ｙ・ペトロフ少将より」という美しい銘文があった。

「ソ連邦に尽くします！」。わたしはおごそかに答え、それから真っ黒な銃身に口を押しつけて体の横に立ててもった。

少将はわたしの行動に驚いたようだった。しかしそれはたんなる武器ではなく、褒賞であり神聖なものでもあって、この銃でわたしは聖なる戦いを遂行し危険な敵に復讐するのだ。ペトロフは前に出てきた。そして、じっと、興味深げにわたしを見た。

「君は軍に入って長いのか、リュドミラ・ミハイロヴナ？」。彼は聞いた。

「いいえ、同志少将。わたしは志願兵として六月下旬に入隊しました」

「入隊前はなにを？」

「キエフ大学の学生でした。史学科の四年生です」

「ライフルの腕前はすばらしいではないか」

「キエフのオソアヴィアヒムの狙撃学校を優等で卒業しました」。わたしはきちんと報告した。

「ウクライナ人なのか？」。彼は、不満気に聞こえる口調でそう言った。

「違います、同志少将！」。わたしは即答した。この手の、祖国に対する質問にはいつもイライラした。

「わたしはロシア人です。旧姓はベロヴァといいます。パヴリチェンコは結婚後の姓にすぎません」

「それは驚きだな、リュドミラ」。ペトロフは部屋を歩きまわった。「わたしにはベロフ、ミハイル・イワノヴィッチという知り合いがいる。まあ、それもロシア内戦中のことではあるが。ベロフはチャパーエフにいた頃、連隊の政治将校だった。非常に勇敢な人物で、わたしがウファとベレベイの攻撃で赤旗勲章を授与されたのも、ベロフと一緒に戦ったときのことだ。われわれは白衛軍を粉砕したのだ！」

「それはわたしの父です、同志少将」

「なんという偶然だ！」。師団指揮官はそう言って、わたしにうれしそうな笑みを見せた。「では、家族の伝統が今も立派に続いているというわけだ。君は父上に性格だけではなく、見た目も似ているようだ」

「よく言われます、同志少将」

もちろん、師団指揮官であるペトロフにはすぐになすべき仕事が山ほどあったが、彼は、昔ともに武器を取った同志の娘をもてなすべきだと考え、紅茶を入れてくれて、わたしの家族や父の平時の生活ぶり、それに第五四連隊でのわたしの任務についてたずねた。わたしはそれに、軍人らしくてみじかに明確に答えた。

「連隊で気に入らないことはないかな？」。締めくくりにペトロフはそうたずねた。

「いいえ、イヴァーン・エフィモヴィッチ。連隊の仲間はみなわたしに親切で、必要であれば手を貸してくれます。わたしが軍の任務を愛しているのでなおさらです」

「よく言った、わが娘よ！」。少将は別れ際、わたしとしっかり握手した。

わたしは天にも昇る心地で第一大隊の戦線にもどり、すぐにセルギエンコ大尉に最高司令部からの贈り物のことを報告し、ライフルの銘文のことを誇らしげに語った。だがペトロフとの私的な会話については黙っていた。師団指揮官と個人的な知り合いであることは、わたしにとってたいしたことではないと思えたからだ。連隊内で、最高司令部の庇護のもとにいる女と言われるよりも、ひとりの狙撃手でいることのほうが大事だ。だが、少将はわたしたちが会ったことを忘れていなかった。三日後、師団本部を通じて、わたしを下級軍曹から軍曹へと一階級昇進させるという命令が届いたのだ。

5　タタルカの戦い

ある予感があった。それにあらゆる前兆もそこにはあった。なにか深刻なことが起きようとしている。わが第二五師団は戦闘態勢を整えつつあった。補強部隊として、徴募兵の中隊がノヴォロシースクから海路到着した。わたしたちのそばに八キロにわたって伸びる防衛線には、直前の、ギルデンドルフ、イリイチェフカ国営農場、フォンタンカ、アレクサンドロフカおよびボルガルカの村をめぐる戦いで協力した勇敢な第一五七師団が配置されていた。榴弾砲と大砲を装備した新しい砲兵連隊二個もやってきた。戦車も数台あった。トラクターを転用した急造のオデッサ戦車（Na ispug、「威嚇」）だけではない。れっきとした戦車であるBT－7、T－26など、軍用車両は三五台もあった。戦車の乗員にくわえ第二騎兵師団の騎兵たちも前進にそなえつつあった。事前演習での訓練どおりだ。そしてついに、新しい秘密兵器（当分のあいだではあるが）が戦線に登場したという話が聞こえてきた。ZIS－6トラックの車台に搭載したBM－13ロケット発射機で、九月末にノヴォロシースクからオデッサへと運ばれていた。このロケット弾発射機は、八秒から一〇秒のあいだに四二・五キロのロケット弾を一六発発射可能だった。ロケット弾には液体爆薬が入っていて、命中すれば、土であれ石であれ金属であれ、すべてが燃える。

一九四一年一〇月二日の朝、わが軍の兵器が火を噴いた。南部と西部で、ネボジェンコ大尉指揮下の親衛迫撃砲大隊と、わが軍では「カチューシャ」と呼ばれるようになっていたそのロケット発射機が敵前線を攻撃した(1)。

攻撃開始から数分間は、嵐が近づいているかのようだった。だが空は晴れわたり、雲ひとつない。遠くでゴロゴロという雷鳴にも似た音は、一気に耳をつんざくような轟音に変わった。周囲は閃光で照らされ、木々の上には煙が次々にのぼった。ヒューっという音やギーギーという音とともに、火の矢が次々と敵の方向へと飛んで行った。そして黄色の巨大な炎の刃が、タタルカ村の西と、さらに南西のボルガルスキイェ・フトラ付近に置かれたルーマニア軍陣地を包み込むのが見えた。

午前一〇時には迫撃砲とカチューシャの攻撃は止んでいた。そしてチャパーエフの部隊は攻撃にかかった。わたしたちの左手では第二騎兵師団が前進している。それを援護して、ソ連沿岸砲兵隊、装甲列車二両、口径一五二ミリの火砲を装備した榴弾砲連隊一個が次々と敵に砲火を浴びせていた。その間隙をぬって戦車は移動し、敵の機関銃大隊二個の塹壕をつぶし、敵部隊を蹴散らしてレーニンスタルの村へと急いだ。ここでは練達のエリート部隊であるルーマニア王国国境守備師団が防衛線を維持していたが、カチューシャの猛攻にはこの師団も退却した。

地獄の火のような砲撃に焼かれて真っ黒になった大地を進みながら、わたしたちは言葉を失った。ほんの一時間前には、そこはルーマニア軍の機関銃大隊がいる要塞化した陣地だった。掩蔽壕や曲がりくねった連絡通路や射撃陣地があったのだ。周囲には背の高い草が生え、ハシバミが茂り、野生のリンゴの木々があった。これらはすべて灰になっていた。真っ黒な、ほぼ骨だけになった死体も数体あった。それに、あらゆるものが焼ける強いにおいに混じって、奇妙な甘いようなにおいがまだ漂っていた。破壊された敵戦線のそこここに、使いものにならない機関銃の銃身が突き出ている。ドイツ製ＭＧ・34、時代遅れのオーストリア製シュワルツローゼ重機関銃、それに新型のチェコ製ＺＢ53もあった。

戦争とは死や苦痛を意味する。何百万人もの人々が苦しむのが戦争だ。だが敵が裏切り祖国の国境を侵すのなら、それを撃退する覚悟をもたなければならない。豊かな町や村の穏やかな住民から、己を捨て、長い苦闘を耐える覚悟の、恐れも不安も捨て去った戦士へと変身しなければならない。戦争になれば人の本性が現れる。臆病者や悪党は不正や悪辣な行為に走るし、善良で勇敢、名誉ある人々はその性質を最大限に発揮するのだ。

わたしに従うのは、防水ケープとヘルメットを身に着けた兵士一〇人からなる分隊だ。ペトロフ少将がわたしに銘文の入ったライフルを贈ったあと、連隊指揮官Ｎ・Ｍ・マツシェヴィッチがわたしに、急遽訓練プログラムを作成して、敵を確実に仕留める能力のある狙撃兵のグループを作るよう命じた。三、四日でそれを成し遂げるのは無理だというわたしに、マツシェヴィッチ少佐は、では一週間やろうと鷹揚に答え、連隊全体から能力の高い兵士を選ぶことを許可し、ターゲット射撃の訓練用に軽量弾五〇〇発を支給してくれた。

キエフの狙撃学校での授業内容を思い出さなければならない。あのときの親愛なる教官になったつもりで、わたしは新しく集めた狙撃兵たちを見るよう努めた。自信過剰な者、あるいは生来の気分屋や我慢強くない者には用はなかった。彼らの目をテストするのはまったく問題なかった。ここにはライフルがあり、五発の弾薬がある。そしてターゲットも。あとは撃つだけだ！

しかしここで、この任務においてわたしが体験したある種特別な状況を記しておくべきだと思う。(他の中隊からきた)未来の狙撃兵たちはまず、パヴリチェンコ軍曹が女性だとは知らず、分隊の前に初めてわたしが出て行ったときには、それが彼らの態度に出た。それは率直に言えば、上官に対してありえないような、ふてぶてしいものだった。そんな彼らを、わたしは非常にきびしく指導した。とはいえ、ここには書けないような暴言を吐いてはいない。それから、怠け者やだらしのない者、あまり賢くない者に対してはとくに厳格な方法を採った。わたしは軍の規律に従い訓練を行っているのであって、道理はわたしにあった。わたしはすぐに、配下の兵士たちに世間のことわざはここでは通用しないのだということを思い知らせた。たとえば、「めんどりが鳥でないのと同じく、女は人間ではない」とか、「女が動くのはドアから囲炉裏まで」、「髪は長く、知恵は短い」などなど、女性を貶めることわざだ。わたしはそこに集まっただれよりもうまく撃てたし、戦争のこともよくわかっていた。彼らは黙ってわたしに従わなければならなかった。

言うまでもなく、訓練を受ける兵士たちの能力はピンからキリまでだったが、なかには基礎的な技術をきちんと身に着けることができる者もいた。だがそれ以外の兵士は、元いた分隊に送り返した。真の狙撃手になる能力をもった者のなかでもすぐれていたのが、シベリア出身の若き猟師フョードル・セディフと、不思議に思えるかもしれないが、サラトフという都市の住民だったカザフ人のアザト・バザルバイエフだった。ふたりはどちらも生まれながらにしてすぐれた目と、狙撃手にぴったりの特質をもっていた。とても穏やかな性格だったのだ。残念ながら、バザルバイエフはそれからまもなく、迫撃砲の砲弾を受けて命を落とした。そしてフョードル・セディフはわたしとセヴァストポリの戦いを共にした。

わたしたちは焼きつくされた戦場を進みながら、周囲を見回し陰鬱な気分になった。ルーマニア軍のせいで被った損失や破壊にうれしさなどわいてくるはずもない。命あるものに死をもたらすこうした恐ろしい勝利には喜びなどない。たとえそれが非難されるべき敵の死であってもだ。「見ても忘れるのよ」。わたしは自分に言い聞かせ、崩壊した塹壕を踏み越え、まだくすぶっている掩蔽壕や銃座の一部や、真っ黒になった人間の残骸をよけて歩みを進めた。

しばらくすると、親衛大隊の迫撃砲手による一斉砲撃がぼこぼこにした地域で、新たな戦闘が避けられなくなった。このとき沿海軍の指揮官になっていたペトロフ少将は、この時点で、慎重を期して進軍を止めた。敵は一・五キロほどしか退いておらず、まだ数の上では大きく優位にあった。ソ連師団四個に対し、ルーマニア師団は一八個もあったのだ。

セルギエンコ大尉がわたしに見せてくれた大縮尺の地図（〇・九キロ／センチ）では、七六・五高地が敵機関銃大隊の指揮所だと記されており、そこにはカバチェンコ農場と書かれていた。敵はすでにこの場所を捨てていたが、そこからおよそ〇・五キロにあるタタルカ村は、その時点でも戦略的に重要な地点だった（2）。この村は、オヴィディオポリイェの町からオデッサへと延びる、広くてしっかりとした舗装道路沿いに位置していた。そこから遠くないところには線路も走っていた。わが第五四連隊はこの村を守る任務を負ったが、まず、わたしたちは前進指揮所と監視所を設置する必要があった。大隊指揮官はカバチェンコ農場をそのひとつに選んだ。地図には斜線のついた四角が三つあり、住居であることを示していた。双眼鏡で見ると、赤い瓦屋根の平屋と塀、大きな果樹園があり、その家から南西にゆるやかに登る坂道が続いていた。この農場を確保すれば、道路を監視し、敵が前進してくる場合には狙いを定めて撃つことができる。セルギエンコは、わたしたちにひとり二〇〇発の弾薬を支給するよう命じた。それから、わたしにできるだけ長く農場を確保するように言った。タタルカはオデッサに近く、拠点になる村だとみなされていて（オデッサとの距離は一〇キロあまりだった）、わたしたちはなんとしてもこの村を戦い取らなければならなかったのだ。

わたしはヘルメットまで手を上げ言った。「了解しました、同志大尉！」

農場に近づくと、ほぼ燃えつきたトラックとひっくり返ったサイドカー付きバイクが見えた。その周囲や破裂弾ででこぼこになった細い泥道のそばには、プディング・ボウルのようなヘルメットをかぶった兵士の死体も散らばっていた。その道の先にはいくつか門があり、開けっ放しになっている。門のそばには、二トンのマラクサ補給用装甲車両（フランス製の優雅なルノーUEをルーマニアがライセンス生産したモデル）があり、左のキャタピラーが破損していた。この補給用車両には後部にキャタピラー付きトレーラーが付いており、その荷台には背嚢や樽、木箱やキャンバス布の大きな包みが入っていた。村の建物同様、装甲車両は破裂弾で激しく破損していたが、乗員の姿はなかった。装甲を施した半円形の砲塔は開けっ放しで、ガソリンで動くエンジンはまだ温かかった。

わたしたちはその家に近づきドアをノックした。しばらくドアは閉じたままだったが、わたしが赤軍ですと叫ぶとようやく開き、その家の女性が姿を現した。五〇歳ほどで灰色のスカーフで顔を覆い、目だけがのぞいていた。わたしが自分たちが赤軍の部隊であることとその任務を説明すると、彼女は女性が兵士を指揮していることに驚き、その後、会話はそれ以前よりもスムーズに進んだ。女性は、二週間にわたってこの村で恥ずべき行為のかぎりをつくしたルーマニア軍について苦々しく語り、そして、九月にここからあっさりと撤退して、村の住民を非情なファシストのもとに置き去りにして行った赤軍の部隊を非難した。わたしはその話にじっと耳を傾けた。

その女性の言うことは正しかった。彼女の前に立つわたしはすべての責めを負った。突如、独ソ不可侵条約を締結した外務人民委員の同志モロトフ、それを傲慢なやり方で破棄したナチ、国境上の戦闘で敵軍をたたきつぶすことに失敗した赤軍の最高司令部、そして、この村が突然敵の戦車師団と空爆による攻撃を受けたときに、その場にいなかったわが軍の兵士や将校に代わってすべてを引き受けた。ですが、戦争はまだ終わってはいないのです、とわたしは彼女に言った。戦争はまだはじまったばかりだった。わたしたちはオデッサの戦線に二か月以上にわたり張りついており、何千人もの侵略者たちがすでに黒海の草原地帯で永遠の眠りについていた。彼女の村からそう遠くないところで、第五四ステパン・ラージン・ライフル連隊のわれわれ狙撃手は敵を待ち伏せし、ミハイ王の野蛮な戦士たちをさらに二、三〇〇人も埋葬することになるだろう。

「わたしはセラフィマ・ニカノロフナ」。女性はそう言ってドアを大きく開けてくれた。「どうぞ。あるものでしかもてなせないけど」

こうして、ごくふつうの農民一家、カバチェンコ家とのつきあいがはじまった。夫婦と三人の子どもたちの一家だった。ふたりの息子は一歳違いで、その上に娘がひとりいた。カバチェンコ家は金持ちでも貧乏でもなく、果樹園と野菜畑を耕し、畑では小麦を育て、家畜や家禽を飼っていた。カバチェンコの家族は敵が攻撃しても避難しなかった。農場のことが気がかりだったからだ。果樹園や畑は常に手入れし気を配ることが必要なのだ。そのために彼らはひどい目に会ってしまった。ルーマニア人はこの家を地下室から屋根裏部屋までひっくり返し、金《きん》やその他、金目のものを探した。シンガー製ミシンや自転車ももっていかれた。ニワトリを追い回し豚を撃ち、乳牛や子牛たちは、どこかへつれて行ってしまった。ルーマニア軍の兵士たちは満足に食べていなかったのだろう。

セラフィマ・ニカノロフナが涙ながらにわたしに語ったところによると、ルーマニア兵たちは別の罪も犯した。大昔の未開の部族は、征服した相手の妻や姉妹や娘たちに対して残酷な行為を行った。その当時の女性は戦利品のひとつとされており、その先に待つ運命は決してうらやむようなものではない。わたしはこうした残虐行為を歴史書で読んだことはあったが、「文明化したヨーロッパ」で、こうした野蛮な習慣がわが祖国にもち込まれるとは思ってもみなかった。この家の一七歳の娘マリアの目は真っ赤で痛々しく、だがわたしを見るその目には希望が浮かんでいた。マリアがわたしになんと言って欲しかったのかはわからない。わたしは、彼女にその直前の戦闘について話すことにした。

この家の門の向こうには、カチューシャが撃ちこんだロケット弾が焼きつくした畑があった。プディング・ボウルのようなヘルメットのなかには、凶暴なルーマニア兵の黒い残骸がまだ残っていた。それはたいまつのように火で焼かれて大地に燃え落ち、灰の固まりとなっていた。だれもそれを埋葬する者などいない。その必要もないから。その顔や名を覚えておく者もだれもいない。その卑しい種は埃と一緒に固い土に混じって消え、子孫を残すこともない。ファシストが命を落とすとこうなる。この美しい惑星に生きていた痕跡など残すこともできないのだ。

「射撃が上手なの？」。マリアは突然、悲し気な声で聞いてきた。

「ええ。特別な照準器のついたライフルをもらったのよ」

「あいつらを殺して。どれだけたくさんいたとしても、皆殺しにして」

「やるわ、約束する」

「わが主イエス・キリストはすべてをご存知よ」。少女は敬虔に十字を切り、部屋の隅にかけてあるイコンを見つめた。「なんどもなんども祈るわ。神があなたをお許しくださるように」

正確な狙撃で敵を殺すわたしの罪が許されるように、マリア・カバチェンコは神に祈ると言う。だが共産主義者の家で無神論者として育てられたわたしにとって、マリアの話はなんの意味ももたないものだった。だが何年ものちの平和な時代に、狙撃者とは前線の冷徹な殺人者であり、身を守ることのできないかわいそうなフリッツを狩ったのだと言われているのを耳にしたとき、わたしはこの不幸な少女が言ったことを思い出した。「あいつらを殺して!」。そのときがきたらまた、マリアや、この戦争でマリア同様の犠牲を払った何千人もの人々の押し殺したような声が耳に響くのだろう。それは、わたしたちがそうした行動をとるべき理由を説明する声ではなく、従わざるをえない命令だ。あの頃、わたしたちは神聖な任務として狙撃の遂行を宣誓した。そして自分の命を惜しむことなく、それを果たしたのだ。

非常におごそかな気持ちで、わたしはその家を出て庭へと向かい、自分の分隊が敵の攻撃にそなえているのを確認した。ふたりの兵士がマラクサ装甲車両をいじくりまわしている。車両を動かそうとしているのだが、エンジンはまだ黙ったままだった。セディフ伍長が、キャタピラー付きトレーラーに貴重なものが見つかったと報告してきた。ガソリンの缶が二個にスペアの部品数種がいっぱいに入った木箱のほか、まだ工場の油のにおいがとれていないような、新品のドイツ製MG・34機関銃がキャンバス布につつまれていた。この機関銃と一緒に、替えの銃身が二本と、戦闘中に銃身を交換するさいにつける石綿の手袋、三脚の銃架と弾帯が入った箱もいくつかあった。これは文句なくすばらしい戦利品だった!

わたしたちは、戦利品で武器を手に入れた場合の利用法をずっと学んできた。機関銃はわたしに従う分隊の火力を大きく強化してくれるため、セディフとわたしは機関銃をどこに設置するのが最適かを検討しはじめた。セディフはその近くの高台の斜面に深い塹壕を掘ることを提案した。そこからは谷や道路を見晴らせるのだ。わたしは彼の提案を承認した。

機関銃、ガソリン、替えの部品のほか、トレーラーには穀物と小麦粉、砂糖の入った三つの背嚢があった。兵士たちはこれをどうするのかわたしの顔をうかがった。たぶん、これだけあれば食糧として十分なのだろうが、調理器具もないわたしたちがそれをどう料理できるというのか。わたしはそのリュックをカバチェンコ家の女性に渡すことにした。セラフィマ・ニカノロフナは最初、わたしたちがそんなに太っ腹なはずがないと疑ってかかったが、その代わり、わたしは兵士たちに温かい夕食を作ってくれるよう頼んだのだった。

フョードルとわたしは高台の斜面を歩いてみた。そこには若木がたくさん生えていた。そこからはほとうに、谷全体とそこを通る道をきれいに見渡すことができた。道路の左側には小さな森があり、右手には丘陵地がいくつかある。丘陵地の向こうにはタタルカ村の家の屋根があちこちに見えた。

干からびた秋草を慎重に踏み分け、わたしたちは最初の塹壕に近づいた。ルーマニア兵たちは最適な場所を選んでいた。背後には野バラがはびこった小さな丘があった。太陽がそれを横から照らして濃い影を地面に落とし、その影が塹壕となかに座る兵士をうまく隠してくれる。その塹壕は一メートルの深さがあったが、わたしは部下にもっと深く、一・五メートルまで掘り、それから立射でも伏射でも撃てるように石で胸壁を補強するよう命じた。その少し先にはもっと浅い塹壕があり、これは狙撃兵が別の陣地に移動（地面を這って）するために造られたものだった。何か所もの射撃陣地と連絡通路をもつ本格的な戦線をここに設置するのは無理があるだろう。どれほど時間に猶予があるかもわからないため、わたしたちは、少なくとも歩兵の要塞に類似したものを作ろうと急いだ。

そこに見張りを置いたあと、わたしたちは女主人の招きに従い、夕方になって農場の家にもどった。セラフィマ・ニカノロフナは夕食を作ってくれており、テーブルにはごちそうと言えるような料理がならんでいた。自家製の素朴な酒に、料理の皿やカットグラスの酒杯、ザワークラウトや軽く塩漬けにしたガーキンで作った前菜。料理だけではなく、カバチェンコ家の全員がそろってもてなしてくれたことに、前線に立つ兵士たちの心は温かくなった。戦闘や行軍中には、わたしたちは家でくつろぐことをしばしば恋しく思っていたからだ。

その日はルーマニア軍は攻撃してこず、なにごともなく、穏やかに一日は終わった。

その翌日からの二日間、わたしたちは農場から道路を監視下に置き、敵にいくらかの損失をあたえた。まずは徹甲弾でタイヤを撃って敵の軍用トラック二台を止め、トラックから飛び降りた歩兵たちを戦利品の機関銃で森に追いやった。それから、わたしたちがもち込んだ狙撃用ライフルがサイドカー付きのバイク三台を仕留めた。そしてついに、ルーマニア軍の戦車、チェコ製ＬＴｖｚ・35が数台道路に現れた。オデッサの防衛部隊はこの戦車にモロトフ・カクテル（火炎瓶）を巧みに降りそそがせたのだが、そこで全滅したわけではなかったようだ。戦車は、わたしたちが塹壕を掘った高台の斜面に砲撃をはじめた。しかし狙撃手たちのカムフラージュは巧みで、戦車はターゲットに命中させることはできなかった。とはいえ、手榴弾もモロトフ・カクテルもなしには、戦車を相手に戦うことは不可能だった。戦車はわたしたちを通りすぎてタタルカ村のすぐそばまで進み、わが連隊の砲兵隊が戦車を相手にした。

その少しあと、一九四一年一〇月九日から一三日にかけてタタルカ村付近で激しい戦闘が繰り広げられた。勝利は両軍を行ったり来たりした。ルーマニア軍がわが軍を追い込むと、勇敢なソ連部隊が再び進撃して敵兵士をタタルカ村のはずれの田舎家から追い出した。この一連の戦闘にくわわった兵士のなかに、共産主義青年同盟のオルガナイザーで細かい目配りをした人物であるヤシャ・ヴァスコフスキーがいて、彼は回想録にこう書いている。

一〇月九日、ラージン連隊の第一大隊は、敵をオデッサ近郊の村、タタルカから追い出した。敵は抵抗を見せたが、白兵戦でその抵抗も抑え込んだ。タタルカ村から駆逐された部隊の残兵は、ボルガルスキイェ・フトラに向かって撤退をはじめた。しかしわれわれはすでに退路を断っており、六〇人の敵部隊は降参した。それから同日、タタルカとスヒー川河口のあいだで第三三ルーマニア歩兵連隊が包囲された。二時間にわたって激しい戦闘が続き、攻撃と反撃がくりかえされた。敵は戦場に死者と負傷者一三〇〇人の兵士を置き去りにし、二〇〇人が降伏した。われわれは連隊旗や作戦書類や連隊印、それに多数の武器類を確保した。この区域におけるわが連隊の同志による勝利は、ネボチェンコ大尉率いる親衛迫撃砲大隊の作戦によって決したところが大きい。ルーマニア軍は、ロケット弾による攻撃に耐えきれず撤退したのである(3)。

一〇月一〇日から一三日のあいだに、オデッサ防衛区の南部は非常に深刻な状況に陥っていた。第一〇ルーマニア師団がタタルカ村を目指して総力をあげて進軍をはじめ、わが第二五チャパーエフ・ライフル師団と第二騎兵師団の部隊を突破しようとしたのだ。砲兵隊による一斉攻撃に続き、敵の三個大隊が前進壕の確保を目論みわたしたちの後方までやってきて、ついにはオデッサとオヴィディオポリイェを結ぶ鉄道の築堤に達した。もっと大規模な敵本隊が、今にもその突破口まで進んでくるかもしれなかった。第五四連隊第一大隊、海軍歩兵第三連隊の一個大隊、アンティピン大尉指揮下の第八〇独立偵察大隊、それに装甲車両に乗る一個自動車化ライフル中隊は、どの隊も、即刻、なにをおいても戦闘地点へと移動するよう命令を受けた。第一、第二三九、第四一一砲兵連隊の三個砲兵隊と、第二二装甲列車「母なる大地のために」号も、敵に一斉に砲撃を浴びせた。

ソ連軍歩兵は塹壕を守り抜き、以前の射撃陣地を確保しはじめた。しばらくは攻撃の音が止んだ。だがルーマニア軍は攻撃にそなえつつあり、まもなく敵の迫撃砲による攻撃がはじまった。最初は砲弾がわが軍前進線の背後に、それからその前に落ち、そして常軌を逸した一斉砲撃が前進線に命中し、埃と煙の雲が巻き起こった。わたしは師団指揮官ペトロフからの贈り物、ＳＶＴ－40狙撃用ライフルを防水ケープで包もうとした。その攻撃にＳＶＴ－40をもってきたのは、わが大隊に正面攻撃が行われることを予測していたからだ。そうした場合は「スヴェタ」――トカレフ自動装填ライフルは軍ではこう呼ばれていた――は迅速な射撃ができるために明らかに有利で、一〇発入りのボックス・マガジンは、戦闘中でも素早く簡単に脱着を行えた。

このライフルはわが大隊にあるのはあったが、大量に、というわけではなかった。だが一九四〇年の公式計画によると、モシン・ライフルに代わってトカレフが配備されつつあるはずだった。しかしじっさいにわたしたちの大隊にあるのは、ＳＶＴ－40が九八四丁、スリーラインは一三〇一丁だった。「スヴェタ」についてはいくつか異なる意見があった。ガス圧作動方式によるその自動装填の機能を好む者もいた。この方式では、銃弾を銃身内から押し出す燃焼ガスが銃身上方の導入孔からガス・シリンダー内へと入る。シリンダー内にはピストンがあり、ガスがこれに作用してピストンの先端がボルトキャリアーを押す。またスヴェタに対する批判もあって、これも正しい。この銃は非常に複雑で戦場での手入れがむずかしいのだ。おそらく、北部地域や海の上では、この自動装填ライフルはすばらしく機能するだろう。だが黒海の草原地帯の、乾燥してやわらかなぼろぼろとした土壌に掘った塹壕のなかでは、この機構――一四三個もの、小さく非常に繊細な部品で構成されている――に泥が入り込む危険が非常に大きいのだ。

そうしたことが原因で燃焼ガス圧が変化すれば、ライフルは「給弾不良」を起こす（たとえば、再装填できなかったり、使用済み薬莢を排出しなくなる)。また、そのときどきの天候や気温にも左右された。そうした場合は、射手はガス導入孔の大きさを自分で調節しなければならなかった。このほかにもスヴェタは、油を厚く塗りすぎたり埃が機構に入り込んだりするとうまく機能しなかった。ＳＶＴ‐40の欠陥については、発射のときに銃口から出る明るい火花(銃身がスリーラインより一〇〇ミリ短いせいだ)や大きな音もあげておきたい。すぐに射手の位置を知らせてしまうからだ。大砲や機関銃や迫撃砲も稼働している戦場の敵を倒すのには非常に向いている。だがひそかに狙撃を行う場合は、たとえば一人用の隠れ場や森などにいる場合、敵に突き止められる危険が増したのである。とはいえ狙撃手仲間には「スヴェタ」の愛用者もいたのは確かだ。

一九四二年夏、レニングラード前線で戦っていたヴラディーミル・プチェリンツェフ上級中尉から、わたしは本人が著した小冊子『いかにして狙撃手になったか』をもらった。モスクワで刊行された限定版で、教本および広報誌として前線に配布されたものだ。この冊子には、プチェリンツェフがＳＶＴ‐40の機構を新兵に詳しく説明している写真も掲載されている。彼はこう書いている。

わたしが初めて成功をおさめたのはこのライフルのおかげである。ライフルとは兵士の親友だ。慎重に、細心の注意を払って扱えば、ライフルが裏切ることはない。自分のライフルを守り、つねに清潔に保ち、ごく小さな欠陥であってもそのままにせず、ていねいに油を塗り、部品のすべてを適切に調節、調整する——それが狙撃手が自分のライフルに取るべき姿勢である。また同時に、規格は統一されたものだが、原則としてまったく同じライフルはない。ことわざにもある通り、「十人十色」なのである。ライフルの性質は、さまざまなバネの緊縮力や、ボルトがスライドするときのなめらかさ、トリガーを引くときの重さ、銃腔の状態、摩耗の程度その他でわかることもある。多くの場合、「狩り」からもどったときのわたしは空腹で寒さに震えていたが、第一に行うことはライフルを掃除し、正しく整備することだった。狙撃手にとって、これは鉄則である。

「ライフルを守ること、きれいに保つこと、ごくわずかな欠陥も排除すること」。これはすべて正しい。わたしは防水ケープで「スヴェタ」を覆い、塹壕の上に雲のように降りてくる埃から守ろうとした。だがそれは手遅れだったようだ。トリガーを引いてもなんの反応もなかったのだ。わたしはこの欠陥を取り除かなければならなかった。ライフルに顔を寄せようとしたがヘルメットが邪魔になった。呪いの言葉を吐きながら、わたしは鋼鉄製のヘルメットを脱ぎ、それを塹壕の地面に置いてボルトハンドルをつかんだ。ライフルはうまく作動しはじめたと思われた。

新たな迫撃砲の一斉砲撃がはじまったのはそのときだった。あらゆる方向から破片がヒューヒューと音を立てて飛んでくる。そのひとつがわたしの顔にあたった。左の髪の生え際の下だ。血がどくどくと額を流れ落ち、それが左目に入って見えなくなって、さらに唇まで流れてきて塩辛い味がした。わたしはどうにか自分の上着のポケットから救急セットを取り出し、ともかく包帯を頭に巻いた。それで血は流れ落ちてこなくなったものの、今度は痛みが襲ってきた。傷が焼けるように痛く、ずきずきとして、顔中の皮膚が引っ張られているかのようだった。

まわりのなにもかもが霧につつまれて見えなくなっていった。わたしは動かなくなったライフルを胸にぎゅっと抱き、塹壕の壁に背をあずけた。迫撃砲の砲弾の破片と敵の銃弾が塹壕の上を音を立てて飛んでいた。側面のどこかで、中隊の固定機関銃の一丁が射撃をはじめていた。それにわが砲兵隊の四五ミリ砲が「ズドンッ！」という轟音とともにこの戦いに参入してきた。音から判断すると、ルーマニア軍は攻撃を続けていたようだ。だが、わたしはライフルを撃ってそれをはねつける戦いにくわわることができなかった。奇妙な、重苦しい思いが頭をよぎった。「まだだめ…まだだめ…まだ死ねない…」

「同志軍曹、だいじょうぶですか？」。衛生兵のレーナ・パリイが叫んだ。

「まだ生きてる、でも頭を負傷」

「なんてこと、今すぐ助けますからね」

わたしの顔とチュニックが血まみれになり、頭に包帯が巻かれているのを見ると、セルギエンコ大尉はレーナにわたしを師団の医療大隊につれていくよう命じた。そちらの医師のほうが優秀だったからだ。それにくわえ、第二五師団付きの第四七医療大隊は第五四連隊が守る戦線からわずか五キロのところにいた。わたしは銘文のあるライフルを戦場からずっとしっかりと抱え込んでいたのだが、そのおかげで優先的に診てもらえることになった。医療大隊に到着して、治療の優先度を決定するトリアージ・ステーションに行くと、レーナ・パリイはライフルの照準器の金属製チューブの銘文を指し、第五四連隊第一大隊、第二中隊のリュドミラ・パヴリチェンコ軍曹は、沿海軍指揮官であるペトロフ少将と個人的な知り合いなのだと言い放った。傷の具合を聞くこともなく、軍医は緊急手術を認める赤い札をレーナに手渡したのだった。

6　海を渡って

衛生兵はわたしに迫撃砲の砲弾の破片を手渡した。平たく黒い金属片のようなもので、マッチ棒よりもわずかに長く、縁は鋭くとがっていた。それがもう少し低く飛んできていたら、自分はどうなっていただろうか。おそらく、一緒に戦った連隊の同志たち一五〇名とともに、頭に穴が開いた死体となってタタルカ村近くの墓地の湿った土の下に横たわっているだろう。わが中隊の勇敢な指揮官だったヴォロニン中尉も、わたしの小隊のバザルバイエフ二等兵も今はそこに眠っていた。バザルバイエフはとても腕のよい射手であり、好人物だった。わたしたちはふたりを一〇月一一日の夕方遅くに埋葬した。そのとき戦争は止み、ルーマニア軍は以前の陣地まで退却していた。

わたしは手術の模様をあまり覚えていない。だが手術後のわたしの外見は兵士とはほど遠いものだった。髪の毛の半分は短く切られ、肌には明るい緑色の消毒薬を塗られ、頭から破片を取り出したところは、縫合して包帯がぐるぐる巻きになっていた。モルヒネが切れると痛みがまた襲ってきた。こめかみも後頭部も、破片を取り出したところも痛み、ひどいめまいにも悩まされはじめた。外科医は、すぐに連隊にもどるなどとんでもないと言った。わたしは医療大隊に一〇日から一二日ほどとどまることになった。

しかしわたしは「歩ける」患者に分類され、手術から一日たった一〇月一五日には散歩に出ることを許された。わたしはコートを着て包帯を巻いた頭に官帽をかぶって、周囲の景色を眺め、新鮮な空気を吸いに出かけた。

一〇月一四日には青空に陽が明るく輝き、オデッサの周囲に広がる草原地帯に温かな日差しを投げかけていた。だが一五日になると、温かく水晶のように澄み切った黒海の秋は突然終わりを告げた。鉛色をした低い雲が地平線を覆い、冷たい北風が吹きはじめ、やがて、地元の学校を囲む素朴な庭の小道や生垣に雨粒が落ちはじめた。第四七医療大隊は学校の校舎のなかに設置されていて快適であり、それは思いがけない幸運だった。軍の医療部隊は戦場や森のなかの、キャンバス布の大型テントに設置してあることのほうが多い。学校に置かれたこの医療大隊では負傷者はトリアージを施され、手術を受け、回復する。切断ややけど、骨折などの重傷者は、救急車でずっと後方に運ばれた。重傷者が学校から送り出されるときには、彼らを乗せたストレッチャーが、側面に赤十字がついた二台の一・五トン車に積み込まれる。車はオデッサへの道を走り、オデッサの港では彼らを運ぶ輸送船が待っている。

戦争はまだこの学校まで到達してはいなかったが、西と南西の方角のどこか遠くから大砲のとどろく音が聞こえてきて、戦争が続いていることを思い知らされた。その轟音から判断すると、砲撃はわが軍の沿岸砲兵隊と黒海艦隊の艦船が積む長距離砲からのものだった。ときにはその砲撃音に小口径の砲がくわわった。二両の装甲列車が接近してファシストの戦線に近距離から砲撃を行っていたのだ。

落ち葉がわたしの足元でカサカサと音を立てた。野バラとハナミズキの茂みはすっかり葉を落としてしまい、細く黒々とした枝を空に向かってわびし気に伸ばしていた。常緑樹のセイヨウネズは風も雨も恐れはしないといった風情で、緑色の防壁ででもあるかのようにそこに立っていた。庭のふちどりにはグラジオラスやチューリップ、バラが植えられている。土は焦げ茶色をしていて、爆撃や砲撃を受けていてもなおだれかが庭の手入れをしており、前日か前々日あたりに土を掘り返していることがわかった。戦争がもたらす混乱に屈しようとはしない人々の意志の強さや勤勉さに、わたしは頭が下がった。わたしはカサカサになりくるっと巻いたオレンジ色の落ち葉をひろい、指でまっすぐに伸ばそうとしてみた。だが葉はまっすぐになりはしない。もうその命は終わったのだ。

開いた門を通ってカーキ色の将軍用車両が校庭に入り、校舎のほうへと走ってきた。ペトロフ少将がいつも乗っているタイプの車だった。わたしは車道まで歩き、気をつけの姿勢を取り、官帽に手をあて敬礼した。「エムカ」と呼ばれるゴーリキー製GAZ－M1がわたしのすぐ横に止まった。車から降りてきたのは沿海軍指揮官イヴァーン・ペトロフその人で、彼はわたしのほうを向いた。

「リュドミラ、こんなところでなにをしているのだ？」

「治療中であります、同志少将」

「頭の負傷か？」。ペトロフはわたしに近づいた。

「はい、同志少将」

「ずいぶん経つのか？」

「いえ、一〇月一三日のことです。タタルカ付近で、第一連隊と任務をともにしているときです。わたしたちは攻撃してくるルーマニア軍歩兵を撃退するところでありましたが、迫撃砲の弾の破片が…」

「なぜヘルメットをかぶっていなかったのだ、娘よ？」。少将は問いつめるように言った。

「事故でした、イヴァーン・エフィモヴィッチ」

「きちんと治療は受けているのか?」

「たいへんよくしてもらっています!」。わたしは答えた。

「そうか、では移動の準備をするのだ、リュダ。われわれは海路セヴァストポリへと向かう」

「ですが、大切なオデッサはどうなるのですか、イヴァーン・エフィモヴィッチ?」。わたしは悲しみや絶望を口に出さずにはいられなかった。「オデッサをファシストたちに渡したら、略奪され、荒らされてしまいます。そのようなことは絶対にさせませんよね? あいつらはオデッサを焼き払ってしまいます」

「これは最高司令部からの命令だ、リュドミラ」。わたしを慰めようとしてくれたのだろう。ペトロフは父親のようにわたしの肩にぽんと手を置いた。「命令は常に実行するのが兵士の義務だということはわかっているな…では私からの命令だ。ぐずぐずするな、勝利を信じろ、勇敢に戦うのだ。ところで、敵を仕留めた数はどれほどになったのだ?」

「一八七です」

「文句なしのチャンピオンだな!」。少将はそう言って心からの称賛をくれた。「見事な腕前だ」

「ですが、敵は密集してつっこんでくるのです。まぬけですから」。ペトロフは狙撃するときの状況を聞きたいのだと思って、わたしはそう言った。「はずすのがむずかしいくらいなのです」

沿海軍の最高指揮官という非常に高い地位に就いても、イヴァーン・エフィモヴィッチは少しも変わってはいなかった。以前と同じく謙虚で穏やかで無口で、この地位にあることで人々におよぼす力にも、人々に対する責任にもそれほど頓着していなかった。ペトロフはそのとき、やっかいな任務を負っていた。すべての部隊をオデッサからセヴァストポリまで海路撤退させるのだ。かぎられた時間で手配し、敵に知られてもならなかった。撤退する連隊を追撃させてはならないからだ。少将は一日中オデッサ防衛区のすべての戦線を車でまわり、それぞれの部隊での撤退準備を確認していた。ペトロフの顔は疲れ、車が立てる埃で灰色になっていたが、彼はわたしの言葉を冗談と受け取り、それを気に入ってくれた。その目はいたずらっぽく輝き、少将は声をあげて笑った。

「リュドミラよ、君のような兵士とともにいれば怖いものはないな」とペトロフは言った。「わたしたちは海を越えてクリミアを守るのだ。わかっているだろうが、万事うまくいく」

ペトロフは急ぎ足で学校へと向かい、庭に残ったわたしは聞いたばかりの知らせのことを考えた。正直に言うと、わたしにはそれが理解できなかった。わたしたちオデッサの防衛隊がやるべきは最前線を守ることであり、撤退することなど考えたこともなかった。わたしたちは、モスクワの最高司令部がこうした命令を出すことはなく、それまでと同様、オデッサに補強部隊や兵器や弾薬や、装備や食糧を送ってくれるものだと信じていた。一九四一年八月から戦闘が続いていたオデッサはすでに敵の後方に置かれていたが、ドイツ師団がわが祖国の首都を目指し速度を上げつつ進軍しているという困難な状況においても、ドイツとルーマニア軍という侵略者に対し、断固とした抵抗を見せる英雄都市の手本のひとつだったのだ。

「当時のわたしたちは、それから間もない八日後に、オデッサを捨て軍をクリミアへと撤退させるようにという最高司令部からの命令を受けるとは思ってもいなかった。ファシストの軍団はすでにクリミアを奪う勢いであり、クリミア半島への陸路であるペレコープ地峡の入り口に到達していたのだった」。沿海軍の軍事会議議員だったF・N・ヴォロニン少将はのちにこう述懐している。

オデッサに本拠を置く敵との戦闘で緊張を強いられていたことにより、われわれは、他戦線での動きが見えていない部分があったのだろう。この決定には驚き唖然とした。彼［すなわち、ペトロフ］は戦闘からの部隊撤退と、その後送を計画するという問題を解決しなければならなかった。その頃には、作戦部の担当者が、防衛線からの撤退は、これまで検討してきたように徐々にではなく一気に行ってはどうかと提案していた。ペトロフはこの案を承認した。わたしはこれについては彼を支持した。オデッサの司令本部は撤退計画を練り直すよう命じられた。オデッサ防衛区の軍事会議は、全軍がオデッサから同時に撤退するという新たな計画に賛同した。じっさいの部隊編成からみると、兵士の数はおよそ五万人にのぼった。兵士たちはみな武器とともに輸送船に積み込まれ、ある夜オデッサを離れることになった。一〇月一六日のことだった（1）。

この計画はすばらしい手際で実行され、大祖国戦争の歴史において、ほかにはない複雑な輸送作戦として際立っている。

一九四一年一〇月一五日の日没後、第二五、九五、四二一の三個ライフル師団の連隊と砲兵隊、それに一個騎兵師団が最前線を離れ、音もたてずに縦隊を作ってオデッサの街を抜けて港へと向かった。暗闇のなかで迷ったり、街角や交差路で道をまちがえたりしないように、石灰やチョークで道には方角が示されていた。後衛大隊はその後二時間にわたり塹壕に残って機関銃や迫撃砲で牽制射撃を続け、その後撤退した。後衛部隊が去ると、代わって偵察兵や地元のパルチザンのチームがそこに入った。彼らは歩兵がまだそこにいるかのようにふるまった。焚火をし、ときおり射撃を行っては連絡通路を動きまわったのである。ルーマニアとドイツ軍は攻撃することもなく、前線を越えようともしなかった。

第四七医療大隊は車両で運ばれ、大隊が所属するチャパーエフ師団と一緒に移動することになり工作大隊のすぐあとについた。道路はかなり傷んでおり高速での移動はむずかしかったが、それにもかかわらずわたしたちはオデッサ郊外を一時間で抜けた。だがオデッサに入ると速度は落ちた。通りは、乗り捨てられた軍用トラックや、さまざまな軍用装備の運搬車の列で混雑していたのだ。とくに、港の主要な門である、税関広場に続く税関門では大きな渋滞が生じていた。

第五四連隊の兵士や将校たちが前回オデッサの通りを歩いたのは九月末のことだった。だが今このときには、わたしにも状況がかかなり悪化しているのがわかった。オデッサの通りや広場、公園や大通りは秋の薄暮のなかにあったが、それでも、敵の航空機がもたらした破壊は、とくに市中心部ではっきりとわかった。多くの建物に屋根はなく、二階や三階が崩れ落ちたところもあった。家々の窓は黒い穴となり、悲し気に、この街を捨てて去っていく防衛部隊を見ていた。

第二五師団は中央港湾地区の主要な通りを撤退ルートとしており、主の変容広場からギリシア広場を経由してポルスキー・スプスク通りに入って、それから税関広場へと向かう。わたしたちの縦隊は砲の運搬台車数台が塞いだ交差点で再度停止した。そのとき、通りの左側にある二階建ての建物が見えた。この地区の募兵事務所だ。というよりも、爆撃をうけたその残骸と言ったほうがよかった。わたしが赤軍の志願兵としてそこを訪れたのはそれほど前のことではなかった。うんざりした軍の登録官は、わたしに軍隊は女の来るところではない、と言ったのだった。あの事務所の金庫には、わたしがA・B・パヴリチェンコと結婚したことを証明するスタンプが押されたパスポートが入っていた。だが彼も戦争の灼熱の火のなかに消え、わたしは若き日の馬鹿げた過ちを忘れることができた。金庫もパスポートももうない。あるのは、煤で真っ黒になった壁、折れた梁、ぐにゃりと曲がった鉄の階段だけだった。かつてその階段を上って事務所に行き、そこでわたしの運命が決まったのだ。

救急車が交差点で止まっているあいだ、わたしは募兵事務所の残骸のことを考えていた。戦争が、わたしの人生を魔法をかけたかのように変えてしまったのはまちがいない。わたしは歴史の教師か、図書館や公文書保管所の調査助手になるつもりだった。だがそうはならず、わたしは狙撃手として前線に立ち、ルーマニア軍とドイツ軍の兵士や将校を狩る腕の立つハンターとなった。なぜルーマニア軍とドイツ軍はここに、わたしの祖国にやって来たのだ？　彼らのせいで、わたしは平時にいだいていた夢を捨てなければならなかった。なぜこんなことになったのだろう？

オデッサは黒海沿岸最大の港を有していた。五キロにおよぶ堅固で最新の埠頭があり、貿易港として栄え、年に一〇〇〇万トンもの荷を取り扱った。だが一〇月下旬夕刻のオデッサの港は大きな惨事を数時間後に控え、聖書に登場する都市バビロンを思い起こさせた。軍服を着た何千人もの人々がこの港に集まり押し合いへしあいしていたのだ。さらに軍用トラック、榴弾砲を引くトラクター部隊、戦車、装甲車両、野戦炊事車や荷馬車も到着しており、第二騎兵師団の兵士や将校は鞍を置いた馬もつれていた。

一見すると、混沌がその場を支配しているかのようだったが、オデッサ海軍基地の要員たちは部隊がうまく船に乗り込めるように、高度な組織力を発揮していた。港湾地区になだれ込む兵士の縦隊はスムーズに、事前に計画されていたルートを通って埠頭へと進み、黒海で運航する蒸気船や黒海艦隊の艦船へと乗り込んだ。特殊軍事部隊の輸送用に設計された船艇だ。

たとえば、わたしたちチャパーエフ師団は税関門を通って新港にあるプラトノフ埠頭と新埠頭に向かった。埠頭にはディーゼル貨物船「ジャン・ジュール」、「クルスク」、および「ウクライナ」号が停泊していた(2)。乗船がはじまった。船の側面から降りている舷悌を、四五分のあいだに一〇〇〇人の兵士がのぼり、一時間半ごとに二〇〇〇人が乗船していった。機関銃や連隊の口径五〇ミリの小口径迫撃砲も同じ舷梯を通った。木製の台車に乗った大砲や対空銃は、岸壁で順番を待った。これらの兵器はディーゼル船の起重機でなければ積み込めず、その起重機は休みなく稼働していた。

　それまでわたしは航海したことも船に乗ったことさえなかった。わたしはなにもかもをじっくりと見ておきたかったが、積み込みはほんとうに信じられないくらいのスピードで行われており、ゆっくりとまわりを眺める暇などなかった。わたしのいる医療大隊が乗り込む「ジャン・ジュール」号には第二五師団の司令部将校たちと、師団のその他部隊（第六九砲兵連隊、第九九榴弾砲および第一九三対空砲兵隊）も乗り込んだ。目の前には、埠頭の長くて高く、真っ黒な壁が切り立っていた。この船の上にはライフボートが架かる白い支柱と太い煙突があり、煙突には、黄色いハンマーと小鎌のついた赤い旗が描かれていた。艦橋には船長が立っていた――肩幅が広く体格のよい人物で、ひさしに金色の国章がついた黒の航海用官帽をかぶっていた。船長は、負傷者はみな乗員用集会所に入るよう命じた。船長の指示で、車両や榴弾砲は、船首下階の第一および第二船倉に向かった。彼は対空砲四基を上甲板に残した。オデッサからセヴァストポリへの航海中に、ドイツ機が空襲をかけてきた場合に役に立つからだと思われた。

　乗員集会所で、わたしは大きな丸窓のそばに陣取ることができた。ここからは新港をほぼ視界におさめることができた。埠頭の混雑は次第におさまりつつある。ソ連軍は続々と海岸から船へと乗り込んでいた。三隻のディーゼル船、「ジャン・ジュール」、「クルスク」、「ウクライナ」は搭載量五〇〇〇トンか六〇〇〇トンで、計画通りに甲板や船倉に兵士や装備を収容しつつあった。

　一九四一年一〇月一五日午後一〇時頃、タグボートがわたしたちが乗る貨物船を引きはじめた。それから「ジャン・ジュール」号のディーゼル・エンジンがかかり、「ジャン・ジュール」号が震えたかと思うと大海へと進みはじめた。陰鬱な空気がどんよりと船を包みこんでいた。遠くなっていくオデッサの港に、緋色と黄色の点が見えた。港のそばの巨大倉庫が燃えていたのだ。火を消す者はだれもいないし、消さなければならない理由もなかった。わたしたちはオデッサの街を敵の手に残して去ろうとしている。けれども、わたしたちはかならずもどってくる。

翌日の朝食後、わたしは上甲板に上がった。軽い風が吹き、船の揺れはほとんど感じられなかった。太陽が雲間から顔を出しその光がさざ波を照らすと、波が白くきらりと光った。無限の大海原が「ジャン・ジュール」号の両側に広がり、オデッサの岸壁は砂漠の蜃気楼のように消え失せていた。

甲板の上にある構造物の金属壁に肩をもたせかけて、わたしはコートをはためかせながら風に背を向けた。そして銀のシガレットケースをポケットから取り出してライターでタバコに火を点けると、やや苦味のある煙を思い切り吸い込んだ。戦利品のこのシガレットケースは、アンドレイ・ヴォロニン中尉の思い出の品として大事にしていた。ブレヤイエフカ、ギルデンドルフ、そしてタタルカでのあの忘れられない戦闘は終わった。どの戦闘でも少しずつ兵士たちは経験を積み、わたしも教えられるもの——兵士の知恵や忍耐、不屈さとでも言えるだろうか——があった。だがそれだけではない。わたしは戦争になると人間がどうふるまうかを知った。ぼんやりと考え事をしていたわたしは、上から降ってきた怒ったような声に我に返った。

「同志！　喫煙が許可されているのは指定された場所のみだ！」

「どこか教えてくれませんか？」。わたしは顔をあげて聞いた。

船長が詰める艦橋の格子から身を乗り出してわたしを見おろしていたのは航海士だった。三〇歳くらいの三等航海士で、海軍用の革ジャケットを着て黒の略帽をかぶっていた。最初はとても怖い顔をしていた。いい加減な陸者《おかもの》（たとえばわたしのような）を見つけしだい、しかりつけようと思っていたのだろう。だが彼は、兵士用のコートと略帽を身に着け、頭に包帯を巻いているのが女だとは思っていなかった。彼はとまどって口ごもったが、それからほほえむと、それまでとは打って変わってていねいな口調でこう言った。「後甲板です。船尾にありますよ」

「いえ、そこまでは行けないわ」。わたしは最後に一息吸うと、まだ吸い終えていないタバコを海に放った。

「病院から来たのですか?」。航海士はわたしの素性調べを続けた。

「ええ、医療大隊からです」

「負傷したのはどこで?」

「タタルカの戦闘です」

「戦闘中に負傷者を運んでいるときにでも?」と彼はたずねた。女性が男性兵士と同様に戦闘にくわわることもあるとは思いもしなかったのだろう。

「そんなところです」。わたしは肩をすくめた。彼にわたしの狙撃手としての任務について説明するつもりはなかった。

「双眼鏡でわれわれの艦隊を見てみませんか?」。航海士はいかにも会話を続けたがっていた。「タラップを上がってきてください。ここからだとほぼ全艦を見渡せますよ」

航海士は親切に双眼鏡の使い方を説明してくれた。倍率六倍の野戦用プリズム双眼鏡は狙撃手の装備に必須のものだが、わたしは彼の説明を熱心に聞き、いくつか質問をした。じっさい、医療大隊の衛生兵がこうした装備の仕組みについてくわしいことなどありえないからだ。

やっと双眼鏡がわたしの手におさまり、わたしは双眼鏡をのぞき込んだ。灰色がかった青の船体をもつ、二本マストの「クラスナヤ・ウクライナ」号の巨体が目に飛び込んできた。舳先に砲があり、支柱がそびえ立っている。煙突が三本、そして大口径の舷側砲が八基備わっていた。力強く美しいこの船は、まぎれもない黒海艦隊の誇りだった。このときは、この船がそう長くは航行できないことを知る者など、だれもいなかった。

「クラスナヤ・ウクライナ」と巡洋艦「クラスヌイ・カフカス」はわたしたちの船の前を進んでいた。青空にくっきりとその姿が浮かんでいる。巡洋艦「クラスヌイ・カフカス」は三〇ノットの速度が出たが、一〇月一六日の朝は、艦隊の他の船艇に合わせてその三分の一のスピードで航行していた。駆逐艦「ボドリイ」と「スムィシュリョーヌイ」、三隻の掃海艇、二隻の小型砲艦、それに一隻の巡視艇が、わたしたちが乗る「ジャン・ジュール」、「ウクライナ」、「クルスク」、「カリーニン」、「コトフスコイ」、それに「ヴァシリー・チャパーエフ」といった大型輸送船を護衛した。

わたしが双眼鏡で船を見ているあいだ、航海士は、排水量や動力装置、容積などをてみじかに説明してくれた。愛する「ジャン・ジュール」号の説明にはとくに熱が入った。わたしは興味深い話をいくつも教えてもらった。たとえばこのディーゼル船は、一九三一年にレニングラード北部の造船ドックで建造され、ほかにも同様の船が三隻建造されていること、それからこの船は黒海海運会社のものであるため、ヨーロッパを航行したことなどだ。一九三四年に、「ジャン・ジュール」は著名な作家であるマキシム・ゴーリキーとその家族をイタリアのジェノヴァからソ連邦まで運んだ。その後ニューヨークへと向かい、様々な荷をイタリア、フランス、カフカスのバツミへと輸送した。艦橋上でかわしたこの情報が盛りだくさんのおしゃべりの最後には、食堂で紅茶を一杯飲んでもっと仲良くなりましょうという誘いがあった。航海士の名はコンスタンティン・ポディマで、ノヴォロシースク出身だった。

ただし、わたしたちがお茶を飲む余裕はなかった。

護送船団がテンドラ島を通りすぎようとしていた午前一一時頃に、敵爆撃機の一団に攻撃されたのだ。しかしわたしたちの船は数組のＩ‐１５３、Ｉ‐16、そしてＹａｋ‐１戦闘機に援護を受けた。ソ連軍戦闘機は急行してドイツのユンカース88双発機と、単発機のユンカース87急降下爆撃機――この機にはぶかっこうな着陸装置が付いていることから、わたしたちは「トランドラー」［小車輪のこと］と呼んだ――の相手をした。うなりをあげて飛ぶ航空機の真剣勝負がはじまった。さらに機関銃の発射音や対空一斉射撃、それにフリッツが海に投下した爆弾の爆発音もそれに重なった。自軍から撃たれる危険があるなか、わが軍の戦闘機はドイツ機が精度の高い爆撃を行うのを阻み、重くてのろい爆撃機を護衛するドイツのメッサーシュミット１０９戦闘機との戦闘にもくわわった。

わたしたちの乗る船のすぐそばでも戦闘が繰り広げられた。ユンカース87が一機、赤星のついたわが軍の戦闘機からの正確な射撃を受け、煙を上げながら急降下して、船から一〇メートルほどのところに水しぶきをあげてつっこんだ。しかしその機はすぐには海中に沈まなかった。わたしは、その機のパイロットの顔が見えたような気がした。恐怖にゆがんだ苦しそうな顔だ。航空機がつっこんだせいで生じた波が「ジャン・ジュール」の右舷に激しくぶつかったが、全長一〇〇メートルあまりの船はすぐに船体を立て直した。ソ連機パイロットの勝利をたたえ、船の乗員は声をそろえて叫び、喜びを表した。「万歳《ウラー》！」

わたしは、鼻先が黄色く、翼と機体に黒十字のついた十数機の「トランドラー」が二〇〇メートルから三〇〇メートル上空を飛んではソ連船艇目指して急降下するのを見ながら、ケースに入って「ジャン・ジュール」号の乗員集会所にあるわたしのライフルのことを思っていた。七月の、ベッサラビアからの退却という悲しいできごと以降ずっと、わたしは自分のライフルであのハゲタカのようなドイツ機を一機でも撃ち落としたいと切に願ってきた。あのときは、わたしたちの目の前でファシストたちが平和な暮らしをしていた住民たちを撃ち、なんのとがめも受けなかった。だがこの船の上では、わたしの手には標準タイプのモシン・ライフルさえなかった。

前線の狙撃手の任務のなかでも一番むずかしいのが、動いている標的を撃つ場合だ。弾道の計算を瞬時に正確に行うことにくわえ、携帯しているライフルを扱う十分なスキルが必要だからだ。ライフルはターゲットではなく、その前方を狙う必要があった。銃弾とターゲットという、どちらも動いているふたつのものが出会う地点までの時間と距離を計算するのだ。これを「偏差射撃」といい、わたしたちは狙撃学校でこれを学んだ。ポタポフはわたしたちに、彼の連隊が、一九一五年末に低空飛行中のドイツ軍フォッカー機をライフルで撃墜したという話を聞かせてくれた。

偏差射撃にはターゲットが動く速度を知ることが必要だ。わたしたちの周囲にあるものすべてから判断し、わたしはユンカース87急降下爆撃機は、少なくとも時速四〇〇キロで急降下して爆弾を投下していると計算した。だが「ジャン・ジュール」もじっと停止していたわけではない。かなりの高速で航行し、なおかつファシストの攻撃をうまくかわしていた。船の甲板上にある四基の対空砲はほぼ撃ちっぱなしで、フリッツがきびすを返して船から離れることもしばしばだった。わたしには、ディーゼル船の乗員の勇敢な行動をたたえることしかできなかった。

ドイツ機が勝利を手にすることはなかった。ドイツ機は一隻の船も沈めることはできなかったが、わが軍の赤星の戦闘機は一五機以上もの敵爆撃機を撃墜した。船の対空砲がさらに三機を沈めていた。だがわが軍のパイロットもまた、この戦闘で命を落とし、船員たちは海に撃墜されたソ連機から、三人の負傷者をどうにか救出した。

午後には、敵機の別の一団が護送船団上空に姿を現した。四〇機ほどのユンカース87とユンカース88爆撃機だ。これを迎え撃つのは、クリミアとテンドラ島の飛行場に基地を置く、総勢五六機の軍用機だった。ふたたびわたしたちは劇的な空中戦を目にすることとなり、その戦いでも敵は目標達成に失敗した。夕方になってからドイツ機が、護送船団の最後尾についていた古い輸送船「ボルシェヴィキ」を沈めた。機雷で撃沈されたのだ。だがこのディーゼル船は沈む前にライフボートを降ろしており、乗員は全員ソ連軍の掃海艇や水雷艇にひろい上げられた（3）。

護送船団は一九四一年一〇月一七日午後七時にセヴァストポリに到着し、ストレレツカヤ湾に停泊した。下船がはじまった。見張りの仕事を終えたコンスタンティン・ポディマはわたしの下船を手伝いにやってきたが、わたしが背嚢とは別に、カバーに入った長い物を肩にかついでいるのを見て驚いていた。女性に親切な水兵はすぐに手伝おうとしたが、わたしは、自分の銃はだれにもふれさせないと断った。

「だって銃を運んでいるわけではないだろう、リュドミラ？」。彼は信じられないといったようすでたずねた。

「狙撃用ライフルよ」。わたしはほんとうのことを言った。

「では、君は衛生兵ではなく、狙撃兵だというのか？　そんなこと考えもしなかったよ…」

「どうして、コスチャ？」

「戦争に女性の居場所なんてないからさ」。彼はそう言い切った。

わたしにはこの航海士と議論する時間も、そうしようと思う気持ちもなかった。わが祖国の人々が生き延びようと必死で戦っているこの恐ろしい戦争においては、軍事知識や技術のある者はみな、性別も民族も関係なく兵士となり、ドイツ軍というファシストの侵略者たちを一掃する力となるべく、できるかぎりのことを行うべきだった。その時はじめて、わたしたちは敵を打ち負かすことができるのだ。

7　伝説のセヴァストポリ

沿海軍の疲れ切った戦士たちを出迎えたのは、真っ白でおごそかな街だった。戦闘はこの都市にまだ傷をあたえてはいなかった。ここセヴァストポリは異様なほど穏やかで平和だった。砲撃も、戦闘が絶えない前線もない。ときおりナチの航空機が姿を見せたが、セヴァストポリにはオデッサのように大きな損害をあたえてはいなかった。クリミア半島の温かな日差しのなか、通りは日陰を作り、公園は少しだけ秋色に染まり、公共の庭園にある色とりどりの花が咲く花壇は見る者の目を楽しませてくれる。そこには戦前とまったく変わらない光景と明るい色があった。

セヴァストポリはいくつかの湾に面して広がる街で、一番大きな湾への入り口を、コンスタンティンとミハイルというふたつの古代要塞が守っていた。要塞の狭間銃眼をもつ巨大な白い石壁が港の水面に姿を映している。セントラルヒルの上には聖ヴラディーミル大聖堂の青いドームが輝いている。ここには、この街が最初に包囲されたときの英雄である四人の海軍将官の埋葬室があった。歴史大通りにつながる曲がりくねった小道には、第四堡塁やヤゾノーフスキー角面堡、コストマロフ砲台で命を落とした戦士たちの記念碑や、トトレベン将軍と、一八五四年にセヴァストポリを包囲したイギリス、フランス、イタリア軍に対し塹壕を掘って戦った勇敢な工兵たちを描いた銅製の記念碑が建っていた。

セヴァストポリを訪れたのは初めてだった。活気があり変化に富み様々な顔をもつ、人口が六〇万人を超えるオデッサを見たあとでは、セヴァストポリは小さな地方都市に思えた。オデッサでは、世界中の国から何十隻もの船を受け入れる巨大な商業港が生活のリズムの基盤となっていた。だが外国の客船や貨物船やタンカーは、黒海艦隊の主要海軍基地であるセヴァストポリには近寄ることさえできなかった。南湾に停泊するのは、細長い灰色の船体をもつソ連海軍駆逐艦や掃海艇や巡視艇だけであり、あるいはこうした艦船が、セルゴ・オルジョニキーゼ海軍ドックで補修を受けるのを待っていた。

昔、英雄的な戦闘を経験したこの街には、当時も不思議と、住民やその生活習慣などに英雄都市としての気概が満ちていた。それはわたしの心に大きく響いた。例えば、オデッサが海を行き来する商船を降りたきどった船員だとしたら、セヴァストポリは、武器を握り遠くを見つめる屈強な戦士だった。わが祖国の南国境に位置するセヴァストポリは、永遠の斥候として祖国の平和と安全を守っていたのだ。

セヴァストポリの人々はオデッサの防衛軍を温かく迎え入れてくれた。護送船団には多数の負傷者が乗っており（三〇〇〇人にものぼった）、彼らは即刻、オランダ湾、ストレレツカヤ湾、バラクラヴァやセヴァストポリ市内など、さまざまな地域にある病院に運ばれた。わたしと第四七医療大隊の他の患者が向かったのはストレレツカヤ湾に面した小さな診療所だった。治療よりも休息が必要な連隊の仲間たちは、市中央部の歴史大通りにつれていかれた。沿海軍の主要部隊はコラベルナヤ・ストロナにおり、その大部分は対空砲兵学校の敷地にあった。

兵士たちは公共浴場に行き、リネン類や軍服を替え、食糧供給所で食事をした。兵士にはひとりあたり五〇〇グラムのパンが支給された。ほんの二日前に戦場をあとにした者にとっては、この休息の時間がなによりありがたかった。チャパーエフ師団は少なくとも一週間の休息を認めてほしいと願っていた。だがそれはかなわなかった。師団は、一〇月二一日には駅で列車に乗り込み、ドイツ軍の進軍を止めるために、クリミア半島北部のイシュンの戦線に送られたのだった。

頭の傷がまだ治っていなかったわたしはセヴァストポリに残った。二日おきに包帯を替え、衛生兵は、もうじき抜糸できると言ってくれた。抜糸は済んでいなかったが、わたしは海へと三〇分の散歩に出ることを許可された。その後抜糸が済み、黒海艦隊の兵営内に置かれた回復期患者を集めた大隊に移されると、セヴァストポリの街に出る許可証を申請することができた。

許可証を手渡してくれたのはN・A・フベジェフ少佐で、少佐は陽気な話好きの男性だった。わたしが自己紹介をすると、少佐はわたしがもらった銘文付きのライフルに興味を示し、現在どこで戦っているのか神のみぞ知る第二五師団から海軍歩兵への異動を提案してきた。そして上級上等兵曹への昇進を約束し、黒海艦隊の水兵が着る真鍮のボタン付きピーコートは、わたしが着ていたカーキ色の歩兵用チュニックよりもずっと似合うはずだと言ってくれた。少佐は、自分の友人である海軍歩兵指揮官――第一六海軍歩兵大隊のルヴォフスキー大尉、第一七大隊のウンチュール中尉、第一八大隊のエゴロフ大尉、第一九大隊のチェルノウソフ大尉――をしきりにもちあげた。だがわたしには、海軍歩兵が地上で戦う歩兵よりも魅力があるとは思えなかった。わたしは、歴史に残るオデッサの激戦をともに戦ったステパン・ラージン・ライフル連隊に強い愛着をもつようになっていた。戦争ではなにが起こるかわからない。連隊は干し草の山のなかの針ではない。沿海軍とともにきっとどこかに現れるはずだ。沿海軍はフリッツの猛襲によってイシュンの戦線から退却したものの、クリミア半島南部の山地の泥道を、黒海艦隊の主要海軍基地へと向かいつつあった。

兵営を出てわたしはひとりでぶらぶらと市内を歩きまわり、平和な光景を楽しんだ。市内電車は環状線を走り、売店やカフェテリア、公共浴場、理髪店や、金属細工や服の仕立て屋や靴の修理屋などさまざまな店が営業していた。だが戦前には一〇万人を超す人口を擁していたセヴァストポリは、今ではがらがらに見えた。住民の多くは、とくに子どもがいる住民はカフカスやクラスノダール地方に避難していた。それでも夕方になって仕事が終わると、セヴァストポリの人々はおしゃれをして海岸大通りや歴史大通りをそぞろ歩き、以前と変わらず演劇が上演されているルナチャルスキー市立劇場や、三つの映画館に出かけていた。映画館では、戦前のソ連映画では最高傑作にあげられる、『チャパーエフ』、『トラクター運転手たち』、『敵後方にて』、『ミーニンとポジャルスキー』、『せむしの仔馬』といった作品を上映していた。

わたしがまず訪ねたのはまだ開いていた文化施設だ。入口に大砲がある古い建物に入っている見事な黒海艦隊博物館、それに歴史大通りのパノラマ。そしてフランツ・ルボー作の絵画「セヴァストポリ攻囲戦、一八五五年六月六日」は非常に写実的な絵で、見る者は大きな衝撃を受ける。わたしは立ち去りたくなかった。この芸術作品の魅力はそれほど大きかった。まるですぎ去った時間が元にもどり、じっさいにマラコフ高地を守る部隊のなかに自分がいるような気分になるのだ。この作品を見ることで、わたしたちが先人たちの偉業にならい、最後のひとりまでこの街を守って戦わなければならないのだということを再認識した。

セヴァストポリは女帝エカチェリーナの勅命により建設された街だが、それよりもさらに古い歴史ももつ。わたしは市内電車で、市から南へ一二キロのところにある漁村のバラクラヴァへ出て、ジェノヴァの要塞チェンバロの遺跡を見に行った。また紀元前五世紀に建設されたケルソネソス・タウリケにも足を向け、古代ギリシアの街の遺跡を目にした。ここには建物やバシリカや古代劇場、それに、見張りの塔や市壁の土台が残っている。塔や壁は、ここまで進軍してきた敵歩兵を迎え撃つための、外堡のような役割をもっていたのだろう。

わたしには兵士として働いた四か月分の給料があったので、こうした外歩きも楽しめた。入隊一年目の兵士は月に一〇ルーブル五〇コペック、伍長の階級の狙撃手は三〇ルーブル、軍曹の狙撃手と分隊指揮官には三五ルーブルが支給された。わたしはヴェスナ（春）のチョコレートを二〇ルーブルで買った。セヴァストポリの軍の売店では戦前の価格で品物が買えたのには驚いた。

その頃、クリミア半島では事態が動きつつあった。一九四一年一〇月二六日、エーリヒ・フォン・マンシュタイン上級大将指揮下のドイツ第一一軍が半島に到達していたのだ。その四日後の一〇月三〇日木曜日には、そこからさらに、黒海艦隊の主要海軍基地に対して軍事行動が開始された。第五四沿岸防衛隊の四連装砲が、ニコラエフカの村に向かう道路を進軍してくるドイツの装甲輸送車や部隊輸送車、バイクやⅢ号突撃砲などに火を吹いた（1）。精度の高い砲撃にドイツ軍縦隊の進軍は止まった。そしてこの日が、「セヴァストポリの戦い」のはじまりとされるのである。

一九四一年一〇月三〇日、艦隊兵営の練兵場での演習中に、セヴァストポリ駐屯部隊の指揮官であるG・V・ジューコフ海軍少将による命令が読み上げられた。それはこうはじまった。

㈡敵は前線を突破し、先発機械化部隊がエフパトリアとサキ地区に入り、セヴァストポリを脅かしている。…㈢セヴァストポリ駐屯部隊は艦船および沿海軍砲兵隊と連携し敵を主要海軍基地に入れてはならない。

そしてセヴァストポリに接近する敵を壊滅させよ…

この命令により、カマラ村からカチャ川河口にかけての前線沿いにわが軍が配置されることになった。地上の防衛は、海軍歩兵の一六個砲兵隊と、そのときこの街にいた民兵および他の分隊にかかっていた。わたしは以前同様第五四ライフル連隊の第一大隊に登録されていたのでこの命令に含まれていなかったが、第一大隊がどこにいるのか、だれも知らなかった。フベジェフ少佐はこの日はわたしに街に出る許可証を出さず、再度、海軍歩兵に移るようわたしにもちかけてきた。わたしはほかの回復期の兵士たちとともに練兵場をいっしょうけんめい整えた。

街に出られないからといって時間をもてあますこともなかった。夕食が終わると、海軍図書館から若い助手がふたりやってきた。ふたりは艦隊の部隊を週に一回巡回して、以前に兵士たちに貸し出した本を回収し、新しい本を貸し出すのだ。助手たちがやってくると、兵士たちはわっと群がった。兵士たちは読んだ本を返して新しい本を借り、少女たちと読んだ内容をおしゃべりし、次回に借りる本の申請をする。わたしは表紙に一八五四年の第四堡塁がカラーで描かれた、ソフトカバーの薄い本を借りた。小さな車輪のついた砲台に乗った大砲、幾人かの兵士と、その隣に立つ将校の絵だ。この絵の上には著者名レフ・トルストイと、『セヴストーポリ』（中村白葉訳、岩波文庫、一九五四年）というタイトルがあった。チェルヌイシェフスキー、チェーホフ、アレクセイ・トルストイ、ショーロホフ、マキシム・ゴーリキーなどほかの著者の本もあったが、レフ・トルストイの本は大人気だった。

学生の忠実な友である本がわたしの手にあったのはずいぶん前のことだ。軍服を身にまとい第二五チャパーエフ師団の赤軍兵士となったからには、本のことは頭から捨て去らなければならなかった。本は戦前の生活のなかに、ずっと後方に置き去りにされ、今やわたしに平和や安定した生活のことを思い出させ、心を慰めてくれるものとなっていた。心はずませながら、わたしは表紙を開いた。もちろんわたしは『セヴストーポリ』を読んだことがあったが、それはずっと以前の、おそらく子どもの頃のことだ。図書館助手の女の子のひとりが、わたしにその本のことで話しかけてきた。彼女は、とてもおもしろいし、現在の状況にとてもよく似ているんですよと言って、その本を熱心に勧めた。彼女と同意見だった。一〇〇年近くが経った今、新たな征服者が再び伝説の都市を奪おうと接近しつつあるのだ。

読書は時間つぶしになった。若き砲兵少尉としてセヴァストポリ攻囲戦にくわわったトルストイ伯は、すべてを理解したうえで軍事行動を描写していた。ずっと以前に読んだときには、わたしは、この偉大な作家が戦う者の心理を詳細に描写していることをわかっていなかったと思う。だがこのとき、わたしはオデッサの戦闘を思い出しながら、トルストイの描写の巧みさに驚いた。初めて戦闘を経験して命の危険を感じ取っている兵士の気持ちを、トルストイはありのままに伝えていた。

丘を登っているときに大砲の弾や破片が発するヒューっという長い音を聞くと、君は不快な気持ちになる。そのとき、この音が、以前に町のなかで聞いた弾の音とはまったく異なる、大きな意味をもつことを突如理解するのだ。静かな喜ばしい思い出が突然頭によみがえってきて、あたりを観察する君ではなく、もうひとりの君が君自身を支配するようになる。周囲のものに対する注意は失われ、突如として煮え切らない不快な気持ちに圧倒されるのだ。だが、死を垣間見たことで君に突然語りかけてきたこの声にもかかわらず、またとくに、笑い声をあげ、腕をふりまわしながらぬかるむ丘の斜面を駆けおりていく兵士を見たあとでは、君はこの声を押し殺し、思わず胸を張り、頭を高く上げるのだ。

トルストイは武器をもつ同志たち、つまり当時防塁で戦っていたロシア帝国軍の兵士や将校たちを鮮明に描いた。まるでこうした英雄たちがわたしたちのすぐそばに現れて、その考えや夢や行動がすべてわたしたちに理解できるかのようだ。わたしは、ロシア兵士の闘志の源を語るうえで、トルストイの文章ほど説得力のあるものはないと思う。

海軍将校は君の前で何発か撃ってみせたがり、「砲手および係員は砲につけ」と命じるかもしれない。ただ気晴らしのため、あるいは虚栄心からこうすることはおおいにありうる。そして一四人ほどの水兵たちが、生き生きと楽しそうに、パイプをポケットにつっこんで、あるいはパンを急いで飲み込んで、鋲付きのブーツで砲床をガタガタと踏みながら、大砲に駆け寄り装填するだろう。彼らの顔や態度や動作を見てみたまえ。日に焼けた、頬骨の張った顔のしわの一本、一本、筋肉のひとつひとつ、広い肩、大きなブーツを履いた足の太さ、そして彼らの動き——穏やかだが断固として、せかせかしていない——のひとつひとつに、君はロシア軍の強さを作り上げている、実直さと不屈という主たる特徴が見えるだろう。だがどの顔にも、そうした特徴とは別に、戦争の危険さ、邪悪さ、苦しさを経ることで、自身の尊厳と高い目的意識や感情を自覚した跡が見えるかのようだ（2）。

わたしはまたトルストイによるセヴァストポリの風景と天候の描写や地名にも引き込まれた。セヴェルナヤ・ストロナ、コロベルナヤ・ストロナ、マラホフ・クルガン、サプン・ゴラ、メケンジエヴィ山、スハルナヤ・バルカ、マルティノフ・オフラグ、レチカ・チョルナヤ、パヴロフスキー・ミスクにクリコヴォの平原。それまでわたしは、平たい草原の風景のなかで任務を行ってきた。そこでは視界がきき、ターゲットまでの距離の判断が容易だった。だが丘陵地でのターゲット射撃はそれとはまったく別物だった。

一九四一年一一月四日の朝、フベジェフ少佐がいい知らせを教えてくれた。沿海軍指揮官のペトロフ少将が、その前日に司令部の将官たちとともにセヴァストポリに到着し、ケルソネソスの兵営に置いた沿岸防衛隊指揮所にいるという。わたしは少将との面会を願い出ることにした。とはいえ一介の軍曹が少将に近づくのは容易ではなかったが、わたしは、少将の副官がわたしのことを知っているという事実に助けられた。

ペトロフ少将は以前と同じに見えた。きちんとしてエネルギーに満ちている。台布に少将の星がついた上着には、クリミア半島の道が立てる白い埃がついていた。茶色の騎兵用ベルト付きハーネスとふたつのショルダーストラップは少将のひきしまった体にぴたりとはりつき、体の右側に上級指揮官に支給されたコロヴィン・ピストルのホルスターが付いているのが見えた。乗っているのは車でも、いつもどおり、ペトロフは乗馬用のムチを手にしていた。車で最前線をまわり、そこに配置された部隊に自ら声をかけ、戦場や工兵の仕事ぶりを視察するのだ。指揮官はゴーリキー自動車工場製の軍用車GAZ-M1から降りてきて足を止めた。わたしは彼の方に歩いていき、気をつけの姿勢をとって名乗った。「パヴリチェンコ軍曹であります、同志少将。お話しする許可を願います」

「やあ、リュドミラ」。ペトロフはほほえんだ。「調子はどうだ」

「上々であります。同志少将！」

「ならばセヴァストポリでナチを打ち負かすことができるな？」

「もちろんです、同志少将」

「君に知らせることがある。これから君は上級軍曹となり、狙撃小隊を指揮する」。ペトロフは鼻眼鏡をはずしてそれを真っ白なハンカチでぬぐった。「兵員の補強が済んだら、適性のある兵士を選んで射撃技術を教えるのだ」

「はい、少将！」。わたしははずむ気持ちで答え、それから声を落として心配していたことをたずねた。「ですが、わたしの連隊はどこにいるのでしょうか、イヴァーン・エフィモヴィッチ？」

「ラージンはヤルタとグルズフ［どちらもクリミア半島南部に位置する］を結ぶ道にいると思う。五日もあればセヴァストポリに到着するだろう。連隊を待つか？」

「はい、同志少将。入隊当初から、わたしの心はセルギエンコ大尉の第一大隊と愛する第二中隊とともにあります」

「軍に対する忠誠心は見上げたものだ」。ペトロフはまたほほえんだ。

沿海軍指揮官からの命令に応じて、司令部でわたしに必要な書類がすべて用意され、わたしには連隊と軍需係将校の元へいく許可証が発行された。わたしは冬用軍服に付随する細々としたものを手に入れなければならなかった。たとえば、耳覆いのついた帽子、中綿入りのジャケットと温かな下着などだ。チュニックの台布に、わたしの新しい階級である上級軍曹を示す暗赤色の三角形を三つつけたときはほんとうに心がはずんだ。そのほか、わたしはショルダーストラップ付きの革ベルトと、一本ピンの真鍮バックル、それにピストルを入れるラムロッド付きホルスターを支給された。

セヴァストポリで手渡されたトゥーラ造兵廠・トカレフ（TT）という火器を、わたしはずっと手放したことがなかった。狙撃手の隠れ場でも、休日に市内ですごすときにも、もちろん行軍のときにも、そしてその後の退避のときもわたしはこのトカレフを肌身離さず、ノヴォロシースクへ、そしてモスクワへとトカレフはわたしと共にあった。ＴＴはわたしのお守りとなった。クリミアの森でフリッツを狩っているとき、失敗した場合にわたしが最後に使うことにしていたのは、ベルトに付けた手榴弾ではなくて「トトシャ」［ＴＮ　アントンの愛称］（軍ではトカレフ・ピストルをこう呼んだ）だった。ソ連軍もドイツ軍も、狙撃手を捕虜とはせずにその場で射殺してしまう。だが女性にとっては、殺される前にレイプされるという別の危険が伴う（３）。このため、手榴弾を敵の足元に転がし、ＴＴに込めた銃弾のうち七発を接近してくる敵に向けて撃ったあと、最後の一発で自分を撃つのだ。

八発入りマガジン抜きでも八二五グラムもあるピストルは、女性が扱うには重いという点は否定しない。ロシア人技師トカレフを非難する人たちもいた。彼が作ったピストルは、「ピストル王」であるジョン・モーゼス・ブローニングが作ったピストルととてもよく似ていたからだ。ベルギー製のＭ１９０３はとくに似ていた。しかしわたしたちのようにじっさいに戦場で銃を撃つ者が耳を傾けるべきは、現実の世界から遠い理論派の論争だろうか？　ＴＴが前線に必要なすべてを満たしているという点が一番重要なのだ。口径七・六二ミリのピストルから放つ強力な銃弾は一〇〇ミリの厚さのレンガ壁を貫通し、銃身は頑丈で、トリガー機構の信頼度は高く、グリップは握りやすい形だった（４）。

わたしの連隊の同志たちは、第二五ライフル師団の他の連隊とともに一九四一年一一月九日にセヴァストポリに近づき、第三防衛区に一二キロにわたり戦線を置いた。街から二〇キロから二五キロほど北東にある、ベルベク川とチョルナヤ川のあいだに挟まれたメケンジー丘陵地などがこれに含まれた。この地域には、地元では「バルカ」と呼ぶ木々に覆われた高地があり、その隣にはかなり深い峡谷があった。たとえば、チョムナヤ・バルカはカミシュリー峡谷のすぐそばにあり、マルティノフ・バルカの横にはマルティノフ峡谷がある。さらには、カミシュリー、ベルベク、ビユク・オタルカ、ザリツコイ、ドゥヴァンコイなど、タタール人の村もいくつかあった。そしてここにはメケンジー丘陵鉄道の分岐点もあった。メケンジアの村は海抜三〇〇メートルを超す高さにあり、地図上ではときに「第二森林警戒線」と記されることもある。一八世紀末のこの村は実質、スコットランド高地人という出自をもつロシア帝国海軍少将、トマス・マッケンジーの支配下にあった。

セヴァストポリの防衛線は準備が整っていた。塹壕、連絡通路、掩蔽壕、大砲および機関銃の据えつけ、補強した射撃陣地。第五四ライフル連隊、第二八七ライフル連隊、それにわが師団にくわわった海軍歩兵の第三連隊と第七旅団の兵士や将校たちは、ドイツ軍が奪ったメケンジア村の西一、二キロの地点に踏みとどまるよう命令を受けていた。

連隊の陣地に到着したわたしは、仲間の兵士たちが元気でいるか確認したかった。一〇月末に半島北部で行われた戦闘のようすを知らなかったからだ。だが指揮所でわたしがあいさつしたのは、オデッサ防衛の戦い以降わたしたち全員が見知っていたマッシェヴィッチ少佐ではなく、ヴァシリー・イワノヴィッチ・ペトラッシュ少佐だった。彼は第三一連隊からわたしたちのもとに異動しており、以前は大隊を指揮していた。わたしがマッシェヴィッチ少佐のことを聞くと、ペトラッシュ少佐は、彼は負傷しているがまもなく連隊にもどるだろうと答えた。わたしはそれから第一大隊の指揮所に向かった。ここには、セルギエンコ大尉ではなく見たことがない中尉がいた。三五歳くらいの背が高くやせた人物で、予備役であったのは明らかだった。わたしは自己紹介をして書類を手渡した。中尉は物めずらしそうに書類に目を通したが、それからわたしに不満気な険しい視線を向けた。

「小隊指揮官になるつもりのようだな、上級軍曹？　ほんとうに務まるのか？」

「そう決めたのは私ではなく、上級指揮官です、同志中尉」

「どの上級指揮官のことを言っているのだ？　わたしは、たとえば女が兵士として戦場に出ることには反対だ。狙撃手なら、なんとしてもナチを撃ち殺さねばならない。だが狙撃せよという命令は、それをなすべき者が発するのだ」。そして中尉はわたしの書類を机に放り投げた。

「なすべき者とはだれですか、同志中尉？」。わたしは屈するつもりはなかった。

「もちろん、男だ……」

しかしグリゴリー・フョードロヴィッチ・ドローミン中尉は考えを改めざるをえなかった。わたしを小隊指揮官に任命したのは第二五師団指揮官のコロミエッツ少将ではなく、沿海軍最高指揮官のペトロフ少将であることをてみじかに説明したからだ。この結果、当然ながら、わたしと第一大隊の現指揮官との関係が改善されることはなかった。じっさいにはドローミンがわたしのことを放っておいたというのがほんとうのところで、わたしを誉めることもなければ叱責することもなく、さらには賞をあたえることもなかった。

第一大隊の指揮所からは、森を通る曲がりくねった小道が第二中隊の戦線まで続いていた。軍の工兵たちは、メケンジー丘陵地に深くてしっかりとした掩蔽壕を造っていた。そのひとつに入ったとき、わたしはフョードル・セディフ伍長と出くわした。とてもうれしい出来事だった。わたしたちはロシアの習慣に従って、抱き合い頬に三回キスをした。以前の戦場の同志はあまり具合がよさそうではなかった。ずいぶんとやせて目はくぼみ、左手に軽傷を負っていた。わたしたちはすぐに飯ごうで湯を沸かして紅茶をいれ、砂糖とビスケットを手に入れて、腰をおろしておしゃべりした。

フョードルは悲惨だった戦況を説明してくれた。ナチはイシュン付近の赤軍戦線と一〇月二四日に衝突した。わが軍は手ひどく敵をたたいて反撃したが、しだいに、敵の豊富な砲や航空機がものを言うようになってきた。それと同時に、わが軍の最前線は準備不足だった。ソ連軍は開けた草原地帯に配置されたようなものだった。たとえばセルギエンコ大尉は、大隊指揮所を直撃した迫撃砲弾で脚の骨が砕けるという重傷を負った。指揮所は簡単な造りの塹壕に置かれていたのだ。大尉ははるか後方に送られた。第二中隊のほぼ半分が、敵砲撃の犠牲になっていた。狙撃手の小隊は言うまでもなかった。連隊に残っていたのは、平時定員である三〇〇〇人の兵士と将校のうち、わずか六〇〇人から七〇〇人程度だった。

「第二五師団のラージン連隊は、第九五師団の左に前進しつつあった」。この戦闘にくわわったひとりであるL・N・バチャロフはのちに回想している。

ラージン連隊の出だしは上々だった。連隊はよく協調がとれており、「行けー！」と叫んではナチを銃剣で仕留めた。連隊の共産党事務局書記、セミャシキンの命令で第二中隊は攻撃に出た。そして第三中隊は一〇〇人を超すナチを倒した。第三中隊指揮官のエリョメンコ上級中尉は負傷したものの、戦闘の指揮を執り続けた…。沿岸を守る師団はクリミア半島でも、オデッサと同様、勇猛に戦った。彼らがオデッサで戦ったのはわずか八日前のことだ。しかし、わが軍の当初の勢いは続かないのではないかという懸念もあった。歩兵を援護する大砲は大きく不足し、砲兵隊はほとんど移動してきておらず、砲弾の支給も足りなかった。攻撃前の一斉砲撃が行われたのもわずか一五分だった。上空には、わが軍の航空機が一機も見えなかった。どれを取っても戦闘開始が急だったことと準備不足だったことは明らかで、そうした状況で前進がはじまったのだ…。一〇月二六日の真昼間に、ドイツ軍が前進をはじめ、それを多数の航空機と戦車が援護していた。その後数日で敵はさらに部隊を増やし、勝利を手にしたのだった（5）。

フョードルとわたしはセルギエンコ大尉の思い出を楽しく語り合った。大尉が第一大隊の指揮を執っていたころは、だれもが気持ちよくすごせた。なぜそうなのか、わたしたちは考えることさえしなかった。経験豊富で能力ある将校であり、部下が必要とするものに気を配るが、同時に部下に要求するものも多くきびしい。そんなセルギエンコ大尉は部下の兵士たちから大きな尊敬を得ていた。連隊指揮官のスヴィドニツキー中佐と後任のマッシェヴィッチ少佐もセルギエンコ大尉の助言を心に留めていたほどだ。

わたしにとってセルギエンコ大尉は守護天使《ガーディアン・エンジェル》のようなもので、とくに、個人的な問題についてはそうだった。軍で女性が任務を行うことは大きな困難を伴うことは認めるが、とはいえわたしは秘密をもらすつもりはない。男社会のなかでは、女性は、公平できびしく、非の打ちどころがない行動をとらなくてはならない。誰かといちゃつくなんてもってのほかだ！　だが、自分の思うようにいかないこともあり、むずかしい問題が生じたことは何度もあった。そうした問題は、一般の兵士ではなく、わが「同志将校」たちが引き起こすものだった。指揮官としての地位と、軍の規則——指揮官である将校の命令は遂行せねばならず、それを果たさない場合には戦時法にもとづいて責任をとらねばならない——をふりかざして女性兵士に迫るのだ。わたしたちはこれを「女を追いかけまわす」と言っていた。こうしたこともあってわたしは、たとえ敵の射撃下におかれても前線に長くいるほうを好んだ。前線に出れば、軍服の襟の台布に四角や棒を三、四個つけた（つまりは、中級、上級将校）一部の好色な人物の目に留まる機会も最小限に抑えられる。そしてこうしたことが起こると、大隊指揮官のセルギエンコは、下心をもって近づく者にずばりと聞くのだ。「彼女にどうして欲しいのですか？」。そう聞かれると、正直に答える勇気のある者はいなかった。これで、誘いや気まずい会話やいかがわしい提案は、だいたいはお仕舞いになるのだった。残念ながら、わたしはこの勇敢で立派な大尉のその後を知らない。

わが第五四連隊は師団の予備部隊にとどまっていたが、セディフ伍長とわたしは、組織上のさまざまな問題に取り組んだ。わたしたちは補強を受ける必要があり、また新しいライフル（ＰＥスコープ付きのスリーライン）を手に入れてそれを試射し、第二中隊に任されていた防衛地区を研究する必要があった。さらには塹壕の深さは五〇センチ程度と十分ではないこと、一部には連絡通路がまったくない箇所があることも明らかになってきた。兵士はこの問題をどうにかしなければならず、狙撃用ライフルどころか、小型のサッパースペードが必要となったのである。わたしたちは一一月一〇日の朝、わが師団の指揮官コロミエツ少将と面会する名誉をえた。少将はこの防衛地区の視察に足を運び、戦線を歩きまわって、地面の要塞化が十分ではない点をきびしく指摘した。

国防人民委員部が一九四一年四月五日に制定した編成に従えば、狙撃小隊は五一人の兵士から成るかなり大きなグループだった。小隊はピストルを携帯した中尉が指揮し、中尉には上級軍曹の副官が付き、この副官はＰＰＤ－40短機関銃を携帯し、モシン・ライフルをもった伝令使（上級指揮官との連絡のため）が付く。小隊には四つの狙撃班があり、そのリーダーは軍曹だ（みなＳＶＴ－40を装備している）。

小隊には迫撃砲班が一個付いている（四人の砲兵に軍曹ひとり、それに五〇ミリ迫撃砲一基）。こうした編成を詳細に述べているのは、わたしがこの通りの小隊を率いたことがなかったという事実を伝えたいからだ。この頃には、中尉が指揮するのは中隊と大隊であることが多く、これはオデッサの戦闘でも同様だった。オデッサでは通常、赤軍分遣隊の将校たちは、平均すると二週間から三週間の戦闘で使い物にならなくなった。五〇人の兵士からなる小隊などと聞くと、不思議な気持ちにさえなる。セヴァストポリの防衛ではどの時期においても小隊はおおよそ二〇人から二五人の規模で、これより多いことはなかった。

それにデグチャレフ設計のＰＰＤ－40短機関銃と、のちには、七一発の拳銃弾入りドラム型マガジン付き、シュパーギンのＰＰＳｈ－41短機関銃は接近戦では文句なく効果的な武器だったが、開戦から数か月は、ライフル兵部隊において圧倒的にその数が不足していた。わが連隊で偵察を担う二個小隊がもつＰＰＤ－40短機関銃は二五丁から三〇丁にすぎなかった。さらに口径五〇ミリの迫撃砲は一般に（小隊ではなく）「中隊迫撃砲」と言われた。記録によると連隊にはこの迫撃砲が二七基あったが、それはあくまでも記録上のものだ……。

一一月一〇日から一一日の二日にわたり、連隊は補強を受けた。この補強の大半は、一〇月末にセヴァストポリで急遽編成された海軍歩兵大隊の兵士たちだった。これから彼らはきびしい戦争を戦い抜いてきたわがラージン連隊の一員となり、海ではなく乾いた大地の上で戦うことに速やかに慣れる必要があった。彼らはファシストのドイツ軍侵略者たちと最後のひとりまで戦う覚悟を固めつつあったが、地上での戦闘がどのようなものか、知識は十分ではなかったのだ。

わたしの小隊にやってきた水兵たちの驚きはとくに大きく、わたしたちが初めて顔を合わせたときの状況は、喜劇でも見ているようだった。こんな具合だ。その日、耳覆いのついた黒い帽子をかぶり、海軍のピージャケットと「黒海と同じくらい幅広の」ズボンをはいた四人の若者が掩蔽壕に駆け込んできて、パヴリチェンコ上級軍曹の隊に配置されました、と言った。そのときわたしは自分の偉大な教官が書いた本をひもとき、教官の知識から、丘陵地が多い地方での射撃について学んでいた。フョードル・セディフはほかの三人の兵士と一緒に新しいライフルの銃尾を点検しており、彼は四人に座るよう勧めた。四人は地面に背嚢を置くとのんびりと壁のベンチに腰をおろし、あたりを見回しはじめた。彼らはわたしに気づくと顔を見合わせ、一斉ににやついた。「君もこの小隊に配属されてるのかい、お嬢さん？」。ひとりがそう聞いた。

「そうよ」。わたしは答えた。

「そりゃすごいな!」。彼は仲間にウインクした。「俺たちの小隊はあたりだな。なんていかす衛生兵だ!ほんとに美人さんだな。君にくぎづけってとこだ。仲良くなろうぜ。俺はレオニード、君の名は?」

「リュドミラよ」

「やあリュダ、しかめっつらするなよ。水兵にはもうちょっとやさしくするもんだ。悪いことは言わないからさ」

「そうして欲しければ、軍の規則に従うつもりがあるのなら、気をつけの姿勢でわたしの前に整列して、自分たちが到着したことを指揮官に報告しなさい」

「でも指揮官はどこだよ?」

「指揮官は私よ」

「リュダ、からかうなよ。そんなことあるわけないだろ」

わたしは若者たちに、ここの責任者がだれであるかをきっちりと説明しなければならなかった。わけが分からないといった顔で、それでも四人は気をつけの姿勢で整列し、求められる通りに自己紹介をし、わたしの指揮官としての初めての訓示に耳を傾けた。それでも彼らの顔には、まだ驚きの表情がはりついていた。四人の海軍歩兵たちは、まるで、この腹立たしい状況が勘違いだということがわかり、そこにいる兵士が彼らと一緒にこの展開を笑ってくれるとでも思っているかのようだった。四人にとっては馬鹿げたできごとだったのだ。だがわたしたちの部隊では、そうしたことはありえない。この狙撃小隊を指揮するのは女性なのだから!

だがレオニード・ブロフとその三人の友人はその後、非常に立派に戦った。もちろん一週間の射撃訓練では真の射撃の名手になれはしなかったが、わたしの指導のもと（ターゲットまでの距離を計算して、望遠照準器を調整する方法を教えた）、彼らは狙撃用ライフルを扱う基本技術を学び、かなりうまく――とくに敵の正面攻撃を受けている場合には――撃てるようになった。彼らは勇敢な兵士だった。ブロフが早々に命を落としてしまったのは残念でならない。

メケンジアの村――第二森林警戒線――は、海抜三二〇メートルほどの丘陵地頂上部の平たい土地にあった。この村は森に囲まれており、その森には、クリミアでよく見るセイヨウネズやシデ、トゲハマナツメ、ハナミズキ、野バラなどの下生えがびっしりと茂っていた。村長の家は平屋の小さな建物数棟からなり、果樹園が隣接する野菜畑があった。ずいぶん前に廃墟となった領主の古い邸宅がそこから遠くないところにあったが、木々に隠れてほとんど見えなかった。村は、セヴァストポリ第三防衛区において、わが軍の陣地とドイツ軍陣地との境界となっていた。村はカラ・コバ渓谷へと続く戦略的に重要な道路上にあり、敵がこの村を奪えば、敵はセヴァストポリの東側に就くわが軍防衛部隊の背後にまわることになる。さらに、わたしたちの部隊を村からある程度の距離まで追いやることで、ドイツ軍はメケンジー丘陵地にある鉄道駅まで侵攻し、そこからセヴァストポリが面する最大にして最長の湾の北岸へと到達することができ、そうなるとセヴァストポリの命運はつきてしまうのだ。

一九四一年一一月に入って数日するとナチはメケンジアの村を奪ったものの、しばらくはそれ以上先には進まなかった。敵は新たな攻撃にそなえて部隊を補強していたのだ。ソ連軍上層部は敵を村から追い払うことが不可欠だと考え、村をめぐる激しい戦闘が、一一月末近くまでほぼ二週間にわたって続いた。セヴァストポリを守る戦闘で第五四ステパン・ラージン連隊の兵士と将校が血を流したのは、メケンジアをめぐる戦いが初めてだった。それは一一月一二日の夜明けの光が差す頃だった。わが大隊が村の北の戦線で戦っているとき、師団指揮官のコロミエツ少将が戦闘の視察のため指揮所に到着し、状況を評価したのち、ラージン連隊の戦闘目標を設定した。一一月一四日にフリッツを攻撃して村を包囲し、ここを確保したのち敵を一掃するのだ。

「それはまた、セヴァストポリ初の大反撃のためでもあるのだ」。栄えあるチャパーエフ師団の指揮官、トロフィム・コロミエツはのちにそう書いた。

第三防衛区の歩兵はみな、チェルケス・ケルメン［現在はクレプコエの村］地域の敵最前線とそのすぐ後方の部隊に射撃を行った。わたしは事前にラージンの第二大隊の指揮所へと入っていた。第二大隊は敵に一撃をくわえており、わたしは指揮所から攻撃を見守った。出だしは順調であった。迅速な攻撃により、中隊はドイツ塹壕の最前部へと到達した。数分で敵はたたきつぶされた。森を抜けて敗走するナチを第二、第三中隊が追撃する一方で、第一中隊はチェルケス・ケルメンからメケンジアの村へと続く道路を遮断していた。村の包囲がはじまったのだ。

ファシストはそこにとどまり激しく抵抗した。猛烈な銃撃にわれわれの部隊は地面に伏せねばならなかった。グロスマン［第二五ライフル師団の砲術長］が砲撃で部隊を掩護した。だが、砲手がメケンジアの村付近で抵抗するナチをたたいているあいだに、ドイツ軍歩兵がチェルケス・ケルメン側から姿を現した。しかしラージン連隊は頑としてそこにとどまり、ファシストの攻撃は手づまり状態になりつつあった。そのとき新たにドイツの部隊がチェルケス・ケルメンからやってきて、なにもかもが振りだしにもどったのである。わが軍では二個予備小隊が戦闘にくわわっていたが、これだけでは十分ではなかった。マッシェヴィッチ少佐は、村に接近しようとしていた一個中隊を呼びもどして敵予備部隊に反撃することにした…。戦闘は三時間以上におよんだ。そしてラージンはその目的を完全には達成することができなかった。しかし、ドイツ軍が大きな損失を被ったのは明白であり、わが師団に対して、その後五日間にわたりなにも手だしをできなかったのである（6）。

8　森の小道

メケンジアの村は簡単には落とせなかった。わが軍は一二月二二日の朝に、村に対して最終攻撃を行った。ラージンは海軍歩兵第二ペレコープ連隊とともに前進した。敵は必死の抵抗を行った。海軍歩兵はどうにかメケンジアからチェルケス・ケルメンの村へと入る道を奪取したものの、そこから先へは進めなかった。その日の昼頃には、両軍ともに戦闘行為が止んでいた。村はまだフリッツの手中にあった。一方チャパーエフは、この呪われた運命の村の西一キロのところにある、三一九・六、二七八・四、一七五・八高地の陣地を確保した。

こうして、二五日にわたって続いたセヴァストポリに対する第一次攻勢は終わった。侵略者は実質的な勝利を手にすることはできなかった。敵は防衛軍を、セヴァストポリ第一防衛区においては南岸のバラクラヴァの漁村の東へと三、四キロ後退させ、ドゥヴァンコイ、チェルケス・ケルメン、メケンジアの村付近に置かれた第三防衛区では一キロから二キロ押しやっただけだった。

それからしばらく、防衛線に比較的落ち着いた日々が続いた。戦線はクリミア半島の深い森が続く丘陵地や渓谷を越え、半島南部のバラクラヴァの海岸から、北の、浅くて流れが急なベルベク川まで四六キロにわたり伸びていた。両軍陣地間の中間地帯も同じ長さがあり、その両側に深い塹壕、曲がりくねった連絡通路、機関銃座があり、対戦車壕が伸び、地雷原や有刺鉄線を張った要塞があった（有刺鉄線は多くの場合、森の木の幹を柱にして張っていた）。中間地帯は一〇〇メートルから二〇〇メートルの幅で続いており、何箇所か、中間地帯を越えるための地点があった。わたしたち狙撃手とわが連隊と師団の偵察兵は、この中間地帯をまったく見とがめられずに越えることができた。とくに夜間にメケンジーの丘陵地を越えることは多かった。カミシュリー渓谷の高い尾根（大きな村であるドゥヴァンコイからそう遠くない地点からはじまるこの尾根は北西に向かって傾斜しており、メケンジア村へと数キロにわたって伸びていた）に沿って進み、チョムナヤ・バルカの斜面を横切るのだ。そしてチョムナヤ・バルカは、葦で覆われたカミシュリー渓谷に隣接していた［TN　葦はロシア語で「カミシュ」］（1）。

こうした中間地帯を越えるのが可能な地点は、ドイツの偵察チームもまた利用した。ときには、一二人の機関銃手二組が森を越えてわたしたちのほうへ向かってくるような場合もある。機関銃手が手にしているのはMP・40短機関銃で、わたしたちには（まぎらわしいが）「シュマイザー」といったほうがわかりやすい。だが有名なドイツ人銃技師のフーゴ・シュマイザーはこの銃にはなんの関係もない。それは本来エアフルター・マシーネンファブリク（「エルマ」社）製の銃だった。わたしたちのパトロールと遭遇すると、ドイツ兵たちは慌てて後退する。わたしたちはドイツ兵を追えという命令は受けていなかったが、訓練のために、ナチが木々の背後に姿を隠すまでターゲット射撃の練習をすることはできた。

ある偵察任務で、まだ火薬の煙が丘に渦巻き、渓谷やあたり一帯に最後の射撃音の残響が続いているときに、第二中隊の塹壕そばの茂みから白髪の男が現れた（2）。灰色の民間人の上着を着て、背嚢を肩にかつぎ前かがみになっている。その男はまるで木の精のようだった。やせて、もじゃもじゃのあごひげは目まで届きそうだ。狙撃小隊の兵士は驚いて男を撃ちそうになった。男は両手をあげて必死に叫んだ。「味方だ！」。彼はソ連のパスポートを開いて手にもち、紫のスタンプが押された茶色になった証明書をこちらに見せていた。

わたしはライフルを下げ、その男がだれなのか、第五四連隊の戦線でなにをしているのか、そして敵の監視所をどうかいくぐったのかをたずねた。その老人は、ドイツ軍の目を欺くことなどたいしたことではない、といった口調で答えた。ドイツ軍は森の奥まで入ろうとしないし、そうすることを恐れてもいた。一方で彼は地元の森番なので、ドイツ軍を避けて、自分だけが知っているわかりづらい道を通ったのだと言った。この時点で彼はすすり泣きはじめた。涙が白いあごひげを伝い、上着に落ちはじめた。上着には猟師用の弾帯が結びつけてあるが、それは空《から》だった。数分のあいだ、どう判断すべきか迷ったのは確かだ。なんだか、キツネにつままれたような気持ちだった。だがフョードル・セディフはなぜだかすぐにこの老人を信用した。彼は、この森番をこちら側に通して話を聞いてみましょうよ、とわたしに言ったのだった。

そのすぐあとに上級曹長が監視用塹壕に運んでくれた温かい朝食を摂りながら、わたしたちは森番のアナスタス・ヴァルタノフが語った話についてあれこれと話し合った。彼が聞かせてくれたのはとても気の毒な話で、この地獄のような戦争ではいたるところで同じようなことが起きていた。ナチの斥候の一団が、正規部隊に先駆けて第二森林警戒線に現れた。なぜだか彼らはヴァルタノフの息子と孫、そして家族全員を気に入らず、家の隣でみなをあっさりと射殺した。ヴァルタノフは、運がよかったと言ってよいのかどうかはわからないが、その朝、地元の役所に出かけて森番の追加費用を申請し、また冬にそなえてオーツ麦と干し草を手に入れていた。

ヴァルタノフによると、メケンジアの村にはドイツ軍の司令部のようなものがあるらしい。彼の家の隣にある木々の下には、運転台の屋根の上にアンテナと機関銃が載った、キャタピラー付きの装甲輸送車が数台ある。それにくわえ、大砲を取りつけたトラクター、車、サイドカー付きのバイクも数台あるという。そこには、灰色がかった緑色の軍服を着た兵士たちにくわえ、黒く短い上着とベレー帽をかぶった兵士たち（つまり、戦車の搭乗員だ）が到着した。そのなかで一番偉いと思われるのが四〇歳くらいの青い目をした大柄な男だった。ヴァルタノフは、その男が、組みひものふちどりのある銀色の肩章と、襟元には黒と白の十字架がついた行軍用チュニックを着ているのを目にしたことがあった。彼は射殺されたヴァルタノフの息子の部屋を使っており、毎朝ポンプを使って自ら冷たい水をくみ上げ、赤いタオルで体をこすり、朝から体操をしてしっかりと体を動かすという。

「あいつらは好き勝手にやっとります」。スプーンで飯ごうの底から大麦のポリッジをすくいながら、ヴァルタノフが言った。「だがきっと怖いんだ」

「なにが？」とわたしは聞いた。

「ロシア軍をですよ」とヴァルタノフ。「ロシア軍は特殊な照準器のついたライフルをもっとると聞きました」

「そうですね」

「それをあいつらに使ってください。場所はわしが教えます。村はすぐにわかります。じっさい、ここから遠くはないし、森を抜けて近道を行けば五キロくらいだ。ひと晩あれば十分だ」

「わたしたちと一緒に行きたいですか？」

「もちろんですよ。ちゃんとこの目でみなけりゃ、自分が生き残った意味がありゃしません」
家族を皆殺しにした敵を罰したいという年老いた猟師の強い気持ちがわたしには理解できた。それは当然で、正しいことでもあった。平和に暮らしていた人々を無益に殺害してしまった侵略者たちの残忍な行為を許してはならない。あいつらを根こそぎにしなければ。どこにいようと仕留めて、どんな手を使ってでも全滅させなければならない。ヴァルタノフはわたしたち狙撃手に助けを求めてやってきた。そしてわたしたちは、聞いたばかりの情報がセヴァストポリ防衛区の司令本部で確認されれば、彼の要求にこたえるだろう。

返事は二日後に届いた。ヴァルタノフの話はほんとうだった。

本部への要請は私からではなく、連隊の偵察隊副隊長であるミハイル・ベズロドヌイ大尉からなされていた。大尉は一九四一年六月に第五四連隊に入隊し、偵察小隊二個——一個は騎兵、もう一個は歩兵の偵察隊——を指揮していたらしい。とはいえオデッサで馬を捨てていたため騎兵偵察隊は消滅していたが、歩兵の偵察隊のほうは、このときには四六人から二五人に減ってはいたものの存続していた。そうなる以前、オデッサで戦っているときに、わたしは偵察兵と仕事をしたことがあった。たとえば、彼らが尋問目的で敵兵を捕まえようとして前線を越えるときに、それを援護する場合などだ。だが当時は、わが連隊の大隊は前線の別の区域で別々に行動することが多く、わたしがじっさいに連隊の将校たちと接触することはなかった。しかしこの頃になるとラージン連隊はひとまとめに集められてとても窮屈な陣地にいたので、偵察隊と——少なくともベズロドヌイ大尉とは——頻繁に顔を合わせ、それはとても役に立っていた。

大尉は、森番のアナスタタス・ヴァルタノフが狙撃グループの案内役をつとめるという条件で、メケンジアの村に急襲をかけるというわたしの計画を承認した。だがまず、村までのルートがどこを通り、第二森林警戒線付近の現状がどうなのかを確かめる必要があった。さらに、急襲を実行するならば、狙撃手のメンバー選びを行わなければならない。わたしは、ヴァルタノフと一緒にメケンジー丘陵地の森を抜けて偵察に出かけた。

わたしにはこのときもうひとつ目的があった。ドイツ軍がセヴァストポリに第一次攻勢を行っているあいだに、わたしたちは、わが軍の要塞に対する敵の攻撃を、一致協力し総力をあげてたたきつぶす方法を考えなければならなかった。前線が落ち着くとともに、個々の狙撃手が「狩り」に出るときが近づいていたが、地元のことをよく知らず、深い森に覆われた丘陵地での射撃に慣れていなければ、狩りをはじめることなどできないだろう。とにかく、緑の壁のような森林地帯がどういうところか、海から気まぐれな風が吹けばどうなるのか、わたしは確かめる必要があった。

ちょうど夜明けの光が差しはじめていた。突然風が巻き起こった。木々の頂上が揺れはじめ、葉の落ちた枝々がぶつかる。暗がりに溶け込んでいると、森の生き物が励ましてくれているような気がして、枝がぶつかり合う短い音は生き物の秘密の言葉のように聞こえた。わたしは耳をそばだてて顔をあげた。道の上に覆いかぶさるように幹が曲がった、灰色がかった茶色の木が立っていた。それはセイヨウカジカエデで、その枝には、長い軸をもつ手のひらのような、大きなオレンジ色の葉がまだ数枚残っていた。突然、そのうちの一枚が枝から離れ、空中を舞いながらわたしの足元に落ちた。ヴァルタノフはそれを指さして言った。「ひろって。幸運の印です」

美しいセイヨウカジカエデの葉は狙撃手の秋の服装に不似合いだった。わたしが着ていたのは、茶色の模様をつけたうす汚れた黄色のカムフラージュ用上着だ。わたしはポケットにそれを入れた。そこには自分用の洗面具と、しっかりとホイルで包んだ角砂糖一個、それに乾燥茶葉がひとつまみ入っていた。砂糖と茶葉を一緒に噛めば、隠れ場で何時間もすごす場合にはエネルギーの補充ができる。

その先にはどんな待ち伏せがあるかもわからなかった。わたしはただヴァルタノフについていくことしかできず、森を慎重に監視しながら、ほとんど人目につかない猟師道を歩いていった。オデッサの人のいない広大な草原地帯にくらべれば、ここはカムフラージュするにはぴったりの場に思えたが、狙撃には理想的とはほど遠かった。銃弾をどこに飛ばせばよいのだろう。銃弾は野ウサギとは違って、木の幹のあいだをぴょんぴょん飛び跳ねたりはしない。茂みが渓谷を覆い隠しているような場合は、どうやってターゲットまでの距離を正確に計算できるだろう。

「曲がったカエデの木から井戸までは八五メートル」。老森番はやさしく言った。「覚えとくと役に立ちますよ、お嬢さん」

ヴァルタノフにはわたしが考えていることがほぼわかっていた。夜明けの光が差すしんと静まり返った森のなかでは、考えていることをすんなりとわかり合えた気がする。気持ちが通い合っていたのだ。この一週間前には、わたしは、一九世紀にクリミア半島で生まれたヴァルタノフという人物の存在さえ知らなかった。このロシア系アルメニア人の一族は一〇〇年のあいだ、ロシア帝国を統治しクリミア半島に広大な狩猟場を所有するロマノフ家に忠実に正直に仕えてきた。ヴァルタノフとその近縁の人々は生涯、第二森林警戒線、つまりメケンジア村で暮らしてきた。この村には彼らの全財産があった。四部屋ある家、夏用の野外キッチン、浴室、薪小屋、納屋、馬小屋、家庭菜園に隣接する温室。森番は夜明けから夕暮れまで森を歩きまわった。森はつねに手入れが必要だったからだ。だが彼は自分のことを、幸せで幸運な人間だと思っていた。長男はすでに自分を助けて仕事をし、妻は温厚で働き者だった。幼い子どもたちの世話は行きとどき、子どもたちはきちんとした身なりをして靴を履いていた。ヴァルタノフの家は幸せに満ちていた。あの一一月のある日、口にするのもいまいましいドイツ兵にはそれが気に入らなかったのだった。

幹が曲がったカエデの木をすぎると道は二股に分かれた。ヴァルタノフがいなかったら、わたしは右に曲がることすら気がつかなっただろう。この地点では灌木の茂みは二メートルもの高さにもなって広がり、下生えを厚いヴェールのように隠していた。老森番はこの茂みを指し、「トゲハマナツメ」または「キリストノイバラ」なのだと言った。伝説によると、イエス・キリストの頭にある茨《いばら》の冠はこの木の枝で作ったものだという。この木はおもに地中海や北アフリカで育つが、クリミア半島にも根を張っていた。

一一月にはキリストノイバラが葉を落としつつあり、その大きな武器であるトゲが姿を現しており、それはとても美しかった。まだ若い枝が何本も、灰色がかった木の幹から好き勝手な方向に折り重なるように伸び、長いものもあれば短いものもあるその枝からはトゲが突き出ていた。針のようにまっすぐなトゲもあれば、釣り針のように曲がって鋭いものもある。

わたしがぎこちなく向きを変えると、いじわるなトゲがすぐにわたしのカムフラージュ用上着の袖をつかんだ！　トゲの先は繊維に深く突き刺さっている。はずすにはトゲを根元から折るしかなく、乾いたパキンという音が静まり返った朝の森に警告信号のように響いた。近くのアカシアの木からアオガラが一斉に飛び立った。ヴァルタノフはわたしのほうに振り返り、「気をつけて、同志指揮官！」とささやいた。

まもなくわたしたちは古い水道管にぶつかった。直径二〇センチほどの錆びたパイプで、使わなくなった井戸まで続いていた。鉤のついた柱が空に伸び、井戸の存在を知らせていた。森は深くなり、木々は生命の源である水のまわりに密集していた。突然、かすれたため息のような音が井戸の方から聞こえてきた。ヴァルタノフは彫像のように凍りつき、そのすぐ後ろにいたわたしは彼にぶつかった。

井戸のなかには――大地に開いた黒い穴は、大きな石を粗く積み上げて壁を造り、厚板で半分覆われていた――野生のイノシシがいた。まだ若く、毛は薄茶色でキバはまだ伸び切っていない。イノシシは自力で井戸から出られなくなっていたが、それでも出ようと必死だった。わたしたちを見ると、イノシシは死に物狂いで突進しようとしたものの、壁をのぼることはできなかった。頭をこちらに向け、イノシシは悲し気な焦げ茶色の目で森番をみつめ、ブーブー鳴いた。

「仕留めたいですか?」。ヴァルタノフが聞いた。「ほかほかのイノシシ肉のリソール［パン粉をつけて焼くか揚げる料理］ができますよ。こいつを食べない手はないでしょう」

「いいえ」。わたしは好奇心に駆られて若いイノシシを見つめながら答えた。「この子が気に入ったわ。まだ大人になっていないし、生きてもらいましょう」

猟師はうれしそうだった。彼は井戸の近くで長い竿をさがし、それを井戸のなかにつっこんでイノシシの腹の下に入れてもち上げ、井戸の外にもってきて地面に降ろした。救出されたイノシシが我に返るまでしばらくかかった。転げまわると、イノシシはまるで解放されたのが信じられないかのようにキーキー言った。そして飛び上がったかと思うと、体を揺すり、落ちた枝をバキバキ言わせながら、その忌まわしい場所から全速力で走り去った。次の瞬間には、くるっと巻いた尻尾が茂みのなかにチラッと見えるだけになっていた。わたしは思わず笑ってしまった。

わたしは動物を狩るのには賛同しなかったし、今もそうだ。身を守る術をもたない森の動物たちを人間がライフルで速射する。そんな動物たちが不運にしか思えないのだ。大昔はそうではなかった。腕の立つ者がヤリをもってひとりで獣に立ち向かったのだから。そうした狩りは、個人的意見ではあるが、名誉ある公平な戦いと言えるだろう。

ベズロドヌイ大尉がわたしにくれた地図から判断すると、中間地帯は井戸を越えたところで終わっており、そこからドイツ軍が占領した地域になる。わたしたちは腰をおろして休憩した。さっきまでイノシシが水浴びしていた井戸の水を飲むのはさすがにまずいだろう。だがわたしは煮沸した水をいっぱいに入れた水筒をもっていた。中隊のキッチンで支給された携帯食糧は、皮つきのライ麦パン一切れと、塩と挽いたブラックペッパーを散らした淡紅色の豚の背肉二切れだった。ヴァルタノフも同じものをもらっており、わたしたちはそれで食事を済ませた。ヴァルタノフはわたしにクリミアの森について語りはじめた。

ヴァルタノフは森を崇め、森のことを知りつくしていた。その知識は父親から受け継いだものだ。ヴァルタノフは、わたしがイノシシを逃がしたのは正しい行いであり、森はきっとこのご褒美をくれる、と言った。森も寺院と同じで、そこにいるときは古い習慣を守り、娯楽のための殺しを行ってはならないのだという。わたしは、ヴァルタノフが使っている森の道は簡単に見つけられるのか、木々のなかで迷うことはないのか、と聞いてみた。

「簡単ですよ」と彼は言った。「人とおんなじだ。道もみんな違う。生えてる木は種類も違う、樹齢も違う、それにいつ花が咲くか、実がつくかも違う。木の顔形の見分けがつくんですよ。一本一本、全然違う。覚える気があるなら、あんたにだってわかりますよ…」

こうした意見はなかなかまじめに受け取れなかった。おとぎ話や伝説のようだったからだが、それでもわたしはヴァルタノフに話を続けさせた。彼に語らせ、森の生命のことを教えてもらったのだが、そうは言ってもわたしにはちんぷんかんぷんで、井戸の周囲にあるニレの木とカエデの太い幹でさえもはっきり区別がつきはしなかった。冷たく曇った朝が木々にどんよりとした色をあたえていた。わたしは、自分が森の生活に順応し、森が見せる謎のような符号を読みとけるようになる自信はなかった。

日が昇る頃、わたしたちは北西側からメケンジアの村に着いた。村全体を視界におさめるためには木に登る必要があった。わたしはかなり長い時間をかけて、双眼鏡でドイツ第一一軍後方陣地の通常の生活パターンを観察した。ドイツ軍の輸送部隊と、ネズミ色の上着とオーバーコートを着た兵士たちは、メケンジアとザリンコイの村をつなぐ道路を使い定期的に移動していた。腕にポリツァイ（親ナチの協力者たちによる民警部隊）の白い帯を巻いたクリミアのタタール人たちは大張り切りで、哨兵線の柵を守り、気をつけの姿勢を取ってドイツ兵にあいさつしていた。

昼頃に野戦炊事車が現れ、肉とポテトスープの誘惑的な香りがわたしたちのところにも漂ってきた。およそ五〇人の兵士が飯ごうをもって炊事車のまわりに集まっている。自分の分をもらうと兵士たちはすぐに炊事車のそばを離れたが、おしゃべりをしてタバコを吸い、コーヒーが出るのを待っていた。だがドイツ軍の下級兵士たちに出るのは本物ではなく代用コーヒーで、とくにいい香りでもなかった。

夕食後には、銀色の組みひも付き肩章をつけた青い目の将校が家から出てきた。わたしは敵の軍服については頭に叩き込んでいた。これは砲兵隊の少佐で、騎士鉄十字章と突撃章の銀章受賞者だった。少佐が出てきた家のドアまでは、わたしが登った木からおよそ一〇〇メートルで、ドアは木の真向い、つまりドイツ部隊後方と同じ側にあった。わたしはこの情報を、平たい野戦用バッグに入れていた紙に書きつけた。いわゆる「狙撃地図」だ。少佐は紙巻タバコに火を点け、また両手でしっかりとフォルダーをもって、ドイツ車のオペル・カピテーンに乗り込んだ。地面のこぶにはねながらその車は道路を走り、ザリンコイの村ではなくチェルケス・ケルメンの集落に向かった。わが軍の偵察隊の報告によると、そこにはドイツ第一一軍の司令本部が置かれており、指揮官であるエーリヒ・フォン・マンシュタイン上級大将がそこに住居を置いているという。少佐は上官との面談に急いでいるのだろう。

わたしは紙にヴォルタノフの家の全体図をざっと書き留めた。四角が家、三角は動物の飼育小屋と納屋、道は波のようにうねった太い線で表し、道沿いの柵は二本の細い線で表した。わたしはそこまでの距離を目視でざっと計った。この構図の真ん中にはとてもわかりやすい目印があった。白っぽい岩が層になり、穴や割れ目がたくさん見える場所があったのだ。これは石灰岩などが層を作り地表に露出したケスタという地形で、クリミア半島の傾斜地や丘陵地や山の頂上にはよく見られるものだった。

丘陵地では風はほぼ一定に吹く。わたしは、村の周囲の木々の細い枝がそよいでいるのに気づいた。葉は大きく揺れ、白い埃が道路上に渦を巻いていた。これは、秒速四から六メートルのそれほど強くない風が吹いているサインだ。「銃弾を発射するのはライフルだが、それを運ぶのは風だ」という狙撃手のことわざはだてではない。この場所を選ぶとしたら、わたしたちは真横からの風を受けることになる。こうした状況でターゲットまで一〇〇メートルとなると、狙撃手の計算は簡単だ。左右に数ミルの修正でよい。だが、もう一点考慮すべきことがあった。海抜が高い場所では気圧が変化するのだ（空気は薄くなる）。この場合、弾道は伸び銃弾の飛翔距離は増す。一方でポタポフの小冊子『射手教本』には、高さが五〇〇メートル以下の丘陵地では――この地点はせいぜい三一〇メートルだった――上昇気流や下降気流は無視してよいが、横風は考慮すべきである、銃弾が横に大きくそれることがあるからだ、と書かれていた。

木から降りると、わたしはヴァルタノフにメモを見せた。彼はとても驚いた。すべてをヴァルタノフに説明したところでわかりはしないだろうが、彼は距離の計算がもっと正確に行えるよう手助けしてくれた。家の門からケスタまでは四三メートルだ。風についてたずねると、ここでは、一一月と一二月には北や北東の風が強く吹いて、雨や雲をつれてくるという。

わたしたちは作戦作りにあまり時間をかけすぎないようにした。情報が古くなってしまう可能性があるからだ。わたしの報告を聞くと、ベズロドヌイ大尉は、メケンジアの急襲には小隊全員を派遣するわけではないと言った。小隊には新兵も大勢いたからだ。彼らはまだ弾道諸元表を暗記しておらず、ポタポフのすばらしい本にも目を通していなかったし、それに丘陵地での正確な射撃について詳細な点をすべて理解してもいないからだ。さらに、急襲はすばやく正確に行い、銃弾はすべてターゲットに命中しなければならない。それによって作戦全体の成功が決まるのだ。

急襲グループのメンバーはすぐに決まった。もちろんフョードル・セディフは選ばれた。わたしが推薦し、フョードルはその頃下級軍曹に昇進していた。フョードルは勇敢な人物で、多くの戦闘を経験し、少なくとも弾道諸元表にも通じていた。彼の体力と忍耐力は言うにおよばない。相談したのち、わたしたちは新兵のなかからレオニード・ブロフをつれていくことにした。元海軍歩兵のブロフは、軍人としても狙撃を学ぶ生徒としても熱心な姿勢を見せていた。彼は、わたしたちが初めて会ったときの馬鹿げたふるまいを消し去りたかったのだと思う。わたしは、彼が自身のイメージをきちんと修正できていたことを書いておくべきだろう。彼には射手の才能があった。三人目はフョードルの仲間でシベリア出身のイヴァーン・ペレグドフ。オデッサの防衛時に連隊に入隊してきた徴募兵だった。

ベズロドヌイ大尉は歩兵偵察小隊からふたりの兵士をよこしてくれた。ふたりはあらゆる種類の手動式火器を扱え、白兵戦のスキルをもち、敵後方への偵察も何度も敢行した経験があった。わたしはこのふたりとは顔見知りではなかったが、大尉はふたりが最高に腕の立つ兵士たちだと太鼓判を押した。連隊の偵察兵のなかでもすぐれた兵士は、通常は個々に、自分の意志で動くことが多いので、わたしは大尉に、この作戦では勝手なことは許さないし、否応なくわたしに従わなければならないと伝えてもらうよう頼んだ。大尉は持ち前の皮肉っぽい態度でこれをふたりに説明してくれた。「警告しておくが、リュドミラ・パヴリチェンコ上級軍曹は本気であり、くだらない冗談は好まない。場違いなことをすれば、しまいには足にナイフを突き立てられるだろう」

ベズロドヌイの命令で、偵察兵は新品のPPSh-41短機関銃二丁と替えのドラム式マガジンが三個ついたDP軽機関銃を支給された。わたしは名誉ある「スヴェタ」を、狙撃手たちは自分のPEスコープ付きモシン・ライフルを携帯した。わたしたちはヴァルタノフにもたせる武器についてあれこれと検討した。彼は、シングルショットのボルトアクション・ライフルである年代物のベルダンⅡの扱いしか知らなかった。当然、こうした旧式のベルダンはわたしたちの武器庫にはなかったため、標準タイプのスリーラインをあたえることにした。銃のほか、わたしたちはサッパースペード、フィンランド様式の（戦闘）ナイフ、水を入れた水筒、携帯食糧、二〇〇発の弾薬と手榴弾五個をそれぞれ携帯した。わたしのベルトにはいつも、マガジン二個付き――一六発撃てる――のTTピストルがぶら下がっていた。しかし、こうした急襲作戦でピストルが必要になるとしたら、それは事態が悪化した場合だ。

だがピストルは必要としなかった。夜が明ける頃には、作成した計画通りにわたしたちは村に接近しており、ナチの後方に陣取った。わたしはヴァルタノフと一緒に家の正面につき、玄関を視界におさめた。三人の狙撃手は左に一五歩、ふたりの偵察兵は右に一五歩のところにいる。彼らのターゲットは、空き地とケスタの中間の、先日野戦炊事車が停まった地点だった。その少しあとに風が起こり埃を巻き上げ、秒速八から九メートルほどに強まった。風向きを調べるとわたしたちの陣地に対して真横から吹いている。わたしはチューブ状の望遠照準器についた左右を調整するダイヤルを合わせるのに必要な計算をし、みなにこれを伝えてそれぞれのライフルの照準器を調整させた。

ドイツ軍の兵士たちは――非常に規律がとれており――正しい場所に、時間ぴったりに集合し、人数にもまちがいがなかった。野戦炊事車は午前一一時三七分に現れ、一一時五〇分に食事を配りはじめた。

双眼鏡でそのようすを観察しつつ、わたしはドイツ兵たちが炊事車の周囲にもっと大勢集まるまで待った。わたしは、二本の線が交差した肩章――将校候補――をつけたひょろりとした下級士官に狙いを定めていた。彼はほかの兵士たちのなかに立ち、なにか大声で言い聞かせ、兵士たちはそれに耳を傾けていた。ようやく、その下級士官はスープをよそっていた料理人のところへいった。布製制帽をかぶった彼の頭が三本の照準線のちょうど真ん中にきた。いつもと同じように、その瞬間が訪れたのだ。

指揮官はつねに最初に撃ち、これはほかの狙撃手に対する合図となる。仲間の狙撃手たちはじりじりとして待ち、この独特の命令が発せられた瞬間、それを実行する。わたしたちは三か所から雨あられと銃弾を浴びせた。銃弾は灰色がかった緑色の軍服を着た兵士たちのなかに飛んでいき、片っぱしからなぎ倒した。ドイツ兵たちは武器を携帯しておらず、すぐには反応できなかった。とにかく、攻撃を初めてからの数分で多くの兵士が命を落としていた。そのなかには下級士官も料理人もいた。ふたりはわたしの「スヴェタ」から、頭に熱い贈り物をもらっていた。

銃撃音や叫び声を耳にして砲兵隊の少佐が家から飛び出してきたとたん、一発の銃弾が彼の目と目のあいだに命中した。わたしは、だてにこの陣地のことをじっくり調べたわけではないのだ。老森番も銃を撃っており、それは非常に精度が高かった。彼はしっかりと従卒としての役割を果たしていた。わたしたちは、ナチの兵士が折り重なっている空き地を横切り家に向かって走った。わたしは少佐の書類をチュニックのポケットから抜き取り、フィンランド様式のナイフで肩章の一方と騎士鉄十字章を切り取り、腰につけていた黒い革製ホルスターから将校用のワルサー・ピストルを奪った。一方偵察兵たちは家に突入し、短機関銃を発射した。ふたりは指揮にかんする書類を手に入れたかったのだ。

「パルチザンです！」。家のなかから叫び声が上がった。

だが無線通信士の伍長は胸を撃たれ、それ以上の言葉を上官に伝えることはできなかった。その通信士の前の机にはすべてがそろっていた。地図、命令書、報告書、電信暗号帳。これらがすべて、第五四ステパン・ラージン・ライフル連隊の勇敢なる兵士たちの手に入ったのだ。走ってもどる途中、偵察兵たちは壁にかかっていたぎっしりと荷がつまった背嚢もつかみ、玄関口付近に倒れていた歩哨の胸からMP・40短機関銃も奪った。

攻撃を終えるとわたしたち一行は迅速にその場を離れ、森のなかをほぼ一・五キロ走り抜けた。わたしたちはヴァルタノフが知っている猟師道を南東に向かっていた。彼は中間地帯へとわたしたちを導こうとしたが、中間地帯を日中に越えることはできなかった。そこで、ヴァルタノフは別の場所にわたしたちをつれていってくれた。背の高い木々に囲まれ、泉からそう遠くない、地面に半分埋もれかけた木造の小屋だ。そこには野バラやセイヨウネズの下生えが密集していた。そこに着いたわたしたちは疲れ切って地面に倒れ込むように腰をおろした。ヴァルタノフは――ドイツ軍陣地では自分の家には入らずに空き地からわたしたちの行動を見守っていたのだが――勇敢にも見張りを申し出た。わたしたちは野バラの下に積もったやわらかな赤茶色の針葉樹の葉に横になり、深い眠りに落ちた。

三時間後、それはまるで警報が鳴ったかのようだった。わたしは目を開けたが、森がなにかおかしい。風は止んで急激に冷えてきていた。気温は五度以上下がっており、乳白色の厚い雲が丘陵地の斜面をゆっくりと降りてきている。じっと動かず、降りてくる雲につつまれていく木々は、上に向かって伸びる氷のようだった。ヴァルタノフはわたしにほんとうのことを言っていたのだ。敵は秋の霧を恐れていた。

ヴァルタノフはフョードル・セディフと一緒に泉のそばで食事の準備をしてくれた。ふたりは穴を掘って小さな焚火をしたが、煙は霧にまぎれるので、わたしたちの居場所を敵に悟られる危険はなかった。火に適度な大きさの鍋をかける。持参したのではなく、そのあたりで見つけたものだ。湯が沸いてくると、兵士たちはマグや水筒や、厚切りのパンや豆のピューレを固めたキューブを取り出した。キューブはお湯に溶かすのだ。

うれしそうな顔をして、フョードルはわたしに背嚢を見せた。偵察兵たちがどさくさにまぎれてとっさに部屋の壁から取ってきたものだ。それはその場にうってつけの戦利品で、セヴァストポリを守る兵士たちがとても口にできないような食品がつまっていた。わたしは即刻使用してよし、という許可を出した。おそらく少佐の食糧だったのだろう。オイル漬けサーディンの缶詰、板チョコが数枚、ビスケットの包みがいくつか、ホイルに包んだスモークサラミ、一・五リットル入りの水筒に入ったブランデー。目の前のごちそうに、偵察兵たちはうれしそうに両手をこすり合わせた。ふたりは、敵本部の襲撃が大成功だったことを理解していた。そしてそれを成功に導いたのは私だと評価しており、わたしに話しかけてくる口調もていねいだった。

夕食の準備をしているあいだ、わたしは自分の戦利品を調べることに専念した。まず、ワルサー・ピストルをじっくりと調べた。このタイプの銃を手にしたのはこれが初めてだった。ルーマニア軍の将校から手に入れたピストルの多くは、かなり扱いにくい、オーストリア製ステアーM１９１２や、軽量のイタリア製ベレッタM１９３４、強力なドイツ製ルガーP08（パラベラム・ピストル）、「ガス気密式」のリボルバー、ナガンM１８９５――ベルギーの設計だが、ロシア製であることが多い。ナガン・リボルバーは弾薬を一発ずつ再装填するので時間がかかり好きではなかった――などだった。ワルサーP・38はまちがいなく、第二次世界大戦中に生産されていたドイツの軍用兵器のなかで最高の銃だった。コンパクトで使うのも手入れも簡単で、非常に多様な用途に適していた。このピストルの安全装置は非常に信頼度が高く、それにくわえ、トリガーも軽かった。またこのピストルのトリガー機構は、シングルアクションとダブルアクションの切り替えが可能だった。あとでわかることだが、ベズロドヌイ大尉もワルサーを高く評価していた。

わたしはナチの将校の書類の一部をどうにか理解した。たとえば、この少佐の名前や誕生日、どの戦闘にくわわったかなどだ。少佐はチェコスロヴァキア、フランス、ポーランドへと派遣された軍歴をもち、勲章をもらっていた。一枚の写真には美しい金髪女性の姿があった。腕をふたりの少年にまわし、まっすぐにカメラを見つめてほほえんでいる。写真の裏には黒いインクでしっかりとした文字が書かれていた。「わが愛しいアンナ！　愛するアンナ…」。その女性から届いたかなり長い手紙もそのなかにはあったが、わたしにはドイツ語がわからなかった。しかし、少佐は妻に宛てて返事を書いたものの、それを送る時間がなかったことはわかった。「そうね、わが親愛なるクレメント＝カール＝ルードヴィヒ・フォン・シュタインゲル男爵、ここはフランスではないわ。ロシア人は戦わずしてその大事な都市を手放そうとはしない。だから、あなたが戦車や大砲をもってここにのり込んできたところで無駄足だったわね」。わたしはそう思いつつ、敵の書類を野戦バッグにしまい込んだ(3)。

ヴァルタノフとセディフは平たい岩をテーブル代わりにして、サーディンの缶を開け、サラミを切り分け、そのあたりで見つけたアルミ製ボール数個にスープをそそぎ、ブランデーを兵士たちのマグにつぎ分けた。同志七人にきっちりと同じ分量がそそがれている。レオニード・ブロフが慎重にマグをわたしに手渡し、兵士たちは口をつぐんで私からの言葉を待っていた。「みなさん、上首尾でした！　つねにこうした幸運に恵まれますように！」。そうわたしは言った。

ブランデーが喉を焼き、体が芯から温まる。他人が作ってくれた料理はとてもおいしく感じられるし、生死にかかわる危険をともに潜り抜けてきたばかりの仲間で囲む食事では、行軍中に野外の焚火で煮たキューブのスープはなによりのごちそうだ。こうした仲間には驚くほどの一体感がある。それはわたしが非常に高く評価するものだ。わたしたちの祖先が、敵を打ち負かした戦場でともに飲み食いしたのも当然だ。大きなカップでワインや手作りのビールを回し飲みし、仲間全員がその勝利の美酒で口を湿らせるのだ。

わたしたちが、チームのメンバーの射撃方法や移動した位置、それに短い狙撃作戦で目にした興味深いことなどを声を潜めて話し合っているあいだ、ヴァルタノフはまる一時間、口を閉ざしたままだったが、突然声をあげた。この老森番はおごそかに、自分を狙撃小隊の兵士として受け入れて欲しい、そして射撃術を教えてくださいと言った。そうすれば、わたしたちが彼の家のそばで、彼の家族の墓の隣でやったように、自分も敵をなぎ倒すことができるというのだ。それで自分の心は安らぐ。そして、勇敢で大きな働きをしたわたしたち若き兵士に、恩返しとしてクリミアの森での生活や狩りの方法を教える。ヴァルタノフはそう言った。

わたしはベズロドヌイ大尉に報告するとともに、ドイツ軍の指令書や死んだ将校がもっていた書類、勲章や少佐の肩章といった戦利品を差し出した。大尉の評価もわたしたちと同じようなものだった。大尉はわたしたちが手に入れた情報に喜びを隠そうともしなかった。その上機嫌を利用してわたしはヴァルタノフの件を切り出し、召集年齢を超えてはいるが、終身兵士として認めてもらうよう推薦した。わたしは贈り物でこの要求をもう一押しした。フォン・シュタインゲル男爵のピストルだ。そしてこれが思った通りの効果を生んだ。ピストルを自分の机の引き出しにしまうと、大尉はわたしに、この件を連隊指揮官のマツシェヴィッチ少佐と話し合うと言ってくれた。

最終的に、赤軍志願兵アナスタス・アルタシェソヴィッチ・ヴァルタノフはわたしたち小隊の兵士となった。このあと第五四連隊内では、敵後方への襲撃で見せた、わたしたちの勇敢で巧みな行動に対して感謝の言葉が発表された。狙撃手はわたしも含めみな、ナチ七人という戦果が確定した。とはいえ、わたしたちが撃ったナチ――野戦炊事車のそばに倒れている灰色がかった緑の軍服を着た兵士や下級士官たち――を、今となってはだれが数えることができるというのだ？　ざっと見積もっても、少なくとも六〇人は命を落とし、そのほか重傷（腹部を撃たれた）や軽傷の者もいたはずだ。

一九四一年一二月初旬、セヴァストポリ防衛区は陰鬱で荒れ狂う天気にみまわれ、夜にはうっすらと霜が降りた。だがそれをものともせず、セヴァストポリの防衛隊は戦場の要塞の改修に精を出した。要塞は第一次攻勢で損傷を受けていたからだ。火砲陣地を補修し、電話を設置して、塹壕と連絡通路は深く掘り下げられた。上級指揮官もわが第二五チャパーエフ師団の前線まで作業の視察に足を運んだ。ペトロフ少将、オクチャブリスキー海軍少将、それに沿海軍や黒海艦隊の軍事会議の議員たちも次々に顔を見せたのだった。

「びっしりと茂る緑の灌木のなかでわたしたちは連絡通路に降り、上官を防衛の最前線の塹壕に案内した」。師団指揮官のトロフィム・コロミエツはのちにこう回想している。

曲がりくねった通路は上からはほぼ見えない。枝葉を広げる灌木の下に掘っているのだ。通路を丸太で覆い、石で隠す必要のある箇所はわずかだった。ここからそう遠くないところで塹壕はふたまたになり、壁のくぼみには電話が置かれている。そして目印に置かれた板は、最寄りの医療所の方向を示している…。塹壕はこのような造りだった。塹壕では腰をかがめる必要はない。人がすっぽり隠れるくらい掘り下げているからだ。見張りに就いている兵士が、自分の監視区域では敵の動きはないと報告している。塹壕から中間地帯の方へと伸びる通路は、常緑のセイヨウネズの茂みの枝を杭につないで、慎重にカムフラージュを施されている。

「あちらは二重の塹壕です」とわたしは説明する。「前線から五、六メートルほど先にもうひとつ塹壕があり、こうすれば砲撃による損失を減じます。敵は塹壕線を攻撃しますが、わが兵士たちはその前にいるからです。また、監視を行うにもそこは便利です」

…塹壕には二名の兵士がいて、その上には小さな日よけがある。木製の台の上には手榴弾と機関銃の替えのドラム式マガジンが置かれている。壁に打った釘には水筒がかけられている…(4)。

前線から四〇〇メートルから五〇〇メートルのところに、中隊の広々とした掩蔽壕がいくつか掘られていた。そこにはダルマ型のストーブが二、三個置かれ、壁際には厚板で補強した長いベンチもあった。こうした掩蔽壕にはクラブのような雰囲気さえ生まれていた。非番の兵士たちは夕方になるとここに集まる。共産主義青年同盟や共産党の集まりや、兵士に政治的情報を伝える集会、将校の会合などがここで開かれていた。

前線の生活は、北側に浴場と洗濯施設が置かれたことで大きく改善された。補給係将校が浴場の建物を見つけて、地元住民の手を借りて補修したのだ。これで、兵士は前線から定期的に浴場に通えるようになった。同時にリネン類を取り替えることができ、セヴァストポリ防衛戦のあいだは、塹壕生活につきもののノミの蔓延を防いだのだった。

戦闘が小康状態となり陣地戦に移行したことで、狙撃手は戦術の変更を余儀なくされた。ドイツ軍に対する抵抗において、狙撃手の役割がさらに重要性を増したのだ。中間地帯をつねに監視、偵察し、前線の敵兵士や将校を仕留める。それがわたしたちに課せられた仕事だった。第一に、わたしたちはわが第一大隊が守る最前線を徹底的に知る必要があった。さらに、中間地帯を含むその前方と、ドイツ国防軍第一三二歩兵師団のナチ兵たちが置いた陣地を知るのはもちろんだった。

わたしたちはカミシュリー渓谷の北側斜面にいた。二七八・四高地の西約一・五キロの地点だ。長いゆるやかな斜面はほかにはない特徴をそなえていた。その地表は、小さなくぼみや隆起があって石灰岩が露出しているところもある。あるいは起伏のある森が覆い、低湿地が広がるかと思うと、通れないほどの藪もあった。砲撃を受けて倒れた木々が折り重なるところもあった。ここにはクリミア半島に自生する木々の多くが見られた。フユナラ、アカニレ、カエデ、野生リンゴ、白アカシア、黒ニワトコ（非常に高木で六メートルもの樹高になることもある）、それに野生のセイヨウネズ（高木も低木もあった）。これはみな、ヴァルタノフの受け売りだ。彼はわたしの狙撃観測手であるフョードル・セディフとわたしに同行し、中間地帯や、それに隣接するドイツが占領していた地域をまわった。わたしたちは狙撃手用の、さまざまなタイプの隠れ場を探して歩きまわった。開けた土地やせまい場所に置くもの、あるいは基地とする隠れ場。それに予備の隠れ場やおとり用、速攻をかけるためのもの、迅速に撤退するための隠れ場などだ。

半島の岩地にソ連軍工兵と一般歩兵が掘った深い網状の連絡通路からは、中間地帯をまっすぐに見通せた。日中であっても、ここから援護を受けて姿を見られずに出ることはできたが、射手にとって最適な時間は、真夜中を一時間半ほどすぎた時刻だった。わたしたちは小型のサッパースペードや、ときにはつるはしや斧や大型ナイフを携帯した。まわりを囲ったせまい射撃陣地を置くときには、折り畳みの金枠や防弾盾、それに偽の切り株を使った。切り株を作るときは手近にある材料を利用したが、車のタイヤを切って樹皮をはりつけることが多かった。偽の陣地には「ダミー」の、ヘルメットをかぶりオーバーコートを着たマネキンと、木の杭に鏡を突き刺したものを置くスペースを作った。

しかし、わたしが気に入っていたのはそうしたものとは少々違った隠れ場だった。たとえば、セイヨウネズの茂みのなかにある深い塹壕は快適だった。地面には青緑色の針葉樹の葉が厚く積もっていて、やわらかく温かいうえに芳香を放ち、この香りには森にいるさまざまな虫を避《よ》ける効果もあった。その結果、蚊や蟻、樹皮につく甲虫、スズメバチ、ハエその他、狙撃手の集中を妨げ、また何時間もじっと動かずに待つときに邪魔になる虫は寄ってこなかったのだ。

灰色がかった白い石灰岩の斜面の裏側では、左手にある、ずいぶん前に風に倒され腐りかけたフユナラの巨木が、陣地をうまく隠していた。ツタがフユナラの大枝に不気味にからまって、大枝はまちまちの方向に伸びている。もちろん、そこからライフルの漆黒の銃身が突き出て時折銃弾を放っていても、経験のない者の目には小枝のようにしか見えなかった。枝の又はライフルを置くのにとても都合がよかったし、地面が湿っているときには木の上に腹ばいになることもできた。

わたしはいやなトゲをもつつるバラも好きになった。たいした植物だ。つるバラは通常何本もの細くて低い木が密集して生えて茂みを作り、その茂みはニレやカエデ、アカシアの木々の下にレースのカーテンが広がっているような効果を生んでいた。そこにまぎれればくっきりとした輪郭があいまいになるし、ライフルを撃ったときの硝煙も、すぐに茂みが隠してくれた。

銘文入りのわたしのSVT－40は森での狩りには適していなかった。徹底的にこの銃を掃除して（炭酸ソーダで銃身をざぶざぶ洗うことまでした）ライフル・オイルを点したあと、わたしはペトロフ少将からの贈り物を包み、それをカバーに入れてわたしの掩蔽壕の壁に掛けた。「スヴェタ」は休憩に入り、しばらくは行軍用に使うだけになった。今後は、常に信頼度が高いスリーラインを使用することになる。発射音も静かで精度が高く、倍率四倍のPEスコープ付きだった。

モシン・ライフルを肩にかけ、弾薬袋をベルトにぶらさげ、TTピストル、金属の鞘に入ったフィンランド様式のナイフ、水筒、カバー付きの小型のサッパースペードに手榴弾二個をもち、フョードル・セディフとわたしは真夜中すぎに、中間地帯やキツネ穴（狙撃手陣地や隠れ場をこう呼んだ）のひとつに向かって出発した。わたしたちは木の幹の傷や以前に残しておいた特殊な目印を頼りに道を進んだ。それでも、その土地の特徴は、学校で学ぶプーシキンの詩のように暗記しておく必要があった。

わたしたちは通常、陣地に数時間滞在し、双眼鏡でフリッツの前線を監視した。そして、姿を現わした兵士や将校、要塞の工事や新しい機関銃座の設置、兵器類の移動や見張りの交代、野戦炊事車が来る時間、指揮官の掩蔽壕に指令が届いたこと、異なる地区間の電話線の設置、工兵たちが新しい地雷原敷設などの作業を行っていることなど――前線に生じた変化をすべて書き留め、地図上に印をつけて、わが大隊指揮官のドローミン中尉に報告した。

一九四一年一二月初旬には、前線のドイツ兵たちがかなりのんきに行動していたことも書いておくべきだろう。彼らは陣地間を腰もかがめずに歩いていた。ソ連軍にはまともな狙撃手がおらず、中間地帯が幅一五〇メートルから二〇〇メートルもあれば、精度の高い狙撃などできないと思っていたのだろう。わたしたちが二日で一二人ほどの敵を仕留めると（兵士が一〇人と将校ふたりだ）、そんなドイツ兵のふるまいもすぐに止んだ。そのお返しは、ありえないことだが迫撃砲による攻撃だった。一、二時間にもわたってナチは、各歩兵小隊に装備している五センチｌｅ・ＧｒＷ・36軽迫撃砲を撃ってきた。そうなると、わたしたちはそれまでいたキツネ穴から森の奥に造っていた別のキツネ穴へとすぐに移動し、そこから、その直前までわたしたちがいたキツネ穴のようすを観察する。木々に隠れたキツネ穴のそばで九一〇グラムの迫撃砲弾が破裂し、小さなオレンジ色の炎が上がって、何十個もの細かな破片をあたりにまき散らしているのを眺めるのだ。わたしは、こうした敵の行動を「ドイツ軍のクラシック音楽の演奏会」と呼んだものだ。

わたしがひとりで敵後方に就くこともあった。これは中間地帯のごくごくかぎられた区域でしか行えなかった。森のなかでも厚い茂みで先が見通せない場所だ。老森番は、生い茂る野バラやシデに隠れてだれもたどれないような道を教えてくれた。そこを通るとしたら、下生えを踏み分け、這ったかと思えば二つ折りに身をかがめ、あるいは垂れ下がっている枝をナイフで切り払わないと進めない。その小道は、ドイツ軍前線から〇・五キロほどのところを走る泥道に通じていた。ドイツ国防軍第一三二歩兵師団の兵士たちはこの泥道をかなりよく使っていることが判明した。道は（のちに兵士の死体から見つけた書類から判断すると）師団の第四三六および四三八の二個連隊の指揮所に通じていた。

わたしはこの道がカーブしている地点の先に射撃陣地を置くことにした。その両側は野バラに覆われていた。茂みの下にわたしは浅い塹壕を掘り、石を積んで胸壁にして、それを草で隠した。この場所は土壌がぼろぼろとしているところが多かったため作業はスムーズに進み、時間もかからなかった。それにくわえ、わたしはオソアヴィアヒムの狙撃学校で学んだ頃から知っている手口を使った。半分まで水の入った水筒を埋めて、ゴムチューブの一方を水筒に差し込み、もう一方をわたしの耳に差す。こうすると足音や兵器類の動きや工事の音がよく聞こえる。こうした音や、あるいはごくかすかな音を察知するために狙撃手は「全身を耳に」しなければならず、つまり、周囲のことはみな忘れて、最大限に集中力を高めなければならない。それはエネルギーを激しく消耗する作業だ。また森に身を守ってもらうためには、自分の存在を同化させる必要もあった。森に溶け込み、音を立てず、動かず、自分が樹上に住む生き物であるかのようにふるまう。ヴァルタノフは森を肌で感じ、森のリズムに合わせて呼吸し、森が出す合図やそこに現れた兆候を難なく理解できた。町で生まれ育ったわたしには、この状態に達することは容易ではなく、大きな努力を要した。

ゴムチューブを伝ってバイクのエンジン音が聞こえてきた。道にバイクに乗った兵士が見えたのは、それからかなり時間がたってからだ。わたしは先端が黄色の「D」タイプの重量弾を、中綿入りの上着の内ポケットから取り出して薬室に押し込んだ。黒い革ジャケットを着た兵士は野バラの茂みの前にバイクを止めて、その暗赤色の実をもごうとしていた。バラの実はふつうは晩秋に採って、干してお茶にしたほうがおいしい。フリッツはそれを知らなかったのだろう。その兵士は夢中になって半ば凍ったバラの実を手のひらに集め、それを食べようとしていた。

冬の早朝の、しんとした冷たい空気を破って銃弾は轟音を立てたが、そのとき道を通るものはなにもなく、わたしを脅かすものもいなかった。わたしは倒れた兵士がもっていた書類を急いでポケットから引き抜き、兵士が肩からかけた、書類で膨れ上がった長いストラップ付きの野戦用バッグを奪った。それにくわえ、MP・40短機関銃と、その替えの銃弾クリップ二個も獲得した。それ以上は、タバコの箱とライター以外にその兵士がもっているものはなかった。乗っていたバイクは道路際に立っていた。単気筒エンジンのDKW RT125だ。敵の機械類はなんとしても使用不能にしておかなければならず、モーターを撃つ必要があった。ガソリンタンクを撃たないようにしないといけない。引火すれば敵の注意が道路に向くし、わたしにはまだここから出るという任務がある。

一匹狼の狙撃手にとって、ターゲットを撃つことは任務の半分でしかない。あとの半分の、無事に自分の部隊に帰り着くこともこれと同じほど重要だ。一九四一年八月、わたしは姉への手紙に、ナチを一〇〇〇人仕留めるつもりだと書いた。だが敵一〇〇〇人の命を絶つまでには、なんとしてでも自分を殺そうとする敵を正確な射撃で仕留め、その場を生き延びることを九九九回くりかえさなければならないのだ。

毎日敵を殺す。これはわたしが自身に課したルールであり、もちろん、わたしはこれを守るつもりだった。だが、いつもうまくいくとはかぎらない。まず、フリッツは以前よりもずっと慎重になった。わたしたちと同様、深く塹壕を掘って身を隠した。さらに、敵は中間地帯の監視を強化した。夜間にはナチは閃光弾を打ち上げ、日中には機関銃や迫撃砲を撃ってわたしたちを不安にさせた。またドイツの偵察グループは中間地帯の偵察をはじめ、わたしたちの隠れ場を見つけると、それを破壊するか地雷を置いた。わたしたちの仲間のある狙撃手ふたり組みも、一二月一一日に、樫の倒木の後ろに隠してあった対人地雷に吹き飛ばされた。レオニード・ブロフと、これも海軍歩兵から第五四連隊にくわわっていたわが小隊兵士のペアは、こうして命を絶たれたのだった。

しかし一九四一年一二月の前半は、セヴァストポリ防衛線の前線上の生活は比較的落ち着いた状況にあった。好天のなか、ドイツ機もわが軍の航空機も空襲を行い、黒海艦隊の艦船――巡洋艦「クラスヌイ・クリム」と「クラスヌイ・カフカス」、嚮導駆逐艦「ハルコフ」、駆逐艦「ゼレズニャコフ」、「スポソブヌイ」、「ネザモズニク」――は定期的に敵後方に長距離砲を撃ち込んだ。わたしたち陸上部隊は、艦隊の一八〇ミリや一〇二ミリ砲弾が音を立てて頭上を飛び越えていくのを見ると心躍った。ソ連軍の一個または二個中隊が、前線のいくつかの区域に戦闘による威力偵察を行うこともあり、またフリッツもまったく同じことをした。たとえば一二月八日には、わが大隊陣地のはるか西に激しい一斉砲撃の音がした。ずっと以前に吹き飛ばされていたカミシュリー鉄道橋の向こうだ。それは第八海軍歩兵旅団が強力な砲撃による援護を受けて行った攻撃で、占領されていた陣地から敵を追い出した。だがその翌日には敵が攻撃機と戦車を投入し、ソ連軍旅団は撤退したのである。

9　第二次攻勢

一二月一六日にはお祝いがあった。カミシュリー村のそばのカミシュリー渓谷に置かれていた第五四連隊の指揮所で、師団指揮官のコロミエツ少将が、オデッサの防衛で目覚ましい働きをしたわが連隊の同志一〇人に、国からの褒賞を授与することになっていた。わたしはその日の未明に森での狙撃任務からもどり、すぐにベッドに入った。だがドロモフ中尉はわたしに、第二中隊の受賞者にお祝いの言葉を述べるよう命じた。わたしのほか、ほかの分隊の代表者も合わせ、およそ四〇人が出席した。

最初に演説をしたのはコロミエツ少将だった。彼は、わが偉大なる祖国は常に赤軍兵士と将校の業績に注目していると述べ、一同に、オデッサで行ったのと同様、セヴァストポリを守り勇敢に戦うよう呼び掛けた。次は連隊指揮官のマツシェヴィッチ少佐だ。少佐は少将に、ラージン連隊はかならずや、自らにあたえられた栄誉にふさわしい働きをしますとこたえた。三番目は順当に、わが連隊の政治委員である大隊政治委員マルツェフだった。マルツェフは、戦闘において勇敢で忠実な行いを見せている共産党党員と共産主義青年同盟会員の例をあげた。それから、勲章の授与が行われた。わたしの前で、機関銃中隊の勇敢な軍曹であるニーナ・オニロヴァが国から表彰され、赤旗勲章を授与された。そしてわたしがお祝いを述べる順番が来て、わたしは彼女のために、その場にふさわしいスピーチを行った。とても短いものではあったが。

うっすらと霜は降りていたが、よく晴れた気持ちのよい日だった。冬はあっというまに日が落ち暗くなる。第二中隊の戦線にもどると、わたしは倒木に腰をおろしてパイプに火をつけた（1）。メケンジアの村の襲撃が成功したあと、アナスタス・ヴァルタノフにもらったものだ。ドイツ軍に家を破壊されたヴァルタノフには、価値のあるものといったらこのパイプしか残っていなかった。古いトルコ製のパイプはナシの木の根で作ったもので、マウスピースは琥珀ででき、とてもめずらしい見た目をしていた。国からではないが、これも立派な褒賞だった。

わたしはパイプを使うコツをすぐに覚えた。タバコをパイプのボウルにきっちりと詰め火を点けたらゆっくりと吸って、乾燥したタバコの葉をチカチカと光らせる。焦げ茶色の木で作ったボウルはぴかぴかに磨き上げられていた。手のなかにボウルの温みを感じるのはなんとも気持ちがよかった。マウスピースは濃い煙を穏やかにし、ゆっくりと長くタバコを楽しませてくれるようだった。そしてタバコを吸ううちに、知らず知らず物思いにふけっているのだ。

その日の授与式ではわが連隊の将校たちがオデッサでの戦闘のことを語っていたため、わたしの思いもその頃のあれこれへと飛んでいた。わたしたちは戦争という名の困難と危険が伴う学校で初めて学び、そこでの経験から多くをえた。わたしたちは成熟し、賢くなり、心が鍛えられ、死を目撃しても心を乱されず、死から上手に目をそらすことに慣れてきた。こうしたことができなければ、真の兵士とは言えない。

それに、ニーナ・オニロヴァとわたしを、敵を殺した数だけで評価するのはどうだったのだろう？　第二五ライフル師団の司令本部では、ニーナは五〇〇人のファシストをあの世へ送ったことになっていた。一九四一年一二月の半ばで、わたしは二〇〇を少し超えたところだった。一番大事なのは、そのファシストたちがもう戦えず、わが祖国を踏みつぶしたり、わが同胞たちを殺したりできないという点だ。侵略者たちは、あっさりと、難なくこの国を占領できると思ってやってきたのだろうが、仲間の突然の死を間近に見て、それとは別の気持ちに襲われたはずだ。

「お嬢さんがパイプを吸っているのを見たのは初めてだな」。背後から心地よいバリトンの声が響いた。あたりを見回すと、少尉がひとり倒木に近づいてきた。この少尉は以前にも見かけたことがあった。第五四連隊ではなく、おそらくは第二八七か第三一連隊の少尉で、どちらも第二五ライフル師団に所属しオデッサで戦っていた。彼は背が高く、肩幅は広く堂々としていた。目は青、髪は焦げ茶色で、三五歳くらいだろうか。少尉はわたしの横に腰をおろし、オーバーコートのポケットからシガレットケースを取り出しそれを開けた。なかにはカズベクのタバコが入っていた。将校用の配給品だ。少尉はそれをわたしに差し出した。ちょっと迷ったがわたしは一本もらった。彼も一本取り出してライターで火を点け、わたしたちは吸いはじめた。

「パイプにはなにを詰めてるんだね？」。将校は聞いた。

「シャグタバコです」

「少々強くないか？」

「ええ、でも慣れました」

「それはおもしろい。見目麗しい女性はふつうはパイプを吸わないものだがな」

「つまり、わたしは醜く、ふつうではないということですね」

「君がふつうではないという事実は第五四連隊中に知れ渡っているよ、リュドミラ・ミハイロヴナ」。彼は礼儀正しくそう言って、わたしを見た。「だが女性の見た目というのはとても複雑な問題だ。理想とされるものは時代や流行、習慣によって異なる。たとえば、わたしは君を美しいと思うがね…」

初めて会話をかわしたとき、少尉は控えめで礼儀正しく、感じよくふるまった。彼はすぐに自己紹介もしてくれた。名前はアレクセイ・アルカディエヴィッチ・キツェンコ。ドネツクの出身で、一九四一年に召集された。第二八七連隊で兵卒として戦い、工学（電気技師）の教育を受けて軍曹となり、それから上級軍曹、そしてつい最近、一一月三〇日に将校になったばかりだ、と彼は言った。沿海軍の参謀本部のもと、中級将校へのコースを駆け足で登っていた。わたしに声をかけてきたのはごく簡単な理由からだった。キツェンコはわが第二中隊の指揮官に任命されたため、戦闘配置に就く部下たちのところをまわってようすを見、自分が守るべき要塞のことを調べていたのだ。

アレクセイ・アルカディエヴィッチの話は理路整然として文法的にも正しく、ウィットに富んでもいた。彼はしめくくりに、将校に昇進できるかどうかの最終試験を受けたときのおもしろい話を聞かせてくれた。TTピストルを組み立てているときに、緊張でガチガチになった友人が部品を一個なくしてしまった。彼はピストルを組み立てたはしたが、そのピストルはその後分解ができず、弾も撃てない。長い協議のあと、試験官がやってきて合格だと告げた。その友人がもつ武器の知識がすばらしいことは明白で、彼以上のことは試験官にもわからなかったのだ。

ひと言でいうと、アレクセイは好印象だった。わたしは、これから任務をともにするうちに最初の印象が変わらなければよいが、と思ったものだ。彼のような男性――背が高く、スタイルがよくて青い目で金髪——が好みだったということも言い添えておこう。個人的には、そうした男性のことを「ヴァイキング」と呼んでいた。はるか北の海の勇敢な戦士だ。

このとても静かな宵に、侵略者たちがセヴァストポリに二度目の攻撃をしかける準備を済ませつつあったことに、わたしたちはみじんも気づいていなかった。総数六四五基の野戦砲と二五二基の対戦車砲がこちらに向かっているなどと、だれが思うだろうか？　それにくわえ、ドイツ軍はすでに三七八基のさまざまな口径の迫撃砲を中間地帯の手前に設置していた。ドイツ軍が一キロあたり二七基もの砲を置いたのに対し、わが軍はわずか九基だった。それに二〇〇機を超す爆撃機と戦闘機がセヴァストポリの陣地を攻撃しようとしていた。一方わが軍がもつのは九〇機の航空機のみだった。

メケンジー丘陵地の頂上の向こう側では、第二二、二四、一三二のドイツ軍歩兵師団三個が戦闘隊形を作りつつあった。ドイツ軍は、セヴァストポリ防衛区の第三および第四区が接する地点の攻撃準備を進めていた。つまり、メケンジアの村からアジス・オバ山へと続く細長く伸びる地域で、ここを突破すれば、黒海艦隊の主要海軍基地にある最大の湾に北側から侵攻できる。ナチが海岸に達し、セヴァストポリにも到達して海側から陸地を完全に包囲すれば、わが軍はもちこたえることはできなかった。徴募兵による補強部隊や軍需品や、兵器や物資の補給を行う海上輸送——これが残された唯一の道だったのだが——は止まってしまう。

一九四一年一二月一七日午前六時一〇分、フリッツは大砲と迫撃砲の一斉砲撃をセヴァストポリの防衛陣地に向けて開始した。大地が揺れた。砲弾や迫撃砲の弾が炸裂する音や、砲弾が飛ぶゴーゴー、ヒューヒューという轟音に、鼓膜が破れて耳が聞こえなくなるかと思うほどだった。地面に深く掘った塹壕に身を隠し、わたしたちは不快な砲撃音が止むのを待った。敵の砲弾は、いくらドイツ軍が用意周到だといっても、無限なはずはなかった。砲撃は二〇分ほど続いた。それから敵歩兵が前線のあらゆる地点を越えて前進してきた。双発機のユンカースとハインケルも上空に姿を現わした。これら爆撃機は町だけではなく、ソ連軍の前線にも爆弾を投下した。

わたしはこのときのことをのちにこう書いている。

敵は今、これまでとは異なる区域に攻撃を集中させていた。ドゥヴァンコイ地区からベルベク渓谷とカミシュリー村を越えて北湾の北東端にいたる地域だ。敵は防衛線を引き裂いて第四区の部隊を包囲し、セヴァストポリに侵攻するつもりだ。ナチは第一一軍の主要部隊を、メケンジー丘陵地の北にあるアジス・オバ山に向けた。さらに、この攻撃の成功を確実にすべく、予備兵の援軍がそこに集結しつつあった…。敵はこの作戦を、一二月二一日までの四日間で完遂する計画を立てていた。

このあたりの土地の特徴を利用して、ナチの機関銃手は、前線の一部区域でわが防衛部隊の後方への侵入に成功していた。ソ連部隊を包囲する計画だったのだが、ナチの作戦はうまくいかなかった。おもに共産党員と共産主義青年同盟会員からなるわが軍の駆逐班が、この敵部隊を孤立させた。敵の機関銃手たちは包囲され皆殺しになったのである。

第二次攻勢の初日は、ナチの思う通りに事は運ばなかった。敵は空中戦と対空射撃で九機の航空機を失った。戦車も兵員にも大きな損失が出た。敵は狙撃部隊と海軍歩兵分隊からの大きな抵抗に直面した。これら部隊は、敵と激しく長時間におよぶ戦闘を行ったのである。

沿海軍の部隊のうち、ボグダノフ中佐が指揮する砲兵連隊の兵士たちの働きは際立っていた。オデッサでも果敢に戦っていた部隊だ。ボグダノフの砲手たちはつねに最前列付近に陣取っており、敵歩兵の攻撃を跳ね返さなければならないことも何度もあった。ドイツ軍が大きく前進する重要な局面では、ボグダノフ中佐自身が中間地帯に赴いて、指揮する連隊の標定手をつとめた。怖いもの知らずの勇敢な兵士。それがこの連隊の砲手たちのモットーだった。

戦闘は陸上だけではなく海上でも行われた。巡洋艦「クラスヌイ・クリム」はこの間、ズプコフ中佐の指揮下果敢に戦った。その乗員たち――砲手、工兵、電気技師、機雷要員――がみな、身の危険を顧みずにナチの爆撃機の激しい攻撃を跳ね返した。海に浮くこの要塞はセヴァストポリ湾に向かうソ連艦船を援護し、敵の歩兵と車両に破壊的な砲撃を向けた。この艦の砲手は疲れという言葉を知らなかった。彼らは敵に壊滅的な一打をあたえ、不意をつくその攻撃に敵は震えあがったのだった。

戦闘が激しさを増すなか、ミハイレンコ二等兵曹のそばで敵砲弾が炸裂したことがあった。この指揮官と砲手数名は負傷したものの、攻撃は続けられた。兵曹の代わりは水兵のひとりがつとめ、損失を出したにもかかわらず、この艦の砲兵たちは問題なく任務を遂行した。

セヴァストポリの防衛では多くの英雄の名が街まで聞こえてきた。なかでもよく知られていたのが、掃海艇の中佐であるドミトリー・アンドレイェヴィッチ・グルホフだ。初めて音響機雷に対処したのがグルホフの掃海艇だった。音響機雷の除去は非常にむずかしかった。この機雷に「音響」という名がついているのは、ごく小さな音の振動に反応して爆発するからだ。危険を顧みず、グルホフが指揮する掃海艇はその除去に取り組んだ。この勇敢な乗員たちはわずか数時間で、湾を出入りする船の航路にある機雷をすべて除去したのだった。

このチームにかんしては、ほかにも手柄を思い出す。荷をいっぱいに積みセヴァストポリに向かっていたソ連の輸送船団の護衛にあたっていたのが、グルホフ指揮下の数隻の艦船だった。ナチの偵察機は船団を発見すると、爆撃機を呼んだ。爆弾がうなりを上げて落ち、海面に大きな水しぶきを上げる。敵機はいく度も輸送船を攻撃してきたが、わが軍の護衛船からの射撃が敵機を追い払い、ソ連の輸送船は無事目的地に到着したのだった。

セヴァストポリを守る兵士たちは、モスクワ付近でソ連軍があげた当初の勝利に励まされ、見事な戦いぶりを見せた。

ソ連軍があげた大きな勝利を軽んじ、またドイツ軍の「無敵」神話を取り戻すべく、ナチの最高司令部は攻撃目標をセヴァストポリに置いた。自軍にどれほどの損失があろうと、この街を陥落させることにしたのだ。

ナチがセヴァストポリに入る日は一二月二一日と設定された。この街の占領を、ソ連との開戦からちょうど六か月にあたる日に合わせたかったのだ。敵は前進しつつあった。セヴァストポリはきわめてむずかしい状況に置かれ、この街の防衛部隊の運命が決まりつつあった。一二月二〇日に、深刻な状況にあるとの報告が最高司令部へと送られた。四時間後にもどってきたのは、黒海艦隊の指揮官に対する、セヴァストポリに海軍歩兵、徴募兵による補強部隊、それに砲弾を送れという命令だった…（2）。

攻撃初日の一二月一七日は、第二五チャパーエフ師団の部隊のなかでも、とくに第二八七ライフル連隊の兵士と将校にとっては苦難の日となった。この連隊はメケンジー丘陵地にあるヤイラ・バシュ山とカミシュリー渓谷の最南端付近に陣地を置いていた。この連隊に向かって進軍してきたのは、一〇台の戦車が援護する数個大隊からなる歩兵部隊だった。まもなく、この連隊の第二大隊第五中隊の塹壕で白兵戦がはじまった。下級政治指導員であるゴルブニチイーは自身もめざましい働きをし、銃剣でナチ六人を倒し、負傷していたにもかかわらず戦い続けた。

　しかしこの日の昼頃には、第二八七連隊はカミシュリー村へと撤退を余儀なくされた。午後五時には、彼らは村の東八〇〇メートルまで退いていたが、第九中隊は完全に包囲されながら、ナチの短機関銃手を相手に雄々しく戦ってこれを撃退した。だがその日が終わる頃には、連隊はさらに後方の、カミシュリー渓谷の北東斜面まで撤退していた。

　わが師団に属する海軍歩兵の第二ペレコープ連隊の兵士たちも激しい攻撃に耐えた。銃剣による攻撃をしかけてフリッツの前進を食い止めたものの、次第に退かざるをえなくなって、二六四・一高地の西斜面でどうにか踏みとどまった。彼らは敵から逃れるさいに第六九連隊の砲手の援護を受けた。砲手たちは七六ミリ砲による直接砲撃で敵戦車を一〇台たたきつぶしたのだった。

　こうした激しい衝突は第五四連隊の配置地点の左およそ一キロで生じた。ラージン連隊もナチと戦火を交えたものの、ラージン連隊が受けたのは、これほど死に物狂いの攻撃ではなかった。中間地帯は茂みや木々が一掃されており、ドイツ歩兵部隊の兵士たちが危険を承知でそこに何度も進入してきたのは事実だ。しかし、不屈の機関銃手や狙撃手による銃撃や、それを援護する迫撃砲の砲撃に会い、敵は倒れ、退いて行った。

　二日にわたり、メケンジー丘陵地では大砲がうなりを上げた。ナチはわが軍の前線を越えることはできず、セヴァストポリの防衛軍に対して決定的に有利な状況を作ることもできなかった。ソ連軍は反撃を行い、ドイツ軍が占領していた最前線を奪い返した。

　一二月一九日の朝、第一大隊が受けもつ区域は静まり返っていた。だが突然敵は、大砲と大口径の迫撃砲による集中砲撃を開始した。これはよく行われることであり、わたしたちは三層の梁に守られた掩蔽壕に身を隠した。その後わが軍の監視所が、わたしたちにドイツ軍車両の接近を伝えてきた。キャタピラー軌道をガチャガチャといわせながら、Ｓｔｕ・Ｇ・Ⅲ自走砲が一台空き地に入ってきていた。先端を切り取ったと思われる短い砲をそなえている。自走砲が伴うＳｄ・Ｋｆｚ・２５０／１装甲兵員輸送車両は、運転台の上に置かれた装甲盾の後ろから機関銃を絶え間なく撃っていた。そのすぐ後ろにはライフル兵と機関銃手によるおよそ二個大隊が続いていた。わが軍の対戦車砲は敵自走砲に照準を合わせた。そして、キャタピラー軌道の装甲輸送車は歩兵が受けもった。

大隊指揮官ドローミンの計画によると、第一大隊の陣地にドイツ軍が前進してきた場合、狙撃手小隊の兵士は機関銃手の横につき、将校たちの指示のもと、協力して敵攻撃を撃退することになっていた。わたしは以前に準備していた秘密の塹壕に入ることを許可された。前進する敵部隊の側面から直接射撃を行い、機関銃と迫撃砲の要員を無力化するためだ。

そのとき、装甲車両が時速およそ二五キロほどでわたしに向かって前進してきた。ベージュ色のＳｄ・Ｋｆｚ・２５０／１装甲兵員輸送車両は、車高は低くてそれほど大型ではなく、重量は六トンほど、茶色と緑のまだら模様が描かれている。この車両は左に向きを変えながら第一大隊の塹壕の前方地帯に銃弾の雨を降らせていた。その側面には黒と白の十字架と、３２３という車両番号がはっきりと見えた。これは第三中隊第二小隊の装甲車両Ｎｏ・３という意味だ。こちらまでだんだんと距離を詰めてきている。車両はわたしが見慣れた目印に接近しつつあった。それは根元から折れた、若いニレの木の長い幹だ。わたしはスリーラインに装着したＰＥ望遠照準器をのぞき込んだ。

弾道を計算するのに残された時間は一分だ。

まず、装甲車両がいる側はこちらよりもずっと高く、ＭＧ・34をひるむことなく撃ち続けている敵機関銃手たちの頭は地面から二メートル以上の高さにあった。わたしがいる塹壕はしっかりとした構造で、二〇センチ程度の高さの胸壁があり、そこにライフルを置けるようになっていた。銃弾を発射するときの水平線との角度――いわゆる「射角」――は三五度で、この場合は上向きとなり、照準器で上下の調節を行う必要があった。

次に、装甲輸送車両は移動している。これには偏差射撃が必要になる。つまり、銃の銃身でターゲットを追い、車両の移動速度に応じてターゲットの前方に目標を置かなければならない。二〇〇メートルの距離なら偏差の計算は簡単だった。スリーラインから発射された銃弾は二〇〇メートル先に到達するのに〇・二五秒かかり、この間にドイツの車両は四メートル前進している。ミルを使って計算し、わたしは照準器の金属チューブについたウィンデージ調整ダイヤルを数目盛り回した。それから、人差し指でそっとトリガーを引いた。ライフルの床尾がいつものようにわたしの肩にあたり、銃口から閃光が走った。

その一発で装甲兵員輸送車両の屋根の上からの機関銃射は止み、撃っていた兵士は車両から落ちた。ヘルメットは敵兵士の頭を守ってはくれなかった。ソ連軍の銃弾は下から飛んできて、眉間を撃ちぬいたのだ。輸送車両の乗員を指揮する下級将校が取った行動はあまりにも馬鹿げていた。驚いた将校は運転台から出て車体の上にのぼり、なぜ機関銃が沈黙したのかを確かめに行った。結局、敵が射撃できるのは、厚さ一・五センチの装甲板で守られている前方からのみだった。この将校が狙撃手がいる可能性を考慮するまもなく、わたしが放った銃弾がそのこめかみを貫いた。

だがもちろん、ドイツの偵察大隊の指揮所からこの攻撃を監視していた人々には狙撃手の存在がわかった。一分も経たないうちに、口径八ミリのＧｒＷ（迫撃砲のグラナトヴェルファー）の一斉砲撃がわたしがいた塹壕の上の茂みに飛んできた。その塹壕のそばには、もっと深く、十分な装備のある予備の壕があり、わたしは塹壕を出て左に三回転がって、あと少しでそこに入るところだった。だが、突然空気を切り裂き、泥や小枝や木々の破片、落ち葉を舞い散らせたのは、迫撃砲ではなく重砲弾だった。まるで巨大な獣が燃え上がる足でわたしの肩を突いたかのように、鋭い痛みがわたしの右肩甲骨を貫き、目の前が真っ暗になった。

冷気でわたしは気がついた。オーバーコートとカムフラージュ用スモックは右肩から背中にかけてぼろぼろにぼろぼろになっていた。ヘルメットはストラップがちぎれて体のそばに転がっている。ライフルの木の銃床は割れ、銃身は曲がり、照準器は完全になくなっていた。一番の問題は、砲弾で裂けたアカシアの木の樹冠が倒れ込んできて、わたしを地面に押しつけていることだった。わたしは起き上がることができなかった。背骨と右肩甲骨のあいだが激しく痛んだが、傷に手をやることも、自分で包帯を巻くこともできなかった。血が流れ出ていることはわかった。下着とチュニックの背は血で染まっていた。

黄昏がせまりつつあった。森のなかはしんと静まり返り、遠くのどこかで大砲の砲撃音が響いていた。ここでの戦闘は終わったのだろう。どうやって決着がついたのだろうか。わたしの連隊の仲間はどこにいるのだろう？　フリッツはどこまで行ったのか？　あいつらはわたしを探しにくるだろうか？

痛みや大量の出血、それに強くなる冷え込みでわたしの頭のなかは雲がかかったようになり、言葉はとぎれとぎれにしか浮かばず、意味もなくなり、そして言葉はひとつも浮かばなくなる…。言葉の代わりになにかが見えてきた。最初はぼんやりとかすんでいたが、輪郭がはっきりとしてきてだれかの姿や顔になる。わたしは死を覚悟しつつあり、この数か月の戦争で失った人たちと会うのだろうとぼんやりと思っていた。しかし、わたしに呼びかけているのは母のエレナ・トロフィモヴナだった。家族には親しみを込めてレヌシャと呼ばれている母はわたしの親友であり助言者でもあり、今は遠くウドムルティアに住む。父の厳格な顔も現れた。「ベロフ家の者は簡単に退いてはならない」。父の言葉は聞こえてくるというよりも頭に刷り込まれていた。それからわたしの息子ロスティスラフ。愛しいモルジク。半年以上会っていない息子は、子どもというよりも思春期の武骨な少年の姿で現れた。息子はわたしに手を伸ばしてきた。「ママ！」。その手は温かかった。わたしはその温かさを感じ、目を開けようともがいた。

砲撃で折れた木が葉の落ちた枝を伸ばしている。それが灰色の冬空に黒く浮かんで見えた。沈む日が発する最後の光が悲し気に絡み合う枝々を抜けて差し込み、ヴァイキングのピカピカの鎧にあたった。ひさしを上げたヘルメットの上にちらちらと明るい光が点を作る。だがこれは、霞がかかった意識が最後にとらえたものだった。わたしの上にかがみこんでいるのはアレクセイ・キツェンコ少尉だった。オーバーコートをまとい、ヘルメットを少し後ろに傾け、短機関銃を肩にかけている。

少尉はなにか言っており、わたしもどうにかその言葉をとらえた。「ルーシー、死ぬな！……ルーシー、お願いだ！　ルーシー、どうか！……」

第二中隊の指揮官がこの森のなかでどうやってわたしを見つけたのか、わたしには皆目わからない。少尉の後ろに兵士が何人か顔を出し、みなでアカシアの枝をどかした。アレクセイはわたしを腕に抱え込み、茂みから塹壕へと運び込んだ。そこではわが隊の衛生兵、エレナ・パリイがわたしのオーバーコートとチュニックを切り開いて傷にしっかりと包帯を巻き、止血してくれた。キツェンコは連隊指揮官に彼の車を使わせてくれと頼み、二〇分後には、わたしはカミシュリー渓谷の斜面からインケルマンへと運ばれていた。そのトンネルのなかには、師団の第四七医療大隊と、第三一六、七六、三五六野戦病院が配置されていた。

第二次攻勢の三日間で、沿海軍のおよそ三〇〇〇人の兵士と将校がインケルマンへと運ばれた。だがこの巨大な地下の医療センターは大人数にも対処できるよう設計されていた。設備がすばらしい手術室がふたつ、包帯所、隔離病棟、さまざまな診療所（理学療法や歯科その他）、それに病人を治療する病棟もあった。

負傷者は受付で迅速にトリアージされ、わたしは手術室に送られた。手術室では四台の手術台で同時に、腹部と胸部を負傷した人たちの手術が行われていた。わたしは運に恵まれた。わが師団の医療大隊の外科医であるヴラディーミル・フョドロヴィッチ・ピシェル＝ガイェクが背中から砲弾の破片を取り出し、傷を三針縫ってくれたのだ。ピシェル＝ガイェクは腕のよい医師で立派な人物だった。わたしは出血量が多く非常に危険な状態だったので、彼はわたしを非戦闘地域に送ることにした。一二月一九日の夕方遅く、輸送船「チェーホフ」が南湾のカメンナヤの埠頭から、手術を受けた重傷の兵士と将校四〇〇人以上をのせて出港する予定だった。

予定通りになっていたら、アレクセイ・キツェンコとわたしが再会することはなかっただろう。わたしの戦歴もまったく異なるものになっていたかもしれない。だが第二中隊の指揮官はわたしの手術が終わるまで待ち、わたしを病棟までつれて行って外科医に訴えた。キツェンコは、パヴリチェンコ上級軍曹をセヴァストポリから後送しないでください、第二中隊だけでなく、第五四ライフル連隊第一大隊のみながパヴリチェンコに――それにほかの重傷者にも――血液を提供するから、と願ったのだ。少尉はまず自分から血を採ってください、と外科医に申し出た。

中隊と大隊の兵士たちが医療センターまでやってきて輸血に協力するという申し出は、信じがたいものだった。ナチが前進しているさなかに、兵士を前線から後方へと向かわせたい者などいない。しかしアレクセイ・キツェンコにはまぎれもなく説得の才能があり、ピシェル＝ガイェクはキツェンコの言葉を信じた。わたしはアレクセイが、この医師の気持ちに訴えるどんな言葉を使ったのかは知らない。ふたりを動かしたのは愛の力ではないだろうか。ピシェル＝ガイェクはこれを理解し、考えを変えた。わたしは二週間半入院し、その間、少尉は数回見舞ってくれた。

短い面会はとても心のこもったものだった。中隊指揮官はさまざまなお見舞いの品をもってきてくれた。死んだドイツ軍将校のバッグで見つけた戦利品のベルギー製板チョコレートや、香水の「レッド・モスクワ」の小瓶（セヴァストポリの包囲のあいだも開いている店はあった）、それにレースのふちどりがあるキャンブリック［薄い麻や綿の生地］のハンカチ半ダース（セヴァストポリのすばらしい女性たちからのプレゼント）。少尉は、前線におけるわが第五四ステパン・ラージン連隊第一大隊のようすについて、詳細におもしろおかしく語ってくれた。

たとえば一二月二〇日には、敵機関銃手の大人数のグループが戦車の援護を受けて、ソ連軍の後方へと進撃してきた。それは第五四連隊と海軍歩兵第三および第二ペレコープ連隊が受けもつ区域の境界部だったが、ちょうどそこに駆けつけた第七旅団の海軍歩兵の支援によって敵は一掃された。ドイツ軍は休むまもなく一二月二二日の夜に、一個大隊が再度ラージン連隊と海軍歩兵第三連隊との境界部分に現れた。この攻撃に対しては、コロミエツ少将が配置した師団予備部隊の支援を受けて反撃した。応援に来たのは、ペレコープ連隊のひさしのない水兵帽をかぶった（気温は零度以下だったが）水兵の中隊だった。彼らはマットレスまで持参していたが、それを塹壕に残して攻撃に向かった。ドイツ軍は狂ったように射撃をはじめたものの水兵たちは前進を続け、結局ドイツ軍を打ち負かした。

戦場には三〇〇人ほどのナチが倒れ、武器も残されていた。中型機関銃一一丁、軽機関銃七丁、迫撃砲二基とライフル三〇〇丁だ。ラージン連隊もこの栄えある戦闘にくわわり、銃剣突撃を行った。これを援護するため、沿海軍指揮官は三台の小型戦車も派遣した。しかし戦車はまったく役に立たなかった。森のなかでは倒木に阻まれ、戦闘後に牽引してもらうはめになったのだった。

第二六五砲兵連隊の大隊に属する兵士や将校は、一二月二二日にすばらしい働きをした。歩兵の援護も受けられない状況に置かれても、彼らは三〇〇メートルから四〇〇メートルの距離から、自分たちめがけて押し寄せてくるナチの大群に向けて大砲や榴弾砲を直接射撃し、敵を追い返したのだ。

一二月二四日にはナチが第五四連隊の陣地に向け新たな前進を行った。戦況は非常にきびしいものとなったが、わが部隊はもちこたえた。同時に、軍の参謀本部から戦場に残された兵器を集めよとの指令が下った。敵味方どちらのものもだ。一二月二九日の夕方、ドイツの二個大隊が、メケンジア村の北東に置かれたわが軍の陣地を突如として攻撃した。この攻撃は連隊の砲兵隊の支援によって、再度撃退された。

ドイツ国防軍第一一軍指揮官エーリヒ・フォン・マンシュタイン上級大将は、セヴァストポリで一九四二年の新年のあいさつを行いたかったのだが、その計画は実現できなかった。わたしは、自分がセヴァストポリ防衛の戦闘に貢献できなかったことが残念でならない。クリミアの大地で、「ヨーロッパ文明の覇者」を一〇人や二〇人は永遠の眠りにつかせることができただろうに。

わたしはアレクセイ・キツェンコになにもおもしろい話をしてあげることができなかった。キツェンコは、わたしが装甲兵員輸送車両に正確な射撃を行ったあと、砲撃を受けたことを知っていたはずだ。そうでなければ森のなかでわたしを探しはしなかっただろう。重傷を負った狙撃手の不気味な姿など、彼にとってほとんど価値はなかったはずだ。それなのにキツェンコは来てくれた。そんなことがなければ、わたしが彼に対していだいていた思いを認めることはなかっただろう。今日のこの日にいたるまで、思い描いていた夢が現実となったことにわたしはまだ驚いている。「ルーシー、死ぬな！」という声がまだ耳に残り、涙がわいてきた。わたしは感傷的とはほど遠い人間なのに。

なにもかもが、人の意思にかかわりなくひとりでに起こったように思えた。わたしが退院すると、アレクセイは第一大隊の戦線へとつれもどり、そのまま自分の指揮官用掩蔽壕へと入った。彼はそこを飾り立てていた。平らにした厚板で組み立てたテーブルにはキャンバス地のテーブルクロスがかかり、その上には冬の花束を挿した四五ミリ弾の薬莢が置かれている。緑のセイヨウネズの若木と、奇跡的に残っていた赤や黄色の葉がついたカエデの枝だ。電池式ランプのぼんやりとした明りに照らされた地下室のような掩蔽壕のなかで、赤や黄色の葉は二本のたいまつのように輝いていた。夕食の準備までしてあった。薄くスライスした黒パンとサラミののったブリキの皿、肉のシチューの缶を開け、飯ごうにはゆでたジャガイモが入っており、ウォッカのコップもあった。

「今日は特別な日だ、ルーシー」。彼はとてもおごそかな顔で言った。そして薬莢の花瓶に体を寄せ、手のひらの形をした葉を一枚ちぎってわたしに手渡した。「君へのほんの小さなプレゼントだ。愛しい人。これから君にわたしの身も心も捧げよう」

わたしはそれを受け入れた。物事があまりにも速く進みすぎていたことを否定するつもりはない。だが戦時下では、考えている時間はあまりない。今日は生きているが明日には…。明日のことはだれにもわかりはしないのだ。わたしはひとつだけお願いがあると言ったのだが、キツェンコはそれを聞いたときには驚いた顔をした。最初の夫の名もアレクセイだった。彼のことを思い出したくはないので、アレクセイ以外の呼び方をしたい、とわたしは言ったのだ。「リョーニャよ」。彼はわたしを抱きしめて笑い、それでいいと言った。「愛する人よ、君の好きなように呼んでくれ!」

キツェンコとわたしは上官たちに、決まった手順に則ってふたりの婚姻関係を正式なものにしたいと願い出た。大隊指揮官のドローミン中尉と連隊指揮官のマッシェヴィッチ少佐にも署名をもらった。書類には連隊の承認印が押され、第二五チャパーエフ師団の司令本部で婚姻履行が認められた。連隊の仲間は結婚のお祝いをしてくれるようなことを言っていたが、本気ではなく、冗談半分だった。セヴァストポリの街はドイツ軍の第二次攻勢を退けたものの、甚大な損失が生じていた。死者、負傷者、行方不明者は二万三〇〇〇人にものぼった。わが連隊の一部中隊では、兵士がわずか六〇から七〇人程度に減ってしまったところもあった。たとえば、海軍歩兵第八旅団にとっては非常にきびしい結果になっていた。この旅団は第四防衛区にあり、わたしたちからそう遠くない、アジス・オバ山とアランチ村の付近で戦っていた。第二次攻勢の開始当初、この旅団には三五〇〇人の兵士がいたが、一二月三一日にはわずか五〇〇人あまりになっていた。結婚の祝いよりも、通夜の席を設けたほうがふさわしかっただろう。

わたしの夫アレクセイ・アルカディエヴィッチ・キツェンコはわたしよりも一一歳年上だった。彼の最初の結婚生活も、わたしと同様あまりうまくはいかなかった。アレクセイは横暴な母親を拒み切れず、まだ若いうちに、母親が選んだ女性と結婚していた。結婚後にはいろいろと不愉快なできごとがあり、みっともない離婚劇が演じられた。それにもかかわらず、三六歳の彼は生まれもっての親切で穏やかな性格を失わず、また信念の人であり、この少尉がこうと決めたことは、誰もなにも覆すことはできなかった。将校としてのアレクセイは、まちがいなく、部下たちのために指揮官としての権限を目いっぱいに活用していた。夫としては、いつもわたしのことを気にかけ、前線で起こりうるさまざまな困難からわたしを守ってくれた。彼との生活で、わたしは初めて愛という言葉の意味を理解した。報われる愛、すべてを捧げる愛というものを。そしてあの頃、わたしはほんとうに幸せだった。

泥の壁と丸太を三層に張った低い天井の掩蔽壕は、「くつろげるわが家」とはほど遠かったが、そこに住むわたしたちはとても幸せだった。前線の将校とその妻に許される最大限の居心地のよさがそこにはあった。ここから、わたしは森へと敵を狩りに出かけ、そしてときには夜のことも昼のこともあったがここにもどってくる。するとダルマ型のストーブの上ではヤカンにお湯が沸いており、一杯の甘い紅茶と洗い立ての肌着と、綿ネルの毛布がかかった寝台がかならずわたしのために準備されている。そして第二中隊指揮官の当番兵が、炊事場で整えた夕食や夜食をわたしのところに運んでくるのだった。

新婚生活はわたしの狙撃に驚くほどよい効果を生んだ。銃弾はよく飛び——わたしが設定した弾道に沿ってではあったが——ターゲットが自分から姿を現わしてくれるように思えるほどだった。ときには、魔法の森がわたしたちの結婚を認めてくれて、わたしを手助けしてくれているように思えることもあった。自信満々のフリッツが、雪の降った空き地（地雷原の確認のため）や道路（破断した電話線をつなぐため）、あるいは（砲撃のための標定手として）高い木々の上で姿をさらしていることがよくあったのだ。愛の力があったからこそわたしは、一月の冷たい風が吹き凍りつくような森から掩蔽壕へともどってきた。わたしが中間地帯を越えるときには、敵が「ドイツのクラシック音楽の演奏会」で迫撃砲弾を浴びせてくることも多かった。そんなとき、わたしは大声で叫んだり茂みから小型のサッパースペードを上げたりして、部隊の機関銃手たちに支援を要請する合図を送る。すると銃撃戦がはじまり、わたしは森を生きて出るのだった。

狙撃手小隊の兵士たちは、優秀な狙撃手としてのわたしに正しい姿勢で接していた。彼らはわたしの狙撃を手本にし、さまざまなカムフラージュをいち早く取り入れ、自分の銃をもっとうまく扱えるよう努力した。ノヴォロシースクから派遣された徴募兵の中隊からわたしたちの小隊にくわわり射撃訓練に参加した兵士の大部分は、この頃にはフョードル・セディフが引き受けていた。セディフは、第二次攻勢における勇敢な行為と手柄により軍曹に昇進していた。彼はアナスタス・ヴァルタノフを助手にしており、ヴァルタノフは狙撃用ライフルをじっくりと研究し、自分なりのやり方で、すでにそなえていた狩猟の技術を侵略者に対して使っていた。射撃の才能があると見た初心者は、わたしが森につれて行って見張りをさせ、実地授業を行うこともあった。師について任務を行えば、より細かな点を無理なく学べるものだ。

わたしは兵士たちがわたしのことをなんと言っているか知っていた。最初は、魔法をかけられていると言われていた。わたしは以前にオデッサ付近にある村をルーマニア軍から救ったが、その村の魔法使いが、わたしが死なないように魔法の呪文をかけて守っているのだそうだ。次は、森のなかでだれもわたしのことを見つけられないのは、わたしが森の主を従えているからだ、というものだった。森の主とは恐れを知らない森の精霊で、この森の精霊が、その巨木のような体とふしくれだった木のこぶのような両手で、わたしをめがけてくる銃弾や砲弾の破片を跳ね返し、敵から守っているというのだ。さらには、（わたしが思うに、この話は老森番が広めたのではないだろうか）わたしの能力についての伝説も生まれていた。広まっていたのはこういう話だ。わたしは木の精霊の鋭い耳を介して周囲一キロで起こっていることを聞き取れ、夜でも昼間と同じように目が利き、森の小道をまったく音を立てずに移動し、だれにも真似できないようなところに身を潜めることができるという。このため連隊内では、わたしに、「オオヤマネコ」という奇妙なあだ名がつけられていた。

10
決闘

一九四二年一月に入ってからの数日間は、前線は比較的落ち着いていた。もっともソ連軍とドイツ軍とのあいだでかわされる砲撃は続いていた。たとえばこの地域では、三〇五ミリ長距離砲が第三〇および第三五沿岸砲兵隊の砲塔から、また一五二ミリ榴弾砲と一二二ミリ砲がわが第三防衛区の第一三四および第二六五砲兵連隊から放たれ、さらにセヴァストポリに補強部隊や銃弾、物資、装備類を供給していた巡洋艦や駆逐艦の艦砲も砲撃を行っていた。わが軍の戦闘機や爆撃機も天候がよいときには働いた。敵後方に爆弾を投下し、地上部隊のために空からの偵察を行い、沿岸砲の標定手をつとめ、ナチの空襲から主要な海軍基地を守り、そしてドイツ軍とルーマニア軍の塹壕上空からビラをばらまくことさえした。

地上部隊は、さまざまな区域に戦闘を行うことで偵察を実行する。敵前線のようすや、火力や、支援や抵抗の拠点などを調べるのだ。こうした衝突はとくに長時間続くわけでも激しくもなかったが、フリッツの戦線の背後でなにが起こりつつあるのか、どのような状況にあるのか、情報をあたえてくれた。

悲しいできごともあった。一九四二年一月八日木曜日、沿海軍の参謀であるN・I・クリロフ少将は戦闘配置に就く分遣隊を視察するため、車で第三区に向かった。彼には副官の陸軍指揮官、コハロフ上級中尉がつきそった。ふたりは第七九旅団の司令本部を訪ね、泥道をわたしたち第二五師団のほうに向かっていた。突然、少将は車を止めた。小高い場所から、カミシュリー渓谷にある絵のように美しい岩肌を一望したかったのだ。そこは一二月末にわが軍が粘り強い戦いを見せた場所だった。その直後、迫撃砲の砲弾が少将の後ろで破裂した。二発目は少将の横、三発目は目の前に飛んできた。コハロフ上級中尉は即死し、クリロフ少将は地雷の破片で三箇所負傷した。少将はすぐに病院に運ばれ、そこで数度の手術を受けた。幸い、少将は生き延び現場に復帰した。

カミシュリー渓谷には葦に覆われた曲がりくねった小川が流れ、ところどころでその小川はリンゴの果樹園のなかに隠れる。このカミシュリー渓谷は、要するに、中間地帯となっていた。カミシュリー渓谷には斜面が二箇所あり、北はゆるやかだが、南は険しい森林地帯となっており、深い峡谷を形成していた。南斜面の頂上はところどころで海抜三〇〇メートルを超える高さがあった。ここをチャパーエフ師団が確保しており、わが五四連隊はメケンジア村から二キロ北、その一・五キロ北には海軍歩兵の第二ペレコープ連隊、そしてその後方には第二八七ライフル連隊（一九八・四高地のすぐそば）が配置されていた。北斜面に就くのはドイツ軍の第五〇ブランデンブルク歩兵師団だ。ドイツ軍は迫撃砲と機関銃で短距離射撃を行って、渓谷の底と南斜面、それに頂上のソ連軍陣地に銃砲弾を浴びせてきた。当然わが軍も反撃する。沿海軍の参謀の頭にひどい攻撃を行ったお返しに、フリッツはわが軍から数発、かなり熱い「贈り物」を受け取った。

少将の心を強く引きつけた美しい山の風景には、橋が一脚あった。そこはカミシュリー橋と呼ばれ、峡谷の両面の高い崖をつないでいた。橋は昔、皇帝の統治時代に建造されたもので、モスクワからセヴァストポリまで鉄道が延び、貨物列車や客車がこの橋を通るようになった。セヴァストポリ包囲のあいだはこの橋はソ連側にもドイツにも必要とされず爆破された。灰色のコンクリートの柱の上に、今では、ねじれたり曲がったり、折れたりつぶれたりした金属の建造物の残骸が、乱雑な山を作っていた。このかなり長い橋の中央部は崩壊しており、両側に橋脚二、三本分の長さの橋が残っているだけだった。壮大な土木工事によってできたものが廃墟に変わり、その姿は、戦争がおよぼす無慈悲で無益な力を見せつけていた。

ときおりわたしはそこを双眼鏡で眺めた。爆破された橋は、軍事的観点から言えば、有利な陣地であることは明らかだった。橋はその地域全体を見おろしていた。一方――北側と呼ぶことにする――からはわが軍の前線と後方陣地が八〇〇メートルから九〇〇メートル以上にわたって一望できた。南側からはドイツ軍の陣地が見えた。渓谷上にある橋の鉄の残骸のなかに、狙撃手の隠れ場に適した地点が見つかる可能性もかなり高かった。わたしはそれについてしばらく考えた。クリミア半島の森も捨てがたく、わたしは性急な判断をしなかった。今では木々にも慣れたが、ねじれた金属の束については研究する必要があり、この地点が重要であるかも考慮すべきだった。さらに、橋はわが連隊の北西四キロに位置し、第七九旅団の担当区だという事情もあった。

この件についておもしろいのは、プロフェッショナルと言われる人々はほぼ同じような考え方をし、状況評価についてもほぼ同じだという点だ。

ある日の朝、フョードル・セディフとわたしは小隊において、隊に支給されたＳＶＴ－40ライフルの対処に忙しかった（三〇〇〇丁のＳＶＴ－40が前年の一二月末にセヴァストポリに運ばれており、うち八丁と、八個のマウント付きＰＵスコープがわたしたちの小隊に支給されていた）。このトカレフ自動装填ライフルが非常に複雑な構造だということはみなが知っていた。一部を分解する場合でも、すぐれた技術ときちょうめんさ、注意力、それにあえて言えば慎重さも必要とした。

わたしとセディフは、わたしが兵士たちにこのライフルの部品について説明し、セディフがゆっくりと部品をはずして見せるという指導計画を立てた。わたしたちは講義をはじめた。言うまでもなく、まずは一〇発入りボックス式マガジンをはずし、次はレシーバーカバーの取りはずしだ。フョードルはマガジンキャッチを押してマガジンをはずすと、照準器を上にしてライフルを机に置いた。それから、左手でカバーを前方に止まるまで押して開け、右手親指で複座ばね軸を押して、カバーの下におさまっていた軸をはずす。次に、複座ばねと複座ばね軸が飛び出ないように、両手を使ってカバーにふれないようにして取り出す。そしてカバーをもち上げはずした。机の上には分解した部品がどんどんならんでいく。大型のもの小型のもの、とても小さなものもある。それに従って兵士たちは不安げな顔になっていった。彼らは、SVT-40を完全に分解する場合、その作業は一四にもおよぶことを知らなかった。最後は撃針をブリーチブロックからはずす作業だ。これは簡単な作業ではないぞ、という空気が生まれていた。

わたしは途中で抜けたくはなかったが、当番兵が掩蔽壕に現れ、小隊指揮官は即刻連隊指揮所に出頭せよというマッシェヴィッチ少佐からの命令を伝えにきた。指揮所には、少佐のほかにもうひとり、背丈はごく普通だが頑丈そうな体つきの、三八歳くらいの将校がいた。袖に四本の金のストライプがついた海軍の黒い軍服を着ている。第一大隊第二中隊の小隊指揮官、上級軍曹リュドミラ・ミハイロヴナ・パヴリチェンコ。マッシェヴィッチがそう言ってわたしのことをその将校に紹介し、将校のことは、海軍第七九ライフル旅団指揮官アレクセイ・ステパノヴィッチ・ポタポフ大佐、と言った。大佐はわたしをじっと見た。

「君はチャパーエフ師団最高の狙撃手として名高いな、リュドミラ。わたしは君の写真を師団の表彰者掲示板で見たぞ」

「あれはついこのあいだ貼られたものです、同志大佐」

「深刻な問題があって君のところに来たのだ。わが防衛区にドイツ軍で最高クラスの狙撃兵が現れたようだ。この二日で五人が撃たれた。ふたりは将校で、ひとりは第二大隊指揮官だ。五人とも頭を撃ちぬかれていた」

「隠れ場は判明していますか？」

「鉄橋の残骸から撃っているのではないかと思われる」

「あの鉄橋ですか！」。わたしは思わず大声を上げてしまった。

「鉄橋のことは知っているのか？」。ポタポフは驚いてたずねた。

「同志大佐、知っているとは言えませんが、わたしもそこから狙撃をできないか考えていたのです」

「では君ならどう考える？」。ポタポフは机のところまで来るよう手招きした。そこには鉄橋がある地域の大縮尺の地図があり、第三防衛区の部隊配置が記載されていた。ポタポフは鉛筆で、カミシュリー渓谷と、北西部の一番せまい部分を横切る薄い黒線を指した。

「ここは非常に有利な陣地です」。わたしは言った。「残った橋脚部のひとつに隠れ場を見つけて金属部分の残骸に身を隠すことができれば最高です。そうすれば六〇〇メートルから八〇〇メートルの距離からターゲットを撃つことが可能です。フリッツの第五〇歩兵師団の前線と後方陣地の最前部がすべて見えます。ですが反対側からは、わが旅団の最前部が同じようによく見えるでしょう。ですからその狙撃手は思うままに撃てているのです」

「敵狙撃手を仕留めることができるか?」

「はい」。わたしははっきりと答えた。「もちろんです。少佐殿がわたしを行かせてくだされば、ですが」

「問題ない」。わたしたちの会話を聞いていたマッシェヴィッチは、ほほえみ明るく言った。「海軍歩兵隊のお望み通りにしよう」

「そのほかに、わたしには見張りが必要です。フョードル・セディフ軍曹が適任だと思われます。軍曹は経験豊富でつねにわたしのパートナーです」

「わかった、それでよし」。マッシェヴィッチはうなずいた。「今日中にもパヴリチェンコ上級軍曹とセディフ軍曹に、第七九旅団の指揮官に就けという連隊命令がくだるだろう」

夕食時、夫とわたしはいつものように最近の任務について話し合った。アレクセイ・キツェンコは、ドイツ軍狙撃手の登場を当然の成り行きだとみていた。その頃、第三防衛区の中隊と大隊指揮官の会合があり、アレクセイもそれに出席したのだが、そこではナチの戦術に新しい手法が用いられていることが議題に上がっていた。第一次攻勢では、ドイツ軍は息つくまもなく攻撃をかけてセヴァストポリの防衛部隊をたたきつぶそうとした。そしてドイツ軍は一九四一年一一月に撃退されたものの、迅速に勝利を手にする望みを捨てずに攻撃部隊の補強をはじめ、第二次攻勢にそなえさせた。しかし一二月に行った攻撃の失敗によって征服者の熱くなった頭は目に見えて冷め、敵は状況を真剣に検討せざるをえなくなっていた。「セヴァストポリは第一級の要塞都市ということが判明した」。クリミア半島におけるドイツ軍指揮官エーリヒ・フォン・マンシュタインは総統《フューラー》への報告でそう述べている。

セヴァストポリが要塞ならば、それにふさわしいやり方で包囲しなければならなかった。陣地戦は狙撃手が任務を行うには最適の場であり、一九四二年一月にはドイツ軍に大勢の狙撃手が登場していた。ソ連軍の部隊はすでに、前線のほかの区域でドイツ軍狙撃手に直面するようになっていた。そうした狙撃手の一部を無力化することもできており、狙撃手がもっていた書類から、ドイツ軍司令部は、狙撃手をポーランドとフランスに置いた師団からクリミア半島へと移していたことが判明した。さらに、第一一軍の後方で短期の狙撃訓練を終えた新米狙撃手もいた。

わたしたちは、わたしの敵がだれなのか、あれこれ考えることはしなかった。夫は慎重に、油断せずにやってくれと言った。そしてわたしが選んだ見張りについても認めてくれた。夫の考えでは、セディフ軍曹は、わたしの小隊のなかではほかのどの兵士よりもこの決闘の助手に適任という。この決闘は単純な任務ではなく、やさしいものでも、すぐに決着がつくものでもなかった。わたしたちはドイツ軍狙撃手の隠れ場がありそうな場所については一箇所しか知らず、それもごく正確な知識があるわけではなかった。その狙撃手が事前にいくつの陣地を準備しているのかも、まったくわからなかった。

翌朝、ポタポフはわたしとセディフに車を差し向けた。狙撃手の装備を積み込み、背嚢を背負い、それぞれのモシン・ライフルを肩にかけ、オーバーコートを着て耳覆いのある帽子をかぶって、わたしたちはGAZ－M1の後部座席に腰をおろして海軍第七九ライフル旅団が配置されている地点へと向かった。第二次攻勢の開始後、ナチはセヴァストポリの防衛部隊を押しつぶそうとしており、海軍歩兵は今カミシュリー渓谷の南斜面の頂上、一九五・二高地、それに一四五・四高地の東斜面、一二四・〇高地の北と東、それに、線路とベルベク川と、それと同じ名をもつタタール人の村寄りに戦線を張っていた。そのあたりの地形はわたしたちにはなじみのあるものだった。露出した岩肌、丘陵地、険しい崖のある深い峡谷。厚い茂みに覆われ、そこここに森や谷があって、ブドウ畑や果樹園や小さな集落が点在している。この地域を通る第七九旅団の防衛区は長さ四キロ、幅二・五キロにおよんでいた。

この旅団の兵士と将校たちはセヴァストポリに派遣されてまだ長くはなかった。黒海艦隊の分遣隊の艦船によって、前年の一二月二一日にノヴォロシースクからこの地に運ばれてきたのだ。完全装備をした四〇〇〇人の規模の旅団は即座に、前線のなかでももっともむずかしい防衛区であるメケンジー丘陵地に配置されたのだった。海軍歩兵は船を降りた直後に戦闘に入り、一二月二二日には果敢に攻撃を行って、占領されていた一九二・〇高地と一〇四・五高地からナチを追い出した。これが第二次攻勢でドイツ軍を撃退するうえで大きな契機となったものの、だが第七九旅団が被った損失は大きかった。一二月三一日時点で残っていた兵士は、到着したときの三分の一にも満たなかった。

旅団は今補強を受けており、激しい戦闘で破壊された防衛線を修復中だった。わたしたちが到着したときには、前線沿いに伸びる深い第一塹壕線が見えた。戦闘配置に就く三個ライフル大隊は、五〇ミリおよび八二ミリ迫撃砲と、中および軽機関銃を装備していた。また浅い塹壕や、十分な装備の射撃陣地、また砲門をそなえた、組み立て式で長もちする鉄筋コンクリート製の砲座もあった。連絡通路は二メートルの深さがあって、数キロにわたって伸びていた。

海軍第七九ライフル旅団の指揮所は前方防衛線からかなり離れており、「メケンジー丘陵地」第一森林警戒線の南一キロにある、幹線道路そばの小さな白い家に置かれていた。わたしたちはまずそこに行ってポタポフ大佐と旅団指揮官の連隊政治委員スレサレフと会った。それから、第三大隊の二名の将校につきそわれ、わたしたちは一二四・〇高地へと向かった。ここはカミシュリー橋に一番近い地点だ。

ひと目見て、鉄橋の南端に狙撃手の隠れ場を置くのは不可能だろうと思った。損傷が激しかったからだ。橋脚は一本しか残っておらず、それさえも損傷を受けていた。敵側にある鉄橋北端は、状況はまったく異なった。そこには曲がった鉄筋やねじれた鉄棒、土台から浮き上がった線路、真っ黒に焦げ、木っ端になった枕木が山積みになってはいたが、三本残った橋脚はどれもしっかりしていた。この鉄や木が乱雑に積み重なっているところなら、身を隠すのもとても簡単だろう。フリッツはそこから狙っているのだという確信があった。だがすでに二度も狙撃に成功した場所に彼はもどってくるだろうか？

詳細な報告を携えてわたしはポタポフに会いにいき、この疑問を口にした。大佐は注意深くわたしの話を聞くとじっくりと考えて、それから口を開いた。「君ならそこを選ぶか？」

「選ぶと思います。とてもいい場所ですから。狙撃手にとって理想の環境です」

「そうであるなら、敵に勝つにはどうするのだ？」

「昔からロシアで言われている通りのことです。ずる賢く、しつこく、粘り強く」。わたしはそう答えた。

第七九旅団には一〇〇人もの兵士を抱える一個工兵中隊があり、工兵たちはフョードルとわたしが隠れ場を作るのに手を貸してくれた。夜のあいだに、中間地帯のセイヨウネズやヘーゼルナッツの茂みのなかで、彼らは迅速かつ見事に、わたしの設計どおりの塹壕を掘ってくれたのだ。深さ八〇センチ、長さ一〇メートルの塹壕は、第三大隊の第一防衛線の先にあった。この塹壕は別の、大きく深い塹壕につながっていた。その上にわたしたちは折り畳みの金属枠を置き、それを小枝や雪で覆った。浅いほうの塹壕も同じようにしてカムフラージュを施し、上から見てもごく普通の溝にしか見えないようにした。それとは別に、わたしたちは「おとり」を作った。棒にマネキンをつけ、オーバーコートを着せてヘルメットを頭にかぶせ、背にはライフルをしばりつけて本物の兵士らしく見えるようにしたものだ。

二日にわたってわたしは鉄橋の残骸を双眼鏡でじっくり観察した。ライフルをもった狙撃手が就くのに理想的な場所は二箇所しかない。夜明けまで何時間も、フョードルとわたしは交代で、その二箇所をしっかりと監視した。ドイツ兵は現れなかった。ひょっとしたら、その狙撃手が新たな獲物を探してここを離れ、森のどこかでわが軍がすでに彼を仕留めたのではないか、という考えが頭をもたげた。だが、非常に抜け目のないドイツ兵が、前線と海軍第七九歩兵旅団の後方部隊の第一線までをきれいに見晴らせる鉄橋を簡単には捨てられないのではないか、というのがセディフの返事だった。狙撃手は姿を現わすでしょう、とセディフは言った。重要なのはそのときに彼を見つけることだ。

わたしは肩を塹壕の壁にもたせかけてそこにしゃがみ、うとうととしていた。冬用の軍服――暖かな肌着、チュニック、ひだ付きで中綿入りの袖なしのベストにズボン、オーバーコート、白いカムフラージュ用スモック――を身にまとっていれば凍えることはないが、とても暖かいというわけではない。不意に軍曹が指でわたしの肩にふれ、鉄橋を指さした。すぐにわたしは胸にかけたケースから双眼鏡を取り出して目にあてた。一月の夜はしだいに明けつつあった。鉄橋の輪郭が早朝のもやのなかに姿を現わしはじめていた。ねじれた鉄筋のあいだをすり抜けて歩くひとりの男の黒い影が、明るくなりつつある空を背景に浮かびあがったかと思うと、すぐに消えた。

フョードルとわたしは視線をかわした。彼は親指を下に向けた。わたしはうなずき、獲物が作戦地域に到着したことを、見張り担当であるフョードルと確認し合った。敵はこれから周囲に目を配り、ライフルの準備をして弾を装填する。彼は自分の仕事がやりやすいように、この地域に目印をいくつか置いているはずだ。敵が準備を整え、目印を確認するまで待たなければならない。フリッツがわたしたちの隠れ場を見つけるのはむずかしいだろう。わたしたちは苦労して、キエフのオソアヴィアヒムの学校で教わったカムフラージュの原則をすべて、完璧に守っていた。

わたしたちは、塹壕へと向かう前に、このあとの行動を打ち合わせていた。軍曹は塹壕沿いにわが前線の近くまで行き、おとりをもって、狙撃の準備が完了したというわたしからの合図を待つ。準備は簡単で、これまで何度も行ってきたものだった。今回は下からの射撃で、ターゲットとの角度を考慮し照準を合わせる必要がある。

三〇分がすぎた。

一九四二年一月二三日金曜日の夜明けどき、あたりは静まり返っていた。セヴァストポリでは、ソ連軍もドイツ軍も、戦闘行為を行ってはいなかった。大砲も迫撃砲も機関銃も沈黙し、爆撃機も急降下爆撃機も戦闘機も、空には舞っていなかった。戦争は、まるでこの世から消え去ったかのようだった。こうしたとき――この頃にはめったになかったが――には、もう殺戮は終わり、平和な生活がもどってこようとしており、わたしたちの技術はもはや必要ではないのだと思えてしまう。だが残念ながら、まだ当分は、こう考えるのは危険だった。

わたしはいつにない静寂に耳を澄ませながら、二本の指を唇にあてて口笛を鳴らした。セディフもこれに短い口笛で答える。わたしは鉄橋から目を離さずに、フョードルが塹壕に身を隠したまま、おとりを中間地帯までひきずっていったことを確認した。遠くからは、ソ連軍の斥候が塹壕を出て目の前の地域を見渡しているように見えた。ドイツ兵は、この第一次世界大戦中に使われていた古い手口にひっかかるだろうか?

鉄橋から、くぐもった射撃音がした。まるで木の厚板を金属の棒で叩いたかのような音だった。まさにわたしが予想していた場所で閃光がぱっと上がった。正直に言うと、私でもドイツ兵がいたその場所を選んだだろう。彼の射撃陣地の左は鉄筋が盾となっていた。ライフルは曲がった小枝にのせればよいし、狙撃手は右足のかかとに体重をかけ、膝はばらばらになった枕木におき、左腕のひじは左の膝にのせる。そしてついに、わたしはお前を見つけた！　ナチの犬。凍えるような寒さのなかでお前をじっと待っていたな！」

のだ！　望遠照準器越しに、ドイツ兵の頭が見えた。フリッツはライフルのボルトを引き、使用済み薬莢をひろい上げ、それをポケットに入れて自分の隠れ場を見回した。わたしの偉大な教官は、わたしにとても賢明な助言をあたえてくれた。「自分の撃った弾で終わったと思うな。そして一箇所に囚われすぎるな！」

息を止め、わたしはなめらかにトリガーを引いた。

五メートルの高さから、ドイツ兵はカミシュリー渓谷の底に落ちた。そこは葦がびっしりと茂り、川の流れでほんの少しだけ冷気がやわらいでいた。ライフルが狙撃手のあとを追いかけて落ちる。驚いたことに、その狙撃手が使っていたのはＺｆ・Ｋａｒ・98ｋではなくＰＥスコープ付きのモシン・ライフルであり、明らかにそれは戦利品だった。わが軍の、抜本的な改良を経たすぐれた銃（わが赤軍ラージン連隊も手に入れていなかった）の多くが、開戦後数か月で侵略者の手に渡っていた。

フョードルは塹壕のなかで自分のＰＰＳｈ－41短機関銃を手に、眉間を撃たれた獲物へと駆け寄るわたしの援護をした。二五分ほど走ったり滑り降りたりして、わたしは葦をかき分けドイツ兵のそばにたどり着いた。わたしは死んだ敵の顔を見るのが好きではなく、ましてや顔を覚えるなどまっぴらだった。

時間がどんどん経過する。わたしはナチの死体を素早く改めた。それは防寒チュニックの上にカムフラージュスーツをまとっていた。兵士用パスポート、銀色の糸で刺繍を施した肩章、チュニックの第二ボタンのホールに黒と白の組みひもでかけた赤いリボン付きの勲章、それに鉄十字章。わたしはカミソリのように鋭利なフィンランド様式のナイフでこれらを切り取った。ベズロドヌイ大尉は喜ぶだろう。こうしたお土産に価値を置いており、こうした品々が、戦場の偵察報告を細部で補完するのだと言っていたからだ。

そのほか、あけすけに言うと、女性には包帯や綿がいくらあっても多すぎることはない。フリッツはこれもたくさんもっていた。オーバーコートの右ポケットと、チュニックの右胸についた小さなポケット（包帯が五メートル入っていた）には大きな包みが見つかった。それにわたしの愛する夫へのプレゼントもあった。ブランデー入りの平たい水筒と、タバコが数本入ったシガレットケースだ。ガスマスクを入れるための金属の筒（じっさいにはマスクは入っていなかったが）には携帯食糧が入っており、見たところ一日分だった。プレーンビスケットが四袋と、ホイルに包んだ板チョコレートが二枚、それに缶切りがフタにハンダ付けされたオイル漬けサーディンの缶が一個。

ドイツ兵にはもう不要の望遠照準器付きスリーラインを肩にかけて、わたしは塹壕へともどった。フョードル・セディフはじりじりとしてわたしを待っていた。彼はわたしが胸壁を乗り越えて塹壕に入るのに手を貸し、笑みを浮かべながら聞いた。「今回の相手はだれだったんですか、同志上級軍曹？」

「大物よ。勲章類を見て」。わたしはドイツの勲章をポケットから取り出した。

「そうですね、でも一番は、わが軍の水兵たちがこれで静かな時間をもてるだろうということですよ」。フョードルは答えた。

「見て、静まり返ってるわ。つまり彼はひとりで狩りに出かけたということよ。自信があったのね」。わたしはドイツ兵の俸給手帳を取り出して読み上げた。「ヘルムート・ボンメル、第五〇ブランデンブルク歩兵師団第一二一歩兵連隊、曹長。よし、ドイツ軍が彼を探しに来る前にここを離れましょう」

セディフはライフル二丁――わたしのものと戦利品――を私からとりあげ、ふたりで塹壕を急いで這って、第七九旅団第三大隊の前線へと向かった。部隊の監視所にいた兵士たちがあいさつをしてくれた。「よその部隊から来た狙撃手」が敵に発見された場合には援護を頼んでいた機関銃手も、わたしたちに手を振ってくれた。わたしたちが連絡通路の高い壁のあいだから出るか出ないかというときに、迫撃砲がカミシュリー橋の上でうなりを上げ、機関銃の銃撃音がはじまった。ドイツ軍はなにが起きたか気づき、中間地帯に砲弾や銃弾を激しく浴びせていた。わが軍も応戦した。この日の朝は静かに平和に明けたが、それでも結局戦争は、はじまるときにははじまるのだった。

机を前に腰をおろし、ポタポフ大佐は横にロシア人通訳を置いて、じっくりと時間をかけてヘルムート・ボンメルの俸給手帳と鉄十字章を調べた。フョードルとわたしは大佐の前で気をつけの姿勢を取っていた。

「どちらが狙撃手を仕留めたのだ?」。ポタポフはなんとなくセディフ軍曹を見ながら聞いた。セディフは体格がよく屈強で、人のよさが顔に表れている。

「わたしです、同志大佐」。わたしは大きな声ではっきりと答えた。

「どうやって倒したのだ」

「いつもと同じです、同志大佐」。わたしは答えた。

「これを読んだが」。第七九旅団指揮官はのんびりと続けた。「このボンメルは最近ここに移ってきたようだな。以前はポーランド、ベルギー、フランスで戦い、ベルリンでは狙撃教官をしていた。ボンメルは兵士と将校合わせて二一五人という戦果をあげている。君は何人だ、リュドミラ・ミハイロヴナ?」

「二二七です」

「いい勝負ではないか」

「はい、同志大佐」

「ボンメルは勲章をふたつもっているが、君はどうだ、同志上級軍曹、国から勲章はもらったのか?」

「いいえ、同志大佐」

部屋がしんと静まり返った。ポタポフは物悲し気にこちらを見た。まるでわたしを初めて見るかのようだった。わたしは上官とこの手の会話をかわすときは、なるべく口をつぐむようにしていた。軍隊で半年すごすうちに、上級指揮官と長い会話をかわしても、下級指揮官にとってなにもえるものはないという結論にいたっていた。このため、わたしは大佐の顔ではなくて、その頭の上に貼ってあるカラーのポスターを見つめた。そこには赤いハンカチをかぶりきびしい顔をした若い女性がいて、「しっ、敵が聞いているわ」というセリフが書かれていた。

「用意をしたまえ、同志軍曹！」。ポタポフは突然声を発した。「これから沿海軍の司令本部へ向かう。君たちの手柄の報告を携えてな」

ポタポフは沿海軍の司令部で大きな尊敬を受けていた。彼は第三クリミア・ライフル師団に兵士として入隊し、その後将校となり、赤旗ヴィストレル上級狙撃および戦術課程を一九三九年に修了し、ウクライナ共産主義青年同盟の海軍沿岸防衛大学で教鞭を取った。そして大祖国戦争では彼の指揮官としての才能が発揮された。ポタポフに委ねられた海軍第七九旅団はセヴァストポリの戦闘で驚異的な働きをしたとして賞賛を浴び、その兵士や将校たちは大衆の手本とされた。ポタポフは厳格だが公平な指揮官という評判だった。大佐は常に部下が賞をもらえるよう推薦しており、大佐が、セヴァストポリでわが軍の二倍の規模を誇るドイツ第一一軍の撃退に貢献したとみなす兵士たちは、みなメダルや勲章を授与され優先的に昇進していた。

言うまでもなく、わたしとフョードルは、ポタポフ大佐とペトロフ少将の面会に同席したわけではない。ふたりはかなり活発に意見をかわし、それが終わると、沿海軍指揮官の副官がわたしたちを執務室に呼び入れた。ペトロフはわたしを旧知の間柄とみなしてほほえみかけてくれ、父は元気かと聞き、握手し、笑みを浮かべたままこう言った。「では、君があのフリッツをだましたのだな」

「はい、同志少将」

「つまり、君はあいつらの企みをお見通しだったと?」

「ドイツ軍についてむずかしくてわからないことなどありません、イヴァーン・エフィモヴィッチ」

「よくやった! 君の手柄が誇らしいぞ、おめでとう。君に謝らなければならないようだな、リュドミラ。だが心配はいらない、すぐにきちんと手配する」

ペトロフはセディフ軍曹とも握手し、ドイツの狙撃兵との決闘で見せた勇敢さをたたえた。指揮官はまた、第五四ステパン・ラージン・ライフル連隊がその手柄に甘んじることなく、完全な勝利を手にするまで、わが社会主義国家から敵を一掃すべく力をそそぐことを望むと言った。さらに指揮官は続けた。このすばらしい手柄はセヴァストポリ防衛区の全部隊に知らしめるべきであり、フョードルとわたしの写真を戦場で配るビラに掲載し、カミシュリー橋におけるソ連軍兵士とナチの殺し屋との決闘を詳細に紹介するのだ、と。

そのときは、ペトロフの言葉が大きな意味をもつものだとは、とくにわたしたちは思っていなかった。二日にわたって冷たい塹壕で見張っていたわたしたちはとにかく自分の連隊にもどり、ダルマ型のストーブが暖めてくれた掩蔽壕に寝転がり、砂糖入りの熱い紅茶を飲んで(それにわたしたちにはチョコレートもあった)、セヴァストポリのトンネルで焼いた厚切りのライ麦パンを食べたかった。上級指揮官たちはわたしたちを解放し、わが連隊の第一大隊の指揮所まで車で送ってくれた。そこからセディフ軍曹とわたしはライフルのキャンバス地のスリングを肩にかけ、森の小道へと歩きだした。

しかしその翌朝、夫との朝食は見知らぬ上級政治指導員の出現で中断した。彼は沿海軍に広く配布されている新聞「わが祖国のために」の編集者であるニコライ・クロチキンだと自己紹介した。そしてわたしにドイツの侵略者との闘いの模様を詳細に語るよう言った。ペトロフ少将の求めで、クロチキンは次回発行の新聞に、興味を引く記事を書くことになったのだ。わたしが詳しく語るほど、記事はすばらしいものになるという。そのほかにも写真家がやってきて、記事用にわたしの写真を撮るということだった。じっさい、ライカのカメラをもった陽気な若者（名前は思い出せない）が前線のわが家に入ってきたかと思うと、あなたはとても写真写りがいいなどと言い放ったのだった。

わたしはこの失礼な若者ふたりをさっさと追い出したくてたまらなかった。インタビューして写真を撮るなら第一中隊の「機関銃アーニャ」にすればよい。狙撃手は注意を引くべきではない。成功裏に任務を行う大前提は身を隠すことだ。「わが祖国のために」紙の発行部数は数千部もあり、どこのだれの手にわたるかもわからないのだ。そのうえ、国防人民委員部の命令によって、狙撃の指導指針や狙撃用ライフルのタイプ、光学照準器、カムフラージュのテクニックや敵に対する作戦などにかんする情報は、一般に公開してよい範疇のものではなかった。それはスペシャリスト「のみ」が知りえる情報だった。わたしはジャーナリストたちにはっきりとそう言ってもよかったのだが、だが新しい客がわたしたちの掩蔽壕にやってきた。第五四連隊の政治委員マルツェフと、第一大隊の政治委員ノヴィコフだ。夫のリョーニャもわたしもこれほど名誉な扱いを受けたことはなかった。カミシュリー橋での狙撃成功は、これほどの特別扱いを受けるようなものだったのだ。これがよいことなのかそうでないのかは、あとになってわかるだろう。

一九四二年一月二四日の朝、ふたりの政治委員を前にして、わたしはクロチキンの問いに短く答え、それから式典用のSVT－40ライフルをもって写真家のためにポーズを取った。顔だけのもの、全身、立っているもの、それから掩蔽壕近くの茂みのなかで「スヴェタ」を肩にあてて腹ばいになったものや、左手を銃床にあて「機関銃スタイル」でもったものもあった。

新聞発行者との面会は続いた。わたしは、セヴァストポリの新聞「マヤク・コムニ（コミューンのビーコン）」、黒海艦隊の新聞「クラスヌイ・チェルノモレッツ（黒海の赤い水兵）」、それにクリミア半島の党の地方委員会の新聞「クラスヌイ・クリム（赤いクリミア）」の記者たちの訪問を受けた。戦争映画のカメラマン、ヴラディスラフ・ミコシャは半日かけて、わが第二中隊の戦線でさまざまなものを撮影した。彼はわたしをとくにいらだたせた。彼に言わせれば「正しいアングル」を探していて、その結果、わたしにSVT－40をもって木に登らせ、そこからさも敵を狙っているかのようなポーズを取らせたのだ。セヴァストポリでは木の上から撃ったことはなく、それでは観ている人に誤解をあたえると言っても無駄だった。カメラマンは自分の意見を押し通した。早く帰ってもらうためにも、わたしはライフルをかついでリンゴの老木に登らなければならなかった。前方防衛線から五〇メートルにある、「クラブ」用の大きな掩蔽壕の隣に生えていた木だ。

「三文文士の集まり」にはもっと困惑した。ヘルムート・ボンメルについての記述になると、記者たちは誇張して書きたてた。ヒキガエルのように太っていて、生気のない目、黄色い髪、大きな顎という風貌のドイツ兵。わたしはもちろん、そんなことは一切しゃべっていない。撃った相手の顔など覚えていなかったのだから。ドイツ兵はわたしのために存在するのではなく、たんなるターゲットでしかない。連隊の仲間には、侵略者に対する心からの嫌悪感を口にする者もいた。だがそうした気持ちでさえもわたしは強すぎると思う。それはプロパガンダ用のビラに使う言葉だろう。狙撃手にそうした気持ちはない。狙撃手は心を静め、自分は正しいのだという断固として深い信念をもって射撃陣地に入るだけだ。そうでなければ、残酷で凶暴な敵との決闘に敗北し、命を落としてしまう危険がある。

　記者たちはナチの狙撃手の戦果にかんしてもいいかげんで、ボンメルの戦果を三〇〇だとか四〇〇、五〇〇とまで書く者もいた。そんな数字は一九四二年の初めにはまったく現実味のないものだったのに。ドイツの対ヨーロッパ諸国の戦争が急速に進展し、陣地戦を伴うような状況にはないという事実も、記者たちはまったく念頭になかった。狙撃手が戦果を大きく増やす機会があるのは陣地戦においてのみだ。ソ連の戦闘はまだ半年にしかおよんでおらず、さらに、ドイツの進軍によるものが大きかった。そこで大きな役割を果たすのは戦車や航空機だった。フリッツはとくに狙撃手を必要としていたわけではなかったし、わたしたちも、敵狙撃手よりも注意を向けるべきものがほかにあった。狙撃手をほんとうに活用できるのは、オデッサやセヴァストポリ、レニングラード、そしてのちのスターリングラードのような、長期におよぶ都市包囲戦においてなのだ。

　驚いたことに、この鉄橋残骸上での決闘は記者たちの執筆意欲をかきたてなかった。わたしたちは彼らをカミシュリー渓谷につれて行って、この場所の特異さを見せるべきだったのだろう。そしてその場所を選んだヘルムート・ボンメルは賢明だったこと、だが、彼もドイツ人特有の自信過剰に陥り、すぐに反撃されるとは思ってもいなかったことを説明すべきだったのだろう。だが、なにも知らないくせに自分たちが正しいと思い込んでいる人々に費やす時間などない。それにそうしたところで、彼らは自分の好きなように書くだけだろう。たとえば、こんな記事もあった。

　そして、ふたりは昼も夜も、ぴくりとも動かずに腹ばいになっていた。朝になって明るくなると、おとりの木の切り株の後ろに隠れていたリュダには、ひとりの狙撃手がつっこむようにしてやってくるのが見えた。リュダに向かって狙撃手はどんどん接近してくる。彼女はライフルを前に抱え、狙撃手の正面に移動した。目は照準器にあてている。永遠とも思えるようだったが、ほんの一瞬で、新たな展開を迎えた。リュダの視界に生気のない目、黄色い髪、大きな顎が飛び込んでくる。敵狙撃手はリュダを見ている。ふたりの目があった。敵の緊張した顔はしかめつらに変わった。相手が女性だと気づいたのだ！　生死は瞬時に決まった——リュダはトリガーを引く。ほんの一瞬、リュダの方が速かった。彼女はあたりの気配をうかがった。ドイツの機関銃手は沈黙していた。それを確認して、リュダは敵狙撃手に向かって這っていった。敵はその場で、彼女を狙ったまま凍りついたように動かない。ナチ狙撃手の俸給手帳を引き抜くと、「ダンケルク」という文字が見えた。その横に数字も書かれている。戦果はほかにも記載されていた。四〇〇人を超すフランス兵とイギリス兵を、この敵狙撃手は殺していたのだ！（1）

しばらくはあれこれと考えたものの、結局わたしは、取材したにもかかわらずこんなにでたらめの記事を書いた記者たちは、セヴァストポリ防衛区における狙撃手の大義を伝えるためのプロパガンダを行っているのだと自分を納得させた。少なくとも、戦争時の狙撃手の任務の大原則については正しく書かれていた。自分をうまくカムフラージュし、敵がまちがいを起こすまで忍耐強く待ち、その瞬間、ターゲットに向けて正確な射撃を行う。特殊な武器や望遠照準器の取り扱いにかんする情報や、異なる地形や天候における弾道計算、弾道にかんする不変の法則その他、普通の兵士が狙撃手になる場合に必要な深い軍事知識についてはひと言もふれられてはいなかった。だがわたしたちの狙撃術に興味のある人なら、いくつかの師団本部で一般歩兵向けに設置されつつある射撃課程を二、三週間受講すれば、その詳細を学べるだろう。

とはいえジャーナリストたちの作り話はプロパガンダのひとつにすぎなかった。大衆に戦争中のあれこれを納得させるためには、生きた英雄が必要だったのだ。連隊の政治委員Ｌ・Ｐ・ボチャロフ率いる沿海軍の政治部では、わたしがこの役割に選ばれてしまったようだ。連隊本部からアレクセイとわたしの掩蔽壕に、一九四二年二月二日、Ｌ・Ｍ・パヴリチェンコ上級軍曹は前線を離れてセヴァストポリへ向かい、「教師会館」で開催予定のセヴァストポリ防衛における女性活動家の会合に出席せよ、という命令が届いたときに、さすがにわたしも、そういうことかと思ったのだった。会合では、わたしが狙撃手の任務について一五分間の演説を行うことになっていた。

わたしは命令書を見てとまどった。森の隠れ場で目を凝らし耳を澄ましていたわたしは、音を立てないこと、静かに観察することに慣れてしまっていた。小隊の部下の指導にしても、言葉で技術を説明する必要はなかった。そんなわたしが一五分の演説をしなければならないとは。それにはどれくらい言葉を必要とするのだろう？　それに大勢の聴衆の前で、騒がしいホールのなか、ぎらぎらとした照明の下でそれをやるなんて！

わたしの大事な夫、創意にあふれた夫は、わたしを落ちつかせ、励まそうとしてくれた。リョーニャは、わたしが戦線後方に行き、セヴァストポリのすばらしい街を訪ねるちょうどいい潮時なのだと言った。元気な姿を見せ、ほかの人たちと顔を合わせる。これは通常はもっともなことで、前線の兵士の士気向上になる。とくに演説まではまだ三日あるのだし、三日もあればどれだけでもスピーチを用意できる、とリョーニャは言うのだった。

「でも、行軍用の軍服はどうするの？」とわたしは聞いた。

「ばからしい！　わたしが今から上級曹長に電話するさ。上級曹長なら連隊の倉庫を調べてくれる」と第二中隊の指揮官は答えた。

わたしが女性兵士用の軍服を着るとは思ってもみなかった。カーキ色の服で、折り返し襟、ベルトと、スリット入りのポケットが付いている。上級曹長がもってきてくれたのは、スカートと、ラズベリー色のパレード用台布のついた新しいチュニックとかなり新しいブーツで、ブーツには黒い靴磨きをひと缶の半分も塗りこんであった。わたしは肌色のストッキングを二足——今となっては信じられないような戦前の宝物——背嚢にしまい込んでいたので、それがようやく役に立つことになった。

二月二日の朝、わたしたちは連隊指揮官の車でセヴァストポリへと向かった。わたしと第一中隊の機関銃手ニーナ・オニロヴァだ。ニーナは車にわたしが乗っているのを見て驚いていた。彼女は自分のことを有名なヒロインだと思っていて、わたしがこの会合に派遣されるきっかけとなった手柄のことを知らなかった。とはいえ彼女は率直で気のいい女性で、一〇分もしないうちにわたしにあれこれと陽気に話しかけていた。ニーナがこうした場に出るのは初めてではなかったため、彼女は檀上に立つときのことをぺちゃくちゃと語った。演壇に立つときにふさわしい態度、演説の読み方、聴衆から質問があった場合の答え方。彼女はわたしに集中させてくれなかった。まるでロシア内戦の軍歌「二人のマキシム」のようだった。「タカ、タカ、タカ、機関銃も叫ぶ…」。わたしはしゃべるのが上手だとは思っていないので、演説の要旨を紙に書いてきていた。夫の助言に従ってのことだ。自信をもって話し、知識のない一般市民に向けて自分の仕事の内容をできるかぎり的確に語るためにわたしは準備してきており、あれこれと横から口を挟まれたらうまくいかなくなってしまう。

とても大勢の人々が会合に集まってきていた。さまざまな作業場や学校や病院から女性がやってきた。色とりどりの服やブラウスのなかに女性兵士の軍服のチュニックも見えた。通信士や衛生兵、医療大隊や野戦病院の医師たちで、みなとてもひきしまった表情だった。赤旗勲章を胸につけたニーナはとても人気があった。彼女にあいさつする人は多く、前線のようすをたずね、楽しそうに気の利いたやりとりをしていた。わたしのことを知っている人などだれもおらず、わたしはつつましく窓際の席に座って自分のノートにもう一度目を通した。

沿海軍指揮官であるペトロフ少将が演台に立ち、戦線での主要なできごとをまとめた。女性たちは少将の演説に長い拍手でこたえた。イヴァーン・エフィモヴィッチはセヴァストポリの女性たちに人気が高かった。主要な海軍基地の防衛に少将が大きな貢献をなしていたからだ。少将の演説に続き、ほかの人々が次々と演壇に立った。生き生きと語り情報をたくさん織り交ぜる人もいれば、そうでもない人もいる。女性たちは、自分たちの仕事や、この街に対していだく考えや思いについて語った。わたしにとってそれはどれも、とても興味深い話だった。わたしは、防空壕のなかにある学校で子どもたちに教えている女性や、日に一二時間も旋盤の前に立ち手榴弾をプレス加工している女性、昼間は縫製工場で兵士の下着類を縫い、それから夕方になると地下の病院に出かけて負傷兵の世話をしている女性のことを考えたことなどなかったのだ。

セヴァストポリの女性たちは前線に向かった男性に代わり、男性たちとまったく同じように仕事をこなしていた。わたしはアナスタシア・チャウスという女性のことを忘れられない。わたしと同じくらいの年齢で、第一特殊コンビナートで働いていた。彼女は空襲で負傷し左腕を失っていた。だがセヴァストポリにとどまり仕事を続け、プレス加工の技術を身に着けて、片腕でも自分の作業分担量を二倍にした。

セヴァストポリの生活は厳しかった。パンには配給券が必要で、軍需産業の熟練労働者には一日八〇〇グラム、公務員や年金受給者には六〇〇グラム、扶養家族には三〇〇グラムが支給された。セヴァストポリの住民は漁師におおいに助けられた。漁師たちは敵の砲撃をものともせずに海に出て、機雷原をすり抜け、カタクチイワシやツノガレイを中心に何千キロもの魚を獲ってレストランや魚屋に届けたのだった。

会合の出席者はこうした生活の厳しさについてもふれはしたが、それは話のついでといった感じで、まるでそういうことは教師会館の外に置いてきたとでもいうようだった。年齢も職業もさまざまな女性たちがここに集まったのはその手の話をするためではなく、みな、そこにいる人たちに伝えたいことはほかにあった。それは、ナチに対する勝利を心から信じていることや、自分たちの気持ちの強さであり、またおそらくは愛する街の現状に早く変化が訪れて欲しいという願いだったのだろう。ざっとまとめると、このような演説が語られることもあった。「わたしは銃後のとるに足らないひとりにすぎませんが、できることはみな行っていますし、できることがあればもっとやりたいと思っています。敵との戦闘で四人の息子を失いましたが、わたしは自分の命を惜しまず、どこへでも行く覚悟です…」(アレクサンドラ・セルゲイエフナ・フェドリンチク、第一四学校教師)。

こうした心のこもった演説のあとでは、片づけたドイツ兵の数を淡々と述べてもちっとも心には響かないだろう。わたしは事前に準備して見出しを書いておいた紙を置き、心のうちにあることや、なにがわたしを突き動かしているのか、偽りのない気持ちを語りはじめた。

11　名もなき高地にて

セヴァストポリの冬の天気は変わりやすい。二日前は低い雲が空を覆って雪が降り、霜柱がパリパリと音を立てマイナス一五度まで冷え込んだが、今日はまったくようすが違っている。雪は解け、日差しがもどって気温は零度を超えていた。クリミア半島の高地のゆるやかな斜面には、しおれて黄色っぽい茶色になった草も再び顔を出している。一方で、セイヨウネズの茂みや上へ上へと伸びているイトスギや杉の低木は、草と違って鮮やかな緑の葉をつけていた。

わたしは、ヴェルフニー・チョルグン村からそう遠くない機関銃座の銃眼そばに置いた陣地から、双眼鏡で南のバラクラヴァ渓谷を一望していた（1）。遠くに灰色のリボンのように見えるのはセヴァストポリとヤルタを結ぶ幹線道路で、その手前にはチョルナヤ川が細く見えている。この川の流れに沿ってさまざまな景色が広がっていた。丘陵地やいくつものブドウ畑がならぶ平野、そこここを樫の木立が覆う美しいガスフォート丘の斜面。イタリア人の墓地を囲む白い塀は砲弾で壊れている。墓地の礼拝堂の屋根も見える。礼拝堂は、おもちゃの積み木を低く積んで壁にしたように見えた。

第二次攻勢のあいだ、第二防衛区の前線の兵士たちは、塹壕や、土台を補強した射撃用施設、迫撃砲の砲撃設備、それに深い塹壕をこの地に突貫で作った。敵の攻撃は、海軍歩兵の第七旅団と第三一および第五一四ライフル連隊の兵士と将校による果敢な抵抗を受けた。この地域の丘や高地は数回両軍のあいだを行き来したが、最終的にドイツ軍がわが軍を追いやり、そこに陣取ったのだった。

ナチの狙撃手のグループが、地図に「名なし」と書かれた高地に居座っていた。五〇〇メートルの距離から、彼らはカマラとシュリの村のあいだの泥道をターゲットにしはじめた。この道は第二防衛区の後方を通っており、わが軍に物資や武器、銃弾の補給を行うのに重要な役割をもっていた。

ドイツの狙撃手たちは、厚かましくも、四五ミリ対戦車砲の要員と、対戦車砲を牽引してこの道を行く二四頭の馬の半分超を殺害し、あるいは重傷を負わせていた。大砲や迫撃砲で敵狙撃手をたたこうとしたが効果はなかった。狙撃手たちは高地上で場所を変え、新たな陣地からわが軍を狙うのだ。

チャパーエフ師団の陣地から遠く離れたこの地に来たのは、決して偶然ではなかった。わたしたちが中間地帯や敵後方まで足を伸ばしていく度か狙撃を成功させると、沿海軍指揮官は、第五四連隊第一大隊の勇敢で訓練を積んだ狙撃手グループを、第三防衛区のみならず、セヴァストポリ前線の他地域でも用いない手はない、という見解にいたった。わたしたちは防衛区の全前線沿いに「遠征」し、とてもむずかしい任務を行うようになった。今回は、ガスフォート丘とイタリア人墓地の地域にある「名なし」の高地での作戦遂行をまかされたのである。

そこに出発する前にわたしは師団司令部に赴き、連隊の第二防衛区指揮官であり、この作戦域が含まれる区域の責任者である第三八六ライフル師団指揮官のニコライ・フィリポヴィッチ・スクテルニク大佐と、それに師団参謀のドブロフ中佐と話し合いの場をもった。それからわたしはヴェルフニー・チョルグンの村へ行き、そのあたりの地形を調べて、狙撃手グループがその高地を確保してナチを一掃するための作戦計画を立てた。

ガスフォート丘（クリミア戦争におけるセヴァストポリ攻囲戦のときの英雄であり、この地で一八五四〜五年にイギリス、フランス、イタリア、トルコの連合軍と戦ったカザン歩兵連隊の指揮官であるV・G・ガスフォート大佐の名を取ったもの）は、セヴァストポリからヤルタに続く幹線道路沿いに一五キロほど伸び、海抜二一七・二メートルとそれほど高くはない。だがそれより低い丘陵地に囲まれ、そのあいだには窪地と平地が交互に連なっていた。ガスフォート丘の一角にはイタリア人墓地があった。ロシア政府が一八八二年に許可し、イタリア兵の遺骨がここに埋葬されたものだ。戦闘やコレラ感染によってこの地で命を落としたサルディーニャ軍の兵士や将校は二〇〇〇人以上にものぼっていた。

この地の起伏や遮蔽物の多い地形を調べると、攻撃が成功するのではないかという期待が増した。しかし、作戦の実行には徹底した偵察と、敵の陣容とその防御態勢の研究が必要だった。これをスクテルニク大佐に話すと、大佐はこれに同意して、第二防衛区の戦闘部隊が狙撃手に必要な支援を提供すると約束してくれた。

わたしは第二中隊の配置場所にもどり、アレクセイとわたしの掩蔽壕にわたしの小隊の班長を集めた。わたしたちにはいくつか検討すべきことがあった。「名なしの高地」は真昼間には登れない。わたしたちは麓に、ドイツ兵は丘の上にいるため、わたしたちを見つけて野ウサギのように仕留めることなど簡単だ。第三八六師団の兵士たちが調べたが、ドイツ軍狙撃手の隠れ場はまだ見つかっていなかった。フリッツはおそらく狙撃手用に、カムフラージュを施した隠れ場をいくつも設置したのだろう。

その頃、第一班の班長は以前と同じくフョードル・セディフ軍曹で、第二班は下級軍曹のヴラディーミル・ヴォルチョフだった。ヴォルチョフはドローミン中尉の命令で第三中隊からこの小隊に移ってきていた。一二月二二日の第二次攻勢時に、わが軍後方に突破してきたドイツ大隊を一掃するのに貢献した、すぐれた腕前のライフル兵だった。第三班はその当時は名ばかりで、アナスタス・ヴァルタノフ伍長はじめ五人しかおらず、ノヴォロシースクから補強のため徴募兵がやってくるのを待っている状況だった。わたしは老ヴァルタノフに最初に発言する許可をあたえた。彼はわたしたちのなかでは一番階級が低かったからだ。ヴァルタノフは、バラクラヴァ谷のことはメケンジー丘陵地の第二森林警戒線ほどは詳しくない、詳しければ猟師道を通ってみなを案内できるのに残念だと述べた。

わたしたちの前の机には第二防衛区の大縮尺地図があった。第三八六師団の司令部でわたしに渡されたもので、わたしはヴェルフニー・チョルグン村を調べにいったあと、この地図に目印を書きくわえていた。説明するとき、わたしは名なしの高地について、その時点での情報を補うよう心がけた。だが攻撃目標には近づけなかったため、距離をはじめ、多くの点が不明のままだった。その下に広がる地域に出れば、狙撃の格好のターゲットになったからだ。

わたしたちはこの地図を前に、時間をかけてあれこれと検討した。セイヨウネズや野生のイヌバラやニワトコ、ツルバラにびっしりと覆われている西斜面は起伏が激しいという点に注目したのは、どの軍曹だったろうか。彼はこう指摘した。低木の茂みをカムフラージュに利用すれば高地の麓まで近づけるだろう。そして茂みから枝葉を切り取り上まで運んでそれを「植え」、そうしたら、地面のあちこちに突き出ている大きな石灰岩の後ろに身を隠す。地面がむき出しの斜面に、ひと晩で新しい茂みが育っているのを発見したフリッツはどうするか？　もちろん、彼らはそれに向かって銃を撃ち、わたしたちはそこに敵が何人いるのか、どこから射撃を行っているかもわかるだろう。

「だが、わざわざ丘で茂みを作る必要があるでしょうか?」とフョードルが疑問を口にした。「前もって作っておき、それをもって上がればどうです? そっちのほうが安全だし、自然に見えますよ」

わたしは枝葉で茂みを作る準備をヴァルタノフに任せた。クリミア半島の森に生えている木々の知識が豊富なヴァルタノフは、あっというまにおとりの茂みを六個作った。四〇センチほどのセイヨウネズの枝に、とげのある濃緑の葉や丸く灰色がかった色の実がつけてある。この枝の束は何箇所かを針金でくくりばらばらにならないようにしてあったが、全体を眺めれば本物の茂みに見えた。そして、根元を尖らせた枝にこの束をしっかりと留め、尖った部分を斜面に刺して「植える」工夫も施されていた。

狙撃グループにはわたし以外に七人いた。中隊指揮官であるアレクセイ・キツェンコは七人のひとりひとりについて意志や能力を確認済みだった。キツェンコはわたしたちが――可能なかぎり――不利な戦いで命を落とすことなく、狙撃に成功してもどることを願っていた。以前の急襲でえた経験からわたしたちは、みな慎重であること、戦闘においては互いに助け合うこと、そして命令をすべて遂行することを学んでいた。狙撃兵たちの資質に対するわたしの意見はつねにキツェンコの意見と一致していた。このため、わたしたちふたりが真っ先に選んだのはフョードル・セディフだった(彼はこれに非常に喜んでいた)。それからヴラディーミル・ヴォルチョフ(わたしはそれほどこの人物をよく知らなかったが、アレクセイはわたしに、この下級軍曹には全幅の信頼を寄せていると保証した)、そしてアナスタス・ヴァルタノフ(わたしたちは、屈強さやスタミナというよりも、その勇敢さを買っていた。というのも、ヴァルタノフは五〇歳になったところだったのだ)。残るメンバーは狙撃小隊にくわわってほぼ三か月ではあるが(戦闘の規模とセヴァストポリでの損失を考慮するとかなり長い)、みな腕のよい狙撃兵だった。

狙撃グループの装備については解説しておく必要がある。わたしたちはオーバーコートと耳覆いつきの帽子はやめて、中綿入りの上着とズボンを身に着け、略帽とヘルメットをかぶった。その上に秋用の、焦げ茶色の模様が描かれたマスタード色のフード付きカムフラージュジャケットと同様のズボンを身に着け、だぶだぶのズボンはブーツのなかにたくしこんだ。ベルトに付けているのは革製の弾薬袋が四個、手榴弾三個、ホルスターに入ったTTピストル、金属製の鞘に納めたフィンランド様式のナイフ、カバー付きの小型のサッパースペード、これもカバー付きの水筒、そして肩から、三日分の携帯食糧（黒パン、豚の背肉、肉のシチューの缶詰）を詰めた防水の糧食バッグをかけていた。このほか、わたしたちは双眼鏡、電池入りの懐中電灯、信号弾ももった。携帯する武器については割とすんなりと決まった。PEスコープ付きモシン・ナガン四丁、PUスコープ付きSVT－40を四丁、それにそれぞれに二〇〇発の弾薬、そしてPPSh－41単機関銃三丁とドラム式マガジン二個。わたしたちは使い慣れたデグチャレフ軽機関銃は今回の任務にもって行かないことにした。代わりに、おとりの茂みをロープで慎重にしばって荷物に詰めた。

わたしは別れのあいさつに時間をかけるのが好きではない。ぐずぐずしていると悲しくなる。戦時下ではとくにそうだ。リョーニャは掩蔽壕でわたしをきつく抱きしめキスしてくれた。掩蔽壕を一歩出るともうわたしたちは夫と妻ではなく、連隊の同志だ。ほかの兵士たちとともに、わたしは大隊指揮所に向かった。そこでは一・五トントラックがわたしたち狙撃手グループを待っていた。セヴァストポリ防衛区の向こう端までは長い道のりだ。それから最後の握手がかわされ、中隊指揮官が狙撃手たちの幸運を祈ると言った。出発前にもう一度、彼がわたしを見て、そして最後の言葉を発した。「無事の帰還を！」

初日は目的地周辺の調査に費やしたが、そこには不安を取り除くようなことは見いだせなかった。身を隠すような茂みはなく、あっても、「名無しの高地」からはとても遠い。ドイツ軍はそのあたり一帯を支配下に置き、谷沿いに定期的に機関銃や迫撃砲で攻撃を行っていた。わが軍も反撃してはいたが、銃弾や砲弾を節約する必要があった。わたしの要請で、海軍歩兵の第七旅団の機関銃手がその夜、午前三時に、高地に向けて二〇分から三〇分の一斉射撃を行い、わたしたちが斜面を登るのを援護してくれることになっていた。ついでに、真っ暗で風が穏やかな夜になり、気温も五度を下回らないようにお願いしておけばよかったかもしれない（とは言え、だれに？）。

夜になると、月は出ずに風もなく、冷え込むこともなかった。

わたしたちは午前三時に、ソ連軍戦線から機関銃の弾がはじける音が響くなか、斜面を登りはじめた。頂上近くまで登っても、ドイツ兵がわたしたちに気づくことはなかった。ドイツ軍塹壕まで七〇メートルほどのところでわたしたちはおとりの茂みを地面に突き刺し、そこから三〇メートルほど後退したところにある灰色がかった白い石灰岩に向かった。その後ろには野バラが茂っていた。

夜明けの光が差しはじめると、ナチは老森番ヴァルタノフの手作りの品に機関銃の激しい斉射を浴びせかけた。おとりの茂みはバラバラになって、細かな木くずや樹皮や葉っぱが飛び散った。ドイツ兵たちは、茂みがあった場所を中心に直径二、三メートルほどの地面を銃弾で穴だらけにし、埃が雲のようにあたりに充満するまで銃撃を続けた。あたりがしんと静まり返ると、ナチは塹壕から這い出て、高地の斜面を双眼鏡で確認しはじめた。きっと、ソ連軍狙撃手をあっというまに全滅させたことを確認しようと思ったのだろう。

敵が撃っているあいだに、射撃位置は簡単につきとめることができた。あとは、放った銃弾がすべてターゲットをとらえるよう狙いを定めるだけだ。距離は一〇〇メートルを超えてはいない。ターゲットは銃を水平に構えた場合よりもかなり上にあり、射角はおよそ五〇度だった。弾道の法則によると、こうした状況では弾道曲線の昇弧は伸びていき、銃弾にかかる重力は弱くなる。それにくわえ、空気が薄い山では銃弾は風の抵抗も受けにくい。

これはすべて、特殊な表で計算するものだ。狙撃学校を出ていない部下たちはこれを知らない。だが、そのために指揮官には頭がついている。計算すると、わたしは部下たちに銃の照準器を調整して、「L」タイプの軽い弾頭を装着した七・六二×五四ミリR弾に合わせて目盛りを〇・五小さくするよう命じた。

慣例により、わたしが最初に撃った。ほかの七人がそれに続き、その後、スリーラインに再装填する一〇秒の間をおいて、次の八発が放たれた。だが、連続砲撃がその音をかき消した。敵の長距離砲がセヴァストポリの中心部を狙って火を吹いたのだ。わが軍の大砲も、敵の砲列を黙らせるべく反撃をはじめた。空にはエンジン音が響きはじめ、翼に赤い星をもつ航空機が姿を現わした。航空機はアルシタの方向へと向かった。海からは大砲の一斉砲撃がはじまった。嚮導駆逐艦「ハルコフ」が放ったもののようだ。「ハルコフ」は荷を降ろしたあと南湾に停泊していた。

あたりに響き渡る轟音が、わたしたちが狙撃任務を遂行中であることをうまく隠してくれた。フリッツたちはバタバタと倒れていった。塹壕の地面や胸壁に倒れる者、あるいは斜面を転がり落ちる者もいた。わたしたちにはひとりの損失もない。全部で一五人のドイツ兵を仕留め、敵はこの監視所を失った。

「全員、進め!」。わたしは叫んで、名なしの高地の頂上をめざした。

わたしたちは息を切らしながら急斜面を一〇〇メートル駆け上がり、敵塹壕に飛び込んだ。わたしたちはすばらしく設備が整った陣地を手に入れたのだった。厚板と梁で補強された深い連絡通路、その先には機関銃座と塹壕がある。そして二・五メートルの深さの掩蔽壕が四つ。あたりには武器もごろごろとしていた。ライフルには狙撃用もある。塹壕の棚には短機関銃に手榴弾もあるし、MG・34機関銃三丁と弾帯も見つかった。この高地から見おろす周囲の景色は息を飲むほどすばらしかった。これならフリッツががむしゃらに戦ってここを守り、ここを離れたがらなかったのも不思議ではない。

わたしたちは赤い閃光弾を上げて部隊に合図を送った。「名無し高地を奪取」。部隊からは緑色の閃光弾が上がった。「おめでとう、よくやった！」。まもなく、カマラからシュリへの泥道沿いにあわただしい動きが見られた。第二防衛区の参謀が部隊の再編成にとりかかり、弾薬と食糧をここに運び上げる準備をしているのだ。

ここをよく調べる必要があった。それまでの狙撃任務では、ドイツ兵の不意をつく攻撃を実行したら即刻その場を離れたが、今回はさらなる命令が下るまで奪った陣地にとどまることを求められていた。この陣地なら攻撃を受けても守るのはむずかしくなかったが、わたしたちはしっかりと調べ、陣地の長所や弱点はどこか、すべてを理解する必要があった。連絡通路の長さを歩数で計り、クリミア半島の固い土壌に掘られた他国軍の塹壕の配置を理解し、機関銃が狙う地点を確認し、射程を調べ…と確認することは山ほどあった。

わたしたちはすぐに掩蔽壕にも行き、ここではまた別の戦いが生じた。一番遠いところにあった掩蔽壕の入り口で、ワルサー・ピストルをもった伍長がわたしたちに突進してきたからだ。この伍長を撃ち、さらに、ドアの後ろに隠れていた下級将校を、ヴァルタノフがフィンランド様式のナイフをたくみに使って倒した。わたしたちがいるのはせまいがしっかりとした造りの地下スペースで、将校の住まいか参謀室といった感じだった。机の上にはかなり大きな、五〇センチくらいの高さがある携帯無線機「トルニスター・フンクゲレート『b』（「b」タイプ背負い式無線機――Torn.Fu.b）」が置かれ、トランシーバーと電池の入った木箱もある。そのアンテナは防空壕の屋根を貫き、地表に出ていた。

テーブルにはイヤホンとたくさん書き込みがしてある厚い練習帳があった。送信機の左のパネルには、赤い文字で「敵が盗聴している（Feind hoert mit）」と書かれていた。つまり、ここはただの狙撃手の陣地ではなく、観測手やドイツ軍偵察兵のための監視所だった。

正常に作動する無線機は大きな価値のある戦利品だった。だがわたしたちはこれを使うことはできなかった。グループには、無線通信士やわずかでも通信手段の知識のある者がいなかった。このため、無線機から電池を取り出して、運び出す準備をしておくだけにした。わたしたちはこれを、部隊にもどるときに運んで行くことにしたのだ。重さは四〇キロもあったのだが。

わたしたちはドイツ兵の死体を調べ、それが終わる頃には両手は書類の束でいっぱいになった。兵士の記録簿、手紙や写真。第一七〇歩兵師団の兵士一二人と伍長と下級将校がひとりずつ、それにひとりの下士官のものだ。この下士官は勲章――鉄十字章の二級――をつけ、またきれいな色のリボンがチュニックの台布に縫いつけられていた。これらはみなベズロドヌイ大尉のもとへ行き、それから通訳に渡る。手紙がその宛先にあるドイツの町や市に配達されることはない。

わたしたちはドイツのソーセージとロシアの黒パンという朝食で勝利を祝った。サーディンのオイル漬けの缶詰も見つかった。これはセディフ軍曹の大好物だ。〇・五リットル入りのラム酒のビンが一二本入った木の箱は結局参謀用掩蔽壕から運びだし（フリッツはテーブルの下に隠していた）、わたしはそれをどうするものかと思案した。一本はわたしたちが朝食のときに空けた。残りは、ドイツ軍のアルミの水筒に移して連隊の仲間のお土産にすることにした。実のところ、この戦利品のラム酒はロシアの素朴な密造酒とそっくりだった。

夜通し働いたあとでは狙撃手には休息が必要だった。わたしは見張りをふたり立たせて、将校用の掩蔽壕に入った。中綿入りの上着も脱がず、わたしはベンチに横になるとすぐに寝入った。夕方近くになってわたしは、敵戦線に向いた名無しの高地の東斜面に立っていた見張りに起こされた。

「同志上級軍曹、敵のお客さんがやってきます！」

ドイツ軍の機関銃手の一行が遠くに見えていた。一一〇人ほどのようだ。彼らはハシバミの木の茂みをつっきる細い道を登っていた。双眼鏡で見ると、兵士たちはあたりを見回すこともなく、タバコを吸い、しゃべりながらのんびりと歩いているのがわかった。銃を構えてもおらず、肩にかついでいる。それから判断すると、敵はまだ自軍の監視所が占領されたことに気づいていないと思われた。機関銃手たちは戦闘ではなく、視察目的で名無しの高地に向かっていたのだ。

前回と同じ距離だが、今度は下にいるターゲットを上から狙うことになった。下から上への射撃と同様、これも、望遠照準器の調整をはじめ非常に複雑な作業だ。上から下へと撃つ場合には空気密度が高くなるが、同時に銃弾の速度も増す。銃弾にかかる重力も考慮する。この場合はターゲットの中心を狙ってもそれより高く着弾するため、照準器を下向きにする、あるいは照準点を低くする必要がある。

わたしは計算して部下に指示した。わたしたちは機関銃手が一〇〇メートル以内に近づくまで待ち、それからライフルを撃った。わたしたち狙撃グループは、下から上に向かって狙撃したときに劣らず、正確にこの仕事に対処した。わたしたちは、ドイツの機関銃手を全員あの世へ送った、それも即座に。こうして八人の狙撃手は、一日で三五人ほどの敵を倒した。全体としては悪くはない数字だった。次の四日間、狙撃手はまたたくみに仕事をした。わたしたちは名無しの高地にある陣地の高さを生かして、敵の攻撃を撃退したのだった。あるときはフリッツが砲撃してきたが、わたしたちは掩蔽壕でそれをやりすごした。そこは総統のすばらしい兵士たちによってとても頑丈に造られていた。

頭を撃ち抜かれて高地の斜面に倒れるドイツ兵を、わたしは数えてみた。セイヨウネズや野バラのこんもりとした茂みのなかに倒れた者もいるし、転げ落ちて窪地に倒れている者もいる。また仲間の兵士に運ばれていった者もいる。だが、あきらかに一〇〇人を超えていた。

師団司令部は一個ライフル中隊を派遣して、わたしたち狙撃手分隊を任務から解放した。わたしたちの援護を受けて、赤軍の部隊が高地を登ってきた。わたしたちは彼らに無事、無傷でこの陣地を手渡し、彼らの成功を祈りつつ同じ道を第二五師団までもどった。

わたしたちは、とりたてて任務の成功を祝う言葉で出迎えられることもなかった。セヴァストポリ防衛区の最前線では、ソ連軍の兵士や将校は日々、めざましい働きをしていた。それに、定期的に敵爆撃機による爆撃や砲撃にみまわれるなか、街に住むごく普通の人々が個人の義務を果たすことも、インケルマンのトンネル深くに隠された工場で作業を続けることも、立派な手柄なのだ。

わたしは名無しの高地の襲撃についての報告書をまとめ、それをドイツ兵たちがもっていた書類や、無線機その他の価値ある品々（たとえばラム酒入りの水筒）とともにベズロドヌイ大尉に提出した。大量の戦利品に、師団参謀代理はおおいに驚いた。わたしたちは戦利品について語り合い、わたしはこの襲撃のメンバーが政府から表彰を受けられるよう推薦可能かどうかたずねた。狙撃手たちは並外れた勇敢さと決断力を見せ、それにすばらしく統制のとれた働きをしたからだ。ベズロドヌイは謎めいた笑みを浮かべ、「すでに手は打ってある」と答えた。

大尉は冗談を言っていたわけではなかった。三月になると、わたしは「狙撃手・駆逐者」の認定証を沿海軍の軍事会議から受け取った。それは、「パヴルチェンコ軍曹（わたしの名前がまちがっていた）は二五七人のファシストを倒した」ことを証明するものだった。この認定証には陸軍指揮官ペトロフ少将と、どちらも軍事会議議員である大隊政治委員チュフノフと旅団政治委員クズネツォフの署名があった。このとき、わたしのつつましい功績は初めて公式に認められたのだった。それとは別に、四月にはフョードル・セディフ、ヴラディーミル・ヴォルチョフとわたしが「戦闘功績」記章を授与された。

わたしはこの遠征について夫とじっくりと話し合った。とくに時間をかけたのが、個々の狙撃手がそのなかでいかに行動したか、という点についてだった。わたしの部下の行動は非の打ちどころがなく、わたしは、狙撃手グループが命令を完璧に遂行したと思っている。それはひとりの仲間も失わなかったからだ。指揮官であるわたしにとって、これは成功かどうかを判断する一番重要な指標だった。戦争においてとくに武器を取って戦った同志を失うのは非常につらい経験であり、戦闘で多くの試練に耐えてきた仲間であればとくに喪失感は大きい。そのとき――今もそれは変わらないが――わたしはこう思った。戦争は、非常に残酷なものではあるが、ひとりの人間の本性を見る最善の方法だ。セヴァストポリでわたしのそばにいたのは最高にすばらしい人々だった。それぞれの運命は異なる道をたどるのだが、それがわかるのはあとになってのことだった。

12　一九四二年春

　わたしたちは名無しの高地の奪取に対する褒美として、セヴァストポリに出かける許可証をもらった。周囲の人々は、アレクセイ・キツェンコとわたしに、フルンゼ通りの美術館の敷地内に二月二三日に開館した博物館に行ってみるよう勧めた。わたしたちはのんびりと館内を観てまわり、展示品を眺めた。それはほんとうに歴史をめぐる旅だった。一八五四～五年のセヴァストポリ攻囲戦から一〇月革命、ロシア内戦、そして今回のセヴァストポリの戦いのできごとや英雄たち。写真や書類のなかに、わたしはチャパーエフ師団や機関銃手ニーナ・オニロヴァ、それにわたし自身についての資料を見つけた。別の展示室には、セヴァストポリの工場で沿海軍のために製造した武器や銃弾が陳列され、また突撃隊作業班が働く写真がかけられていた。戦利品も展示されていた。ドイツ軍の武器、セヴァストポリ上空で撃墜されたドイツ機の残骸、ドイツ兵たちの日記や手紙、戦闘で奪ったドイツ軍の連隊旗。それにセヴァストポリの住民たちに対するナチの攻撃指令書――そのなかで一番よく使われている言葉は「銃殺隊」だった。

ドイツ軍の攻撃にさらされていたにもかかわらず、セヴァストポリの住民たちはガタガタになった経済を立て直す行動を一定して取っていて、この街はおろそかにされているようには見えず、汚れても荒れてもいなかった。店や総合病院、公共浴場、理髪店も営業しており、さまざまな商売も行われ、市内電車も動いていた。それに新しい博物館さえ開館していた。元からのセヴァストポリの住民も非戦闘地域から来たばかりの人々、それに部隊から休暇をとってやって来た兵士たちも、訪れる人はみな楽しめる博物館だ。

前線の兵士たちに対する態度もとても温かいものだった。靴を磨いてもらっても料金はいらないと言われるし、わたしたちがウダルニク映画館そばのコミューン広場で出会った女性たちは、水の配給量がきびしく制限されているのにもかかわらず、洗濯やアイロンがけを申し出てくれた。冬に別れを告げるのには、なんの心残りもなかった。戦闘や不安に満ちた冬だったが、それを経験したことで、防衛部隊にはナチの猛襲をもちこたえることができるという確信が強まっていた。春になればこの街が解放されるかもしれないという期待もあった。メケンジー丘陵地の森には葉が茂り、緑の葉は、わが軍の掩蔽壕や塹壕、連絡通路や射撃陣地を敵の目から隠してくれるだろう。そうすれば損失も少なくなる。海からは暖かな南風が吹くようになり、夜間の見張りの任務はそれほど寒くはなくなるだろう。雨が降り、それほど大量ではなくとも、山地の泉が貯える水も増える。太陽は雲間から頻繁に顔を出すようになり、わたしたちにはそれが勝利を意味するものに思えることだろう。

一九四二年三月三日の朝は、暖かで、掩蔽壕のなかにとどまっているのがもったいないくらいよい天気だった。アレクセイとわたしは外の新鮮な空気のなかで朝食を摂ることにした。セヴァストポリのスズメのさえずりに抵抗できなかったのだ。倒木の上にわたしと一緒に腰をおろし、アレクセイは腕をわたしの肩に回して子ども時代のおもしろい話を聞かせてくれていた。そのとき、第五四連隊の戦線上に敵が突然砲撃を開始した。長距離砲からの攻撃だった。最初の砲撃はずっと後方で炸裂し、二回目の一斉砲撃は遠くおよばなかった。しかしその次は……。

「疲れてないかい？」。キツェンコがわたしにそう聞いたとき、三回目の砲撃で撃たれた砲弾がわたしたちの後ろで炸裂した。何十という破片が音を立てて飛ぶ。わたしの少尉はわたしに覆いかぶさって守ってくれたが、自分は無傷ではすまなかった。最初に目をやったときには、それほど重傷だとは思わなかった。アレクセイは右肩をつかんでうなっていた。だがそのとき、彼のチュニックの袖から血がどくどくと流れてきて、彼の腕はぐにゃりと垂れ、顔は蒼白になってきた。

「リョーニャ、しっかりして、リョーニャ！　すぐに包帯を巻くから」。わたしは救急パックの袋を引き裂き、急いで彼の肩に包帯を巻きはじめた。白い包帯を一重、二重、三重と巻いていったが、傷は深く、包帯にはあっというまに血がにじんできた。

フョードル・セディフが助けにやってきた。わたしたちは指揮官を毛布にのせて、急いで救護所に運んだ。幸い、中隊の衛生兵エレナ・パリイがいて、二頭の馬が引く荷車もあった。中隊指揮官を座席に乗せると、わたしたちはすぐにインケルマンへと出発した。師団の医療大隊があり、外科医のピシェル＝ガイェクがいる。そこでリョーニャは即刻手術台にのせられ、わたしはそこに残り手あてが終わるのを待った。

わたしはまだ奇跡が起こるという望みを捨ててはいなかった。一時間半待つあいだに、わたしは多くのことを思い浮かべた。彼と初めて会ったときのこと、森のなかで沈む夕日を見たこと、少尉が木の残骸の下敷きになったわたしを見つけてくれたこと、彼からの愛の告白、そして幸せな結婚生活。わたしの気持ちに寄り添ってくれる人、わたしの愛しい人はアレクセイ・アルカディエヴィッチ以外にはいない。彼はいたくらいだ。

困難な状況にも快活さを忘れず、失敗にも落胆せず、成功にも慢心しなかった。だが一番は、彼がいつもそのときどきにぴったりの言葉をかけてくれることだった。だからわたしは自分よりも彼に信頼を置いていたくらいだ。

わが軍のすばらしい医師、ヴラディーミル・フョードロヴィッチ・ピシェル＝ガイェクが沈鬱な顔をして手術室から出てくると、わたしの手を握って言った。「しっかりするんだ、リュドミラ。回復の見込みは大きくない。右腕は切断しなければならなかった。腱一本でつながっている状態だったのだ。だがそれよりも、背中に七個も破片が入っていたことが問題だ。三個は取り出したがあとは…」

わたしはそのあとどうなったか覚えていない。わたしは病院のどこかの部屋の小さなベッドに寝かされていた。白い服とヘッドスカーフをかぶったとても若い看護師がわたしにコップに入ったものをもってきた。彼女は、カノコソウ［睡眠導入や鎮静の効果があるとされるハーブ］の臭いが強く香るその液体を飲み干すように言った。わたしは言われるままに飲んだが、それでも頭はぼんやりとして奇妙な感じだった。わたしは無意識に自分のTTピストルの入ったホルスターに手をやり、ピストルがないことに気づいた。看護師はびっくりしてわたしを見ると、説明をはじめた。ピストルはかならずお返ししますが、でもあとでです。

「わたしのピストル！　今すぐ返して！」。わたしはベッドから飛び上がった。

「リュダ、リュダ！　やめるんだ！」。そう離れていないところにピシェル＝ガイェクが待機していたようだ。「どうするつもりだ？　なぜピストルがいるんだ？」

「あれは軍でわたしに支給されたものです。肌身離さずもっていなければならないんです」

「まずは落ち着け」

「わたしが自殺を図るとでも？」。わたしは大声で叫んだ。「そんなことありえない。あいつらを生かしてはおかない。フリッツはあの人を殺した罰を受けるわ。あいつらに仕返ししてやるのよ」

長い話は省略するが、ひと騒動あったあと「トトシャ」はわたしのところにもどってきた。曲がったグリップをやさしくさすって、わたしは重いピストルをホルスターに入れてボタンを留めた。大隊指揮官ドローミンは、わたしが病院に残って重傷の夫につきそう許可をくれた。夜になるとアレクセイはときどき精神錯乱状態になり、気を失ったり正気にもどったりのくりかえしだったが、正気のときは、彼はほほえみ、わたしを励ますようなことを言おうとした。三月四日のお昼にはそれもすべて終わり、彼はわたしの腕のなかで息を引き取った。

葬儀は翌日、「友愛の墓地」で行われ、第五四連隊の非番の将校がみな参列した。マツシェヴィッチ少佐、軍の政治委員マルツェフ、第二中隊の多くの兵士、それにわたしの小隊の全員も参列してくれた。マツシェヴィッチは短いが力強く、個性的なあいさつを述べた。そして部下たちがキツェンコ少尉に別れのあいさつをした。棺を墓に降ろすときにはライフルと短機関銃の斉射による弔銃が撃たれた。将校たちは彼らのピストルを撃って別れのあいさつをしたが、わたしは自分のＴＴを手に取ることができなかった。マルツェフがわたしになぜ弔銃を撃たないのかと聞いてきた。正直に言うと、軍の政治指導員たちはときに驚くほど無神経なことがあった。このときもわたしはほんとうの気持ちを伝えることはできなかった。わたしの返事は傲慢に聞こえたかもしれない。「わたしは空に銃を撃つ演者ではありません。わたしの弔銃はナチに向けます。少なくとも一〇〇人、いえそれ以上のナチを倒すことを約束します」

もちろん、真実はほかのところにある。わたしは愛する夫との別れにまだ折り合いをつけたくはなかった。彼はまだわたしのそばにいて、彼の存在を感じていた。リョーニャのぼろぼろに傷ついた体はセヴァストポリの土の下に横たわっていたが、彼の親切で感性豊かな魂はまだ眠りに就く場所を探していたのだ。わたしが、ふたりがどちらも同じくらい愛した銃を撃って、彼に別れのあいさつをするのはふさわしくない。わたしにとって、そのピストルはずっと以前から神聖な物になっていた。ソ連という国と軍がわたしにその銃をあたえ、それで国を守り、敵を攻撃し、最後の選択——即座に命を絶つか、長く生き恥をさらすか——をしなければならなくなったときには、自分の強さを信じてそれを使うのだ。

アレクセイ・キツェンコの葬儀が終わってからわたしに変化が生じた。ふたりで使っていた掩蔽壕にもどると、三日、眠れない夜が続いた。わたしはそれから狙撃用ライフルをもとうとしたが、それを握ることができないことに気づいた。両手がぶるぶると震えるのだ。わたしは医療大隊に行って神経科医に診てもらわなければならなかった。医師は心的外傷による神経症と診断を下した。そして、二週間入院して定期的にカノコソウ根の煎じ薬とブロム剤［神経症や不眠症などの治療に用いられる］が入った薬を飲むよう勧めた。インケルマンのトンネルのなかにある療養所は静かでのんびりとしており、とても退屈だった。今や上級軍曹に昇進したフョードル・セディフと、軍曹になっていたヴラディーミル・ヴォルチョフが見舞いに来てくれた。わが中隊指揮官の死から九日後、わたしたちは墓地にアレクセイを訪ねることにした。

墓地は第四防衛区にあった。わたしたちのいる第三防衛区からは三本の道が通じており、一本はアスファルト舗装がされていた。ドイツ軍は何度もそこを爆撃したが、工兵たちがこの重要な輸送用幹線道路を、その度にくりかえし修復した。墓地はアレクサンドル・グリゴリエヴィッチ・カピトヒン大佐の司令部が置かれた場所でもあったからだ。大佐は第四防衛区の司令官であり、同時に第九五ライフル師団の指揮官でもあった。軍用車両がひんぱんに通るので、道は簡単にわかった。

クリミア半島産の石灰岩で作ったかなり高い塀に囲まれ、鉄の門の両側にピラミッド型の塔が建つ友愛の墓地は、遠目には要塞のようだった。ここにはクリミア戦争におけるセヴァストポリ攻囲戦を戦った人々が何千人も眠っており、そのなかには三〇人の陸海軍の将軍たちがいた。またそこに眠っているのはセヴァストポリで戦い命を落とした人々だけではなかった。攻囲戦以降一九一二年まで、皇帝の命令や、自身の遺言によってそこに埋葬されている人々もいた。これら戦士を追悼する墓地は、奇跡者聖ニコライに捧げる教会が置かれることで荘厳さを増しており、この教会もピラミッド型で内部にはすばらしいモザイクが見られた。だがこのときの教会には十字架がなく、屋根は壊れていた。わが部隊は以前にそこに砲兵隊標定手の監視所を置いていたため、これを知ったナチは、破裂弾による直接攻撃で昔からある古い教会を破壊したのだった。

ソ連軍の兵士と将校たちの埋葬地は、丘の反対側の、墓地の北東の塀のそばに置かれていた。わたしたちは南側の門から入って埋葬地を抜け、丘の上に建つ教会に続く中央の道をゆっくりと登りはじめた。八日前、わたしは、道の両側にある白と黒の大理石やみかげ石や閃緑岩《せんりょくがん》の豪奢な墓石を眺める気力も時間の余裕もなかった。今、わたしたちは急ぐ必要もなく、墓地の小道の起点に立っていた。そばには美しい縦溝付きの白い大理石の柱があり、その上にはオーバーコートをはおり中に軍服を着ている男性の胸像が乗っていた。胸像の下には大理石の双頭のワシの彫像があり、そのかぎ爪がつかむ丸い盾には銘文が彫られていた。「フルレフへ――ロシアより」。セヴァストポリ攻囲戦の英雄であるフルレフ将軍はトランスバルカン、セフスクおよびスーズダリ連隊の歩兵を率いてマラホフ高地を守り戦った人物だ。銃剣を手に、兵士たちはフランスとイギリスの部隊をいく度も敗走させたのだった。

三月のこの日はよく晴れていたが、フルレフの大理石の像は、柱の上から墓地を訪れた人々を悲し気に見おろしていた。この碑の向こうにセヴァストポリを守って戦った何千人もの、名も無き人々が眠る共同墓地があった。だが将軍の墓碑を設計した人々は彼らのことも忘れず銘文に書き記した。「一致団結し、比類なき勇気と友愛の精神を胸に、セヴァストポリ攻囲戦の英雄のもとに集まりし人々がともに眠る！」

わたしたちはさらにその小道を進んだ。このあたりの墓石はまちがいなく、最高の彫刻師や建築家や芸術家の手になるものだった。彼らは大理石や花崗岩や鋳金を使って趣きのある装飾を作り上げていた。時の経過による劣化はあったにもかかわらず、金属版には、セヴァストポリ攻囲戦の英雄たちの名前や階級、職務、それに誕生日や没した日が読み取れた。

聖ニコライ教会の背後の区域にある、第二次世界大戦におけるセヴァストポリの戦いの犠牲者が埋葬された区画には、こうしたものはなにもなかった。合板の星をのせた盛り土が、灰色の塀に沿って規則正しくならんでいただけだ。第五四ライフル連隊アレクセイ・アルカディエヴィッチ・キツェンコ少尉の墓は、それにもかかわらず、わたしの目にはほかとは大きく違っていた。星とその下の台は赤のペンキで塗られ、やや大きな銘文はこう書かれていた。「一九〇五年一〇月八日誕生、一九四二年三月四日、負傷のため没す」。その横にある切り株にわたしたちは腰をおろし、そこにならぶ悲し気な墓の列を眺めた。そここの墓ですでに土は乾いてぼろぼろになり、そのため盛り土の形が崩れているところもあれば、まだしめやかに黒々とした土の墓もあった。

わたしはセイヨウネズの小さな緑の束を墓の上に置き、キャンバス地のガスマスク用バッグからパンの耳を取り出してそれを砕き、小鳥がもっとここに飛んでくるように星を支える台のそばにまいた。フョードルは薄めた酒の入った水筒を取り出してそれを金属のコップにそそぎ、これも星のそばに置いた。このあとわたしたちは、前線ではあたり前のこの酒を一口ずつ飲み、長いこと考えにふけった。

「安らかにお眠りください！」。友愛の墓地で古い墓碑を目にすれば、わたしは何度でもそう言えた。けれども、愛しい人に別れの言葉をかけるとき、わたしはその言葉をちっとも口に出したくはなかった。だがわたしたちは最前線にもどり、兵士としてのつとめを再開させなければならなかった。冷静沈着に、忍耐強く、そして不屈の精神で。

連隊にもどると何通かの手紙がわたしを待っていた。姉のヴァレンティナ、母、父、それに息子からのものだ。わたしは家族からの手紙に返事を書こうと腰をおろした。

親愛なるレヌシャ

この九か月であなたたちからの手紙を初めて受け取りました（ヴァルヤからは二通、そしてあなた、モルジクと父さん）。今日、わたしはひとりひとりに返事を書こうと思います。レヌシャ、わたしに物資を運ぼうとするなんて、とても無理ですよ！　それはむずかしいことですが、でも親愛なる母さん、あなたが前線のはるか後方にいること、それが肝心なのです。

レヌシャ、あなたは現代の戦争がどのようなものか想像もつかないでしょう。わたしがどれほどあなたのことを心配していることか！　今日明日にでも、わたしが軍にいるという書類を送ります。そうすれば少しは物も手に入りやすくなるでしょう。わたしのことも書かせてください。わたしは上級軍曹となり、狙撃手として二五七の戦果をえています。先日は、陸軍の軍事会議から証明書と認定証を受け取りました。わたしの名はレーニン勲章受章者に推薦されています。以上です。ほんとうのことを言うと、わたしの名前は叙勲会議で真っ先に出ました。これで以上です。細かい話は戦争が終わってからにします。今は思い出にふけるときではありません。これまで、つまり八月六日から今日まで、わたしはつねに最前線に立っています。わたしは現在狙撃教官です。母さんに新聞の切り抜きとわたしの配給券を送りますね。それで十分だと思います。あなたのおばかなリュダは、大事な母さんが前線のずっと後方にいることがうれしくて、それだけでますますおめでたくなっています。

レヌシャ、わたしにはなにも必要ありません。なんでもそろっていますから。食事は用意してもらっていますし。でも母さん、わたしは心に大きな穴が開いています。三月五日にリョーニャが埋葬されました。もうあの人はわたしのそばにはいません。でも心配しないでください。ひとりでもわたしは戦いますから。折り合いをつけるのはむずかしいけれど、でもわたしはリョーニャを誇りに思っています。彼はとてもすばらしい人でした。彼のような人はめったにいません。彼は三度もわたしを救ったのです、母さん。戦争でだれかを救うということは、ほんとうにその人たちの命を救うということなのです。

では、レヌシャ、リョーニャについてはこれまで。まだつらいのです…(1)。

息子からは、学校のようすを書いたいじらしい手紙が届いた。息子はロシア語の書き取りで「優」を、暗算のテストでは「良」の成績だった。だが彼が一番好きなのは「国語」の教科書で、それに掲載されている、軍の指導者アレクサンドル・ヴァシリエヴィッチ・スヴォロフの話がお気に入りだった。

ロシア人はつねにわが祖国の敵を打ち負かす――これを、ずっと昔から、こうして子どもたちに教えてきたのだ。モルジクの短い文を何度もくりかえし読み、線が引かれた紙いっぱいにていねいに書かれた文字を見ながら、わたしは考えはじめた。一〇歳の息子に、息子の住む国で現在進行中の戦争について教えなければならない。これは前例のない、無慈悲さでは比べるものもない戦争であり、わが国の人々を壊滅させるためにはじめられた戦争だった。この小さな男の子を怖がらせないように、将来、兵士になるのを恐れないように気をつけて、この戦争のことを語らなくてはならない。

セヴァストポリの防衛線は、以前と同様比較的落ち着いていた。だが狙撃手にはやるべき仕事がたくさんあった。そして、侵略者との闘いに狙撃手がいかに貢献できるかを自覚させるため、セヴァストポリ防衛区の司令部は、狙撃手が自らの経験を語り合う集会を開くことにした。わたしたち狙撃手は一九四二年三月一六日月曜日に集まった。

檀上には赤いキャラコの横断幕が掲げられ、そこには白くて大きな文字でこう書かれていた。「ようこそ、狙撃手諸君――前線のスタハノフたちよ！」(2)。檀上の、横断幕の下に置かれた机には上級将校たちが着席していた。黒海艦隊指揮官F・S・オクチャブリスキー海軍少将、沿海軍指揮官I・Y・ペトロフ少将、艦隊の軍事会議議員で師団指揮官のI・I・アザロフ、それに、陸軍軍事会議議員で旅団政治委員M・G・クズネツォフの面々だ。彼らは、沿海軍参謀代理V・F・ヴォロビィヨフ少将による、セヴァストポリ防衛区における狙撃術の発展についての演説に耳を傾けた。

それは偽りのない演説であり、当時の状況を公平に述べていた。ヴォロビィヨフ少将は、春が来て、ああ、夜は短くなってきた、といくらか詩的な表現で話をはじめた。これはセヴァストポリの防衛者にとっては好ましくないことだ。物資補給はおもに、黒海の商業用蒸気船と黒海艦隊による海上輸送によって行われていた。こうした艦船は夜間にセヴァストポリに着き、敵の偵察機に悟られずに南湾の埠頭で荷を降ろす。夜が短くなれば荷降ろしの機会は減るだろうし、ナチの航空兵力の優位さを考慮すれば、銃弾や武器や食糧、補強部隊の輸送に新たな問題が生じることが懸念された。

敵は主要海軍基地に三度目の攻撃を準備中だった。偵察隊の情報によると、ドイツ第一一軍の兵員数は増加し、現在約二〇万人にのぼるという。これはセヴァストポリ周辺の陣地に配置されたソ連軍兵士と将校の二倍の数だ。さらに、フリッツはつねに新しい大砲や迫撃砲を最前線に送り込んでいた。
こうした兵器は総数二〇〇〇基近くという圧倒的な量になると思われた。わが軍で正常に使える大砲類は六〇〇基しかない。さらにドイツ軍の著名なエース、フォン・リヒトホーフェン上級大将指揮下の第八航空団がクリミアへと移動中であり、ドイツ軍は七〇〇機近い航空機を投入することになるだろう。対するわが軍の航空機は九〇機だった。
セヴァストポリの歩兵のなかでも最高の兵士たち——敵兵士や将校を少なくとも四〇人は仕留めていた狙撃手ばかりだ——およそ一五〇人の聴衆に目を向け、ヴォロビィヨフ少将は率直に語りかけた。

フリッツの数は増える。それはわれわれが、攻守の機会が少なくとも同程度になるよう、以前にまして敵を倒さなければならないということだ。わが軍の統計によると、一般兵が敵ひとりを無力化するためには八発から一〇発の銃弾を必要とするが、狙撃手なら一、二発で済ませる。親愛なる同志諸君、セヴァストポリに届く銃弾は減るであろう。このため以前にまして銃弾を節約し、かつ効果的に使用するよう求められることを肝に銘じよ。セヴァストポリ防衛区の司令部が諸君を招集したのは、射撃陣地において突撃隊作業班であるスタハノフ同様の働きをするのみならず、射撃術を他の兵士に教えてもらうためである。諸君の各々が一〇人から一五人のグループを選び、彼らに短期で教えるのだ。われわれ参謀は、諸君が教える兵士たちにライフルと望遠照準器を支給することを約束する。

その集会ではわたしが演説者の一番手だった。というのもナチを倒した確認戦果が二五七と一番多かったからだ。わたしは、「前線のスタハノフ」という称号は狙撃手にとって栄誉であると述べ、さらに、狙撃と新たな任務において立派な結果を出すことでこれに報いなければならないと言った。個人的には、わたしは戦果を三〇〇まで伸ばすことを誓った。

確認戦果が多い者からという暗黙の了解によって、二番手は第七海軍歩兵旅団の最上級曹長で、短機関銃小隊指揮官のノイ・アダミアだった。戦果は一六五だ。彼はジョージアの生まれで、戦前にオデッサの海軍兵学校を卒業して黒海艦隊に入隊した。緊張した面持ちのノイは、強いカフカスなまりがあったばかりか非常に感情的な話し方だった。彼はそこにいる人々に、自分はすでにおよそ八〇人の兵士に射撃の基礎を教えてきたが、この任務をこの先も続けるつもりだと述べた。最終的に彼の戦果は二〇〇となり、一九四二年七月にケルソネソスの灯台近くの戦闘で行方不明になった。彼は死後、ソ連邦英雄の称号を授与された。

元国境警備隊のイヴァーン・レフキンは、第四五六NKVD連隊（このときは第一〇九ライフル師団に組み込まれていた）伍長であり、八八人の敵を仕留めたことについて語った。彼の連隊の仲間で同じく伍長であるイヴァーン・ボガティルは、これも七五人という大きな戦果をあげた。ボガティルは、のちのセヴァストポリに対するドイツ軍の最後の攻勢でめざましい働きをし、負傷したにもかかわらず、五時間にわたり機関銃で射撃を続け、バラクラヴァ村付近の最前線で敵攻撃を撃退した。この功績により、彼はソ連邦英雄の称号を授与された。

狙撃手は寡黙で一匹狼の戦士だ。彼らは上手な話し方を知らない。集会のほかの参加者の話は少々単調だった。彼らは自分が達成したことを語り、さらに大きな責任を果たすことを約束し、狙撃任務に就く場でのそれぞれのカムフラージュの方法や、ドイツ軍狙撃手との闘い、そしてクリミア半島の冬と春の天候に合わせた銃の手入れ法などについて少しずつ語った。狙撃手たちは、自分の上官のことを語る場面ではある一線を越えないようにしているように思えた。こうした、地上で防衛戦を行う部隊の状況についてはオクチャブリスキー海軍少将よりも詳しいペトロフ少将が、話を別の、もっと専門的なテーマに変更することにした。

同志狙撃手諸君！　真の愛国者である諸君はいついかなる場所でも侵略者を撃つ心構えがある。だが自身の要求や要望についてはどうだ？　セヴァストポリ防衛区の司令本部が、前線で欠くべからざる任務を遂行する諸君を手助けできることはないか？　正直に率直に、恥ずかしがらずに話してほしい。成功譚だけではなく問題点も話すこと。それがこの集会の目的でもあるのだ。

この要請にホールではざわめきが起き、その後狙撃手たちは夕食に入った。食事については政治委員が面目を保ち、野菜サラダ、獲れたてのボラで作った魚のスープ、グヤーシュ［シチューのような料理］それに果物のコンポートが並び、当然、前線伝統の「一日一〇〇グラム」のウォッカも出された。

会話はしだいに現実的なものなっていった。狙撃手たちは塹壕での生活を隠し立てなく語りはじめた。たとえば、カムフラージュ用の物資がタイミングよく支給されない、だから、茶色のものが必要な一〇月に緑色のカムフラージュスーツを着るはめになる、それに陣地で身を守る防弾盾が軍の倉庫で使われずに眠っているなどなど、彼らは憤懣をぶちまけた。それからさまざまな意見が出た。弾道表を狙撃手に支給するのはよい策ではないか。初心者が、専門的でむずかしそうだと怖気づかないように、ごく簡単なものでよい。それに、携帯食糧をもって任務に出かける狙撃手には酸味のあるジュースをもたせるのもよいだろう。ただの水よりも喉の渇きをいやせる…。心から願っているのは、狙撃手に対する指揮統一だ。部隊によっては、狙撃手をどう扱ったらよいかわからない指揮官のもとにいる場合もあるからだ。その結果、狙撃というむずかしい技術を学んだ兵士が、掩蔽壕や塹壕を掘ったり、見張りに立ったりしている。運転手や料理人の仕事をしている場合さえある。それが、入隊時の職業だったからという理由でだ…。それから、進軍時に、狙撃手を正規中隊の兵士と一緒に編隊に組み込んで攻撃させてもなんにもならない。狙撃用ライフルは銃剣付きではないのだから…。狙撃手は事前に選んだ隠れ場に陣取って、そこから敵の機銃座を狙って撃つほうがよいのだ…。それに狙撃手には一般の歩兵よりも休息が必要だということをどうしたらわかってもらえるのか？　狙撃手には週一日の休日をあたえ、どこか後方でぐっすりと眠らせて欲しい…。

ペトロフ少将はていねいに、狙撃手たちの提案をすべてメモに書きとっていた。それから演説を行って多くの質問に答え、さまざまな要求や希望にこたえるためには異なるレベルの作業を要すると述べた。携帯食糧と休日の問題は簡単だが、弾道表を新たに印刷して配ることについては、一週間では無理だろう。また、すべての指揮官に、狙撃手が特殊なタイプの専門家であるという考えを浸透させることはすぐには無理だ。しかし、努力はしよう。ついでながら、ペトロフがお膳立てしたその日の狙撃手の集会は、沿海軍からすれば、狙撃手というプロフェッショナルの名声を高めるための手段でもあった。

わたしたちの集まりはふだんにはない陽気な雰囲気で終わった。狙撃手のためのコンサートが、USSR前線慰問音楽旅団によって開催されたのだ。弦楽器が奏でるクラシック音楽や、バヤンの二重奏による民謡やポピュラーソング、ソ連の詩人の作品やおもしろい話を聞き、それから締めくくりに、奇術師のB・ボブロフスキーが手品で狙撃手たちをあっと言わせた。

一九四二年の三月、四月、五月は、わが軍も敵もそれまでの戦線にとどまり、大きな変化はなかった。

セヴァストポリ防衛区司令本部が関心を寄せ注目していることを知り、狙撃手たちはおおいなる熱意をもって任務に励んだ。わが戦線に定期的に届く「黒海の赤い水兵」紙に掲載された「セヴァストポリへの接近」という囲み記事では、狙撃手の日々の戦果と、第六親衛駆逐連隊の対空砲射撃手と航空機搭乗員が撃墜した敵機の数がとりあげられた。

ここに当時のことを記したわたしのメモがある。三月三一日にソ連軍狙撃手が三二人のドイツ軍兵士と将校を倒す。四月三日には一八人、四月四日は二六人、四月六日二五人、四月七日二六人、四月八日六六人、四月九日五六人、四月一〇日一〇八人、四月一一日五三人、四月一四日五五人、四月一五日五〇人、四月一八日八三人、四月一九日六五人。四月の三〇日間で狙撃手たちがあの世へと送ったナチは合計一四九二人にのぼり、さらには五月に入ってからの一〇日間で一〇一九人を仕留めた。

セヴァストポリの人々はふさぎこんではおらず、希望をもって前を向いていた。メーデーのお祝いの頃には、住民たちは六か月におよぶ包囲によって荒廃したこの街に秩序を取り戻していた。セヴァストポリの防衛委員会の呼びかけに、住民たちは土曜日に作業を行う班を多数組織した。庭を掃除して、冬のあいだに通りにたまったごみを燃やし、破裂弾や爆弾でできた穴を泥や石で埋め、残骸の山を片づけ、建物の一階に割れた窓があれば厚板や合板を張り、塀や、公共の庭園や公園のベンチにペンキを塗り、石灰を水に溶かしたものを塗って木の幹を保護し、道路や歩道の補修を行った。

ペトロフ少将の命令によって、狙撃手たちは週に一度の休暇をもらうようになり、わたしはよくセヴァストポリまで足を伸ばして、住民たちが熱心にこの街を修復するようすを眺めた。掃除と片づけが進み、セヴァストポリは戦前のすばらしい南の街の趣きを取り戻しつつあった。セヴァストポリは「明るく陽気な」海の街という独特な雰囲気をもつことで、ほかの街とは大きく違っていた。セヴァストポリを歩きまわるときのわたしのお気に入りの場所は海岸大通りだった。そこからは湾に向かってすばらしい眺めが広がっており、さらに、広々とした海も見渡せた。大通りにつながる小道は爆弾で破壊された木々の残骸が取り払われて新しい砂が撒かれており、小道の脇にはデイジーや忘れな草やスミレなどの花が植えられ、木のベンチやあずまやは修理されていた。竜がのる石造りの橋はすばらしかったし、コンクリート造りの埠頭からそう遠くないところにある難破船の追悼碑も立派だった。

セヴァストポリの街に出ると兵士は公共浴場に行き、レストランで食事をし、理髪店や時計店、写真館に入り、中央郵便局から愛する人たちに電報を打つことができた。映画館も営業しており、日中は三度、戦前の映画やニュース映画が上映されていた。

こうしたことはほんとうに兵士たちを元気づけてくれた。爆撃や砲撃を頻繁に受けてはいたが（ほんとうにおかしなことだが、わたしたちはそれに慣れてしまっていた）、連隊内では、近々、クリミア半島東部のケルチ半島からソ連軍の部隊がセヴァストポリに移動してくるという噂があった。沿海軍とその部隊とが敵を攻撃し、フリッツを挟み撃ちにしてつぶす。そしてセヴァストリの包囲は終わるのだ、と。

こうした話が出るようになったのには根拠があったことも述べておくべきだろう。一九四二年一月に、わがソ連軍の部隊（ライフル師団六個、旅団二個、連隊二個、合計四万二〇〇〇人の兵士）がクリミア半島東部に上陸し、ドイツ軍を一〇〇キロ後退させてケルチとフェオドシアを解放し、クリミア戦線を置いていた。それに対するのはドイツ第一一軍の部隊（兵員二万五〇〇〇）だった。

しかしその後の展開は、勇猛果敢なセヴァストポリの防衛部隊が期待していたのとは大きく違っていた。一九四二年五月八日の早朝、ナチはケルチ半島で前進をはじめた。ドイツ軍は数の上では優位になかったが、兵力を一箇所に、戦線のかなりせまい区域に集中させて勝利した。これはクリミア戦線の指揮官であるＤ・Ｔ・コズロフ中将と、参謀長で赤軍政治本部長のＬ・Ｚ・メフリスの落ち度によるところが大きかった。敵の計画を適宜予測できずに適切な偵察を行わず、それにより指揮下の部隊を全般にうまく運用できなかったのだ。第五一および四七軍は統率がとれずに東のケルチ海峡のほうへと撤退をはじめた。五月中旬にはナチがケルチを占領し、その後ケルチ半島全域にそれはおよんだ。わが軍の損失は膨大であり、死者、負傷者、捕虜は数万人にのぼった。ドイツ軍はかなり大きな戦利品も手にした。三〇〇台を超す戦車、航空機四〇〇機、三五〇〇基にもなる砲や迫撃砲だ。

クリミア戦線の敗北によって、セヴァストポリが三度目の攻撃を受けることが避けられなくなった。わたしたちはすぐに衝撃を受けることになる。五月二〇日から、敵機が黒海艦隊の主要海軍基地に大規模攻撃をはじめたからだ。毎日何百機ものユンカースやメッサーシュミットが空に姿を現わし、敵機は何千発もの爆弾をセヴァストポリに投下した。セヴァストポリ上空には、翼に黒い十字架を描いた航空機の姿がつねにあった。爆撃機グループがひとつ飛び去ると次のグループが飛来する。ソ連機（約一〇〇機の軍用機）はこれに対抗することができなかった。搭乗員は体力の限界まで任務を行い、一日に六回から七回も飛んだ。ケルソネソスの灯台そばにある飛行場はドイツ軍の長距離砲に攻撃を受け、その飛行場にあった航空機は大口径の砲弾の爆発で燃え、兵士も数人が命を落とした。

セヴァストポリ自体も燃えさかり、大きな炎と煙につつまれた。その頃は四〇度にもなる異常な高温にみまわれ、またドイツ軍が水道管を破壊したために街は水不足になっていたことから、この火は燃え広がった。ナチは数日にわたり、前回の攻撃までは生き残っていた主要な建物すべてに爆弾を投下した。街は、とくに中心部と湾岸に隣接する区域は廃墟となった。崩壊する建物もあった。崩壊はしないまでも、激しく燃え、屋根も窓もなくなって、真っ黒こげの巨大な木箱のようにしか見えない建物もあった。

　事態は、第三防衛区にいるわたしたちにとっても悲惨なものだった。破壊の規模が一番大きかったのは、重迫撃砲による攻撃だったようだ。直近の偵察によると、フリッツは前線沿いに、一キロメートルあたり二〇基もの迫撃砲を設置しているという。さらにその他の砲類も一キロあたり三七基もち込んでいた。わが軍の前線に対するこうした強力で激しい、徹底的な攻撃は、一九四二年六月二日から六日まで続いた。しかし第二五チャパーエフ師団は兵員に大きな損失が生じはしなかった。兵士も将校も、深い掩蔽壕やわたしたちがキツネ穴と呼んだ特殊な避難壕に身を隠したからだ。

　ドイツ第一一軍の司令部ではおそらく、これほどの攻撃を行えば、ソ連軍を一掃とまではいかないまでも、少なくともソ連軍の士気は下がり、ドイツ国防軍が進軍しても抵抗することはないと踏んでいたのだろう。しかしそれまで同様、ドイツ軍は読み違えていた。

　セヴァストポリに対する第三次攻勢は六月七日、午前四時にはじまった。砲撃の嵐と大規模空襲が一時間近くにわたって続いた。セヴァストポリの周囲で火山の噴火が起こったのかと思えるほどだった。煙の柱、焼ける臭い、爆発で舞い上がる土。これらが一緒になって、わたしたちの陣地の上に真っ黒な雲を作っていた。明るい夏の陽は、その雲にさえぎられてほとんど見えなかった。敵の準備砲撃に航空機のエンジンのうなるような音や爆発音が重なり、この世のものとは思えないほど邪悪で耳障りな音がとどろいた。

　午前五時頃、ドイツ軍歩兵は戦車と自走砲に援護を受けて、セヴァストポリの防衛部隊が置く前線に向けて進軍を開始した。こうした光景をわたしが最後に見てからずいぶんと時間が経っていた。オデッサの包囲以来だ。暑い六月の一日はまだ明けたばかりだった。軽風が黒煙の輪を吹きやり、泥や埃は次第に落ち着いていった。激しい爆音のあとに続く沈黙のなか、ゴーゴーとエンジン音を響かせて、戦車がベルベク川の渓谷を前進していた。そのうしろにはびっしりと歩兵たちが続いている。上半身裸の兵士たちはまっすぐに体を起こし大股で歩いていた。

モーゼルをもったライフル兵とMP・40をもった短機関銃手のグループもいた。ドイツ軍と、将校の命令のもと塹壕で配置につくわがラージン連隊との距離は次第に縮まっていく。もう六〇〇メートルほどしかなかった。

「これは心理攻撃なんでしょうか?」。わたしの横に立っていたフョードル・セディフがたずねた。わたしたちは、いくつかに割れた樫の木でカムフラージュした狙撃手用塹壕にいた。

「敵は大胆になってきたわ、ネズミたちめ」。わたしは、双眼鏡を目にあてドイツ兵たちを眺めながら言った。双眼鏡越しに拡大された灰色の顔はしかめ面を作り、力強く鍛えられた体には日焼けもない。十分に食事を摂り、しっかりと訓練された真の「大ドイツ」軍だ。長い包囲に苦しめられてやせ衰えた兵士などどこにもいない。これは、ウクライナ東部のドネツ盆地からセヴァストポリへと移ってきたドイツ第一七軍の兵士たちだった。わたしたちは偵察部隊からこの情報をえていた。彼らは前線を越え、ドイツ兵を捕虜にして尋問を行っていた。アドルフ・ヒトラー自慢の兵士たちが今、わたしたちの前にいた。ドイツ兵たちは、石につまずいたり、しゃべったり、肩で押し合いへしあいしたり、ときにはライフルを前後に投げ合いながら歩き続けている。わたしは彼らの行動になにか奇妙なものを感じ取り、まもなく、ドイツ兵たちが酔っぱらい、しらふとはほど遠い状態であることに気づいた。

その前夜、敵がわたしたちが守る区域に正面攻撃してきた場合のわが隊の配置を検討したあと、わたしは、最前線に立つ狙撃手にはSVT‐40をもたせることにした。わたしの小隊内にはすでに一二丁のSVT‐40があった。わたしはこれを自ら調べ、さらに、わたしが所有する銘文入りの自動装填式トカレフ・

ライフルを手入れした。このライフルの轟音を聞く時が来たのだ。とはいえ、ライフルの音は、機関銃の銃弾が発せられる音、迫撃砲の一斉砲撃、それに四五ミリおよび七六ミリ連隊砲の音でかき消されるのだろうが。

わたしたちの塹壕は主要線の前方、右側面の機関銃手の隣にあった。小隊の一部は左側面に就き、また数人は歩兵とともに一般兵用の塹壕にいた。狙撃手の目標は敵縦隊の将校や下級将校をすばやく仕留め、それから敵の機関銃座や迫撃砲手にターゲットを切り替えることだった。

ナチはわたしたちに向かって前進しつつあり、わたしたちはライフルを手に取り胸壁にのせた。わたしはボックス式マガジンを「スヴェタ」に装着し、望遠照準器のアイピースから革のカバーをはずして、距離を測るためレンズ越しに敵を見た。わたしはずっと、新兵たちにもっとも基本的な狙撃の原則を教えてきており、これを掛け算の九九のように覚えることを求めてきた。照準器の十字線《クロスヘア》の水平線から下半分に、移動しつつあるターゲットの膝から足までが見えれば射程は二五〇メートル。腰から下であれば四〇〇メートル、肩から下ならば六〇〇メートル。また全身が見えれば、距離は七五〇メートルだ。もちろん、ほかにもPEスコープやPUスコープをもとに、狙撃手からターゲットまでの距離をもっと正確に測る方法はある。だが、それには方程式を使って計算する必要があり、多くの赤軍兵士にはむずかしい数式だった。だがだいじょうぶ、今日のところはなんとかなるだろう。指揮官の言うことに耳を傾けさえすればよいのだから。

小隊を指揮するのはフョードル・セディフ上級軍曹になっており、一九四二年五月以降、わたしは第五四連隊本部により狙撃教官に任命されていた。目標は以前と同じだ。赤軍兵士となって間もない兵士に射撃の訓練を行うこと。彼らのライフルの状態を確認し、新しいライフルを受け取り、それを調整し、狙撃戦術について分遣隊指揮官と相談し、二週間ごとに狙撃手を集めて経験を伝えて指導を行い、そして中間地帯や敵後方への出撃隊を編成することだ。前線が安定しているときには、わたしたちの出撃はとてもうまくいっていた。だが今このときは、今後はわたしたちが出撃できるほど前線が安定することはないと思わざるをえないような状況だった。侵略者たちは攻撃を開始し、ベルベク川の渓谷で起きていることから判断すると、彼らは本気だった。

わたしの照準器が、ドイツ兵の右側面でピストルを手に歩いている男をとらえた。その男が将校であることは明らかで、前線の狙撃手にとってはまたとないターゲットだった。距離は変わり、現在は五〇〇メートル近く。もっと接近させよう。その将校の頭はすでにわたしの照準器のクロスヘアにかかっていた。右手はライフルのグリップの一番握りやすいところに置き、人差し指はトリガーにかかっている。一瞬力を入れると銃撃音が響き、ライフルがわたしの肩にあたって、そしてピストルをもった男は倒れた。

合図に呼応したかのように、わが軍の大砲が火を吹いた。第六九および第九九榴弾砲連隊と、榴弾砲連隊第九〇五、第五二、第一三四大隊だ。砲手はあっというまに数台の戦車を破壊し、それから歩兵たちを攻撃した。それとともに大口径の砲弾が沿岸砲台から放たれ敵を圧倒しはじめた。ふたたび真っ黒な煙が空に上がる。だが今回はソ連軍によるもので、攻撃を受けた敵縦隊は跡形もなかった。ドイツ軍は第一回の攻撃に失敗した。敵は、セヴァストポリの防衛部隊は航空機と大砲による攻撃に恐れをなしていると読み違えていたのだ。

四台の敵戦車が戦場で燃えており、ほかはもとの陣地へと引き返していった。上半身裸の兵士たちの死体が、枯れて茶色になった草や爆発の火で真っ黒に焦げた地面上に白く浮かび上がって見えた。だが静まり返った状況も長くは続かなかった。ユンカース87「トランドラー」が数機、姿を現わした。敵機は数十発の爆弾をわが軍の陣地に投下し、急降下して、翼に装着された機関銃でラージン連隊に銃弾を浴びせかけた。兵士たちはキツネ穴に身を隠した。一時間ほど経つと、退却した部隊を立て直し、新たな分隊でそれを補強して、ドイツ軍第五〇および第一三二師団の司令部は再度、歩兵たちにカミシュリー渓谷の緩やかな北側斜面を前進させた。フョードル・セディフとわたしは塹壕にもどり、それぞれの自動装填式ライフルをつかんだ。

わたしはセディフに、戦い方を変えてみることを提案した。最前列ではなく第二列目の、それも腹部を狙うのだ。この部位に銃弾を受けると致命傷となるが、即死となるわけではない。数発撃って、わたしたちはその効果を見てみた。ナチたちは苦痛にもがき、地面に倒れて叫んだりうなったりして助けを請うている。最前列の兵士たちはきょろきょろとしはじめ、歩調を乱し、足を止める者もでてきた。三列目にも混乱が生じた。フリッツが陽気に勢いよくはじめた攻撃は、結局止まってしまった。これはもちろん、わが軍の機関銃手や迫撃砲兵のおかげであるところも大きい。彼らもまた敵を狙い撃ちしていた。夕方には、ナチはわたしたちが守る区域の戦場を捨てていた。そしてわたしたちは、ベルトのアルミニウムのバックルを撃たれてそこに倒れている兵士の人数を数えた。二〇人以上にのぼる狙撃数だった。

しかしナチは、第五四連隊の戦線の左二キロ、海軍第七九旅団とそれに隣接する第一七二ライフル師団が受けもつ区域に攻撃の主力を向けた。そこでは、ソ連軍の状況は大きく悪化しつつあった。ベルベク川の渓谷沿いに前進したドイツ軍戦車の一団がこの旅団と師団の境界部を突破し、一方では別の一団がカミシュリー渓谷から姿を現わして第七九旅団が陣取る高地を攻撃した。敵の攻撃は一定の成功をおさめ、六月七日の夕方には、ドイツ軍は自軍主力部隊の戦線沿いに、ソ連軍の防衛線に一、二キロほど食い込んでいた。

翌日は敵の大砲と迫撃砲による攻撃ではじまった。さらにナチの航空戦力が爆撃を行う。連続砲撃は五時間も止まなかった。その後、午前一〇時にドイツ軍はセヴァストポリ防衛区の全前線で進軍したが、第三および第四防衛区の境界部にいる、第七九旅団と第一七二師団に対してもっとも攻撃を集中させた。もうドイツ軍兵士は密集してはおらず、グループに分かれ、戦車や自走式車両、装甲輸送車の援護を受けて、慎重に前進していた。

こうした激しい戦闘のなか、わが部隊は甚大な損失を被っていた。第七九旅団でも第一七二師団でも残っている兵士はごくわずかであり、彼らは退却を余儀なくされた。セヴァストポリの防衛軍は終始、信じがたいほどの英雄的行為を見せて戦ったが、銃弾は大きく不足していた。ドイツが航空戦力で優れていたため、五月半ば以降はノヴォロシースクやポティ、トゥアプセからの海上輸送に問題が生じていた。六月になると銃弾や武器、食糧、また徴募兵の補強は潜水艦で行うのが基本となっていたが、潜水艦では積載量に限界があり、防衛部隊が必要とする量を満たすことができなかった。

六月九日の夜明けから、チャパーエフ師団の眼前、メケンジー丘陵地の鉄道駅に続く幹線道路沿いに、戦車と敵歩兵の縦隊が姿を現わした。コードネーム「レオ」の合図が第三区の砲兵隊内で鳴り、全砲兵連隊と大隊が、事前に設定しておいた砲撃目標に対して砲撃をはじめた。敵戦車の大部分は破壊され、歩兵は向きを変え逃走した。

それでも、ゆっくりと、だがネズミのようにしつこく、フリッツはソ連の防衛線をかじって侵入してきた。ドイツ軍は、セヴァストポリに面する湾の北岸まで進撃し、そこからこの英雄都市のまさに中心部を攻撃して占領することを目的としていた。

わたしは、わが第一大隊からやってきた若者たちとともに、共産主義青年同盟の最後の会合に参加した。

それは一九四二年六月一六日のことで、マルティノフ渓谷にある崖の下で行われた。カミシュリー渓谷は全域がすでに敵の手に落ち、カミシュリー村、メケンジー丘陵地の駅、三一九・六、二七八・四、一七五・八高地および第三〇沿岸砲台、ヴェルフニー・チョルグン、ニジニ・チョルグン、カマリーの村々、それにセヴァストポリ郊外にある集落も同様だった。友愛の墓地がある区域でも激しい戦闘が行われていた。

連隊の共産主義青年同盟のオルガナイザー、ヤコフ・ヴァスコフスキーは前線の状況をてみじかにまとめた。彼は、第三次攻勢がはじまってから九日経つが、その間、大隊の共産主義青年同盟の会員の三分の二が命を落としたと言った。兵員の補強はなく、銃弾、食糧、水の補給は日増しに滞っている。セヴァストポリの運命はすでに決した。そのことを隠しても無駄だ。だがこれは、侵略者が軍楽隊の音楽に合わせて通りをにぎやかに行軍するのを許すという意味ではない。ラージンは身の危険を顧みず、最後まで戦うのだ。ヴァスコフスキーはそう訴えた。

わたしたちは静かに彼の話を聞いた。若い兵士たちの顔は疲れ切っていた。汗がしみを作ったチュニックは、六月の耐えがたいほど暑い日差しに色あせ、傷に巻いた包帯は火薬で黒くなっている。彼らは最前線から、武器を手にここに直行していた。オルガナイザーは、その場で唯一の上級軍曹であるわたしのほうを向いた。彼の演説に応じてわたしがなにか述べるのを期待しているのだ。わたしはなにもしゃべる気分ではなく、返す言葉といえばひとつしかなかった。

「われわれは最後の血の一滴まで戦うことを誓います！」。わたしは言った。

「われわれはそれを誓います！」。わたしに続き、やまびこのように、ほかの若者たちもくりかえした。

13　赤軍司令官からの言葉

敵の大口径の砲がわたしたちの防衛線に対して行う攻撃はしだいに精度を増した。もちろん、これはドイツ軍標定手の力によるものだ。ドイツ軍はわが軍の防衛区を見おろせる高地のいくつかを占領していたため、直接砲撃を行えた。わたしは木々や丘陵地、それに建物の上階に隠れていたドイツ兵を一二人ほど仕留めた。だが今となっては、そんなことではなんの役にも立たなかった。セヴァストポリの防衛部隊に向けられた砲撃はあまりにも大規模だった。すでにナチのパイロットたちが、破壊された街の通りや戦線に通じる道を行く人や車を狙いはじめたという段階にいたっていた。

わが連隊本部への砲撃は突然はじまった。砲弾は群れをなして落ち、三度目の一斉砲撃のさいには、一発が数人の兵士が避難した掩蔽壕に命中した。もうもうと煙が上がり、砲弾が炸裂し、爆発し、破片がヒューヒューと音を立てて飛んだ。ベズロドヌイ大尉は頭を負傷し即死した。しかし、わたしは運がよかった。破片がわたしの右の頬を深くえぐって右の耳たぶを切り裂き、衝撃波と砲弾の衝撃音で鼓膜が損傷を受けただけで済んだのだ。わたしは師団の第四七医療大隊につれていかれた。これが何度目になるのか、名医ピシェル＝ガイェクはわたしの顔の傷を縫ってくれた。翌日、医療大隊に負傷者をノヴォロシースクに搬送する準備をせよとの命令が下り、ピシェル＝ガイェクがわたしの傷の具合から判断し、わたしもそれに同行することになった。

六月一九日金曜日、ノヴォロシースクから五隻の潜水艦がセヴァストポリに到着した。潜水艦は銃弾一六五トン、航空機の燃料一〇トン、包囲された街への物資一〇トンを運んできた。帰りもなにも載せないわけではなく、負傷者を後方の病院へと搬送する。少なくとも、潜水艦のなかで最大の艦である「L（レーニネツ）-4」は、艦隊特別委員会の計算によると一〇〇人の兵士を乗せることが可能だった。一九三三年に機雷敷設艦として建造されたL-4は、全長約八〇メートル、幅七メートルの潜水艦だ。一九四二年にこの艦を指揮していたのはポリャコフ海軍少佐だった。

カミシュ湾で荷を降ろしたのがこの潜水艦で、チャパーエフ師団の兵士はこの艦に搭乗することになった。こうして六月一九日の夕方遅く、わたしは草原地帯の縁にある傾斜した海岸にいて、風に吹かれていた。いたるところに姿を現わすドイツ機から身を守るため、潜水艦は一日中海底に潜っており、負傷者が多数集まった時点でも、まだ海面には出ていなかった。この艦が海底深くから浮上してくると、大歓声がこれを迎えた。わたしたちが六月の黄昏のなかで初めて目にしたのは、L-4から伸びた高い展望塔だった。次に、展望塔の前に設置された一〇〇ミリ砲が見え、そして細長い、巨大な紙巻きたばこのような艦体が姿を現わした。曲線を描く側面を水が滝のように流れ落ちた。

そしてふたつのハッチのフタが開き、潜水艦の搭乗員たちが金属の甲板に出てきた。この艦は湾の真ん中にいて、負傷兵は木造の波止場に停泊している大型ボートで潜水艦まで運ばれるのだ。肩幅が広く背の低い最上級曹長がポケットからリストを取り出し、懐中電灯の灯りでそれを読みはじめた。負傷兵は並び、そこには自力で歩ける者も、衛生兵や看護師の手を借りなければ動けない者もいた。

ボートに一度に乗れるのは一五人ほどで、全員を潜水艦に乗せるには、何度も波止場と潜水艦を往復しなければならなかった。カミシュ湾の海面は穏やかで、わたしたちはボートから潜水艦へとすばやく移った。水兵たちがわたしたちに手を貸し、展望塔の向こうの開いたハッチへとつれて行ってくれた。さらにわたしたちはとてもせまいはしご段を六段降り、配膳室に入った。そこには床にコルクのマットレスが広げられていた。これに横になるか座るのはいいが、歩くのはお勧めできない。わたしは背嚢を金属の仕切り板のそばに置き、あたりを見回した。そこは天井が低く、ランプが二個しかなく薄暗かった。

わたしたちの足の下では、ディーゼルエンジンが低くうなっていた。Ｌ－４は夜間は海面に出ているが、日中は海底まで潜水していた。この潜水艦は三日続けて輸送任務にあたっており、ナチはとうとうわたしたちの乗った艦を発見した。敵の機雷敷設艦は爆雷を発射し、航空機は爆弾を投下した。水中では、機雷や爆弾が爆発すると非常に大きく聞こえ、わたしたちの乗る潜水艦の艦体が鋭い一撃をくらったかのような音がした。潜水艦が揺れるとわたしたちがいる区域のランプがまたたき、消え、そしてまた点いた。気温は四五度まで上昇し、風通しの悪い艦内はむっとした。負傷兵のなかには気を失う者も何人も出て、そうした人々には酸素吸入器が配られた。これで次の日の夕方まで呼吸が少しは楽になる。そして夕方になると潜水艦は浮上して、ハッチが開き、せまく洞窟のような通路や船室に新鮮な海の空気が流れ込んできた。

一九四二年六月二二日の日没時、Ｌ－４はすでに浮上しており、ツェメス湾に入っていた。ノヴォロシースクは海岸沿いに二五キロにわたって広がる街で、わたしたちを温かく迎えてくれた。負傷兵は三台の一・五トン救急トラックに乗り、病院へと運ばれた。わたしは水平線を見つめた。沈む太陽が放つバラ色の光に海が照らされている。わたしはここからはるか遠いセヴァストポリに思いをはせた。最前線はいまどうなっているのだろう。連隊の仲間たち、勇敢なチャパーエフ師団はどこにいるのだろうか。わたしはそのとき、この日を最後にわたしが戦争と離れることになるとは思いもよらなかった。

ナチによって破壊され炎上してもなお、セヴァストポリの防衛部隊は侵略者に対する抵抗を続けていた。何百人という負傷兵がセヴァストポリからノヴォロシースクへと後送されてきた。この輸送にあたったのは、嚮導駆逐艦「タシュケント」、駆逐艦「ベズプレチヌイ」、「ブディテルヌイ」、巡視船「シクヴァル」、港湾掃海艇「ヴズルィーフ」と「ザシュチトニック」、それに二四隻の潜水艦だった。カフカスに後送されてきた兵士の話からも、わたしたちは確信した。セヴァストポリ防衛区はすぐにも敵に奪われるだろう。わたしは第二五ライフル師団と第五四連隊のことを聞いてまわったが、だれもどうなったか知らなかった。ただひとり、右腕を肩から包帯で吊り下げている中尉が、わが師団の指揮官コロミエツ少将が兵士たちとインケルマンにいるのを見たと言う。チョルナヤ川の左岸そばで、敵の攻撃を撃退する準備をしていたらしい。わたしはその中尉の言うことが信じられなかった。湾にそそぐチョルナヤ川の河口は、セヴァストポリのずっと後方にあったからだ。

ある土曜日、発行されたばかりの新聞がいつものように病室に配達された。「プラウダ」紙の一面には、ソ連情報局による記事が掲載されていた。

赤軍最高司令部の命令により、七月三日、ソ連軍はセヴァストポリを捨てた。二五〇日にわたり、ドイツ軍による多大な攻撃を、果敢なソ連人民は比類無き勇敢さと粘り強さで撃退してきた。二五〇日以上にわたり、敵は水陸双方から激しい攻撃を継続したのである。後方との地上通信を絶たれ、銃弾や物資の輸送は困難になり、また使用可能な航空機がなくなり、その結果十分な空からの援護がないなか、ソ連軍の歩兵、水兵、将校、政治指導員たちは、セヴァストポリ防衛という大義において信じがたいほどの剛勇さを見せ働いた。しかし六月、ドイツ軍は三〇万の兵士と戦車四〇〇台あまり、九〇〇機にものぼる航空機をセヴァストポリの勇敢なる防衛軍に対して投入した。セヴァストポリの防衛軍は、ナチ・ドイツの軍をできるかぎり足止めし、敵の兵力と装備を少しでも多く取り除くことを主たる目的と変更せざるをえなかった。

わたしのように、第三次攻勢で負傷し今ではノヴォロシースクで手厚い治療を受けている者にとっては、「部隊はセヴァストポリを捨てた」という言葉は奇妙にしか聞こえなかった。三個旅団と海軍歩兵の二個連隊のほか、七個ライフル師団がセヴァストポリの防衛にかかわっていた。何千人もの兵士とその将校たちがセヴァストポリを去ったのなら、彼らはどこに行ったというのだ？　師団司令本部、後方部隊、医療大隊、それに地上輸送隊や砲兵隊はどこへ？　任務を遂行していた連隊や大隊はどこにいるというのだろうか？　黒海北部、クリミア半島——そこはすべてドイツ軍に占領されていた。であれば、わが軍の兵士はノヴォロシースク、ポティ、トゥアプセにいるはずだ。だが、だれも彼らを見た者はいなかった。

当時、一九四二年七月初めに、およそ八万人のセヴァストポリ防衛部隊がケルソネソスの灯台付近の戦場に残され、ナチの捕虜となったことについて公式な発表はなにもなかった。この大祖国戦争の悲劇は長いあいだ秘密にされた。わたしたちは仲間うちで話し合った。セヴァストポリの防衛にくわわったわたしたち兵士はその理由を分析しようとし、最高司令部やセヴァストポリ防衛区の指揮官であるオクチャブリスキー海軍少将（数人の将軍や上級将校たちをつれて、燃えさかる街から逃げ出していた）、それに沿海軍指揮官のペトロフ少将（これも司令部の将校たちと夜間に潜水艦でセヴァストポリを発ち、七月四日にノヴォロシースクに到着していた）の行動を自分たちなりに説明（あるいは正当化）しようとしていたのだ。

艦隊の司令本部は、こうした悲しいできごとが起こる以前に、なんとかしてセヴァストポリ防衛区の部隊をクリミア半島からカフカスの海岸に撤退させる計画を練っていたのだろうか？　とはいえ敵機が完全に空を支配するような状況では、計画があったとして、それを実行できただろうか？

わたしは沿海軍の何千人もの兵士をオデッサからクリミア半島へと輸送した作戦のことを、はっきりと覚えていた。それは一九四一年一〇月のことで、その作戦は鮮やかな手並みで実行された。だがそのとき以降、黒海地域の両軍の勢力図は大きく変わった。ドイツ軍は多数のソ連軍艦船を撃沈した（巡洋艦一隻、駆逐艦四隻、大型輸送船四隻、潜水艦二隻）。たとえば、巡洋艦「チェルヴォナ・ウクライナ」号は美しい船で黒海艦隊の誇りだったが、一九四一年一一月一二日、ナチの爆撃機がセヴァストポリの南湾で撃沈した。わたしにも親しみのあるディーゼル船「ジャン・ジュール」号は、一九四二年一月一六日にフェオドシア地域で磁気機雷によって爆破された。ディーゼル船「アルメニヤ」は負傷兵と避難民五〇〇〇人を輸送中に、一九四一年一一月七日、ハインケルⅢが投下した魚雷が命中した。ここはヤルタから遠くない海域だったが、この船はばらばらになり、乗船していた人々とともに数分で海の底に沈んだ（1）。

実のところ、兵士たちはみな、第三五沿岸砲兵隊の地下施設で、上級将校たちの避難についてこうささやき合っていた。占領されていない地域に部隊を発たせるより先に、上級将校たちだけでうまく逃げだしたのだ、と。オクチャブリスキー海軍少将が良心の呵責などまったく感じなかった一方で、ペトロフ少将は、自分が率いた部隊をみまった惨劇を知るとピストル自殺を図ったが、沿海軍軍事会議議員で師団政治委員チュフノフがそれをとどまらせた。わたしはこの件については事実だと思っている。

一九四一年の秋にオデッサ近くのダルニクの村で初めて少将に会ったとき、わたしはとても好ましい印象をもった。ペトロフ少将は、赤軍指揮官にときおり見られる傲慢さや横柄さとはまったく無縁に思えた。彼は人に対してとても平等で、赤軍兵士に対して言葉だけでなく行動で配慮を示した。彼にとって、わたしたち部下はみな自分の子どものような存在だった。わたしは、セヴァストポリを守るために戦い、ドイツ軍の第二次攻勢を撃退すべくおおいに勇壮さを発揮した兵士たちに渡すため、ペトロフが一万枚の賞状を印刷するよう命じ、その一枚一枚に署名したことを覚えている。そしてその賞状は中隊や大隊の兵士たちに贈られたのだった。

ペトロフの人となりをもっとも的確に解説したのは、「赤い星」紙の特派員で、著名な戦争小説家であり詩人のコンスタンティン・シモノフだろう。彼は第二五チャパーエフ師団の指揮所に少将を訪ねた。

ペトロフは多くの点で非凡な人物だった。彼は非常に豊富な軍事経験と文化全般における高い教養をもち、読書量が多く、芸術のなかでもとくに絵画を愛する。ペトロフの親しい友人のなかには、その頃は世間一般には認められていなかったものの、著名な画家も数人いた。自身では、絵画については素人の道楽にすぎないなどと控えめに言うが、それでも彼は際立った確かな審美眼をもつ。

彼は断固とした性格であり、危機的状況においては厳格にもなった。だが彼は「根っからの軍人」にもかかわらず、こうした表現を使えるならばだが、軍の厳格な従属関係が人間の尊厳をある種制約するものでもあることを理解しており、とくに部隊内でこうした従属関係に執拗にこだわる者を好まなかった。彼はどっしりとして慌てず、度胸のある人物で、これはレフ・トルストイがとくに人間の価値として重きをおいたものだ。また概してペトロフのふるまいには、一九世紀ロシア文学の描写からもつ印象ではあるが、カフカスの老将のような趣があった。

わたしは、もうこの指揮官と会うことはないだろうと思っていたし、さらには、彼との再会がきわめて重要なものになるなどとは思ってもいなかった。その上彼との再会は、まったくの偶然だった。それはわたしがノヴォロシースクの指揮官事務所に、病院で出してもらった怪我の治癒証明書をもって行ったときのことだった。

先に声をかけたのは少将だった。わたしは振り向いた。ペトロフの外見にわたしの心は沈んだ。目はくぼみ、疲れ切っているように見えた。それでも彼はわたしと握手し、ほほえんで、元チャパーエフ師団の兵士や将校でここにいるのはだれかと問いかけた。そしてペトロフはわたしに、師団自体はもう存在しないのだと教えてくれた。セヴァストポリで消滅したのだと。司令部の書類は燃やされ、師団印はカミシュ湾の海岸のどこかに埋め、師団旗は海に捨てられた。この話に涙がわき出た。少将はわたしをじっと見た。

「君は連隊の戦友を覚えているか?」

「どうすれば忘れられるというのですか、イヴァーン・エフィモヴィッチ?」。わたしは、ハンカチで涙をぬぐいながら答えた。「あれだけ長く一緒に戦ってきたというのに!」

「君が負傷してしばらく経つのでは?」

「いいえ、六月半ばのことです。爆撃を受けたときに砲弾の破片が飛んできて、耳が半分吹き飛んだのです」

「次はどうするのだ」。彼はわたしの頬にまだはっきりと残る傷をじっと見ながら言った。

「前線にもどります、同志少将。みなと同じように」

「リュドミラ、君はなにか、とくに望んでいることがあるか？」。指揮官は突然そう聞いてきた。まったく軍体調ではない、静かで人懐こい口調だった。「教えてくれるか、恥ずかしがらずに」

「もちろん、あります」。わたしはつぶやいた。「ですが今となっては、どうすればそれがかなうと？連隊は消えた。将校は亡くなった。書類は燃やされた…」

「だから、望みはなんなのだ、同志上級軍曹」

「ごくごくあたり前のことです。将校になりたいのです」

「つまり、少尉になりたいのか？」

「はい。そうなるだけのことはしたと思います」。なぜだか、わたしはこのときペトロフにありのままの気持ちを話そうと思っていた。「軍隊にいたいのです。軍隊が好きですし、射撃の腕前もあります。この一年、困難な時期にわたしは兵士を指揮することを学びました。戦闘において部下のことを考え、部下に対して責任をもつことを学んだのです。それに、部隊の仲間が、セヴァストポリの平和を好む罪のない住民が、数多く命を落としましたが、わたしはまだナチに対しその仕返しを済ませていません。ナチはわが祖国に対して犯したあらゆることに対し罰を受けるべきです」

「それはすばらしい望みだ」。ペトロフはしんみりと言った。「それはいいのだが、それがかなうはずがないと思うのはまちがっているぞ。三日のうちにわたしはノヴォロシースクを離れ、クラスノダールの北カフカス戦線司令部に向かう。司令官のブジョーンヌイ元帥は、セヴァストポリ防衛で大きな働きをした共産主義青年同盟の会員で、だれか推薦する者はいないかと聞いておられる。わたしと一緒に行くといい。

沿海軍参謀のシシェーニン少将が必要な書類を用意してくれる。彼の本拠はここだ。リュドミラ・パヴリチェンコ上級軍曹の少尉昇進の命令書に、元帥はきっと喜んで署名されるだろう。セヴァストポリをナチの侵略者から守る戦闘において君があげた手柄を知ればな」

翌日、セヴァストポリ共産主義青年同盟の会員が集められた。わたしたちは書類と新しい軍服を受け取り、ペトロフ少将とともに、航空機でクラスノダールへと向かった。クラスノダールでわたしたちは、共産党クラスノダール地方委員会のホテルに入った。わたしたちはそわそわと、ロシア内戦の伝説の英雄、セミョーン・ミハイロヴィッチ・ブジョーンヌイとの面会を待った。面会はどんなふうに進むのか？　最高指揮官はどんな質問をするのか？　それにはどう答えるべきなのだろう？　そうした思いで頭はいっぱいだった。

北カフカス戦線本部での会合はとても心温まる、ざっくばらんなものだった。白衛軍との戦闘において第一騎兵軍であげた輝かしい功績を知っていたので、わたしたちはロシア民話に出てくるような厳然とした英雄が登場するのを思い描いてた。だがわたしたちにあいさつしたのは、六〇歳くらいの、背丈は普通だががっしりとした体格の人物だった。陽気で愛想がよく、もじゃもじゃの口ヒゲの下に人の好さそうな笑顔を浮かべている。

ペトロフはセヴァストポリの防衛戦を戦った若い兵士たちをひとりずつ紹介した。機関銃手二名、砲兵三名、迫撃砲手一名、わたしも含め歩兵が四名だ。ブジョーンヌイはひとりひとりにてみじかに質問し、握手し、前向きな言葉をかけ、戦闘においてわたしたちが見せた粘り強さと勇敢さに謝意を述べ、そして褒美を贈った。

老騎兵はわたしの手をしっかりと握った。そしてうれしそうな笑みを浮かべてたずねた。「現在の戦果はどれほどだね、上級軍曹」

「三〇九人のファシストを倒しました、同志元帥」

「よくやった、リュドミラ！　すばらしい腕前だ。セヴァストポリの防衛では大きな働きをしたな」

「ソ連邦に尽くします」。わたしは答えた。

「それに、君のような美しい女性には少尉の記章が似合うこと請け合いだな」。ブジョーンヌイ元帥はわたしのほうにやや身をかがめて言った。「それとレーニン勲章もだな」

「ありがとうございます、同志元帥」

わたしはヴェルヴェットのリボンが結ばれた小箱と勲章に付いている授与証明書を受け取った。

このときのわたしの気持ちを言い表そうとしても言葉がなかなか見つからない。気が狂いそうになるくらいうれしい、あるいは歓喜、または興奮といったところだろうか。一九三〇年四月六日に設置されたレーニン勲章は、ソ連邦における最高の勲章だった。とくに顕著な活躍をした者に贈られるもので、上級指揮官がわたしのつつましい仕事ぶりをこのように評価してくれたという事実に、わたしのなかには誇りだけでなく当惑する気持ちもわいてきた。わたしは、わたしと一緒にオデッサやセヴァストポリの最前線で勇敢に戦ったが、この輝かしい日を生きてともに祝えない人々を思い出した。

わたしの、レーニンの肖像が描かれた勲章はプラチナ製で、七六〇六という数字が打たれていた。勲章はわたしのチュニックの左側にピンと特殊なネジで留められた。勲章に五角形の台座があり、それに両方のふちに黄色い線の入った赤い絹のリボンを巻くようになったのは一九四三年以降のことだ。

授与証明書には、北カフカス戦線の部隊に対する命令第〇一三七号、一九四二年七月一六日付け、という文字が印刷されていた。そしてこう書かれていた。

ソヴィエト連邦最高会議幹部会に代わり、ドイツの侵略者たちに対する戦線において、戦闘命令の遂行とその勇猛果敢さが他の範となることを認め、第二五ライフル師団第五四ライフル連隊狙撃手、リュドミラ・ミハイロヴナ・パヴリチェンコにレーニン勲章を授与する。

北カフカス戦線軍司令官、ソ連邦元帥S・ブジョーンヌイ、北カフカス戦線参謀、ザハロフ少将。北カフカス戦線軍事会議議員、イサコフ海軍少将。北カフカス戦線軍事会議兵員局を代表して、大隊上級政治委員コシコフ、署名。四部発行（2）。

わたしを少尉に昇進させる命令も一九四二年七月一六日付けだったが、正式に将校の階級に昇進したのは、軍用倉庫で将校用の支給品を受け取ったときだった。ここではおおいに満足した。チュニックは兵士用の木綿のものではなく、羊毛混のギャバジンだ。襟にはラズベリー色の台布が付き、そのふちは金色の糸でていねいに刺繍が施され、真ん中には赤いエナメルの四角、隅には歩兵のエンブレム――二本のライフルが交差している――があった。強いクリミアの日差しで色あせた略帽の代わりに、ラズベリー色のふちどりと、ぴかぴかの黒いひさしのついた制帽。オーバーコートはごわごわの厚い布ではなく羊毛製だ。もちろんブーツは人工皮革ではなく本革だった。ベルトはショルダーストラップとピストル用ホルスター付きで、バックルは将校用の真鍮製五角星だった。

問題はわたしの次の任務地だった。わたしは昔の軍のことわざにこだわった。「頼むな、断るな」。どこに送られようともわたしにとっては同じだった。ほかにもこういうことわざがあった。「小隊より小さなものはあたえられないし、前線より向こうには送られない」。ドイツ軍は新たな標的を設定し、また進軍しつつあった。目指すのはスターリングラードだ。だが北カフカス戦線の兵員局ではわたしの将校としての任務にかんしそれとは別の考えがあり、わたしは第三二親衛空挺師団の狙撃小隊の指揮官に任命された。正直に言うとわたしは驚ろいたどころではなかった。子どもの頃から高いところが怖いことを説明しはじめたくらいだ。高いところに行くと目がまわるし、それになりより、わたしはパラシュート降下の仕方などまったく知らなかったのだから。

「心配無用だ、リュドミラ・ミハイロヴナ」。書類が積み上げられた机の向こうに座っている若いおしゃれな大尉がそう言った。「空挺軍に第三二親衛空挺師団編成の命令が出たのはつい一日か二日前のことだ。君が飛ぶ必要はまったくない。輸送機は十分ではないしな。現状では空挺部隊はたんなるエリート、まあ、最高の歩兵といった意味合いしかないのだ」

「航空機がない空挺部隊なのですか？」

「そのとおり」

「ではこの師団はどこに？」

「君はモスクワ軍管区に行ってくれ。そこで、八月に新たな空挺軍八個の編成がはじまる。だが機密保持のため以前と同じ部隊記章を使う。わかるかな？」

「はい、同志大尉」

「隣の事務所に行ってくれ。親衛記章を受け取るはずだ。親衛隊内の小隊指揮官だからな。それに狙撃手記章だ。これは今年の五月に、とくに目覚ましい働きをした狙撃手に贈られるものとして作られたのだ」

おもしろい偶然が続いた。ペトロフ少将もモスクワへと飛び、スターリンに報告を行うことになったのだ。北カフカス戦線司令本部で食事会が行われ、勲章や記章を授与された共産主義青年同盟の兵士たちはいくらか元気を取り戻したのだが、その場で、ペトロフはモスクワ行きのことをわたしに告げた。わたしがイヴァーン・エフィモヴィッチに、それまでの彼の厚意すべてに対して感謝の言葉を述べたのは、そのときだった。ふさわしい場でふさわしいときに、ふさわしい言葉を相手に伝えることが大きな重みをもつ場合がある。少将はなにも言わずほほえんだ。鼻眼鏡の奥のその灰色の目は、ノボロシースクで最後に会った日とは違い、疲れてもいなかったし悲し気でもなかった。仲間を失ったことの痛みはしだいにやわらぎ、その激しさは徐々に小さくなりつつあった。わたしたちは敵との新たな戦いに目を向けなければならない。敵はこれまで同様、ロシアの大地を踏み荒らしていた。わたしたちがふたたび一緒に戦うことはあるのか、先のことはわからなかった。だが、それはおそらくは重要なことではなかった。セヴァストポリの戦いの物語は、それをともに戦った者みなを、目には見えないが永久に切れることのない確かな絆でつないでいたのだから。

14　モスクワの星

ウクライナの首都であるキエフに一〇年近く住んだわたしは、ソ連邦の首都であるモスクワも同じようなところだと思っていた。しかし、モスクワはひと目見たときからキエフとはまるで違っていた。広くて壮大で、厳粛な雰囲気が満ちている。モスクワは、広大なわが祖国の強さと力を完璧に具象化した都市だった。わたしはモスクワ中心部の通りや公園がとてつもなく広いことに驚かされ、また、街にそびえる、特徴あるすばらしい建築技術が施された建物にもそれは言えた。

モスクワ近郊で大きな戦闘が行われたのはそれほど以前ではなく、ほんの半年前のことだ。赤軍は、一九四一年九月三〇日から一二月五日までこの都市を守って戦い、その後攻勢に出て、冬から一九四二年四月までドイツ軍を攻撃した。ナチは一気にわが国の首都を陥落させる計画だったが、第一回の攻勢には失敗したのだった。このときナチは「タイフーン」という暗号名の作戦を考案し、ソ連の防衛軍をドイツの強力な戦車部隊による三度の攻撃で四散させ、包囲し、壊滅させようと企てていた。敵は数の上で優位にあり、多数の戦車や大砲や航空機を有してはいたが、この計画はうまくはいかなかった。ドイツ軍は甚大な損失を出しながら、一一月末から一二月初めにかけて、モスクワ運河が通るヤフロマ地区にどうにか到達し、ナロ＝フォミンスク付近でナラ川を越え、モスクワの南にあるカシーラに接近しようとした。だがそのときわが戦闘部隊はフリッツに対して激しい攻撃をしかけた。一二月中には、ロガチョフ、イストラ、ソルネチノゴルスク、クリン、カリーニンそれにヴォロコラムスクといった町や都市を次々と解放したのだった。

わたしは、セヴァストポリでじりじりしながらモスクワ戦線からの報告を待ったことを思い出した。ナチ・ドイツの軍をモスクワの手前で撃退したという第一報に大きな歓声が上がり、その知らせは、ドイツの軍事力は大きくとも、それを打ち負かすことができるという自信をわたしたちにあたえてくれた。黒海艦隊の主要基地に対するナチの攻撃が一二月一七日の朝にはじまり、セヴァストポリの防衛部隊はナチの凶暴な攻撃を跳ね返したのだが、このとき、わたしたちはモスクワを守った部隊のあとに続くべきだとはっきりと意識した。彼らの戦いはわたしたちを鼓舞してくれたのだ。

敵は今やモスクワの前面から撤退していたが、この都市はいまだに前線の環境にあった。公共の庭園や交差点には対空銃が置かれていたし、道路沿いには防空気球のチームがいた。長いロープを引っぱって、兵士たちは、有史以前の獣のような巨大な風船が飛んでいかないようにしていた。店や住宅の窓は幅広の白い紙を十字に貼ってあった。色を塗ってカムフラージュしてある建物（たとえば、ボリショイ劇場）もあった。それによって大きさがわかりづらくなり、また建物を街の背景に溶け込ませるのだ。

わたしが目指していたのはマロセイカ通りで、全連邦共産主義青年同盟中央委員会の本部がそこにはあった。広い前庭には、行政機関の敷地には通常はありそうにないものが置かれているのが目を引いた。

砂の入った箱、スコップ、つるはし、トングなど、焼夷弾に対処するためのものだ。これらは、建物の屋上で見張りに立ち、消火活動を行うチームの兵士たちが使うために用意されたものだった。哨兵がわたしに書類を提示するよう言ったので、わたしは共産主義青年同盟のカードをチュニックの胸ポケットから取り出した。

その建物の四階すべてが中央委員会の事務局だった。第一書記の応接間には、すでに懇談に呼ばれた人々が集まっていた。わたしと同様セヴァストポリの防衛線で戦った青年同盟の会員で、勲章を授与され、北カフカス戦線の参謀から命じられてクラスノダールからモスクワにやってきた面々だ。わたしたちは、共産主義青年同盟第一書記のニコライ・ミハイロフに迎えられた。三五歳くらいの陽気で非常に魅力的な人物で、目は茶色、黒い髪をしていた。彼はわたしたちに無事モスクワに到着したことを喜ぶあいさつをすると、広々とした執務室の長机にみなと一緒に腰をおろし、話しはじめた。

第一書記の話の進め方は非常にうまく、セヴァストポリの戦闘を経験した兵士たちはやがて緊張もほぐれて、クリミア半島でのその頃のできごとについて話しはじめた。ミハイロフは耳をそばだてて聞き、質問をし、ときには冗談を言って、自分の共産主義青年同盟の活動経験のなかからおもしろい話を聞かせてくれたりもした。全般的に、懇談会はのびのびとして友好的な雰囲気で進行した。そしてわたしが話す番がやってきた。わたしは自分が狙撃手としてあげた成績をそこでみなに話すつもりはなく、ナチの侵略者たちとの戦闘で命を落とした連隊の同志の思い出に敬意を表したかった。タタルカの攻撃でわが中隊を率いたアンドレイ・ヴォロニン中尉、第一大隊指揮官で、イシュンの激烈な戦闘で勲功をたてたイヴァーン・セルギエンコ大尉、アレクセイ・キツェンコ少尉（わたしは彼のことをある狙撃手として話した）、それに機関銃中隊のすぐれた上級軍曹、赤星勲章受勲者のニーナ・オニロヴァ。彼女は一九四二年三月七日に、負傷がもとでセヴァストポリの病院で亡くなっていた。

ミハイロフはわたしの話が気に入ったようだった。彼は、ついでながら、党の労働者として、またプロパガンダの専門家として豊富な経験を有していた。一六歳のときに肉体労働者となり、それからモスクワの「鎌と槌」工場［モスクワ冶金工場のこと］に移ってロールベンダー［金属板を筒状に曲げる工作機械］の操作技師となり、その後共産党に入党して、広く配布されていた工場の新聞に記事を書きはじめた。一九三一年からはジャーナリストとして、最初は「コムソモルスカヤ・プラウダ」、次は「プラウダ」紙で記事を書いた。ミハイロフは一九三八年に共産主義青年同盟中央委員会の第一書記に任命されたが、彼の昇進はスターリンその人が承認したもので、スターリンはミハイロフの組織力や、ソ連一国で社会主義を建設するという大義に対する献身を高く評価していると言われていた。

懇談会は、価値のある品の贈呈という、いたってまっとうなしめくくりで閉会した。だがそのあと、ミハイロフがわたしに近づいてきて言葉をかけた。彼は、わたしの話し方は文法的に正しく言葉の選び方も適切で、声も大きく、話題の選び方にすぐれている（つまり、セヴァストポリ包囲のできごとを話したこと）と言った。だから、あと二日ここに残って「コンプレッサー」工場の会合に出席し、そこで若い労働者たちにセヴァストポリでの戦闘のようすについて、今日と同じように簡潔で偽りのない、生き生きとした話をしてほしい、とミハイロフは言ってきたのだった。

「わたしは会合で話したことはありませんし、どのように話せばいいかもわかりません」とわたしは答えた。

「謙遜しなくてよろしい、リュドミラ。君の話はたいへん興味深いではないか」

「ですが、それはここのあなたの執務室でのことです」

「慣れるから心配するな。君には演説家の素質がある。みな、この恐ろしい戦争の話を聞く必要があるのだ。また、それは望みがもてるものでなければならない」

ミハイロフの提案に気乗りがしたとは言えない。だが、前線の戦闘で生き残った多くの兵士同様、わたしは地獄の戦火で命を落とした連隊の仲間に対し罪悪感をいだいていた。仲間の名を何度もくりかえし口にすることで、彼らのことを忘れないようにしていた部分もあった。彼らはわたしたちの記憶のなかに生き続けるからだ。

軍部での待遇はそれほど悪くはなかった。モスクワにおいての上官の執務室で、わたしは、携帯食糧の配給券とストロミンカ通りにある国防人民委員部の宿舎の利用券を受け取った。そこでわたしは一六平方メートルの部屋を割りあてられ、それから親衛空挺師団の新しい上級指揮官のもとへ行きあいさつをした。わたしは狙撃教官として訓練センターに送られた。わたしの下には、研修分隊での射撃の基礎能力をもとに選ばれた師団分遣隊の三〇人の兵士がついた。わたしは一か月で彼らに射撃の基本技術を教え、弾道やカムフラージュの短期教習課程をもち、週に三回、センターの敷地内にある射撃練習場で実習を行った。

これにもかかわらず、わたしは大都市モスクワでほんとうに孤独だった。親戚も友人も、知り合いさえいない。だれかと会うのは、かなり定期的に行われるミハイロフとの面談のときだけだった。わたしはミハイロフの運転手が運転する車に同乗して出かけ、公的なさまざまな仕事を一緒にこなさなければならなかった。ニコライ・アレクサンドロヴィッチ・ミハイロフはもはや私への偏愛を隠さなかったが、わたしはそれがちっともうれしくなかった。わたしは亡くなった夫の思い出とともに生きていた。わたしのなかでは、愛しい夫、忘れられないリョーニャに代わる者などいなかった。セヴァストポリの友愛の墓地に眠るリョーニャ。でもセヴァストポリは今、侵略者に奪われているのだ。

こうした気持ちをはっきりと述べるのではなく、わたしはミハイロフに、少尉が将官、つまり共産主義青年同盟中央委員会の第一書記の求愛に応じることは適切ではなく、また、もしミハイロフがこの友情が長く続くことを望むのであれば、わたしたちは友人どまりにしていたほうがよいと説明した。同志スターリンのお気に入りは、そんなことを言われるとは思ってもみなかったようだ。だが、その後も彼のわたしに対する親し気な態度は続き、それがそのあとのできごとに決定的な役割を果たすことになった。

部隊内ではわたしはだれともつきあわず、だれとも戯れずに、よく催される将校のパーティーに居残ることもなく、さっさと宿舎の自分の部屋にもどった。ここではわたしは悲しい思いにふけり、大好きな小説である『戦争と平和』を何度もくりかえし読み、ウドムルティアに手紙を書いた。わたしは母に、自分がひどいホームシックにかかっていると訴え、一か月でいいからモスクワに来て欲しいと頼んだ。それから姉のヴァレンティナにはわたしの大事な息子モルジクの健康についてたずね、彼の学校でのようすを教えて欲しいと書いた。

しかしまもなくミハイロフが、わたしの生活にそれまでとは違った厄介ごとをもち込んだ。わたしがボリス・アンドレイェヴィッチ・ラヴレニョーフと知り合いになったのは第一書記の執務室であり、ラブレニョーフがぜひにと申し出てのことだった。ラブレニョーフはソ連の一流作家であり、長編、中編、短編小説、劇や映画の脚本も手掛け、戦前には彼の脚本による映画がわが国で上映された。ラヴレニョーフはわたしに、赤軍政治宣伝総局――つまり出版と情報を担当する部門――に対し、人気シリーズである『赤色海軍水兵の前線文庫』に、狙撃手リュドミラ・パヴリチェンコをとりあげた本をくわえるようにという要請があると語った。彼はこの仕事を引き受け、そのためわたし自身の話を聞きにきたという。

もちろんわたしはボリス・ラヴレニョーフという名を知っており、中編小説『四一番目の男』はおもしろかったし、それを原作とした映画も観たことがあった。映画は一九二七年に、ヤーコフ・プロタザノフ監督が撮った作品だ。だが、この映画の主要登場人物ふたりのどちらも――赤軍分遣隊の兵士であり、工場で働いていた内気な娘マリュートカと、マリュートカの捕虜となった、洗練され知的で、読書家であるロシア帝国軍の中尉であるゴヴォルハ＝オトロク――またふたりのあいだのものごとも、わたしにとっては少々不自然に思えた。逃げようとしている敵にどう対処するか。こんな問題は現実のライフル兵なら解決するのに三〇秒もかからない。自分のライフルのトリガーに人差し指をかけて引くだけだ。

今わたしの目の前に立つのは、五〇歳くらいの、背が高く太った、鉄のフレームの眼鏡をかけ、灰色のツイードのスーツを着た男性だった。灰色の髪は形よく整えられていた。ラブレニョーフはわたしを上から下までじっくり眺め、気安く次のように言ってのけた。君はわたしの中編小説『四一番目の男』のヒロイン、マリュートカという少女に生き写しに思える。だから、わたしには君の性格がよくわかっている。ここでわたしがいくつも質問をしてそれに君が答えれば、一週間で作品を書き上げ、印刷に回せるだろう。そうすれば一九四二年の一一月には本が出る。そうして、だれもが君を知ることになる。なんとすばらしいことではないか。

彼の言葉はわたしの怒りをかきたてた。まず、わたしは無口な工場労働者の少女ではなく、キエフ国立大学の学生だ。それに赤軍の将校でもある。次に、小説とは状況が大きく異なる。少女はおろかにも捕虜とした中尉を好きになり、小説の内容通りに言えば、捕虜と恋人同士になる。だがわたしにとってフリッツはつねにターゲット以外のなにものでもなく、個人的感情はまったくわかない。さらに、わたしは自分の名前や人生についての話が、わたしが知り合いでもない何千人もの人々の目にふれてもうれしくもなんともない。最後に、わたしは作家や新聞記者や雑誌記者とかかわったことがあるが、それは嫌な経験だった。高名なボリス・アンドレイエヴィッチはだれかほかの人のところへ行って作品を書けばいいだろう。祖国を守って勇猛果敢に戦っている英雄は、今日日大勢いるのだから。

著名な作家はこうした拒絶などまったく予想しておらず、落ち着きをなくした。おそらくロシア内戦をロマンティックに理想化したイメージが彼の頭をしめ、現実を客観的に見られなくなっているのだろう。一九二〇年から翌年にかけて、砲兵隊中尉ボリス・セルゲイエフ（ラブレニョーフは彼のペンネーム）は白衛軍から赤軍へと転じ、カスピ海の向こうに広がる草原で、ソ連政権に対するムスリムの武力闘争であるバスマチ運動と戦い、装甲列車の指揮も経験した。その後、コンスタンティン・トレニョフやフセヴォロド・イワノフといった作家とともに、ラブレニョーフは英雄的でロマンティックな革命のドラマという分野を作り上げた。だが、ドイツのファシズムとヨーロッパにおけるその多数の同盟国に抵抗するわたしたちの戦いにおいては、ロマンティックな革命という要素などどこにもない。

わたしは、ボリス・アンドレイエヴィッチとの話はこれで終わったと思っていた。しかしラブレニョーフはしつこかった。彼は、赤軍政治宣伝総局に対し、わたしの態度は受け入れがたいと文句を言った。政治宣伝総局はラブレニョーフにあらゆる協力を惜しまないと約束し、さっそくそれを実行に移した。総局の長であるA・A・シチェルバコフ上級大将から否応なしの命令が発せられ、ラヴレニョーフは国防人民委員部の宿舎の電話番号まで知らされていた。彼はわたしに電話をかけ、わたしはもう一度彼と会うことになった。

小冊子『リュドミラ・パヴリチェンコ』は予定通りにB・A・ラブレニョーフが書き、一九四二年の年末に、ソ連海軍人民委員部の海軍出版局から刊行された。その少し前の八月に、ラブレニョーフは「イズベスチヤ」紙に記事を書いており、それは一九四二年九月五日に発行された二〇九号（七八九五）に同じタイトルで掲載された。その抜粋をここに紹介しよう。

七月の、よく晴れた暖かい朝のことだ。コミューン広場の大通りに立つ古い木々の上の空は、クリミアと同じように青く澄み切っていた。わたしたちは歩道に向かいベンチに腰をおろした。彼女が略帽を脱ぐと、風がその短く切ったふわふわの髪を揺らす。まるで子どもの髪のようだ。絹のようなひと房の髪が、彼女のくっきりとした、少女のような眉にかかった。彼女の繊細で神経質そうな顔には、激しい意欲、強い熱意を秘めた性格が表れていた。それはレールモントフの詩にある言葉がよく似合っていた。

彼はひとつのことにこだわることの力を知っていた。
たったひとつではあるが、燃えるような情熱だ。

それは、高潔さと、まっすぐなことしかできない、妥協に耐えられない、そして駆け引きを認めないという性格が表れた顔だった。彼女の焦げ茶色の目は、細い眉の下で金色の光を放っている。その目は憂いをおびたようにも見えたが、だがすぐにそれは「生きる喜び」で輝く。子どものように澄んだその目は、周囲のすべてを照らす。「わかりました。覚えていることを話します」

これでも、ラブレニョーフの文章のなかでももっとも真実に近い部分だ。

ほかは、わたしが語ったこれまでの話から彼がひろいあげた事実に、自分の創作や、ウクライナの歴史をまとめた『大ソヴィエト事典』からの引用を散りばめたものだった。たとえば、ラブレニョーフはわたしが赤軍にいつどうやって入隊したのかにはふれていない。一方では、キエフの爆撃が詳細に描かれていた。わたしは一九四一年六月にはオデッサにいたので、この爆撃を目撃してもいないのにだ。また当時、ウドムルティアに避難するため列車に乗っていてそばにはいなかった母との感動的な会話まであった。ラヴレニョーフは、わたしがベラヤ・ツェルコフの第三学校で教師に口答えしたこと（事実ではない）を詳細に書き、わたしが荒っぽい性格であるためにそうなったのだと解説していた。さらに、武器工場やキエフ大学に入った日付や、二年間の狙撃課程をはじめた時期も違っていて、狙撃課程を修了すると、修了書を放り出してそれを忘れていたという旨のことが書かれていた。わたしが軍隊のことが嫌いで、出身地のウクライナの歴史の研究に生涯を捧げることを夢見ていたからだというのだ。

五万部が印刷されて、この幻想と夢想を盛り込んだ小冊子はあっというまにソ連全土に配布された。その後は、ラヴレニョーフの作家仲間や中央および地方の新聞や雑誌の編集者たちが、自分の記事を書くさいにこの小冊子を信頼のおける情報として用いた。わたしにとってこの創作英雄物語は、ハンス・アンデルセンの物語『雪の女王』に出てくる悪魔が作ったゆがんだ鏡だった。鏡は粉々に割れてその破片が害をなしたが、この記事も、さまざまな町や村にゆがめられた事実をまき散らしたのだ。

しかし、赤軍の政治本部は著名な作家が書く派手で魅惑的な作り話だけをあてにするのではなく、ふたりのプロパガンダ担当委員をわたしのところによこした。ふたりは小冊子にくわえ、わたしの写真と赤軍の全兵士に呼びかける言葉を掲載したビラを一〇万部発行することが決定していると言った。「敵を撃て、はずすな！」と題したビラだ。彼らはわたしと三〇分ほど話すと、自分たちで文章を練った。とても平易な文章だがわかりやすく、全体として、わたしの考えや気持ちを正確に伝えるものだった。

「ドイツの侵略者たちに死を！」

凄腕の狙撃手、リュドミラ・ミハイロヴナ・パヴリチェンコ

全連邦レーニン共産主義青年同盟の真の会員であるパヴリチェンコは大祖国戦争開戦当初に志願兵として赤軍に入隊した。

パヴリチェンコはライフルを手に、オデッサとセヴァストポリで三〇九人のドイツ兵を倒した。「これはドイツ兵に対して取るべき正しく適切な行いです。すぐに敵の息の根を止めなければ、この災厄に終わりはありません」。パヴリチェンコはかつて、母親への手紙にこう書いている。

リュドミラ・パヴリチェンコの勇気と高度な狙撃の技術は、何千人という赤軍狙撃手――前線のスタハノフたち――がさらなる手柄を立てようとする励みとなっている。赤軍の兵士たちよ！　敵を容赦なく倒せ！　リュドミラ・パヴリチェンコに続くのだ！

敵を撃て！　はずすな！

わたしがセヴァストポリの通りを歩いていると、子どもたちはいつもわたしを呼び止め、熱心にこう聞くのだった。「昨日は何人やっつけたんですか？」

わたしは子どもたちに、狙撃手としての任務を詳細に語る。ある日わたしは、ひとりの敵を狙って数日費やしたことを正直に話すはめになったことがあった。

「そんなのだめですよ」。子どもたちは声をそろえてそう言った。

そのうちの一番年少の子は、厳然とした口調でこうも言った。「そんなの絶対だめです。ナチは毎日

やっつけないと」

この子の言ったことは真実だ。セヴァストポリの小さな市民は真剣にそう考えていた。ナチがわたしたちの祖国に乱入してきたあの忌まわしい日から、わたしが毎日考えることはたったひとつだけ。わたしは毎日、敵を倒すことだけを願ってきた。

わたしが初めて戦争に向かったとき、わたしの平和な生活を乱し、わたしたちロシア人を攻撃するドイツに対して感じたのは怒りだけだった。だがその後わたしが目にしたものは、わたしのなかに抑えきれない憎しみを生んだ。それは、ナチの心臓を銃弾で貫くことでしか表現できないほどの憎しみだった。

敵から奪い返したある村で、わたしは一三歳の少女の遺体を見たことがある。ナチはこの少女を切り刻んでいた。自分たちの銃剣の腕前を見せ合ったのだ。まるで獣《けだもの》だ！　ある家の壁には脳みそが飛び散り、そばには三歳の子どもの亡骸があった。その家にはドイツ兵たちが入り込んでいたが、その子が泣き叫んで騒いだため、ゆっくりと休憩を取ることができなかったのだ。獣《けだもの》たちはその子の母親に子どもを埋葬することさえ許さず、そのかわいそうな母親は正気を無くしてしまった…。

憎しみは多くのことを教えてくれる。わたしは敵を殺すことを学んだ。わたしは狙撃手。オデッサとセヴァストポリでは、わたしの狙撃用ライフルでファシストを三〇九人倒した。憎しみによってわたしの目と耳は鋭敏になり、わたしは狡猾に、抜け目なく立ちまわるようになった。憎しみは、わたしにカムフラージュを駆使して敵を欺き、敵のずる賢さと罠を予測することを教えてくれた。憎しみによってわたしは、敵狙撃手を何日もかけて仕留めることを学んだのだ。

復讐を願う火のように熱い思いを消すことはできない。わが祖国にひとりでも侵略者がいるかぎり、わたしの頭にあるのはただひとつ、敵を殺すことだけ。戦友や、同胞である市民にかける言葉もただひとつ。

ナチを殺せ！

狙撃手リュドミラ・パヴリチェンコ少尉。赤軍政治本部、一九四二年発行（1）。

わたしのモスクワでの生活はこうしたことのくりかえしだったが、一九四二年八月三日には母エレナとカザン駅で会った。母が首都モスクワに出てくるには特別許可証が必要で、わたしはそれを師団司令部に申請した。許可証が発行され、わたしがそれをウドムルト自治共和国のヴァヴォシュの村に送った。久しぶりの再会に母はプラットホームで涙を浮かべてわたしを抱きしめ、わたしがずいぶんと変わってすっかり大人になったと言った。わたしは事前に、司令部の指揮官に車を一台手配してもらうよう頼んでいて、駅からストロミンカ通りの宿舎まではすぐに移動できた。トイレとシャワールームは廊下の先にあったが、母レヌシャはわたしの部屋が気に入ってくれた。ヴァヴォシュの村で家族が暮らすのはすきま風の入るあばら家で、水は庭の井戸で汲まなければならず、生活環境が改善されることなど望むべくもなかった。宿舎では、キッチンには温水も冷水も出る蛇口がついている。母の目にはこの文明の利器が偉大なる奇跡に映り、おおげさなほど喜んでくれた。

まさにその日、わたしの軍での職歴を変えるできごとが起こることになる。駐ソ連アメリカ大使アヴェレル・ハリマンが、わが国の最高指導者である同志スターリンに、アメリカ大統領フランクリン・デラノ・ルーズヴェルトからの電報を届けたのが八月三日だったのだ。九月二日から五日までアメリカのワシントンDCで国際学生会議が開催され、その会議では連合国四か国――アメリカ合衆国、ソ連、イギリス、中国――からの派遣団が主要な役割を果たすことになる、という内容の電報だ。合衆国大統領は、ソ連の学生を二、三名派遣すること、できればそのメンバーはドイツのファシストとの戦闘に参加した者であることを希望していた。

国家防衛委員会議長であり、ソ連軍最高司令官、さらには国防人民委員であるスターリンの机には、即時の決裁を要する書類が各方面から集まってくる。今や国のあらゆる機関がスターリンに従っていた。ロシア語の翻訳がついたルーズヴェルトの電報は返信を待っていた。スターリンがその電報を読み返し、アメリカ大統領の提案について考えたのはその夜のことだった。

二大国は頻繁に公式文書をやり取りしていた。たとえば二週間前には、クレムリンが連合国から、同年に西ヨーロッパに対ドイツ第二戦線を置くことを拒否する手紙を受け取っていた。これは非常に思わしくない知らせだった。一九四二年夏、赤軍の前線は窮状に陥りつつあった。七月に入ってからの数日でセヴァストポリが陥落し、ドイツはクリミア半島を完全にその手中におさめた。ナチは新たにカフカスに部隊を投入し、油田を獲得しようとしていた。さらには、ドン川、クバン川、それにヴォルガ川下流沿いの肥沃な地帯を占領する計画も立てていた。そしてドイツ第六軍はすでにパウルス大将の指揮下、スターリングラードに向けて進軍しつつあった。

今、連合国は北アメリカで国際学生会議を開催しようとしており、ソ連の最高指導者はその理由を計りかねていた。連合国には、戦争以外に対処しなければならない重要な問題はないように思われた。こうしたきびしい不安な時期に、若者たち、とくにソ連の若者たちがなにを語り合うべきだというのか？　ファシズムに対する戦い、ヨーロッパの戦場で血みどろの殺戮を行った攻撃者に対して、これまでになく国々が力を合わせて戦うことを議題とするしかないだろう。この議題ならば第二戦線の問題提起が可能であり、じっさいにそうすることが必要だった。学生会議でこの議題がとりあげられるのなら、それならばなんとしても…。

スターリンはアメリカ側に会議の計画にかんする説明を求めた。ワシントンからの返事が来た。「そうです。もっとも進歩的な若者である学生に、ファシズムに対して声をあげるよう呼びかける宣言が採択されます」。その後、ソ連の派遣団がアメリカに滞在するための条件が合意され、アメリカへの渡航ルートが議論された。空路北アメリカへ行くには、イラン、エジプトを経由し、大西洋を越える迂回路しかなかったからだ。外務人民委員部は渡航準備に奔走した。

一方、赤軍政治本部は急遽、軍務に就いた学生の、何百という書類に目を通しはじめていた。わずか一週間で条件に適した兵士を探し、遠く離れた前線から呼び出すのは到底無理なことと思われたため、本部はモスクワ軍管区に限定して探すことにした。共産主義青年同盟中央委員会の第一書記ニコライ・ミハイロフの頭には数人の候補があり、派遣メンバー探しに口を挟んだ。彼は、軍務に就いている者だけではなく、共産主義青年同盟の会員もアメリカに派遣すべきだと主張した。国際学生会議では、ソ連共産党の主義に明確に沿った主張を行えることが必要だからだ。

そして派遣団のメンバーが決定した。派遣団団長には共産主義青年同盟モスクワ市委員会の宣伝局長ニコライ・クラサフチェンコ。彼は二六歳のソ連共産党党員で、パルチザンの活動家だった（スモレンスクでドイツ軍に捕虜にされそうになったが、どうにか前線を越えて逃れたという経験があった）。ソ連邦英雄の上級中尉ヴラディーミル・プチェリンツェフ。プチェリンツェフも共産主義青年同盟の会員で、二三歳。レニングラードの鉱山大学の三年生のときに入隊し、この当時はモスクワ近くのヴェシュニャキの町にある中央狙撃学校で教官をしていた。そしてレーニン勲章の受勲者であるリュドミラ・パヴリチェンコ少尉。共産主義青年同盟の会員で二六歳。キエフ大学の四年次に入隊し、第三二親衛空挺師団の狙撃小隊指揮官だ。

ミハイロフがあとでわたしに教えたのだが、一番議論の的となったのは、派遣団に女性をくわえる案だったという。共産主義青年同盟中央委員会のある話し合いでは、この案の反対者（女性は管理がむずかしい）と賛成者（その女性の外見がよければ、ソ連のすばらしい面をアピールできる）の双方が意見を述べた。わたしの名を派遣団のリストにくわえたミハイロフは、熱心に自分の意見を主張した。だがもちろん、最終的にこれを決定したのは、ヨシフ・ヴィッサリオノヴィッチ・スターリンだった。

ミハイロフはクレムリンへ出向き、派遣団のメンバーの詳細な書類や写真、任務の詳細を提出して状況を報告した。ソ連の最高指導者は三つのファイルすべてにていねいに目を通し、両手でわたしのファイルをもつと、共産主義青年同盟第一書記に、自信をもってこの人物を選択したのかと聞いた。ミハイロフは、この選択に一点の迷いもないことを断言した。

こうしたことが進行していることを知らぬまま、わたしはその日の二四時間の勤務から解放されてベッドに入った。勤務中はとても忙しかった。午後一一時頃に、銃弾と比較的新しい武器――デグチャレフ＝シュパーギン（ＤＳｈＫ）一二・七ミリ機関銃――を載せたトラック四台が到着した。荷降ろしを手配しなければならず、書類を作成し、運んできたトラックの乗員を兵舎に入れなければならなかった。

わたしはドアをノックする音がまったく聞こえなかった。だがノックはくりかえされ、叩く音はどんどん激しく、執拗になった。「同志少尉、電話ですよ！」

「少し待って」

わたしはちっとも起きたくなかったが、チュニックを着て廊下の端にある電話のところへ行き、寝ぼけたままだれかと話した。だが仕事は仕事だ。とくに、モスクワ駐屯隊の仕事なのだから、上級指揮官はすぐそこにいた。

「リュドミラ、調子はどうだ？」。ニコライ・ミハイロフの低音の声が受話器を通して聞こえてきた。

「身支度を整えて、マロセイカ通りの中央委員会本部のわたしの執務室まで来てくれ」

「ご用件はなんですか、ニコライ・アレクサンドロヴィッチ？」

「仕事だ」

「明日ではだめでしょうか？」

「なにを言ってるんだ、少尉？　同志スターリンの命令だぞ！　時を惜しめ。わかったか？」

第一書記の執務室でわたしはふたりの若者に会った。ひとりは体格がよく、茶色の目、黒い髪で民間人の服を着ており、ミハイロフはこちらを先にわたしに紹介した。ニコライ・クラサフチェンコ。ワシントンの国際学生会議に向けて出発予定のソ連派遣団の団長。ふたりめはひょろひょろと背が高く軍服を着た若者だ。ラズベリー色の台布には上級中尉であることを示す三個の四角が付いている。こちらはわたしにはなじみがあった。ヴラディーミル・プチェリンツェフとわたしは、わたしが任務で訪ねたヴェシュニャキの狙撃学校で会ったことがあったのだ。

だからといって、わたしたちがかわした視線がとくに親し気だったわけではない。プチェリンツェフはレニングラード前線でフリッツ一〇〇人を倒し、一九四二年二月に「ソ連邦英雄」を授与された初の狙撃手となっていた。一方、一九四一年の秋にオデッサ周辺で一〇〇人のルーマニア兵を倒したわたしがもらったのは、銘文のついた狙撃用ＳＶＴ－40ライフルだった。一年あまりの従軍期間で、プチェリンツェフは少尉、中尉、上級中尉と三度昇進し、これまでの戦果は一五四だ。対するわたしは前年六月からの従軍期間の戦果は三〇九だが、イヴァーン・エフィモビッチの口利きでやっと少尉に昇進したところだ。

後方であれ前線であれ、上官との良好な関係はとても重要だ。わたしはこの点についてもっと早く考慮すべきだったのだ。大隊指揮官ドローミンや、第五四連隊の指揮官マッシェヴィッチ、軍の政治委員マルツェフと無遠慮に議論したり、コロミエッツ少将やその他上級将校に抗議の声をあげ、狙撃手の任務の仔細を説明し、わたしの部下をかばい、わたしの小隊に銃弾や武器や装備をもっと手厚く支給してもらえるよう要求したりすべきではなかったのだ。なにより、わたしは女ではなく、男に生まれるべきだったのだ。そうすれば、新品のしわひとつないチュニックにソ連邦英雄の金の星をつけたこの若い上級中尉が、こんなにも傲慢な目つきでわたしを見ることはないだろう。

ミハイロフの話に、わたしたちの頭からは一瞬、ほかのすべてが消え去った。わたしたち三人は、ワシントンDCで九月二日から五日まで開催予定の国際学生会議に向け、アメリカに派遣されるという。このため八月一四日早朝には——二日後だ——わたしたちはブヌコヴォ空港からLi‐2輸送機に乗ってイランとエジプトを経由し、アメリカに飛ぶのだ。

正直に言うと、最初の数分は聞いたことが信じられず、それが趣味の悪い冗談だと思った。というのも、ミハイロフは陽気な男で冗談好きだったからだ。わたしたちのまわりでは戦争が続き、あらゆるものが破壊され、なんの罪もない何百万人もの国民が血を流し命を奪われていた。そんなときにわたしたちの国に手を差し伸べるわけでもなく、イギリス人やアメリカ人はなにか変わった気晴らしを考えている。

しかしその後のできごとに、わたしは、派遣団が結成されたのは事実であり、ほんとうに海を越えるのだと思い知らされた。ミハイロフの執務室からわたしたちはすぐに、共産党中央委員会の宣伝部長アレクサンドロフの執務室へと移った。アレクサンドロフはわたしたちに、共産党や共産主義青年同盟の歴史についてむずかしいテストを課し、わたしたちのこれまでの経歴の詳細や赤軍での軍務、戦闘経験、そして現在の国の方針にかんする意見を聞いた。その反応を見るかぎり、同志アレクサンドロフはわたしたちの答えに満足したようだ。

その日の午後はほんとうにやることが盛りだくさんだった。わたしたちはコミンテルン（共産主義インターナショナル。各国共産主義政党の国際統一組織）執行委員会議長のゲオルギ・ミハイロヴィッチ・ディミトロフに迎えられた。この著名なブルガリア人革命家は、一九三三年のライプチヒ裁判の英雄だった。この裁判では証拠もないのにドイツ国会議事堂放火の罪を問われたが、ドイツのナチズムを告発し、ドイツ人を完璧に打ち負かすことに成功したのだ。ソ連では、ディミトロフは労働階級の解放のために身を捧げた戦士であり、共産主義者の理想に熱心に取り組んだ人物として知られた。

ディミトロフとの話は三時間以上におよんだ。彼は資本主義国の青年組織や階級闘争、それにわたしたちが国際学生会議の話し合いでどのような言動をとるべきかについて話した。夕方になるとわたしたちは外務人民委員部につれて行かれ、地下室に降りた。そこは巨大なデパートのようなところだったが、客はまったくいない。店のウインドウのなかや陳列棚のガラスのカウンターの下には、モスクワ市内の一般の店で見られなくなって久しい、男女のさまざまな衣服がならんでいた。

わたしには若い男性職員がひとりついていて、その前で自分に必要なものを選ぶのには少々とまどいもあったが、彼はなんの違和感もなく非常に適切な助言をくれて、まもなくふたつの大型スーツケースはどちらも支給品でぱんぱんになった。ドレスにブラウス、スカート、ジャケット、下着、ストッキング、靴下、ハンカチ、帽子、手袋、スカーフ。色とりどりでさまざまなスタイルのそうした衣類や、はきもの類もあった。こうした品がすべて支給されてていねいに包装され、わたしは長いリストに署名した。

これで終わりではなかった。プチェリンツェフとわたしは軍人だったので、それにふさわしい身なりをさせることにしたようだ。わたしたちはフルンゼ工廠の国防人民委員部の試作品縫製工場に行った。そこは「よろず屋」として一般にも知られているところだ。プチェリンツェフのパレード用軍服は一時間もせずにそろったが、わたしのものはなにも用意できなかった。女性用のパレード用チュニックは在庫がまったくなく、二四時間以内にそれを縫える人もいなかった。そこで、純毛の高品質ギャバジン製将軍用チュニックに手をくわえ、標識類をはずして仕立て直し、翌朝には共産主義青年同盟中央委員会の本部に直接届けてくれることになった。靴職人の店もあり、そこでは何種類かブーツを用意してくれた。ブーツはとても美しく、ワニスが塗ってある長靴《ちょうか》で形のよい角張ったつまさきだ。だがいつもながらのサイズの問題があった。わたしは三七でよしとしなければならなかった。そこにはそれより小さなブーツがなかったのだ。狙撃手は、何キロも移動することを考慮して真剣に靴を選ぶ。だがわたしはこんなにも軽くて心地よいブーツを履いたことがなかった。それほどこのブーツは履きやすかった。

監督当局の職員が事前にわたしたちと行った特別な面談についてもふれておくべきだろう。今日の連合国の方針や各国の指導者、合衆国の国家構造はじめ、新たに学ぶことはたくさんあった。わたしたちは訪問先で生じうる状況を説明され、挑発される可能性（これについては、じっさいに、ソ連とアメリカ国民の親交に反対する人々が行った）について注意を受け、そうした状況でどうふるまうべきか指示された。それにくわえ、演説用の原稿もわたされた。こうした助言や指示の一部は覚えなくてはならなかったし、メモに取ることを許されたものもあったが、このすべては、のちのアメリカ、カナダ、イギリス訪問中にとても役に立つことになった。

言葉の問題はとくにむずかしかった。派遣団には通訳者がつくことになっており、その点についてはだれも疑わなかった。だが少なくとも、ある程度は個々に外国語の知識はあったほうがよかった。集会で一般市民と接触する可能性もあるだろうし、またそれはとても重要なことでもあった。ニコライ・クラサフチェンコは正直に、自分はまったく外国語をしゃべれないと認めた。ヴラディーミル・プチェリンツェフは鉱山大学でドイツ語を学んだことがあったが、それだけだった。わたしは自宅で母と勉強したことや、大学で受講したレベルの高い外国語の授業を思い出し、少しだけ英語がわかると言った。

わたしたちの渡航用パスポートが外務人民委員部から届いた。それはとても立派でしっかりとしていた。長方形のパスポートはしっかりと綴じられて赤い絹のカバーがかかり、ソ連邦の国章の浮き出し加工があった。なかにはロシア語とフランス語で氏名その他が書かれ、小さな写真がその下にあった。

人民委員部の判断でわたしは「未婚」とされていた。また、身体的な特徴もそこには記載されている。わたしは、平均的な身長で、茶色の目、まっすぐな鼻、髪の色はブルネットなのだそうだ。このほか、派遣団にはひとりにつき二〇〇〇ドルが支給された。その当時、それはかなりの額だった。二〇〇〇ドルは少額紙幣で支給され、アメリカ大統領の肖像画が描かれた緑色の紙幣の厚い束は、スーツケースのなかで大きく場所をとった。

すべてがあまりにも急速に進み、わたしたちは、この任務がどれほど複雑で特異なものであるのかも十分には理解できていなかった。わたしたちにはじっくりと考える時間もなかった。突然、予想外のことが次々と生じて万華鏡のようにくるくると自分たちの周囲をまわっているような気がして、その数時間で見聞きしたことに大きく混乱したまま、夕方遅くになってから再び、わたしたちはセーロフ通りとマロセイカ通りの角にある共産主義青年同盟中央委員会の本部に向かい、四階のニコライ・ミハイロフの執務室に入った。

周囲の人々のなかでミハイロフは唯一、わたしたちの気持ちや、頭のなかにあることが理解できているように思えた。彼は、わたしたちは若いが子どもではないこと、そしてわたしたちには戦争経験があり、戦争は残酷ではあるが賢明な教師でもあるとわたしたちに説いた。アメリカ人は現在の戦争についてなにも知らない。わたしたちは戦争についての知識や戦争に対する考えを語り、なおかつアメリカ人に、戦争とは全人類の将来がかかった生死を分ける戦いであることを理解させなければならない。わたしたちはなにも作りたてる必要はない。それぞれがやるべきは、自分自身の知識と経験を正直に語ることだ。もちろん、それはむずしいことではあった。見たこともない外国で突然、自分を語るのだ。だがそのためにここモスクワでは、学生派遣団のメンバーに必要な、可能なかぎりのあらゆる準備がなされている。わたしたちはミハイロフの助言を黙って聞いた。

わたしたちは第一書記の話にすぐにもこたえ、わたしたちが彼を失望させはしないこと、最善を尽くすこと、そしてわたしたちに置かれた大きな信頼が正しいことを証明すると誓うべきだったのだろう。だが、言葉はまとまりとなって口から出てこず、わたしはぼんやりと窓の外のモスクワの夏の夜空に目をやった。空は高く雲ひとつなく、何千もの星がまたたいていた。南の黒海の空は夜になるともっと暗く、星はずっと明るかった。きらきらと輝く星の下で、わたしはいく度となく孤独な任務に出たものだ！　星々が照らすなか、クリミア半島の魔法にかかったように美しい森の、曲がりくねった道をたどったことはいく度となくあった。

「リュドミラ、質問はないかね？」。ミハイロフの自信に満ちた声が響いた。

「いいえ、ですが言っておかなければなりません。わたしは、まちがいをたくさんしでかさないかと心配なのです」

「なにを言ってるんだ、同志少尉！」。ミハイロフはほがらかに笑った。「君の成功を疑ってなどいない。自分がしたこと、思うことを語りさえすればよいのだ」

ミハイロフはわたしたちを最後の夕食に招待した。彼はとてもその場にふさわしいことをしてくれた。派遣団のメンバーとその近親者たちが、くつろいだ、家庭的ともいえる雰囲気のなかでテーブルを囲んだのだ。ヴラディーミル・プチェリンツェフには妻リタがヴェシュニャキから来ており、わたしには母がストロミンカ通りの宿舎からやって来ていた。またクラサフチェンコには、ナデェジダという名の若く美しい妻が来ていた。夕食が出されたのは彼の執務室で、食事も簡素でつつましいものだった。ウォッカとワインがあり、ミハイロフがはじまりの乾杯を言った。突然、第一書記の机の電話が鳴った。ダイヤル部分の中央にソ連邦の国章が描かれた白い特別な電話だ。ミハイロフはすぐに受話器をとりあげると、畏怖とは言わないまでも、深い尊敬の念がこもった声で答えた。「こちらはミハイロフです…はい、承知しました…すぐに参ります」

深夜一時のモスクワは真っ暗で、人の姿は見あたらなかった。だが、ボロヴィツカヤ塔は両側から灯りで照らされていた。ミハイロフの車はここを通ってクレムリンの敷地へと入るのだ。この塔の警護に立つのは、ＮＫＶＤの国内軍の軍服を着た短機関銃の銃手たちと、トカレフ自動装填ライフルを手にした兵士たちだった。わたしたちの書類は念入りに確認されたが、彼らの手には深夜の客の名簿があり、警護責任者である中尉はミハイロフに敬礼して、車を通すよう警備兵たちに命じた。

わたしたちの足音が長い廊下に響いた。ひとつ角を曲がり、さらに曲がって階段を上り、そしてわたしたちは――執務室のドアの外の受付所に着いた。最高指導者の秘書官であるポスクリョブィシェフがドアを開けると、そこには偉大な最高指導者その人がいた。彼は記章がなにもついていない折り返し襟の簡素なチュニックを着ていた。以前に思っていたほど背は高くなく、ひきしまった体つきで、浅黒い顔にはかすかにあばたがあって、左手に受話器を握っている。その黒い、トラのような目に人は思わず引き寄せられた。彼が大きな力を内に秘めていることが感じられた。

わたしたちがスターリンの執務室にいたのは二〇分ほどだったと思うが、時間の経過をまったく感じなかった。わたしたちの時は止まっているかのようだった。ミハイロフは三人をひとりずつ――最後にわたしを――紹介した。ヨシフ・ヴィッサリオノヴィッチ・スターリンは、党と政府のために果たすべき今回の責任ある任務について簡単に言葉を述べた。第二戦線を置こうとしない連合国を説得し、アメリカ国民にナチズムに対するわれわれの戦いの真実を知らしめるべきである、と。

「なにか要求はあるか、同志諸君?」。スターリンはたずねた。

クラサフチェンコとプチェリンツェフは緊張で体がこわばっており、一瞬、執務室がしんとなった。だがわたしはふたりとは違った。緊張とは違うなにか、これまでに感じたことのない熱い思いがわき上がっていた。わたしはソ連の最高指導者の口から、わたしのために発せられる言葉を聞きたいと思った。

「はい、同志スターリン、お願いがあります」。わたしは穏やかに切り出した。「英露と露英、両方の辞書がぜひとも必要です。それから英文法の教科書もです。敵と同様、連合国についてよく知ることも重要だからです!」

「そのとおりだ、同志パヴリチェンコ」。世界の労働者階級《プロレタリアート》の指導者はほほえんだ。「辞書と教科書を用意しよう、私個人からな」

15　ワシントンへの派遣団

早朝の厚い霧がポトマック川渓谷の上に渦巻いていた。起伏の穏やかな丘陵地や緑の牧草地、森、果樹園、それに家々が霧のとばりの向こうにかすかに見えた。マイアミとワシントンを結ぶ特急列車は時速六〇キロに達しており、目的地に近づきつつあった。列車は大地を覆う白い霧の雲を、光り輝く剣のようにすっぱりと断ち切って進んだ。

わたしはリズミカルに揺れる列車と線路がガタゴトという音に何度も目が覚め、それからまた眠りにもどっていった。わたしはふたり用のコンパートメントをひとりで使っていたので、外出着と下着を脱ぎ、糊のきいたシーツをあごの下までひっぱりあげてゆっくりと休むことができた。

わたしのそばのテーブルには指三本ほどの厚さの小さな辞書がのり、列車の揺れに合わせて震えていた。ソ連軍最高司令官は約束を守ってくれた。この辞書は、ポケットに入れて携帯できてとても便利だった。毎日この辞書を、たいていはベッドに入るときにページをめくって自分の知識を確認し、そして題字が書かれたページの隅の、「J・スターリン」というきっちりとした文字の署名を眺めた。
隣のコンパートメントは、ニコライ・クラサフチェンコとヴラディーミル・プチェリンツェフが使っていた。ふたりは、山々や砂漠、それに大西洋を越える二週間におよぶ旅の仲間だ。正直言うと、わたしはふたりがいつもそばにいることに少々うんざりしていた。ふたりはいい人たちではあったが、狙撃手とは一匹狼だ。狙撃手は周囲の変化を観察する。そのための静けさ、平穏さ、考えるための時間を必要とするのだ。

わたしたち三人は礼儀正しく友好的な関係を築いており、踏み込めることとそうではないことのあいだに明確に境界線を引いていた。わたしたち「男女」三人組が遠くへと旅立つにあたってモスクワに集められたとき、わたしたちはしかるべき指導を受けた。わたしたちはそれぞれの目をしっかりと見据えられ、きびしく言い聞かせられた。わたしよりも、ダンスホールの常連だったプチェリンツェフと、共産主義青年同盟の指導者で寡黙なクラサフチェンコに対するほうが厳しかったと思う。共産主義青年同盟第一書記のミハイロフは、アレクセイ・キツェンコの死についてのあらましと、わたしがアレクセイのために敵への報復を誓ったことを知っていたからだ。

クラサフチェンコはやや傲慢で、ほかのふたりに対し、自分が派遣団の団長であるという態度をとっていた。プチェリンツェフとわたしは自然と仲良くなり、ふたりの確認戦果の違いも軍での階級の違いも忘れ、うまくやっていくようになった。航空機の立ち寄り時間が長い場合——たとえばカイロでは三泊した——には、わたしたちは街中を一緒に歩きまわり、ちょっとした買い物をした。とくにプチェリンツェフは衝動を抑えられず、ある店でアラブ人からスイス製時計を四〇ドルで買った。それは複雑な仕組みで、日付や時間、秒がわかるだけでなく、狙撃手にとっては不可欠な、射撃距離まで記録できる時計だった。

カイロでわたしたちはイギリスとアメリカ大使に会わなければならなかった。このときわたしは初めて、外務人民委員部の地下の店で選んだ優雅なドレスの一着を身に着けた。わたしは、ドレスを着たら自由に自然に動けないのではないかと不安でいっぱいだった。だがそれよりもっと問題だったのはハイヒールの靴だった。軍務についているあいだに、わたしの足はハイヒールに合わなくなっていた。とはいえ、ハイヒールをはいていなかったとしても滑るだろうと思えるほど、豪華な宮殿の寄せ木細工の床は、ぴかぴかになるまで磨き上げられていた。プチェリンツェフは、そんなわたしにやさしく腕を貸した。大使との謁見はとてもうまくいった。イギリス大使は、わたしたちふたりがほんとうに前線の兵士であり狙撃手なのかと、疑いの言葉を口にしたほどだった。

アフリカを経由して到着したマイアミでは一日の猶予があった。すぐそこに海鳴りが聞こえ、プチェリンツェフとわたしは海岸に出かけた。金色の砂、ゆったりとして眠気を誘うような、悠々と打ち寄せる緑色がかった波とまぶしい太陽。わたしたちはそこで三時間もすごした。旅の途中で風邪をひいていたクラサフチェンコはホテルの部屋にこもっていた。

コンパートメントのしっかりと閉じたドア越しに車掌の足音が聞こえた。車掌は乗客に、あと三〇分で旅が終わることを告げてまわっていた。ドアを軽くノックする音がして、穏やかな声が続いた。

「ワシントンです、お客様」

「わかりました、ありがとう」。わたしは英語で答え、身支度をはじめた。

特急列車はワシントンに定刻通り、一九四二年八月二七日午前五時四五分に到着した。わたしたちの客車は首都ワシントンの駅の大屋根の下に停車していたが、まだ外は暗く、駅舎のようすはよく見えなかった。そのうち、プラットホームが大混雑しているのがわかった。わたしたちはそれが自分たちのせいだとは思わず、重いスーツケースを運び出す準備にかかっていた。これから客車の廊下とプラットホームを引っ張って運ばなければならない。わたしたちは、ソ連の学生派遣団がアメリカに到着するというニュースを、八月二五日にソヴィエト連邦通信社（ＴＡＳＳ）が報じ、一部アメリカ紙がさらにそれを記事にしていたことを知らなかった。

このため、荷物を運ぶことについてはなんの問題もなかった。それどころか、わたしたちは喜色満面のソ連大使館職員や貿易使節団のメンバー、それにしつこいアメリカ人ジャーナリストたちに取り囲まれてしまった。この騒々しい群衆にもみくちゃにされながら、わたしたちはプラットホームから駅前の広場へと歩き、興奮した人々で大騒ぎのなか、そこで巨大なリムジンに乗り込んで出発した。どこへだかわかるだろうか？　直行した先は、アメリカ大統領官邸であるホワイトハウスだった。

早朝にもかかわらず、わたしたちは玄関で大統領夫人エレノア・ルーズヴェルトその人に迎えられた。彼女はロシアからの客が無事に到着したことを喜び、わたしたちがアメリカ合衆国領土での最初の数日をホワイトハウスですごすことになっていると言った。それはエレノアの夫の、第三二代アメリカ合衆国大統領フランクリン・デラノ・ルーズヴェルトが決めたことだった。大統領は国民の敬愛を受け、合衆国で初めて三度の大統領選に勝ち、その当時は三期目にあった。

大統領夫人自らがわたしたちを二階に案内し、わたしたちが泊まる部屋を見せてくれた。彼女は、少し休んで旅の疲れを取るようにと言って、一階の小さな食堂で八時半から朝食を出すことを伝えた。

わたしは、小さく簡素だが居心地よく整えられた部屋で窓際へと足を向けた。太陽が登り、夜明けの光がホワイトハウスの前に広がる区画を照らしていた。ホワイトハウスは、古典的なフランス式庭園に囲まれていた。庭園は見事に管理され、黄色がかった川砂が撒かれた小道が伸び、刈り込んだ芝生や色鮮やかな花壇があり、小さな木立がそこここに見えた。中央玄関前の池の噴水からは、水がほとばしる音が聞こえてきた。大統領官邸は田舎の荘園を思い起こさせた。とはいえ資産はとりたてて莫大ではない、標準的な紳士のものといった雰囲気だ。

約束の時間にわたしたちが小さな食堂に降りていくと、そこには大統領夫人以外にも人がいた。最初に紹介されたのはガートルード・プラットで、国際学生支援会のアメリカ委員会総書記だった。この組織が国際学生会議を主催したのだった。二五歳くらいの、目を引くほっそりとしたブロンド女性であるプラット女史は力強くわたしたちと握手し、ロシアからの客を迎えられてたいへんうれしいと言って、同じく国際学生支援会の副書記であるヘンリー・ラッシュをわたしたちに紹介した（1）。わたしたちの会話は、アメリカ軍将校の軍服を着た三人の若者が通訳した。三人はロシア語に非常に堪能だった。

ルーズヴェルト夫人はわたしたちをテーブルに招いた。彼女は笑みを浮かべ、アメリカの伝統的な朝食を摂れば、まさにここからアメリカ式の生活を知ることができると言った。その朝食は、確かに伝統的なイギリス式朝食から引き継がれたものもあったが、アメリカ独自の特徴もそなえていた。テーブルには目玉焼きとあぶりベーコン、ソーセージ（「バンガー」とも言う）、それにマッシュルームのマリネにくわえ、ふっくらとした小さなパンケーキ――わたしたちはこれを「オラディ」と呼んでいた。オラディは「ブリヌイ」［どちらもロシア風のパンケーキ］よりも厚い――とメープル・シロップがのっていた。これに、オレンジジュースやコーヒー、アイスティーがつく。

食べ物は、初めて顔を合わせる人々の座をなごませるのに非常に有効だ。だが朝食を摂りながら、派遣団団長ニコライ・クラサフチェンコは、国際学生会議の第一回会合のテーマについて退屈な演説をはじめてしまった。とはいえアメリカの人々が興味をもってくれたのは、そんな話よりもソ連領土における軍事行動の説明についてだった。ヴラディーミル・プチェリンツェフは喜んで狙撃手の技術の詳細を彼らに解説した。望遠照準器付きのライフル、カムフラージュ、敵の監視などだ。わたしはその会話にはくわわらず、注意深く、プチェリンツェフではなく通訳者の話に耳を傾けた。彼らの通訳はあまりにも先を急ぎすぎ不正確だった。

突然、エレノア・ルーズヴェルトがわたしにひとつ質問を投げかけ、中尉の肩章をつけた若い男性将校がそれをロシア語に通訳した。「敵の顔が望遠照準器を通してはっきりと見えたとしても、それでも射殺する。リュドミラさん、アメリカ人女性にとっては、そんなあなたを理解するのはむずかしいでしょうね」

通訳はこの質問の内容をいくらかやわらげようと努めた。そのためていねいには聞こえたが、その底には確かに不快さが感じられた。大統領夫人はわたしをじっと見つめ、視線をはずさなかった。彼女がどうしてこの質問をしたのかわたしにはまったくわからなかった。わたしを試すことにしたのかもしれない。わたしたちはすでに、イギリスやアメリカの新聞がなんと書いているのか耳にしていた。一部の新聞には、わたしたちが前線の兵士や狙撃手ではなく、国際学生会議で演説するために特派されたプロパガンダ要員の共産主義者にすぎない、と思わせる記事もあったのだ。このため大統領夫人には、戦争とはどういうものであるかがよくわかる答えを返す必要があった。

「大統領夫人、わたしたちはあなたの美しく繁栄した国を訪ねることができてうれしく思っています。長年、アメリカは戦争を知らずに来ています。あなたの国の町や村や施設を破壊する者はだれもいません。その住民を、姉妹や兄弟、父親を殺す者はだれもいません」。わたしが英語でゆっくりとしゃべると、なぜかそこにいた人々は驚いた顔をした。

もちろん、わたしのしゃべり方は優雅ではないし、発音や時制にいくつかまちがいもあって構文もごく基本的なものだった。だがわたしが言いたいことは、そこにいたアメリカの人々に届いた。わたしはファシズムとの戦いから遠く離れた国に住む人々に、わたしたちは爆弾が町や村を破壊し、多くの人々の血が流れ、無垢な人々が殺されている国からやってきたこと、そしてわたしの祖国がきびしい試練にさらされていることを説明した。

正確に狙いをつけて放つ銃弾は、残忍な敵に対する報復にすぎない。夫はセヴァストポリで、わたしの目の前で命を落とした。わたしにかぎって言えば、わたしのライフルの望遠照準器を通して見えた顔はすべて、夫を殺した敵のものなのだ。

不思議と、エレノアはとまどっていた。彼女は急に目をそらし、責めたわけではないのだと言った。しかし彼女は、今の話はとても大きな意味をもっており、これをもっとふさわしい場で続けるべきだと思うが、今は残念ながら、もう出かける時間だと続けた。大統領夫人は椅子から腰を上げ、あわただしくわたしたちにあいさつをし、食堂を出て行った。

「大統領夫人になんと言ったんだ？」。ニコライ・クラサフチェンコが眉をひそめて聞いた。派遣団団長なのだから聞いて当然だといった態度で、きびしい目つきでわたしの目をのぞき込んだ。

「たいしたことは言ってません」。わたしは彼の問いをいなした。「生意気なヤンキーに、勝手なことを言わせておくわけにはいきません」

朝食後、ガートルード・プラットが簡単にホワイトハウスを案内してくれた。わたしたちは、閣議室や大統領夫人の執務室、大統領執務室《オーバルルーム》を見てまわった。そこでわたしたちの目を引いたのは、軍服を着て笑みを浮かべた若者たちの写真だった。大統領の息子たちで、空軍大尉のエリオット、海軍中尉のフランクリン、そして海兵隊予備役のジェームズだ。エレノアは夫とのあいだに六人の子どもをもうけ、ひとりを幼い頃に亡くしていた。

わたしたち派遣団は、厳密なスケジュールに従い動いていた。プチェリンツェフとわたしは急いで部屋にもどって軍服に着替えた。軍服を着るのは、モスクワを出てからこれが初めてだ。指示はソ連の駐米大使、マキシム・マクシモーヴィッチ・リトヴィノフから出ていた。午前一〇時に写真家とニュース映画のカメラマンがソ連大使館に集まった。彼らは翌朝の新聞に掲載するため、ファシストと戦っている英雄たちの堂々たる軍服姿を撮りたかったのだ。

車で大使館に到着すると、ジャーナリストたちの群れがあっというまにわたしたちを取り囲んだ。苦労して玄関前にたどり着き、そこで記者団の代表の要請にこたえて足を止め、カメラマンたちが数枚写真を撮った。すると今度はリポーターたちがカメラを押しのけた。彼らはマイクをわたしたちの前に突き出し、大声で質問を投げかけてきた。それが矢継ぎ早に通訳される。しだいに、質問の大部分がわたしに向けられたものだということがわかってきた。

三〇分後にようやくこれが終わり、わたしたちは大使館の建物に入った。年配でふっくらとして、鼻眼鏡をかけた丸顔のリトヴィノフ大使が前に出てわたしたちを迎え、無事の到着を喜んでくれた。わたしたちは再度、今回は大使と一緒に玄関に出て親し気に握手して見せなければならなかった。大衆へのアピールは続き、それがソ連にとって大きく役に立つに違いなかった。

大使館での公式な食事会は形式ばった静かなものだった。出席者は外務人民委員部の職員やその妻たちだ。ロシア語で乾杯をし、その場にふさわしい会話がかわされた。とくに、クラサフチェンコはモスクワからテヘラン、カイロからマイアミへの空の旅を詳細に説明した。ときおり、彼はわたしに目をやった。

ここでもわたしがなにか外交儀礼上予想外のことを口に出すのではないかと、不安に思っているのがありとわかった。

彼の懸念には根拠がなくはなかった。だが挑発さえされなければ、わたしは分別があり落ち着きがあって、無口な人間なのだ。午後六時からは、さらに、二時間におよぶ記者会見があり、その模様はラジオでアメリカ全土に放送された。記者会見に集まったのは、新聞と雑誌合わせて五二社と一二のラジオ局の代表だった。このときの手順は前とはまったく違っており、まず発言したのは学生派遣団のメンバーだった。クラサフチェンコは短い演説――その重要な部分はモスクワでアレクサンドロフから渡されていたもの――でソ連全体の状況を概説し、われわれ後方にいる者が前線を支援しているのです、と述べた。プチェリンツェフは赤軍の現状について語り、ドイツ軍に対し新たな攻撃準備を行っているところだと説明した。わたしも共産党中央委員会の承認を受けた原稿を手にしていた。

親愛なるみなさま！　わたしは、ソ連人女性として、また残忍なファシストと前線で戦うソ連の若者としてみなさまにごあいさつできることをうれしく思います。ソ連邦は自国の自由のためのみならず、全世界と地球上のあらゆる人々の自由のために戦っています。開戦当初から、ソ連の人々はその能力とエネルギーのすべてを祖国を守ることに向けています。ソ連の女性は夫や父親、兄弟たちに代わり工場で働いています。

男性が戦えるよう、女性たちはできることはすべて行っています。ソ連の人々はあなた方の支援を感謝しています。ですが、ソ連が主導する戦いはもっともっと資源を必要としています。わたしたちは積極的な支援を、そして第二戦線が置かれることを心待ちにしています。わたしたちが勝利すること、そしてこの世界では、自主独立の人々の勝利の行進を力で阻むことなどできないということをみなさまに伝えたいと思います。わたしたちは力を合わせなければなりません。ソ連の兵士として、この手を差し出します。わたしたちは手を取り合ってファシストという怪物を絶滅させなければなりません！

そしてわたしは自分の判断で、英語でこうつけくわえた。「仲間である兵士のみなさん、勝利へと前進しましょう！」

記者団からの拍手はパラパラとしたものだったが、彼らはそのあと活気づいた。記者会見の進行を取り仕切っていたリトヴィノフ大使が、記者団に質問の時間をあたえたからだ。順番が来たら立って、名前と所属する社名を述べ、質問したい派遣団の学生の名を告げるのだ。

まず、記者団の姿勢にわたしたちは当惑した。わたしたちは、わたしたちが述べたことについて簡潔すぎてわかりづらかった部分を確認し、明確にするための質問を行うのだと思っていた。だがそうした質問は一切なかった。アメリカ人記者団は、わたしたちの職務である戦争関連の話を報道することには関心を示さず、わたしたちが語らなかったことを聞き出そうとした。そして質問の大半はわたしに向けられた。ホールに座って熱気を放ち、大声で質問——私見ではあるが、ときにはほんとうに馬鹿げたもの——を投げかける人々を見ていると、わたしはなぜかルーマニアとドイツ軍の「心理攻撃」を思い出した。あのとき敵は、わがソ連軍をおびえさせ、衝撃をあたえて陣地から追い出し、最終的にわたしたちを全滅させようとしていた。ここで感じたのも同じような熱気だった。こちらがびっくりするようなことを聞いたり、わたしたちに、なにか公的には言えないようなことをしゃべらせたりする。あるいは話し手にとって都合の悪いことを聞いて恥ずかしい思いをさせる。そしてそれを笑おうとしているのだ。ここに、このときの記者会見の一問一答の抜粋を紹介しよう。

質問　リュドミラ、前線では熱いお風呂に入れるのですか？

答え　もちろんですよ。一日に数回は入れます。塹壕に座っているときに砲撃を受ければ熱くなりますよ。とてもね。ほんとうのお風呂のようなものです。埃のお風呂といったほうがいいですが。

質問　防具はもっているのですか？

答え　ライフルだけです。

質問　女性は戦争中に口紅を塗れるのですか？

答え　はい。ですがいつも余裕があるわけではありません。口紅よりも先に、機関銃やライフル、ピストルや手榴弾をつかまなくてはならないときのほうが多いですから。

質問　何色の下着が好きですか、リュドミラ？

答え　ロシアでそんな質問をしたら顔をはたかれますよ。その手の質問をしていいのは妻か恋人くらいです。わたしとあなたはそんな関係ではありませんよね。だから、あなたの顔をはたければうれしいのですが。もっと近くに来てくれますか…

質問（女性ジャーナリストのもの）　それはパレード用の軍服ですか、それとも通常の軍服ですか？

答え　わたしたちは今のところパレードをする余裕がありません。

質問（これも女性から）　ですが、その軍服は太って見えます。気になりませんか？

答え　わたしは伝説の赤軍の軍服に身を包むことに誇りをいだいています。赤軍の軍服は、同志たちの血がしみ込んだ神聖なものです。彼らは戦闘においてファシストたちに倒されたのです。軍服には軍功に対して授与されるレーニン勲章がついています。あなたが空襲を経験できればと思いますよ。正直に言うと、ご自分の服の型のことなど頭から即座に消え去るでしょうね。
質問　タバコ会社のフィリップ・モリスがあなたに契約を申し出ています。五〇万ドルであなたの肖像画をタバコの箱にのせるつもりのようですが、この話を受けますか？
答え　お断わりです。ほかをあたってください。

リトヴィノフはわたしのそばに立っていた。最初は、彼がこうした舌戦にどう反応するか見当がつかなかった。だがわたしはアメリカ人に対して、こんな風に答える以外のことはできなかった。自分の熱い思いと気持ちの高ぶりに勝てなかったからだ。最初のうちは、大使は目を丸くしてわたしを見ていたが、それから笑みを浮かべ、わたしを励ましはじめた。「よく言った、リュドミラ。当然の仕打ちだ、ワシントンのゴキブリどもめ！」
記者会見のあと、学生派遣団はホワイトハウスにもどった。わたしたちを待っていたのは大統領の側近で、アドバイザーであり長年の友人でもあるハリー・ロイド・ホプキンズだった。彼はルーズヴェルト大統領の特使として一九四一年にソ連を訪問した。ヒトラー率いるドイツがわが国の国境を侵したときだ。この訪問でホプキンズはスターリンと会談し、スターリンはホプキンズのことをいたく気に入った。そしてまた、ホプキンズもスターリンに対してそうした思いをいだいたのだった。アメリカにもどると、ホプキンズはソ連邦と親交関係を確立させるため腹蔵なく意見を述べた。彼は大統領に、ソ連の人々は、これまでにない打撃に耐えることはできるだろうが、助けが必要だと断言した。ここにいるホプキンズは病んだように見えるやせた人物で、わたしたち前線の兵士に、レニングラードやオデッサ、セヴァストポリでの戦闘について詳細に聞いてきた。彼はほんとうにわが国の戦争を気にかけており、すべてを仔細に知りたがっていた。それなのに、アメリカの報道陣はなぜ知ろうとしないのだろうか？

会話の途中でルーズヴェルト夫人が入ってきて、わたしたちが元駐ソ連アメリカ大使ジョーゼフ・デイヴィスの娘であるヴァージニア・ハーブの家に夕食に招かれていることを告げた。ホプキンズは自分も呼ばれているのだと言った。ハーブ邸に向かう車のことでは手違いがあり、キャディラックに乗れるのはクラサフチェンコ、プチェリンツェフ、ホプキンズとソ連大使館の通訳二名までだった。そこで大統領夫人は、自身が運転するふたり乗りのコンバーチブルにわたしを乗せて行くと言った。

わたしは驚いた。この有名な女性が、その日の朝食の会話でわたしが生意気な答えを返したことをこんなにもあっさりと水に流すとは思ってもみなかった。しかし、背丈が一七五センチもある大統領夫人のどこにも悪意などみじんもなく、親切な気持ちがにじみ出ていて、自分の車に乗るよう再度声をかけてくれた。

小さな紺色の車は優雅な形で、スピードも出せるようだ。そして大統領夫人は五八歳という年齢にもかかわらず、その車を本物のスポーツカーのように走らせた。あっというまにわたしたちはキャディラックについた警護の車を引き離し、トルネードのようにワシントンの通りを突っ走った。曲がり角になると大統領夫人は急減速し、車は獣のようにうなり声を上げた。信号のある交差点では夫人はブレーキを深く踏み込み、タイヤがキーっと音を立ててアスファルトに黒い線を残した。こんな運転になるとは思ってもいなかった。わたしはびっくりしてドアハンドルをぎゅっとつかみ、運転席の隣のやわらかいシートに背中を押しつけた。夫人はわたしに、あら怖いのねといった顔を向けたが、スピードを落としはしなかったし、わたしももっとゆっくり運転してくれるよう頼みはしなかった。

わたしたちはまもなく、青々とした庭に建つ裕福そうな邸宅がならぶ一角に着いた。コンバーチブルが停車すると、わたしの口から安堵のため息がこぼれた。わたしがこれほど無謀な運転に慣れていないのも当然だ。わたしは歩兵で、部隊へは、大地を自分の足で歩いてもどるほうがずっと多かったのだから。

ヴァージニア・ハーブは三〇歳くらいの感じのよい女性で、大統領夫人を迎えるため階段に出てきた。ヴァージニアは外交官である父親とともに数年モスクワで暮らしたことがあり、ロシア語も堪能だった。その場でわたしに教えてくれたところによると、彼女はロシアのクラシック音楽を心底愛しているということだった。わたしたちは食前酒を手にテーブルに向かいながらおしゃべりを続けた。グラスのそばには、塩味のナッツ類や小さな固いビスケットを盛ったボールと、何種類もの飲み物のビンが用意されていた。

それがとても強い酒だと、どうしてわかるだろうか？　わたしは常々、ビスケットやナッツはジュースのお供にするものだと思っており、白シャツと黒いベストに、蝶ネクタイをしめた給仕がやってきて茶色い液体が入ったビンを指すと、そそいでくれるようようなずいた。彼はグラスの三分の一ほどまでその液体をそそいでくれた。それをぐいっと飲んだわたしは、大きくむせて喉をつかんだ。グラスに入っていたのはスコットランド産の本物の酒、つまりはウイスキーだった。

「気をつけて」。ルーズヴェルト夫人が気の毒そうに言った。夫人はわたしの手を取り、食堂へとつれて行った。

食事のようすから判断すると、そこに招待されているのは長年つきあいがあり、同じような世界観をもつ人たちのようだった。彼らにとってソ連の学生派遣団の到着は、当時のアメリカの方針に影響をあたえうる重要なできごとになっていた。会話はスムーズに運び、その内容も、客にももてなす側にも同じように興味深いものだった。だがエレノアはわたしを隣に座らせ、わたしに次々と質問を浴びせては、テーブルでかわされる会話に集中させてくれなかった。

「あなたの英語は悪くはないわ」。夫人はささやいた。

「ありがとうございます。ですがつけ焼刃なのです。残念ながらうまくは話せません」

「どこで英語を勉強したの？」

「子どもの頃、母に教わったのが最初です」

「お母様は教師なの？」

「はい」

わたしはてみじかに答えるようにしていた。元駐ソ連アメリカ大使のデイヴィス氏がその席でしゃべっていることを聞きたかったからだ。彼が話していたのは一九三〇年代のヒトラー政権の外交についてだった。

「お父様は？」。夫人は尋問を続けた。

「ロシア革命後、父は赤軍に将校として従軍しました」

「ではあなたの武器に対する愛着はお父様ゆずりかしら？」

「そうですね…」

アメリカに向けて出発する前の指導で、わたしたちはフランクリン・デラノ・ルーズヴェルト大統領とその夫人についての情報をあたえられていた。エレノア・ルーズヴェルト（一八八四～一九六二年）は上流階級の裕福な家の出身で、国内ですばらしい教育を受け、ロンドンのアレンウッド・フィニシング・スクールで三年学び、その後西ヨーロッパを周遊した。そして一九〇五年三月に、コロンビア大学ロースクールの学生で、遠い親戚であるフランクリンと結婚した。早くに亡くなっていた父親に代わり、エレノアを花婿の手に引き渡したのは、彼女の伯父で当時の合衆国大統領であるセオドア・ルーズヴェルトだった。

大統領夫人であるエレノアは若者や女性のためのさまざまな組織を支援し、常に奉仕活動に取り組み、社会活動家やジャーナリストとして、またフランクリン・デラノ・ルーズヴェルト政権の「無任所大臣」として国民にその名を知られ、尊敬を集めていた。夫がポリオに罹患して病状が悪化し、身体に障害が残った一九二一年以降、エレノアは夫の選挙運動を取り仕切り、全国をまわって集会で演説し、有権者と会った。エレノアは「大統領の目、耳、脚」として知られた。大統領が行けないところにはエレノアが足を運び、大統領の決断に影響をあたえたからだ。エレノアは国民の愛と尊敬を勝ち取った。一九三九年の世論調査で、大統領よりもその夫人のほうが人気が高かったのも無理はない。エレノアの業績に「良」をつけた国民は六七パーセント、フランクリンは五八パーセントだった。

ルーズヴェルト夫人は美人と評判をとっていたわけではない。顔の左右はつりあっておらず、整った顔立ちだとは言えなかった。だがそのおおらかな魅力や知性、そして親切さは抵抗しがたく、彼女に惹きつけられる人はほんとうに大勢いた。正直に言うと、アメリカに旅立つときのわたしは、エレノアに対して偏見をいだいていた。上流階級の大金持ち、搾取階級の一員。そうした先入観があり、この著名な女性にわたしが興味をもつことなどありえないと思っていた。

八月二八日の朝食時にホワイトハウスに配達された朝刊を見るかぎり、わたしたちの記者会見は成功だったようだ。第一面をわたしたちの写真が飾っていた。そしてアメリカの「自由で規制のないマスコミ」は、わたしという質素な人物にも注意を向けた。彼らはわたしのチュニックの型についてどうでもいい話を書きたて、質問に対するわたしの答えを引用し、弱い性（女性）の代表がほんとうに軍の部隊で任務を遂行できるのかについて考察していた。上官の命令に従っただけの不運なドイツ兵を無慈悲に撃つ冷徹な殺人者。わたしのことをそう呼ぶ新聞もあった。

ホットコーヒーのカップを押しやって、エレノアはわたしに真新しくて分厚い「ニューヨーク・ポスト」紙を差し出し、「エルサ・マクスウェル」という署名のある長い囲み記事を指さした。「エルサはわたしの古い知り合いなのよ」と大統領夫人は言った。「彼女はあなたの記者会見にも出席していて、あなたの答えをどれも気に入っていたわ。あなたが自分のことをうまく伝えていたって。エルサは経験豊富で観察眼があって、すばらしい文章を書くの。わたしが読むところでは、彼女はあなたのことを正確に伝えているわ。というか、あなたがあたえた印象をね」

パヴリチェンコ少尉がそなえているのは美しさだけではない。パヴリチェンコの冷静沈着さ、穏やかさや自信は、彼女が耐えなければならなかった経験からえたものだ。彼女はコレッジョの絵画にある聖母のような顔に子どもの手をもち、そして赤い階級章のついたオリーブ色のチュニックには、激しい戦闘の銃撃がつけたしみがある。記者会見に出席していた記者のひとりで、わたしのそばに座っていた女性ジャーナリストが嫌味たらしい質問をした。流行の、優雅に仕立てたドレスを着た女性だ。「あなたが着ているのは通常の軍服ですか、それともパレード用のものですか？」

リュドミラは、わたしの隣のきれいに着飾った記者を見て、いくらかつれなくこう言い放った。「ソ連では、今のところパレードをする余裕がないことをお伝えしておきます。わたしたちの頭をしめているのはほかの問題ですから」

女性たちの衣類談義の反響は、男性の注意までも引いたようだった。それは豊富な情報を提供するビジネス紙である「デイリー・ニュース」にまでとりあげられていた。その記事にはわたしの全身写真が掲載され、下には長いキャプションが添えられていた。「狙撃手リュドミラ・パヴリチェンコ　わたしは誇りをもって軍服を着ています！　この軍服は、戦場で倒れたわたしの同志が流した血によって神聖なものとなっているのです。ですから、最高級の仕立て屋で作ったとても美しいドレスよりも価値があると思っています！」

朝食後、エレノアはわたしたちに心のこもったお別れのあいさつをした。ホワイトハウスですごす時間は終わり、わたしたちはソ連大使館へと向かった。そこでわたしたちを待っていたのは新たな記者会見だった。今回は国際通信社のロイターとAP通信の記者向けのものだった。

わたしの写真を掲載した分厚い新聞を束ねながら――それはモスクワにもどって報告するさいに必要となるからだが――わたしには、赤軍がわたしにあてがった新たな戦線の概要が、しだいに鮮明に見えつつあった。それはジャーナリストたちとの戦闘だった。ジャーナリストたちは有害できわめて不快なだけではなく、自分の主観のみで良し悪しや、おもしろいか退屈かを判断する。同志スターリンはわたしに戦争の真実を伝えることを託したが、伝える相手である何百万人というアメリカの読者や視聴者とわたしとのあいだにいるのがジャーナリストたちだった。それは、誠実であり、自分に自信をもち、なにがあっても落ち着きを失わず、陽気で機知に富んだ受け答えをしなければならないということだった。そうすれば、彼らはわたしの言うことを信用するだろう。

その夜、クラサフチェンコ、プチェリンツェフ、わたしの三人は、ホワイトハウスからもそう遠くない、ペンシルベニア大通りにあるアメリカ最古の劇場、ナショナル・シアターの公演に出かけた。上演されていたのは、イタリアの作曲家ジャコモ・プッチーニ作のオペラ『蝶々夫人』だ。観客席は身なりがよく裕福な市民で埋まっていた。最初は、民間人の服を着たわたしたちにだれも注意を払わなかった。だが第二幕と第三幕のあいだに照明が点くと支配人がステージに上がり、聴衆のなかに座っているのはソ連の学生派遣団のメンバーだと告げた。大きな拍手が鳴った。わたしたちはステージに上がらなければならず、ヴラディーミル・プチェリンツェフが派遣団を代表して五分ほど言葉を述べた。その後、きれいなドレスを着た少女が数人、きれいな色の箱をもって聴衆のあいだをまわり、赤軍支援のための募金を集めはじめた。

募金は非常にうまくいった。募金してくれた大勢の人々が立ち上がってステージに上り、わたしたちと握手をして、励ましの言葉をかけようとしてくれた。その後は、アメリカをまわるわたしたちの行く先々で、同じようなことが何度もあった。結局、派遣団が集めてソ連大使館に渡した金額は八〇万ドルほどにものぼった。かなりの額だ。だがわたしたちはこの募金に対してどういう態度をとるべきか何度も議論した。プチェリンツェフは、募金に対しては屈辱的な感情もいだくと言った。金持ちのアメリカ人に施しを乞うているようで、これではわが偉大な祖国と無敵の赤軍がまるで貧乏人ではないかというのだ。派遣団団長であるクラサフチェンコは、短気なヴラディーミルに事の本質を辛抱強く説いた。この金で、食糧はじめ、家も財産もすべてを失い避難せざるをえなくなったソ連の人々が必要とする品々を買うのだ、と。それはそれで正しいのだが、しかし後味の悪さも残ったのは確かだ。

とはいえわたしたちの旅は公式な訪問であり、TASS通信は一九四二年八月三〇日に、この訪問について次のような公式発表を掲載した。

ワシントンの国際学生会議にソ連派遣団が出席

ワシントンDCに到着すると、国際学生会議へのソ連派遣団の団員である同志クラサフチェンコ、プチェリンツェフ、リュドミラ・パヴリチェンコは同日ホワイトハウスに招かれ、合衆国大統領の客としてその夜をすごした。三日目にはソ連派遣団はラジオに登場し、彼らの演説はワシントンの主要ラジオ局によって放送された。この演説で、派遣団団員はナチとの戦闘経験を詳細に語った。

パヴリチェンコ、クラサフチェンコおよびプチェリンツェフの到着は、ラジオの特別番組でアメリカ全土に詳細に紹介された。翌日の朝刊はソ連の学生派遣団の写真と、彼らに対するインタビュー、それにワシントンに到着したときの模様を逐一掲載した。

ジャーナリストたちとの談話では、クラサフチェンコが彼らに、アメリカの若者とアメリカの全国民に、前線でナチの軍団と戦っているソ連の人々からの言葉を伝えてくれるよう頼んだ。クラサフチェンコは、ソ連の若者たちが侵略者との戦いにさまざまな面でくわわっていることについて簡潔に述べた。リュドミラ・パヴリチェンコはソ連の女性を代表してアメリカの女性たちにあいさつをし、ソ連女性が敵への憎しみに駆り立てられ、自分のことは後回しにして国のために働いていることを語った。プチェリンツェフは狙撃手の技術について語り、こうまとめた。「われわれには勝利する力があり、勝利するのはわれわれです。スターリンもそう言っており、きっとそうなるはずです」

ソ連の学生派遣団はルーズヴェルト大統領に、ホワイトハウスで受けた歓待に対して謝意を述べた。

九月二日の朝、わたしたちは国際学生会議の第一回討論会に出る用意をした。わたしたちは軍服を着て乱れがないかすべてを確認し、少々神経質になりつつ、討論はどう進行するのか、わたしたちはどういう風に迎えられるだろうかと考えていた。「国際会議！」。わたしたちはこの言葉を三人でくりかえし口に出したが、このときは三人とも、アメリカ人が巧みな言葉であざむく達人だとは知りもしなかった。ホールに着席していたのは四〇〇人ほどの人々で、各国の代表者だった。中南米、アフリカ、アジア、それにヨーロッパ。五三か国の学生が参加していたが、ドイツとその同盟国からの派遣団がいなかったのは言うまでもない。

名簿に目を通すと、経験豊富な共産主義青年同盟の職員ニコライ・クラサフチェンコは、国際学生会議の主催者の目的がわかったと言った。出席者の大部分はアメリカ、イギリス、カナダのメンバーだった。つまり、この三か国の学生が投票にも影響をもつことになる。この三か国になにか決めたいことがあれば、票の多さを利用してほかの出席者に自分たちの意見を押しつけることができる。これは、とニコライは結論づけた。つまり、出席者ひとりひとりの票ではなく、各国派遣団に一票を割りあてるよう要求する必要があるということだ。

わたしたちは赤軍の軍服で到着したので、すぐに人々の注目を集めた。入口では再び記者たちがわたしたちを攻撃してきた。カメラのフラッシュがたかれ、大量の質問が矢継ぎ早に放たれる。記者団をかきわけどうにか玄関ホールにたどり着くと、そこにはルーズヴェルト夫人がいて、派遣団にあいさつをしていた。ジャーナリストたちはあっというまに大統領夫人を取り囲み、わたしたちソ連派遣団と一緒の写真を撮らせてくれと頼んだ。

エレノアは断らなかった。彼女の左にはプチェリンツェフ上級中尉、右にわたしが立ち、彼女はわたしたちの手をとった。こうして、ファシズムに対してソ連とアメリカが軍事同盟の関係にあることが、はっきりと、目に見える形で示されたのだった。その翌日、写真は新聞に掲載され、推測に長ける解説者たちは、あれこれと勝手な解釈を述べていた。

派遣団の紹介と議題の採択のほか、会議初日は総会と「戦時の大学」についての議論がもたれた。ニコライ・クラサフチェンコも演説を行い、ソ連の学生が軍の任務についたり後方で働いたりしている点について、すべてを詳細に語った。その日の夕方には学生会議の正式な開会式があり、立派な肩書をもつ多数の人々が出席した。アメリカの市民団体の代表者たち、アメリカ合衆国大統領行政府の職員、それに大統領夫人。まだ式が終わる前にルーズヴェルト夫人がわたしたちのところにやってきて、ソ連派遣団はホワイトハウスの夕食に招待されているので、すぐにここを出るように、と言った。

これほど急ぐわけがまもなくわかった。偶然だとでもいうように、ホワイトハウスでわたしたちはアメリカ合衆国大統領フランクリン・デラノ・ルーズヴェルトに面会することになったのだ。大統領はいくつもある部屋のひとつで、背もたれが高く幅の広いひじかけがついた木製の椅子に腰をおろし、ひじかけに腕を預けていた。脚にはスコットランド製のタータンチェックの膝かけがかかっていた。

「フランク」。大統領夫人が言った。「ソ連の新しいお友達を紹介するわ」

大統領が、頭脳明晰で強い意志をもつ、非常に並外れた人物であることはまちがいない。大統領の射ぬくようなまなざしを受け止め、やせて筋張った手を握った瞬間、わたしはそうした心証をいだいた。大統領はわたしたちを紹介する通訳の言葉に耳をそばだて、わたしたちがたどってきた都市や町の名をくりかえした。「モスクワ…レニングラード…オデッサにセヴァストポリ…なんとすごいものだな！　ドイツがロシアで行っている戦争を正確にたどっているではないか！」。真の紳士らしく、大統領はまず女性であるわたしに話しかけ、わたしが参加した戦闘、わたしが軍で授与された勲章、それにわたしの連隊の同志たちがいかに戦ったかをたずねた。大統領はさまざまな戦線で行われている戦闘の概要は知っていたが、その詳細や、じっさいに戦いにくわわった当事者の印象を聞きたがっていた。

三年近くにおよぶ戦争で、ソ連はモスクワ、レニングラード、オデッサ、セヴァストポリで敵に抵抗したが、イギリスとアメリカは、まだ敵をはねつけるのに成功してはいなかった。大統領はわたしたちがどうやってそれを成したのかを知りたがっていた。それは、ロシア人が伝統としてもつ強い戦闘の意志や兵士の軍事訓練、将校たちの技術や将軍たちの戦略能力、またすぐれた武器が理由だったかもしれないが、なにより、軍と、侵略者に対して武器を取る国民との一体感にあったのではないだろうか。おそらく、ルーズヴェルト大統領はすでに将来の計画を立てつつあったのだろう。

ドイツの同盟国である日本が、一九四一年一二月七日にハワイの真珠湾にあるアメリカの海軍基地を破壊し、それからアメリカ軍をあっというまに東南アジアから追い出してからというもの、大統領はある問いに対する答えを探し求めていた。「そこを奪い返そうとするアメリカの助けとなるのはだれだ？」。対ナチ連合国にはたいして期待はもてなかった。イギリスの軍事力は軍事作戦を経るごとに低下していた。ナチはフランスの国土の半分を占領し、それ以外の半分はヴィシー政権の支配下にあったものの、この政権はヒトラーと協調関係にあった。中国は内戦状態だった。残るはソ連だ。もし、ソ連がスターリングラードでドイツを倒し、その領土からドイツ軍を駆逐できれば、またもしその生産能力を回復させることができれば、の話ではあるが。

ルーズヴェルトはこう質問してわたしとの会話を終えた。「アメリカにいてどう感じるかね?」

「すばらしいです、大統領閣下」。わたしは答えた。

「わが国民は君たちを温かく迎えているだろうか?」

「はい、どこに行っても客として歓迎されています。ときには急襲を受けるのも事実ですが」

「ほんとうかね?」。大統領は驚いた。

「貴国のリポーターからの突撃のことです」。わたしは、真剣な会話がくだけすぎないように気をつけた。「あの方たちはとても粘り強いのです。その圧力には耐えがたいものがあります。大統領はすべてをさらけ出さなければならないのですね」

大統領はほほえんだ。その話が気に入ったようだ。

わたしは冗談を言ってもよかったのだが、ルーズヴェルト大統領に、一番大事な要請をしたかったのだ。ソ連邦のためにもっと積極的な支援を行うこと。西ヨーロッパに第二戦線を置き、ヴォルガ川沿いで戦闘中のドイツ師団の一部を引き離して欲しいという要請だ。

ルーズヴェルト大統領はわたしの頭にあることがお見通しのようだった。大統領は沈痛な面持ちでこう言った。「ソ連政府とスターリン書記長に私個人の気持ちを伝えて欲しい。現時点ではわたしがソ連に今以上の現実的支援を行うのはむずかしい。われわれアメリカ人はまだ決定的な行動をとる覚悟ができていないのだ。われわれはパートナーであるイギリスに引き留められている。だがアメリカ国民の心は、友であるソ連とともにある」

国際学生会議は、さまざまな国からの派遣団がいるにふさわしい内容だった。興味深い演説もいくつかあれば、殴り合いになりそうなほど白熱した議論もあった。たとえば、いわゆる「インド独立問題」にかんする議論では、ターバンを巻いたボンベイ大学の学生がオックスフォード大のイギリス人学生に向かってこう叫んだ。「植民地主義のならず者！　われわれはそのうちかならず貴様らを倒して独立を勝ち取ってみせる」。インド人とイギリス人はかろうじて引き離され、ボンベイ大学の派遣団はわたしたちロシア人に駆け寄って不平をぶちまけた。わたしたちは小アジアや東南アジアの抑圧された人々に対していたく同情したが、しかし国際会議の場で騒ぎ立てることについては、モスクワにはそうするように命じる者などだれもいなかった。

まず、国際学生会議の最後に採択された宣言に、ヨーロッパに第二戦線を置くという一文を入れるのがかなわなかったことは言っておきたい。しかし、それでも主催者はわたしたちにあゆみより、学生派遣団は「スラヴ覚書」を採択した。それはドイツのファシズムをきびしく非難し、ファシズムに対する戦いにくわわるあらゆる人の団結を呼びかけるものだった。多数の新聞やラジオ局がこの覚書の採択を報じるなか、もっとも大きくとりあげたのがＴＡＳＳ通信だった。

一九四二年九月五日の晴れた暖かな夕方を、学生会議の参加者はホワイトハウスのとなりの芝生の庭ですごした。合衆国政府はそこで、この国際学生会議をしめくくる交歓会を用意してくれていた。エレノア・ルーズヴェルトが主催するものだ。何十人もの若い男女が紙の皿やサンドウィッチ、冷たい飲み物のビンを手に、典型的なフランス式のすばらしい庭園の小道を個人やグループで歩きまわり、民主的青年運動の狙いや目的について議論した。

大統領夫人が一番心を配ってくれたのがソ連派遣団だった。夫人はすでに、「スパシーボ（ありがとう）」、「ハラショー（すばらしい）」、「ダー（はい）」、「ニェット（いいえ）」、「カニェーシナ（もちろん）」という、ロシア語の五つの言葉を覚えていた。わたしたちと夫人との会話はそれほど肩肘ばったものではなくなっており、わたしたち自身も以前よりもくつろいでいた。夫人は冗談を言い、笑い、わたしたちにこの交歓会を設けることをいかにして思いつき、どう計画したのかを語った。夫人にとっては、学生会議は非常に文化的で教育的意味合いをもったもので、アメリカの価値観を世界の若者に広めるはずのものだった。だがロシア人の登場で多くのことが変わった。わたしたちが戦争について語るときの熱意はあまりに大きく、あまりに感情に満ちていた。わたしたちは戦争について多くを知っていた。ごくふつうの人々の苦しみ、戦闘で流される血、そして突然の死。以前はアメリカ人にとって遠く理解しがたいものであった戦争は、突如として目に見えるものとなったのだった。ルーズヴェルト夫人はこの点についてわたしたちに感謝の言葉を述べ、夫人の祖国の人々、アメリカ大陸のすべての人々が、わたしたちが語る話に耳を傾けますように、と言ってくれた。

16 愛しい人

翌朝、わたしたちはリトヴィノフ大使の執務室で報告を行い、国際学生会議の宣言と「スラヴ覚書」の文書を渡した。大使はわたしたちの行動をねぎらい、わたしたちがモスクワで受けたイデオロギーや政治に対する研修の大きな成果を見せ、演説の能力を発揮し、またブルジョワ相手の討論においては共産主義の理想をうまく主張し譲らなかったと言った。大使はわたしたちに、パートナーであるアメリカが学生派遣団の滞在日程を延長し、アメリカのさまざまな都市を巡って、対ヒトラー連合における各国の活動を大々的に宣伝することを提案してきたと言った。そしてソ連邦大使館はこの提案を受け入れたという。

わたしたちはこの決定に大喜びしたわけではなかった。ヴラディーミル・プチェリンツェフとわたしは一刻も早く帰国したいと思っていた。七月末にはスターリングラード戦線で激しい戦闘がはじまっていたからだ。ドイツはヴォルガ川目指して突進しつつあった。八月はじめには、ドイツ第六軍の一部部隊がスターリングラード郊外まで接近していた。

ソ連軍は侵略者に対して断固とした抵抗を見せていたが、数の上で優位にあるドイツはスターリングラード市内へと入る勢いで、それを阻もうとするソ連軍とつねに小競り合いが生じていた。スターリングラード戦線での戦闘は陣地戦へと落ち着きつつあり、つまり、それは狙撃手が行動を起こすのに最適な状況だった。ヴラディーミルは一五四、わたしは三〇九人のフリッツを倒していたが、ふたりとも、これまでの成功に満足しその上にあぐらをかくつもりなどまったくなかった。わたしたちふたりはどちらも、ロシアの大河沿いに位置するスターリングラードの最前線で戦果を増やしたいと願っていた。

穏やかにわたしたちの話に耳を傾けていたリトヴィノフ大使は、わたしたちふたりに、将校は常に赤軍最高司令官の命令を実行すべきことを思い出させ、またわたしたちは九月六日の日曜日にニューヨークへと向かう予定だと言った。この日はアメリカの国民の祝日――レイバーデイ（労働者の日）だ。わたしたちはニューヨーク行きの特急列車で早朝にワシントンを発ち、パレード用軍服を着用するよう求められた。

ニューヨークの駅でも、派遣団はそれまで同様ジャーナリストたちの出迎えを受けた。だが彼らはわたしたちから遠ざけられており、好き勝手にふざけた質問を放つ機会もあたえられなかった。わたしたちは車に乗り込み、サイレンの音とバイクのエンジン音を響かせる警察官の護衛を受け、セントラル・パークの中央入り口につれていかれた。そこには大観衆が集まっていた。上着を着て帽子をかぶってはいるが、どうみても軍人のふるまいが身についているたくましい若者数人が、わたしたちを肩に担いでステージ上へとつれて行った。ニューヨーク市のフィオレオ・ラガーディア市長がマイクを通して赤軍の英雄の代表が到着したことを告げ、ドイツのファシストたちに対するロシアの人々の大きな戦いをたたえた。これに観衆は熱狂的なうなり声でこたえ、市長に続き黒人歌手のポール・ロブソンが登場し、ロシア語で歌った。ドゥナエフスキーが作曲した「祖国の歌」だった。

集会はソ連からやってきた客への、この場の雰囲気を象徴するような贈り物で締めくくられた。樫の木からきれいなハート形に彫り出した盾で、その中央に銀の円盤がはめ込まれ、「ファシズムとの戦いへの果敢な取り組みに」という銘文があった。その贈り物を受け取ったのはわたしで、このあと、返礼の言葉——短いがわかりやすいスピーチ——を述べなければならなかった。わたしははじめた。「親愛なるアメリカ国民のみなさま、獣《けだもの》のようなファシストは、その身に破滅が待ち受けることに気づき、わたしたち連合国に滅ぼされる前にわが連邦に大きな一撃を放とうと、死に物狂いの努力をしつつあります。すべての国の自由を愛する国民にとって、わが軍を介して前線に支援を行うことは、生きるか死ぬかにかかわる問題です。栄えあるアメリカの労働者のみなさん、わが国はもっと戦車を、もっと航空機を、もっと装備を必要としているのです！」

わたしの声はマイクを通って静まり返った群衆の頭上に昇り、公園の一番遠い小道まで響き渡った。もちろん、ニューヨークの人々は通訳に代わるまではわたしの言ったことが理解できないが、その口調はわかるはずだ。群衆にわたしの熱意を届けたかった。ソ連の人々に対して共感をいだいてほしかった。そしてわたしはニューヨークの人々の心に訴えかけたかった。それはうまくいったようだ。聴衆は最初は抑え気味に声をあげていたが、それは拍手の嵐となり、大きな同意の声が上がった。

このあと、ソ連邦総領事ヴィクトル・アレクセイエヴィッチ・フェデューシン主催の公式な夕食の席が設けられた。夜には毛皮業者協会の建物で歓迎会があり、そこでわたしたちは贈り物を受け取った。わたしは床まで届くアライグマの毛皮のコート、男性ふたりには豪華なビーバー革のジャケットだ。毛皮業者は著名な客を大勢集めており、経済界やニューヨーク市の職員、それに芸術界や文化界を代表する多数の人々が出席していた。

わたしはそこでウィリアム・パトリック・ジョンソンに紹介された（1）。彼は冶金会社を所有する大金持ちだった。ジョンソンに、とくに変わった点が感じられたわけではない。かなり背が高い紳士で三五歳くらい。ごく平均的な肉づきで感じのよい容姿のジョンソンは、ほかの人たちと同じようにわたしの手に軽く唇をふれた。そして月並みな言葉でわたしの外見を誉め、セントラル・パークの演説はすばらしかったと述べた。それで、ジョンソンもあの場にいたことがわかった。ひとつだけふつうではなかったのは、彼がニューヨーク郊外に所有する別荘にわたしを執拗に招くことだった。そこには二〇世紀初頭の、ロシア・アヴァンギャルドの絵画のコレクションがあるという。わたしはアヴァンギャルドの画家についてはわずかな知識しかなく、わかるのは、「巡回」美術展覧会を行った「移動派」の画家たちや、とくに評価が高かった戦争画家、ヴァシリー・ベレシチャーギンくらいだった。

わたしたちは、この手の個人的な旅行やつきあいを禁じられていた。わたしは顔に笑みを浮かべつつ、ジョンソンに、残念ながらわたしたちが出席すべき行事のスケジュールはぎっしりつまっていて、招待を受ける余裕はないのですと告げなければならなかった。わたしはこれでわたしたちの会話は終わり、ジョンソンともう会うことはないと思っていた。ところが、それで終わりというわけではなかった。

ニューヨークでの集会が成功した話を聞くと、国際学生支援会の主宰者たちやソ連大使館、それにアメリカ合衆国大統領行政府は、広報活動のためのさらなる旅行を計画した。九月一〇日に、大西洋岸の大都市ボルティモアへと向かうのだという。ワシントンからは何車線もあるすばらしい高速道路が走っていた。わたしたちは午前中に大使館の車で出発し、昼頃にはボルティモアに到着した。警官の護衛がついたのはここでも同じだった。サイレンが響き渡り、白のヘルメットをかぶり黒のジャケットを着た警官が乗るバイクが列を作った。市長に会いに行く途中には、道路脇で手を振りわたしたちを歓迎し、あいさつの言葉を叫んでいる人々が見えた。

ボルティモア市の広場でも集会が行われ、わたしが演説をし、ここでも人々が一斉に声をあげ、ロシア語と英語で「赤軍万歳！」、「ようこそ、ファシズムと戦う戦士たちよ」、「第二戦線の形成を支持する！」と書かれた横断幕が掲げられた。このあと、市長の主催で著名な市民も出席する公式な歓迎会が設けられた。そしてそこに、ウィリアム・パトリック・ジョンソンもいた。前回とは違って、今度はグレーのストライプのスーツを着たジョンソンは、わたしのところにやってきてこう言った。再会できて非常にうれしい、ボルティモアには大きなデパートを経営するいとこがいて、そこにはすばらしい既製服のコーナーがあるので、パヴリチェンコさんにおいでいただきたい、ロンドンから最新流行の服が届いたばかりだから、と。ジョンソンが話し終えたとき、ダイヤモンドで飾り立てた中年女性がわたしたちのところにやってきた。これが、もちろん、ジョンソンのいとこだ。彼女は笑みを浮かべて、わたしの体形に合うほんとうに素敵な服があるのだと言い、わたしに今すぐ試着に出かけるよう勧めた。ジョンソンは、わたしが気に入った服があればすべてプレゼントしたいとも言った。

これは非常に深刻な事態で、しつこく言いよる大金持ちをはねつける必要があった。だがそれはやんわりと、礼儀正しく、それも外交儀礼に則ったものでなければならない。わたしは、品質の高い服は好きだが、今は同志スターリンの指令によって行動しているのだと説明した。地方の企業経営者であるふたりは驚いた顔をして、では美しく若い女性が服を新調したいときにはどんな命令がいるのか、とたずねた。わたしはふたりに、ルーズヴェルト大統領がそのような命令をされるのでしょうか、あるいは、おふたりは経済的強制からのみ行動されているのでしょうか、と聞き返した。ふたりのいとこたちがなんと答えるものかと考えているあいだに、ニコライ・クラサフチェンコがわたしのそばにやってきた。彼はまさにぴったりのタイミングでこうした行動を取るという特技があった。わたしは彼の腕を取り、すばやく部屋の反対側へと歩み去った。

翌日の九月一一日、わたしたち派遣団はワシントンにもどった。大使館では、いくつか喜ばしいニュースが待っていた。アメリカ合衆国大統領とその夫人がソ連の学生をふたりの私邸に一週間招待したという。ニューヨークから八〇キロ、ハドソン川の河岸にあるハイドパークだ。ソ連派遣団にくわえ、国際学生会議の参加者も数人招待されていた。イギリスのリチャード・マイルとデーヴ・スコット、オランダのヨハン・ウォルター、中国のユン・ワンだ。わたしたちは列車に乗り込み、大統領夫人が駅で出迎えてくれた。ルーズヴェルト邸は広大で美しく、最新の設備がふんだんに取り入れられていた。一日で全体を見てまわることはできないだろう。まっすぐな道が伸びる庭園、花壇、芝生、あずまや。それに、少なくとも三平方キロメートルは広がるうっそうとした森と、それに溶け込むようにしてあちこちに置かれた木製のベンチ。敷地の中央寄りに二階建ての石造りの家があり、そのそばには大きな湖があった。一方の湖岸は葦が茂るままになっていて、手つかずの自然といった感だが、もう一方はよく手入れがされていた。そこには水浴び小屋があって、そこから塗装された桟橋が澄みきった湖水まで伸びていた。桟橋の横には支柱につながれたボートがあり、そよ風に揺れていた。

朝食後、わたしたちは散歩に出かけた。わたしの気を引いたのは、革張りのように見える小さく不思議な乗り物だった。その真ん中に小さな座席があって、オール受けに乗った短いオールがついていた。ベラヤ・ツェルコフにいた頃、わたしと姉のヴァレンティナは、底が平たい「コサック・オーク」と呼ばれるボートをロス川に漕ぎ出して遊んだ。あまりよく考えずに、わたしはアメリカの「インディアン」カヌー（あとでわかったのだが、そう呼ばれていた）に飛び乗り、桟橋から離れてオールを漕いだ。

ボートは水鳥のようにすいすいと進んだが、喫水がとても浅かった。一回くるりと向きを変えたところで、ボートはひっくり返りわたしは冷たい水のなかにいた。

わたしはフェルト帽を回収しようとしたがうまくいかず、帽子はあっというまに沈んでしまった。ひっくり返ったボートを元に戻すこともできなかった。ボートの両側面はほんとうに革張りだったので、薄い革は濡れてつるつると滑ったのだ。わたしは湖岸へとボートを引いて泳ぐことしかできなかった。湖岸にはこの事件の目撃者ふたりが立っていた。リチャード・マイルズとデーヴ・スコットだ。

高貴なイギリス紳士たちはどうしていいかわからず、足を踏みかえながらそこに立っていた。女性とボートを救出すべきか。だがそれには服を脱いで水に入らなければならない。使用人に助けを求めに行くべきか。そうすると敷地の真ん中まで走る必要があるだろう——もっともそれほど遠くはなかったのだが。だから彼らは水際で、この状況についてああでもないこうでもないと大声で言い合いながら、心配そうに突っ立っていただけだった。ふたりはすぐに異様な光景を目のあたりにする。湖から上がってきた赤軍将校の服はびしょぬれで、体の線がくっきりとわかったのだ。

ふたりの深刻な顔を見ると、わたしは思わず笑いだしてしまった。正直に言うと、外国でこんな馬鹿げたことをしでかしたことが笑えたのだ。なじみのないボートで湖の対岸に向けて出発したかと思うと水にぼちゃんと落ち、帽子を救おうと潜り、まぬけなふたりの青年の目の前で湖岸に上がる。そのふたりは、まるで火星人の襲来に遭遇したかのように目を丸くしてわたしのことを見つめていた。

笑いが止まらないまま、湖からずっと離れた、二階建ての家の裏にある客用コテージにもどった。ニットの上着の襟は首にはりついていた。羊毛を使った服の生地は重くなり、とても歩きづらかった。靴のなかでは水がバシャバシャと跳ねた。だがわたしはその場ですぐに服を脱ぐわけにはいかなかったし、それに裸では寒かったと思う。

　九月のさわやかな風が吹いてはいたが、暖かいかというとそうでもなく、気温は一六度程度だった。「リュドミラ！」。突然、大統領夫人の警戒するような声が響き渡った。エレノアが自宅一階の窓を開けて呼びかけたのだ。「どうしたの？」

「水着も着ないで湖で泳いだんです」

「でも泳ぐには不向きのお天気よ。すぐに着替えないと。こちらにいらっしゃい」

　ルーズヴェルト夫人はわたしを玄関で出迎え、自分の書斎兼寝室につれていった。そこには浴室とトイレが備わっていた。そこに行くあいだもわたしの笑いは止まらず、いじわるなボートのこと、フェルト帽が石のように沈んだこと、それに水を心底怖がり、たぶん「裸同然」の女性を見たことがない、アルビオン［グレートブリテン島の呼称］から来た男たちのことを冗談めかして話してきかせた。

　エレノアは大きなふかふかのタオルをもってきてわたしに差し出した。びしょびしょの靴を履いたままのわたしは、夫人の書斎の床に敷かれた豪華なペルシャ絨毯の上をこのまま歩いてよいのだろうかと不安になった。「浴室で服を脱いで。すぐにもどってきます」と彼女は言った。

　大統領夫人は一五分ほどでもどってきた。自分のパジャマを何枚かと、ハサミと、針と糸が入った箱をもってきていた。わたしは体にタオルを巻きつけ夫人を待った。わたしは濡れた服、下着、ストッキングに靴を浴室で脱ぎ、はだしで絨毯の上に立ち、夫人はいったいなにをする気なのかとどぎまぎしていた。鏡台の大きな鏡にわたしが映っていた。湿ってもつれた髪、むき出しの肩と腕、それに脚。タオルは幅が一・五メートルあったけれど、わたしの全身を覆うほどの大きさではなかった。

　エレノアはわたしをチラッと見ると笑みを浮かべ、メイドを呼んだ。そしてメイドに浴室にあるものをどうするか説明した。汚れているものがあれば洗って、乾かしてアイロンをかけてもってきてちょうだい。カールした黒髪に白いキャップをつけ、レースのふちどりのある白いエプロンをかけたかなり太った中年の黒人メイドは、わたしのほうをチラチラ見ながら、承知しましたとうなずいた。大統領の客が、こんなにもきわどい格好で使用人の前に現れることなどなかったのだろう。メイドが部屋を出て行くと夫人はわたしのほうを向いて言った。「さて、あなたにはわたしのパジャマに着替えてもらいます」

「でもわたしたちは身長が違いますよ」

「心配ないわ！　わたしが袖と丈を短くするから」

「夫人がですか？」。わたしは心底びっくりした。

「そうよ、リュドミラ。もしかして、ルーズヴェルト家の女は遊んでばかりだとでもお思い？　言っておきますが、アメリカの女性はみな、働くということを知っているわ…」

まず、夫人はパジャマを大きなベットの上に広げた。真新しい、ピンクの厚いサテン地のパジャマで、襟と袖口とポケットにはスミレの刺繍があり、安物のパジャマとはくらべものにならなかった。だがエレノアはそれを一生懸命ハサミで切りはじめ、それから箱から長い巻き尺を取り出した。結局は、目測だけに頼らず、切る前にきちんと寸法を測っておくべきだということだ。

夫人はこの仕立て屋の道具を手際よく使ってわたしの腕の長さを測ると、それから後ろにまわって肩幅を測ろうとした。タオルはわたしの脇の下までしか隠していなかったので、赤くて長いジグザグの傷がわたしの右の肩甲骨から背骨にかけて斜めに走っているのが夫人の目に入った。夫人はこれに驚き、一歩あとずさりすると叫んだ。「なんてこと！　リュドミラ、これはなに？」

「金属片が残したものです」とわたしは答えた。このとき、わたしは「傷」や「破裂弾」や「破片」という英語を知らず、それに代わる言葉を口にするしかなかった。

「でもどうして金属片が?」。エレノアは傷にそっと指をふれた。

「昨年一二月にセヴァストポリでのことです」

「ドイツと戦っていたのね」

「そうです」

「かわいそうに!」。ルーズヴェルト夫人はわたしをぎゅっと抱きしめ、わたしの額に唇をそっとあてた。

「ほんとうに辛い試練に耐えたのね」

大統領夫人は心から同情してそう言った。辛そうでさえあった。ホワイトハウスの朝食会で初めて会ったときには分かり合えそうにないと感じていたとしても、今の言葉は彼女の本心だと思えた。このとき彼女は、敵を見つけたときのわたしの行為について、自分が何を言ったかを思い出していたのだろう。あのときはわたしの行動について好ましく思わないところがあり、人前での討論に慣れている夫人は、奇妙な「セヴァストポリの女戦士」の鎧——夫人にはそう見えた——に言葉の槍で軽くひと突きすることにした。だが返ってきたのは単刀直入で的を射た答えだった。このあとおそらくエレノアは、ロシアの人々にはアングロ・サクソンには計り知れない、なにか不思議なところがあるのかもしれないと思いはじめたのではないだろうか。そしてその不思議を見極めたいと思ったのだ。

夕食が近づいているのに食堂にいないわたしたちを気づかい、フランクリン・デラノ・ルーズヴェルトは車椅子に乗り邸宅の妻が使っている区画にやってきて、寝室にいるわたしたちを見つけた。わたしたちは大きなベッドに座って裁縫に熱中していた。進行中のパジャマの手直しは仕上げに近づいていた。わたしたちのまわりには明るい色の布きれが何枚も散らばり、それに混じってハサミ、綿の糸、針を差したサテンの端切れもあった。当時の流行についての話は盛り上がった。仕立てるとしたらどんな服がいいか、色はどうするか、仕上げの装飾や宝石のアクセサリーはどんなものがよいかなどなど。パジャマの上だけを身に着けていたわたしは、合衆国大統領が部屋に入ってきたとき、驚いて飛び上がり、タオルを腰に巻きつけ思わず口走った。「すみません、ルーズヴェルトさん！」

大統領は吹き出した。大統領にとってはとても楽しい光景だったようだ。そこにいたのは年の離れたふたりの女性で、育ちも受けた教育も社会的地位も異なり、もちろん言葉もうまく通じない。だがそんな違いものともせず、ふたりはまったくくだらないおしゃべりに興じていた。生活のあれこれについて完璧に意見が一致することがわかると、ふたりはうれしそうに顔を見合わせ、会話を楽しんだ。つまらない話題などまったくなかった。それまで知らなかった話を聞けるわけでもないし、真面目な議論をしているふりをするでもなく、それでもおしゃべりは二時間にもなろうとしていた。

夕方になるとハドソン川の上を強い風が吹き、空は一面曇って雨が降り出し、まもなくどしゃぶりになった。食堂には火が焚かれたが、ぴったりのタイミングだった。夕食が出される広い食堂では、吹きつける風に窓ガラスがガタガタと音を立てていたからだ。秋の陰鬱な空気が大きな石造りの家の壁をすり抜けて来て、家じゅうにハドソン川の湿気をもち込んだかのようだった。

わたしたちとは顔なじみになっていた大統領側近のハリー・ホプキンズがハイドパークの夕食に到着した。ホプキンズはワシントンから新聞を何紙かもってきており、彼と一緒に囲むテーブルはとても楽しいものとなった。ホプキンズは酒を飲まず、塩辛いものや辛いもの、揚げたものは食べなかった。前年に、胃にできた悪性腫瘍を取り除く手術を受けていたためだ。しかしこれはまったくホプキンズの気分に影を落としておらず、その頃のできごとについてウィットの効いた話をして一同を楽しませてくれた。わたしは、エレノアがとくにホプキンズの到着を喜んでいるのに気づいた。エレノアは前もってホプキンズに、特別な問題を話し合いたいと告げていたからだ。

ルーズヴェルト邸での七日間はあっというまにすぎ去った。わたしたちはワシントンにもどり、ソ連大使マキシム・リトヴィノフを訪問した。彼は学生派遣団のさらなる活動について、モスクワでの決定事項をわたしたちに伝えた。派遣団が二手に別れて行動すると聞いて、わたしたちはひどく驚いた。クラサフチェンコとプチェリンツェフは、クリーヴランド、バッファロー、アルバニー、ピッツバーグ、リッチモンドその他、アメリカ北東部の都市をまわり、カレッジや大学の学生たちとの集会を行う。わたしはシカゴ、ミネアポリス、デンヴァー、シアトル、サンフランシスコ、フレスノ、ロサンゼルスと、西部と中西部をまわるという。男性ふたりとわたしは、九月二四日になごやかに別れの言葉をかわした。わたしは、この旅のあいだに、何度もルーズヴェルト夫人と一緒になることがわかっていた。大統領夫人がいることで、アメリカ人との会合のランクは高くなる。つまり、さまざまな州の知事や市長との交歓会や、ビジネスランチ、経済界が催す夕食会や、地方紙やラジオ局向けの記者会見が待っているということだ。

スピードを上げて、窓に防弾ガラスを使った大統領専用リムジンはガラガラの幹線道路を走った。前後を護衛車が守っている。アメリカ中西部最古の町のひとつ、デトロイト郊外にあるディアボーンの家々や通りが後ろに流れて行った。わたしたちは、アメリカ最大にして全世界に知られた自動車会社、フォード社の本社を訪ね終えたところだった。

この旅は、アメリカでは「ティングース（ブリキのガチョウ）」と呼ばれる双発爆撃機を製造する航空機工場の訪問を皮切りにはじまった（2）。わたしたちは組み立て工程をすべて見学した。金属管から機体の骨組みを作り、巨大なプレス機でジュラルミンの翼を打ち抜き、そしてベルトコンベアで運ばれて、この軍用機が威嚇的な外観をえるまでのすべてだ。解説は、この会社の重役であるローレンス氏が行った［TN　ローレンス氏の綴りがLawrenceとなっているが、正しくはLaurenceの可能性あり］。

工場の本部が入る建物で、わたしたちは「自動車王」本人とその家族、それにフォード社の経営陣の出迎えを受けた。ヘンリー・フォードはやせた陽気な老人でわたしに会いたがっており、「フォード・モーター・カンパニー」の金バッジをわたしにプレゼントし、わたしと、この訪問についてきていたエレノア・ルーズヴェルトと三人で写真を撮らせて欲しいと頼んできた。リポーターたちがあっというまにわたしたちのほうに突進してきて、カメラを構えてフラッシュをたき、工場や爆撃機、それにアメリカの軍事力について質問をはじめた。

記者団の代表者たちは昼食に招待されてはおらず、サンドウィッチ、ドーナツ、コカコーラという軽食が、わたしたち少人数のグループのために用意されていた。この会社の創業者であり経営者がてみじかに愛国的な演説を行い、ディアボーン市長が話し、それからわたしに順番がまわってきた。歓迎会はきっかり三〇分で終わり、それを越えることはなかった。ヘンリー・フォードの帝国ではほかのどこよりも、「時は金なり」なのだ。

わたしは労働者たちの態度にとても驚かされた。倉庫のような場所におそらく三〇〇人ほどが集められていたが、工場用の紺色のオーバーオールを身に着けた彼らはむっつりと陰気で、上の空に見えたのだ。わたしは、共産主義のスローガンや訴え抜きに、短いスピーチを行うようにと言われていた。だからそのとおりにして、アメリカの労働者に、ドイツのファシズムとの戦いにみなさんの助けを待っている、というソ連の労働者の言葉を伝えた。だがいつものような拍手や質問や励ましの言葉は一切なかった。わたしがその場を離れると、彼らは黙って椅子から立ち上がった。

「労働者の敵だわ！」。わたしは道路脇の木々を車の窓越しに眺めながら、皮肉っぽく、陰気につぶやいた。木々は秋の冷気にふれて、葉を落としつつあった。

「リュドミラ、それはまちがいよ」。エレノアが笑みを浮かべて言った。

「ですがどうして従業員をあのように扱うのですか？ 番犬に吠えられる口のきけない家畜のほうがまだましですよ。あの人たちはどうしてひと言もしゃべらないのですか？」

「あの人たちは働く上流階級なのよ。フォード社の給料は高いわ。失うものがあるの。フォード氏が従業員を管理しているのは確かだわ。教会に行け、ウイスキーは飲むな、ギャンブルはするな、家族を養え、労働組合に入るな、ストライキをするな…。あの人たちはあなたに話しかけるのを恐れていたのよ。なにしろあなたは共産主義国ロシアから来たのだから」

「なんてこと！」。わたしは膝をげんこつで打った。「次の機会には、アメリカ人に言いたいことがあります！」

運転手と助手席に座る護衛と後部座席とはガラス板で隔てられており、わたしたちの会話は彼らには聞こえなかった。それに車のエンジン音はやわらかく、会話の妨げにはならなかった。車は一定のスピードを保って大統領専用車の車列をくずさず、大都市を結ぶ道路を走った。デトロイトからわたしたちは四五〇キロ離れたシカゴへと向かい、それには五時間半を要した。

ミシガン州の平野が道路の両側に広がっていた。エレノアが、自分の故郷である中西部をわたしに見せるためにこのルートを選んだのは明らかだった。道路沿いには、アナーバー、アルビオン、カラマズー、ベントンハーバーといった小さくこじんまりとした町が続いていた。そして幹線道路は向きを変え、巨大な、まるで海のようなミシガン湖の湖岸を目指した。ここから風景は変わった。鏡のような湖面はときおり丘や小さな林に隠れる。湖岸近くにはいくつもの小島が見えた。南へ行くにつれ美しい砂丘が増えて、それはとても高かった。

大統領夫人は、おもしろく楽しい話をこまごまと語ってくれた。夫人はアメリカが大好きで、国について豊富な知識をもっていた。夫人は夫の大統領選挙を手伝う間にアメリカを縦横に旅し、大統領に代わってさまざまな仕事をしたのだ。夫人はわたしにもっとアメリカのことを知ってもらいたがっていた。夫人は冗談まじりにこう言った。もちろん少尉は全身全霊、偉大なる国ロシアのものよ、でも、ほかの国を見てその国の人々の生活を理解するのも役に立つわ。

ルーズヴェルト夫人は努めてゆっくりと、やさしい言葉を選んで英語を話そうとしており、わかりやすく現在形だけを使った。それでも、外国語で意思の疎通を図る経験が乏しかったわたしは、短い文をつないだ話を理解するのでさえものすごく集中することが必要で、五時間を超す車の旅に疲れ切ってしまった。さらに、わたしが車での移動に慣れていないこともあり、乗り心地がすばらしい大統領専用車両のキャディラックであっても疲れが増したのだった。

じっさいに、わたしがシセロやオークパークといったシカゴ郊外のすばらしい風景を目にすることはなかった。大統領夫人の肩に頭を乗せて眠ってしまったからだ。車が止まって目が覚めたときは、とてもばつが悪かった。エレノアは何事もなかったかのようにほほえんだ。

「起きてちょうだい、ダーリン。シカゴに着いたわ」

集会のためにシカゴ市当局が選んだのはグラント・パークで、ここはミシガン湖の湖岸にフランス様式を取り入れて作られた歴史ある区画だった。グラント・パークは広大でよく整備されており、芝生や花壇、自転車道、バッキンガム噴水やエイブラハム・リンカーン像、それにコンサート用のステージがあった。

このステージには、アメリカ、イギリス、ソ連、中国という対ヒトラー連合国の国旗と、その指導者であるルーズヴェルト、チャーチル、スターリン、蒋介石の肖像画が飾られていた。そしてシカゴの新聞「シカゴ・トリビューン」には、集会が開催されるというニュースと集会への参加を呼び掛ける記事が掲載されていた。

集会の来賓のなかにはエレノア・ルーズヴェルトや、慈善団体であるロシア戦争救済基金の理事長であるフレッド・マイヤーズもいた。この基金は一九四一年七月に、アメリカの共産主義者や独創的な仕事に就くインテリ層を中心とするリベラル派の賛同者（たとえば、俳優のチャーリー・チャップリン、映画監督のオーソン・ウェルズ、画家のロックウェル・ケントなど）によって設立されたものだった。また集会にはアメリカ軍を代表して、イリノイ州の隣のケンタッキー州にあるフォートノックス陸軍基地から、スティーヴン・ダグラス大佐も出席していた。そしてわたしには赤軍代表という名誉ある役割がまわってきたわけだ。

いつもどおり市長が開会の言葉を述べ、対ヒトラー連合とアメリカがそこにくわわることについて簡単な説明をすると、市長はわたしに演壇を譲った。わたしはマイクに向かって歩いた。目の前には大観衆がいた。わたしには最前列にいる人々の顔がはっきりと見えた。おもに三〇代から四〇代の男性だ。わたしに向けている顔はとてもやさしく、笑みを浮かべていた。わたしは、遠いロシアで進行中の戦争についてみじかに説明しはじめた。そして、少し間をおくと声を張り上げた。「みなさん！　わたしは二五歳です。前線ではすでに三〇九人のファシストの兵士と将校を倒しました。みなさん、もうわたしの後ろに隠れている場合ではないのではありませんか？」

驚いてわたしの顔を見ると、通訳がこれを、できるかぎりわたしの口調をそのままに訳した。ほんの一瞬、聴衆は静まり返った。だが次の瞬間、歴史ある公園がほんとうに嵐にみまわれたかのようだった。人々は一斉に声をあげ、歌い、口笛を吹き、足を踏み鳴らし、そして大きな拍手がわき起こった。ジャーナリストたちはステージに突進してきた。それに、そうした記者たちを押しのけて押し寄せてきたのが、ソ連邦を支援するための基金に寄付しようとする人々だった。募金についてはシカゴ市長が集会の開会時に要請し、ステージの前にロシア戦争救済基金用の募金箱が置かれていた。その場で直接わたしに寄付を渡そうとする熱心な人々もいた。何人もの護衛が即座にステージの前に列を作り、会場が混乱に陥るのを防いだ。

わたしはまだマイクのそばに立ち、腕をだらんと下げ、指を握りしめていた。聴衆の感情の爆発はあまりに大きく、自分がとっさに考えた演説でこんな風になるとは思ってもいなかった。フォード社の工場でうまくいかなかったあとだけに、わたしは、聴衆の心に響くような言葉を語りたかった。コロンブスが発見したこの大陸に住む、幸運に恵まれ、寛大で、だが戦争に踏み出すことにいまだ慎重な人々の心に直接訴えかけたかったのだった。

あとで知らされたところによると、シカゴの集会についての記事とわたしの演説の内容は、多くの新聞で第一面に掲載されたのだそうだ。ロイターは好意的な評価とともに、その記事を世界中に配信した。ロイターの記事には、ソ連が侵略者ドイツと行っている壮絶な戦闘におけるその当時の英米の立ち位置を、わたしがわかりやすく正確に説明したと書かれていた。

シカゴ市長主催による夕方の交歓会で、わたしはシカゴ市が選定する「アメリカ合衆国名誉市民」の金色のバッジと美しい証明書を正式にもらった（3）。ホールに集まったのは上流の人々で、イブニングガウンを着たご婦人たちやディナー・ジャケットを着た紳士たちだ。わたしのカーキ色のチュニックには、レーニン勲章と「戦闘功績」記章、それに「親衛」と「狙撃手」記章という、おそらくこのきらびやかな場ではあまりに質素な、きらきらと輝く赤と白のエナメルのバッジしかつけていなかった。だがそれが主催者側の希望だったので、わたしはそうしていた。多くの人々がわたしのところにやってきて、戦争における米ソの協力や、ヨーロッパに第二戦線を置くことの必要性について語った。こうした言葉が行動で裏づけされればよいのだが、とわたしは思った。わたしについても、たくさんの、さまざまなお褒めの言葉がかけられた。わたしはこうしたときに取るべき態度がわかっている。笑みを浮かべ、おだやかに、落ち着いて、だが尊大にならないようにするのだ。

だが、この落ち着きを最後まで保つのはむずかしかった。ウィリアム・パトリック・ジョンソンが、突然――ほんとうに不意打ちだった――この洗練された人々の集まりの最後に登場したからだ。わたしは、紳士たちのなかにジョンソンがいることがすぐにはわからなかった。ジョンソンはほかの人たちとまったく同じく、ディナージャケット、白いシャツ、蝶ネクタイをつけ、きちんと分けた黒髪に、アメリカ人の口癖（「うれしいことに万事うまくいっています」）を口にし、上品ぶった笑みを浮かべていた。

「どうやってここに入り込んだのですか？」。彼の美辞麗句に満ちたあいさつにそう答えることしかできなかった。

「とても簡単でしたよ、パヴリチェンコさん」。彼はつまらなそうにこたえた。「わたしは車でデトロイトからあなたについてきたのです。さすがにヘンリー・フォードの本社には入れてくれないでしょうが。フォードはたいへん警備にきびしいですからね」

「では、ここはそうではないと？」

「ここでは状況が違います。イースト・シカゴは金属工場の街です。その三〇パーセントはわたしの所有ですから、むずかしくはないのですよ。支配人に頼んでここに…」

「ウィリアム、聞いてください」。わたしはこのちょっと変わった男性の言葉をさえぎった。これまでのできごとから判断すると、この男性はわたしのことを熱心に追いかけまわしているようだ。「あなたにはそんな時間があるのですか？」

「ありませんよ」。ジョンソンはため息をついた。「わたしは妻を亡くしています。妻は美しい女性でしたが、一年半前に脳腫瘍で若くして亡くなりました。わたしは新聞で、あなたのご主人もセヴァストポリの戦闘で命を落とされたことを知りました」

「そうです」

「ですから、わたしはあなたに結婚の申し込みをしたいのです」

「あなたはどうかされていますわ！」。顔にはやさしい表情をはりつけたままにしようと努めながら、わたしはきっぱりとそう言った。

「パヴリチェンコさん、ニューヨークのセントラルパークの集会であなたを見たときから愛しています。あなたはすばらしい女性で、その魅力に抗うことなどできない。わたしにはあなたしかいないと本心から思っています」

「ここはそうした会話をする場ではありません」

「もちろんそうです」。冶金会社の経営者はうれしそうに言った。「どこでなら会えますか？」

交歓会は終わりに近づきつつあり、客はホールをあとにしはじめていた。みな、別れの言葉を口にし、儀礼的なあいさつをかわし、わたしとウィリアム・ジョンソンとの会話に注意を払う人はほとんどいなかった。だがエレノアだけはわたしから目を離さなかった。彼女は瞬時にわたしが助けを必要としていることを悟った。大勢の人々ごしに、大統領夫人がわたしたちのほうにまっすぐ向かってくるのが見えた。大金持ちは大統領夫人の登場を喜ばず、即座にあとずさりして礼をし、振り返りもせずに去った。

なんとなく落ち着かない気分で、わたしは今のできごとをルーズヴェルト夫人に話した。彼女はジョンソンについて調べてくれると約束した。それはさておき、彼女はわたしにフォートノックス陸軍基地のスティーヴン・ダグラス大佐と、シカゴ射撃協会会長のマコーミック氏をあわただしく紹介した。彼らは、その翌日の、所属する射撃クラブのメンバーの集まりに招待してくれて、わたしはそれを受けた。

共産主義青年同盟学生派遣団のアメリカ滞在期間中ずっと、一部地方ジャーナリストはたびたび、狡猾なボルシェヴィキがアメリカに送り込んだのは狙撃手ではなく、特別な訓練を受けたプロパガンダ要員であり扇動者であって、前線に立ったことなどないのだという仮説を検証しようとした。こうした目論みがあるため、彼らは派遣団の訪問先に火器を扱う軍の部隊や将校クラブや、射撃場を押し込んだ。そこではターゲット射撃も行われるからだ。だからわたしは、シカゴ射撃協会に出向いたとき、そこに手帳をもって聞き耳を立てる若者と、カメラを手にしたふたりのがっしりした男性がいるのを見てもちっとも驚かなかった。

一方、わたし個人としてはアメリカ軍狙撃手の武器を見たかったし、射撃場に行けばその機会もあった。まずわたしが手にしたのはM1ガーランド自動装填式ライフルで、それからボルトアクション式のスプリングフィールドM1903をもってみた。どちらもウィーバー社の望遠照準器が装着されていた。いつもどおり、わたしは指を銃尾、銃身、銃口にはわせ、トリガーの機構とマガジンを調べた。ガーランドはSVT-40とよく似ており、銃身内の特殊な導入孔を通った燃焼ガスがボルトの閉鎖を解除する。スプリングフィールドはモシン・スリーラインと同様、手動でボルトハンドルを引く構造だった。そのほか、ドイツ軍のモーゼルKar・98kの狙撃用タイプと同様の手動の安全装置もついており、これについてもわたしはよく知っていた。

アメリカ人たちはわたしの一挙一動に視線をはりつけていた。「初めてライフルを目にした美人」のイメージがすぐに消え去ったのは明らかで、彼らは笑みを浮かべはじめた。通訳の助けを借りて、わたしは連合国の人々に、彼らの銃について、ソ連の銃と似ている部分と異なる部分を説明した。要するにわたしは短い講義をしなければならなかったわけで、まるで、非戦闘地域からセヴァストポリにやってきた小隊の新兵相手に指導を行っているかのようだった。射撃協会のメンバーはわたしの話を注意深く聞き、手帳をもった記者はすぐにこの集まりに興味を失った。暴くべきことも、センセーショナルなできごともなかったからだ。

武器庫の次には射撃場に向かった。わたしは神経質になっていなかったとは言わない。真のプロフェッショナルならば少なくとも週に二度は練習すべきだったのに、一か月半も狙撃用ライフルを手にしていなかったからだ。それにアメリカの武器をたいして信頼しているわけでもなかった。だがそこにある銃は非常に品質が高く、射撃場の設備はすばらしかった。わたしはいつもどおりターゲット射撃を楽しみ、わたしが放った銃弾はほぼすべて的の中心を射た。

射撃場を出るときには射手たちは和気あいあいとした一団となって、一同のために軽食が用意されたホールへと向かった。テーブルにはジンやウイスキー、ブランデーといった強い酒がならんでいた。協会のメンバーはアメリカ陸軍の元兵士や将校が中心で、その多くは第一次世界大戦に赴き、じっさいに狙撃手として任務をこなした人々だった。彼らの飲む量は多くはなかった。一杯は四〇ミリリットルだ。わたしは彼らと二度乾杯することにした。ひとつは軍事協力のため、そして第二戦線の形成を願って。乾杯が終わると場の雰囲気はくだけて、忌憚のない会話がかわされた。退役兵たちは熱を込めて戦時中の思い出を語り、わたしは彼らの使った銃やカムフラージュの方法、敵との決闘など、興味深い話に耳を傾けた。

この訪問の最後にうれしい驚きがわたしを待っていた。大きな拍手が起こると、シカゴ射撃協会会長のマコーミック氏がわたしにプレゼントを手渡した。マホガニーの箱におさめられたコルトM1911A1。さまざまな付属品と、弾薬入りのマガジンが二個付いている。箱のフタには銀の円盤が付き、この日を記念する銘文があった。遠慮も忘れて、わたしはすぐにその銃を手にとった。強力な四五口径のピストルはほんとうにすばらしかった。この銃の開発者は世界的に著名な天才銃器設計士であるジョン・モーゼス・ブローニングであり、コルト社はブローニングと契約を結んだにすぎない。この銃はアメリカ陸軍に一九一一年に制式採用された。第一次世界大戦中にはイギリスを経由してロシア（およびヨーロッパの多数の国々）もこの銃を購入したが、わたしはわが軍の兵士がコルトを手にしているのを見たことがなかった(4)。

ホテルにもどると、わたしはこの贈り物の機構をよく知るために分解したのだが、エレノアの邪魔が入った。ピストルは組み立て、箱におさめなければならなかった。そうしているあいだに大統領夫人はルームサービスで夕食を頼んだ。ここシカゴのグラント・パークで集会に参加したときと同様、わたしがレストランに入るといつもサインを求める列ができ、わたしが苛立ったからだ。

夕食が運ばれ、ルーズヴェルト夫人とわたしはテーブルに着いた。夫人はほほえんでわたしを見た。

「ねぇあなた、いいお知らせがあるの」

「なんでしょう?」

「ウィリアム・パトリック・ジョンソンが冶金会社を経営しているのはほんとうだったわ。それに彼が一か月半前に［TN　原文ママ］奥様を亡くしていたのもそうよ。若くて素敵な奥様が重病を患って急死されたのよ」

「それがどうしていい知らせなのですか？」

「彼の求婚を考えてもいいからよ」

「本気で言っているのですか、エレノア？」

「そうよ、あなた」。大統領夫人はサラダの皿に手を伸ばした。「あなたに首ったけの紳士と結婚して、まちがいなく残りの人生を幸せにすごせるのよ。あなたはこの国に残って、わたしたちはまた会えるわ。わたしはこのめったにないチャンスが運命によってもたらされたのだと思うわ」

「ジョンソンさんのことは好きではありません」

「なんてこと！」。大統領夫人は叫んだ。「まだ三回会っただけじゃないの。まちがえることだってあるのよ。あの人はほんとうに素敵で、気持ちも育ちもよい方だわ」

「いいえ、まちがってはいません！」。わたしは椅子から立ち上がり、届いたばかりの地方紙「シカゴ・トリビューン」をとりあげてエレノアに渡した。「これを見てください！『パヴリチェンコ女史はアメリカの食べ物が大好きだ。今日の朝食では五回もお代わりした』。真っ赤なうそです！　こんな情報をどこから仕入れているのでしょうか？　給仕に聞くのですか？　それともレストランの請求書を調べるのですか？　どうしてこんな馬鹿げたことにこだわるのでしょう？　あなたの国では、わたしは物笑いのタネにされているような気がします。物好きな人が興味をもつもの、サーカスの出し物の髭女《ひげおんな》のようなものです。でもわたしは赤軍の将校なのです。わたしは戦ってきたし、これからもわが国の自由と独立のために戦い続けます」

話の出だしから、もちろん、気持ちが高ぶり腹が立ってさえいた。うまく伝えようとしながらも、わたしの話す言葉は英語からロシア語になっていたが、それに気づくとわたしは英語に戻した。わたしはルーズヴェルト夫人が言い返してくると思った。だが彼女はナイフとフォークを脇に置くと、おだやかな笑みを浮かべてわたしをじっと見ていた。これがおそらくは、怒り狂った若者の馬鹿げたふるまい——それでもその若者を愛している——への大人の対応なのだろう。エレノアはわたしの話をさえぎらず、ただうなずいて同意を示した。わたしは、ここにいるのは同志スターリンの命令に従っているだけなのだと言って話を終えた。パヴリチェンコ少尉のアメリカ滞在を延長するのか、前線の部隊にもどり、ファシストの侵略者であるドイツ軍と戦うのかどうかは、スターリンのみに決定権があるのだ。

「よくわかったわ、リュドミラ」。賢明なエレノアは、感情を爆発させせまだそれがおさまらないわたしにようやく言葉を発した。「お願いだから、とりあえずはジョンソン氏のことは忘れて。明日、わたしたちはロサンゼルスに飛ぶわ」

ほかの南部の都市と同じく、カリフォルニア州の「天使の街」ロサンゼルスは、とても人口が多くて騒々しく、多様な都市だった。太平洋岸に位置するこの街は、一方を山脈で守られた渓谷にあった。アメリカの中西部ではすでに秋になっていたが、カリフォルニアでは秋の到来をはっきりと感じ取れない。午前中は太陽が明るい陽射しを通りに投げかけ、お昼頃になるとそれが耐えられないほど暑くなった。夕方には高層ビルのブロックや郊外の小さな家々に冷気が降りてきて、天使の街の住民はみな、無限に広がる海に陽が落ちるすばらしい光景を眺める。

いくつもの集会に義務的に足を運び演説を行ったわたしが、ほんとうに興味をひかれ、心に残った集まりがひとつだけあった。ロサンゼルス郊外にあるビヴァリーヒルズを訪ねたときのものだ。ここには俳優や映画監督、脚本家にプロデューサーといった、著名なハリウッドの業界人たちの邸宅が立ちならんでいた。事前になにも教えないまま、ソ連領事館の職員はわたしをチャールズ・スペンサー・チャップリンの自宅につれて行き、ここでわたしはソ連邦の偉大な友人である、この人間主義の天才と知り合いになったのだった。

チャップリン自らドアを開けてわたしを居間に案内すると、そこには彼の友人や仲間が集まっていた。わたしの好きな映画『怪傑ゾロ』に主演した俳優のダグラス・フェアバンクス、少々歳はとったがそれでも魅力的な女優、メアリー・ピックフォード。ほかの客も見るからに著名な人々だったが、ごくふつうの人々と同じく、好奇心むき出しでわたしのことを見ていた。

ソファに座るよう勧めると、チャップリンはサーカスの芸を見せてくれた。四つん這いになってワインボトルのバスケットのところへ行き、シャンンペンのボトルを口にくわえてもってきたのだ。ボトルが開けられ、グラスにシャンパンがそそがれて、この偉大な芸術家チャップリンはわたしの足元にひざまずき、一刻も早くヨーロッパに第二戦線が置かれることを願って乾杯した。

芸術家集団はその後居間から小さな映画室に移動した。そこでチャップリンはわたしたちみなに彼の新作映画『独裁者』を見せた。チャップリンがコミカルにヒトラーを真似たシーンのある作品だ。上映会のあとは夕食だった。自分のとなりにわたしを座らせ、偉大なる芸術家であり監督でもあるチャップリンは、わたしに映画の感想を聞きはじめた。わたしはいい作品だったと言った。そうは言ったが、しかし現実のファシズムにはおもしろいところなどなく、恐ろしいものでしかなかった。ヨーロッパやアメリカの人々は、ナチの犯した罪の残酷さをまだよくわかっていなかった。

チャーリー・チャップリンはロシア戦争救済基金の慈善活動で大きな役割を果たし、わが国の人々のために莫大な募金を集め、赤軍に装備や武器を供給する手助けをしていた。チャップリンの話には引き込まれた。チャップリンはソ連、ドイツ間の前線でのできごとについて最新の情報を仕入れており、またわたしには、オデッサやセヴァストポリの防衛の詳細や、狙撃手としての任務について話を聞かせてくれるようにと頼んだ。この集まりの最後には、思いがけない場面が待っていた。チャップリンはひざまずくと、ロシアの大地に三〇九人のドイツ兵を葬ったことをたたえ、これからわたしの指すべてにキスをすると言った。ひどくとまどうわたしにかまわず、チャップリンはさっさとそれを実行した。当然、記者団はわき立ってカメラのシャッターを押しはじめた。そしてアメリカの新聞には、次のようなキャプション付きの写真が掲載された。「ソ連軍女性将校の前にひざまずきその手にキスをするチャーリー・チャップリン」

一九四二年一〇月一九日、学生派遣団のメンバーは再びワシントンのソ連大使館内に集まった。リトヴィノフ大使は、全国をまわったわたしたちの旅の報告を受けた。大使は冗談を言い、笑って、お世辞まで言った。大使の言葉によれば、わたしたちは不可能に近いことを成し遂げたのだという。アメリカ合衆国の世論は次第にソ連寄りになっていた。「報道の自由」のもと、ソ連の人々やソ連の生活にかんする馬鹿げた作り話も出まわったが、派遣団としてやってきた勇敢で幸福な若者たちとの集会の影響力や、またとくに、質素なチュニックを着た若い女性が訴える力は大きく、そうした話も尻すぼみになっていった。

わたしたちは大使の前に座り、彼が語るあれこれと盛りだくさんの話を黙って聞いていた。わたしたちが待っていたのは、いつ、どのようにしてモスクワにもどるのかという知らせだった。だがリトヴィノフ大使はこの話題を避けた。もちろん、大使は国際学生会議への派遣団が、大衆の注目を浴びるのにうんざりしていることをわかっていた。アメリカ式歓待についてはもう十分すぎるほどだった。得意気に出されるアメリカ料理——ロシアの伝統的な食べ物とはまったく違っていた——や、アメリカのあれこれについてつきることのないしつこい質問――ソ連の十代の子どもたちでさえ答えられるようなレベルのこと――にはうんざりだった。

最後にマキシム・マクシモヴィッチは、クレムリンから大使のもとに下った最新の指示を知らせた。わたしたちは旅を続け、カナダへと行き、その後イギリスへと飛ぶ。ワシントンへの派遣はあっさりとロンドンへの派遣に切り替わりつつあった。わたしたちは立ち上がり、陰鬱な気分でドアに向かった。だが大使はわたしに個人的な質問があり、執務室に残るように言った。

「エレノア・ルーズヴェルトとの旅行はうまくいったかね？」。大使は聞いた。

「はい、とても楽しめました」

「ウィリアム・パトリック・ジョンソンについてはなにか言うことはないのかね？」

「どうしてジョンソンのことを知っているのですか？」。わたしは驚きを隠すことができなかった。

「これを読みたまえ」。大使はしっかりとした厚みのある書類を一枚机からとりあげ、わたしによこした。ジョンソン氏がアメリカのソ連大使館に提出したこの申請書が、立派であることは確かだった。それは、公証人により認証され、ジョンソンの会社の正式書類である証の三桁の数字が打たれた浮き出し模様のある紙で、こう書かれていた。冶金会社「ジョンソン・アンド・サンズ」の経営者であるジョンソンはバンク・オブ・アメリカに五〇万ドルの預金があり、そのほかイリノイおよびニューヨーク州の動産および不動産への出資もある。寡夫であるウィリアム・パトリック・ジョンソンはソ連邦政府に、ソ連邦市民であるリュドミラ・ミハイロヴナ・パヴリチェンコとの婚姻と、この婚姻がソ連邦の現行法にもとづいて記録される許可を願う、と。

ジョンソンは、このような申請書を大使館に提出したらわたしにとってどんなことになるかわかっていないのだ。だれかが（十中八九、エレノア・ルーズヴェルトだろう）、ソ連邦政府に直訴するようジョンソンに入れ知恵したのではないかとも思う。こんな行動にでるのは、アメリカ人が世間知らずで自信家で、それにアメリカ大陸の国境の向こうにある世界について馬鹿げた知識しかもっていないせいだ。

わたしはその申請書と添付されたロシア語の翻訳を大使の机に置いて、落ち着いて宣言した。「この方はちょっとおかしいのです」

「それでいいのかね？」。大使はおごそかに聞いた。

「もちろんです」

「では返事を書きたまえ」

「なんの返事を？　だれにですか？」。わたしはびっくりして聞き返した。

「ジョンソン氏の手紙は郵便で届き、大使館事務局に記録された。大使館としてはこれを外務人民委員部に報告するだけでなく、請願者に対して公式な返事をしなければならない。これも大使館の書式でな。それからそれを封筒の住所に送る。君がロシア語で手紙を書けば、大使館の通訳がそれを翻訳するよ」

「いきなりのことでなんと書けばいいのかわかりません。あまりに予想外のことなので」

「まあ、一番手っ取り早いのは——」と大使は深く同情してわたしを見た。「君に婚約者がいて、ロシアで待つ婚約者を愛していると書くことだな」

一方、ソ連派遣団のイギリスへの出発は延び延びになっていた。そのへりくつを並べ立てるお役所気質のせいで、イギリス側は、訪問団の性質（外交上のものか、軍事上のものかそれとも一般人としてか）や航空機の種類（旅客機か爆撃機か）はどうするかとか、最適な天候を待ったほうがよい——一〇月末時点で天候が変わりやすくなりつつあった——などなど、つまらないことにこだわったからだ。

ルーズヴェルト夫人はこうした状況を知っており、出発日程が決まると（一九四二年一一月一日）、わたしたちをホワイトハウスでの最後の夕食に招いてくれた。そのとき大統領夫人は三人それぞれに贈り物をしてくれた。なんといっても最大のプレゼントは、黒いイブニングドレスを着た夫人の大きなポートレートで、背後の壁にはルーズヴェルト大統領の写真がかかっており、右上には夫人からの言葉が書かれていた。写真のほかにも、わたしたちはワシントンやニューヨークの写真をおさめた美しいアルバムや、本や、大小さまざまなお土産の品が入った箱をいくつも受け取った。わたしにはそれとは別にプレゼントの箱があった。エレノアはほほえみながら、あなたの美しさに魅せられたあるアメリカ人紳士が宝石をひとそろい贈ることにしたのよ、と言った。夕食が準備されたテーブルですぐにプレゼントの箱を開けることなどできない。贈り物は紙袋に入れられ、使用人が車へと運んだ。

エレノアからの贈り物に目を通したのは自分の部屋にもどってからだった。好奇心から、わたしはきれいな色の布張りの箱を最初に開けた。なかには、金にダイヤモンドを埋め込んだ、とても豪華なアクセサリーがならんでいた。ネックレス、ブレスレットが二本、ブローチ、それに指輪。税関検査での質問にそなえ、宝石店の八〇〇〇ドルという値札も添えられていた。ネックレスの下には、ウィリアム・ジョンソンの小さな写真があった。その裏には、「わたしの愛しい人へ。わたしたちは再会することになるでしょう。リュドミラへ、大きな愛をこめて。W・P・ジョンソン」と書かれていた。

だがその後、わたしがジョンソン氏に会うことはなかった。彼のすばらしい贈り物はモスクワにもって帰ったあと、しまい込んだ。わが祖国の首都モスクワや世界のその他の都市で、その後わたしは公式な饗宴の場に出席し、美しいイブニングドレスを着る機会もあった。ジョンソン氏から贈られたダイヤのアクセサリーは、そうした場にふさわしい品々だっただろうが、わたしはそれを身に着けることはなかったし、だれかに見せたことも一度もない。そのダイヤのアクセサリーは、アメリカへの旅の思い出の品として、また、わたしに対して奇妙で説明しがたい思いをいだいたアメリカ紳士の思い出として自宅にしまってある。

エレノア・ルーズヴェルトとの関係は、ジョンソン氏とのものとはまったく違っていた。わたしたちは一九四二年一一月にもイギリスで再会した。エレノアが第一回国際青年会議出席のため渡航し、わたしたち学生派遣団もその会議に参加したのだ。ファシストであるドイツに対しては最終的に勝利をおさめたが、それから少しすると、ソ連邦に底意地の悪い対抗意識をもつイギリス首相ウィンストン・レオナルド・スペンサー＝チャーチルのせいで「冷戦」がはじまった。アメリカ合衆国大統領フランクリン・デラノ・ルーズヴェルト——一九四五年四月に亡くなった——もその夫人も、冷戦のはじまりに加担してはいない。エレノアは以前のような、政治に対する非常に大きな影響力は失ったが、彼女がいだく民主主義の信念は変わらず、広範な公的事業や慈善活動にかかわり続けた。

わたしたちは文通し、互いの家族のことを知らせ合い、興味をもつ文学作品に対する感想を述べ合ったり、平和を勝ちとる戦いのために開催された国際会議への旅について意見をかわしたりした。わたしの招待で、ルーズヴェルト夫人はわが国を二回、一九五七年と一九五八年に訪れた。わたしたちはモスクワをたっぷりと楽しみ、一緒にレニングラードへ行き、そこで劇場に出かけたり、エルミタージュ美術館に行ったり、ロシア博物館、ピータホーフ宮殿、ガッチナ宮殿やロシア皇帝の離宮であるツァールスコエ・セローに出かけたりした。エレノアはお返しにわたしがアメリカを訪問するよう手配したが、アメリカ国務省がこれを承認しなかった（一九四二年の集会でわたしが行った過激な演説を思い出したに違いない）。ここに、ルーズヴェルト夫人からの手紙の一通を紹介しよう。

一九五七年一一月四日

愛しいリュドミラ

あなたの手紙が届いてとてもうれしく思っています。写真を送ってくださってほんとうにありがとう。送っていただいた写真は、モスクワでのとても幸せな再会のなによりのお土産です。

アメリカにもどってからというもの、あなたが温かく歓迎し、とても親切にしてくださったことをわたしはいろいろな方々に語っています。トルードとジョイ・ラッシュはわたしたちが再会したと聞いて喜んでくれましたし、彼らからもあなたによろしくとのことです(5)。

あなたがすぐに、ここアメリカの地をまた踏むことができますように。

心から感謝し、お幸せをお祈りします。

あなたの親愛なる友、エレノア・ルーズヴェルト(6)

17　大海に浮かぶ島

われわれソ連学生派遣団は、アメリカからカナダの都市モントリオールへとつれていかれた。モントリオールでの滞在期間は長くはなく、わたしたちはハリファックスのイギリス空軍基地に向かわなければならなかった。一九四二年一一月三日の夕方に、わたしたちは四発機のボーイングB-17「フライング・フォートレス（空飛ぶ要塞）」でこの基地を発ち、大西洋を越えたのだった（1）。しかし、わたしたちは青く広がる海を目にすることはできなかった。この爆撃機の爆弾槽のベンチに座らされていたからだ。

一〇時間後の一一月四日の朝、爆撃機はブリテン島の別の空軍基地に無事着陸した。スコットランドのグラスゴーからそう遠くない基地だった。搭乗員が、軍用機から降りるわたしたちに手を貸してくれた。わたしたちはコンクリート製の滑走路を二階建ての管理棟まで歩いた。その上にはイギリス国旗――濃い青地に赤と白の十字とX型十字が重なった「ユニオン・ジャック」――が翻っていた。

玄関では、小柄でほっそりとした、金髪のにこやかな若い女性が出てきてわたしたちにあいさつした。

彼女は親し気に笑ってわたしたちと握手し、ヘレン・シヴァースだと自己紹介すると、早口の英語で話しはじめた。わたしたちは最初の部分だけはどうにか理解できた。ヘレンは教師で、ある青年組織の委員長でもあり、わたしたちを迎えるためにロンドンからグラスゴーに来たという。だがそれ以外のことはまったく理解できなかった（2）。

ヘレンはまぎれもないイギリス英語を話したが、アメリカに二か月滞在したわたしたちが耳にし慣れていたのはアメリカ英語であって、英語とはいえ、ふたつの言葉はまったく同じというわけではなかった。わたしはつたない英語で、これを新しい知り合いに説明した。すると彼女は顔を赤らめて「しまった」という表情をし、今度はゆっくりと、言葉を区切って短く簡単な文を使って話しはじめた。そのおかげで、シヴァースの話はずいぶんわかりやすくなった。

わたしたちはグラスゴーに二日間滞在したが、晴れてとても暖かく、散歩にぴったりの天候に恵まれた。シヴァース女史はいっしょうけんめいわたしたちのガイド役をつとめてくれた。わたしたちは彼女からグラスゴーの街の歴史を学んだ。六世紀に創設されたこの街は今、イギリスの一大工業都市となっているという。わたしたちは、中世に建造された聖ムンゴ大聖堂（グラスゴー大聖堂）やタルブースの尖塔などをめぐり、この街を観光した。

しかしわたしたちは、現代のグラスゴーのほうにずっと興味をひかれた。ヘレンは、わたしたちのイギリス招待を主唱したのは全国学生委員会とその委員長のマーガレット・ゲール女史だと言った。このため、わたしたちは一一月二四日から二五日にかけてロンドンで開催される国際青年会議に参加することになっていた。

わたしたちはすでにこの種の会議にワシントンで出席した経験があり、こうした会議がどのように進行するのかある程度知識があった。ふるまい方や、言うべきこと、それになにを提案し、なにを議論すべきかがわかっていた。わたしたちはヨーロッパの第二戦線の形成運動のため、そしてナチ・ドイツの侵略に対するソ連国民の英雄的な戦いについて語るために派遣されていた。アメリカの各都市の一般市民は熱狂的にわたしたちを支持してくれたものの、当局者たちは慎重な姿勢に終始し、なにも確約してはくれなかった。イギリスの人々がどのように迎えてくれるのか、これからわかるだろう。

グラスゴーを発った列車は早朝ロンドンに到着した。駅は明りが乏しく、ヘレンは、それをドイツ軍の空襲に対する灯火管制のせいなのだと説明した。プラットホームに降り立つと、空気は冷たく湿っていた。あたりのすべてが厚い霧のなかに漂い、霧を通して見える通行人の姿が幻影のようだった。

わたしたちは全国学生同盟の会員たちの出迎えを受けた。陽気な若い男女の一団だった。彼らと一緒に車に乗り込むと、ロンドン中心部にあるロイヤル・ホテルに向かった。車の運転手の卓越した運転技術には驚くほかなかった。霧のなかから突如として現れる車と衝突することもなく、乳白色のヴェールにつつまれたなかを巧みに進んでいくのだ。わが国の偉大なる詩人アレクサンドル・プーシキンは大洋に浮かぶこの島を「霧のアルビオン」と呼んだが、それはまさに正しい表現だった（3）。ほんとうにこの国の霧は厚かった。

ホテルでヴラディーミル・プチェリンツェフとニコライ・クラサフチェンコは三部屋続きの広い「デラックス」・スウィートに入り、わたしにはもっとつつましいが居心地のよい、鏡と座りやすい椅子のある一間の部屋があてがわれた。わたしたちは軍服に着替えて身支度をしなければならなかった。ホテルのロビーには、イギリス情報省の文官、全国学生同盟の幹部、それにジャーナリストたちやソ連大使館職員が待っていた。

わたしたちがロンドンでまず訪れたのは情報省だった。巨大な建物に近づいたわたしたちは驚いた。アスファルトを敷いた広場でわたしたちの目の前にじっと立っているのは、パレード用軍服を着た武装兵士の列だった。わたしたちが近づくと、軍楽隊が「ソヴィエト連邦国歌」を演奏し、わが国の国旗が掲揚されて兵士たちが捧げ銃《つつ》をした。すばらしい眺めだった。

正直に言うと、完全なる「市民社会」の国アメリカではだれもこうした考えにおよばなかった。だが古い歴史を尊ぶイギリスは、荘厳な儀式の意味や重要性がわかっていた。そのときの赤軍は、ヒトラー率いるドイツに対するジョージ六世の武装軍と同盟を組む相手だ。連合軍将校を迎えるにあたっては格別な態度でのぞまねばならず、まさにそれにふさわしい礼式がとりおこなわれたのだった。

短い演説がかわされ、プチェリンツェフとわたしには部隊を「視察」する機会があたえられた。兵士たちはわたしたちの質問に笑みを浮かべて答えた。カメラマンたちの要請があり、わたしはある伍長のリー・エンフィールドNo・4Mark1ライフルを手に取った。その銃の機構はわたしたちが使用するモシン・モデルととてもよく似ていた。記者団は喜んでフラッシュを盛んにたいた。この写真は翌日、イギリス紙のひとつに掲載された(「ザ・タイムズ」紙か「デイリー・メール」紙だったのではないかと思うが、手元に残っているのは「郷土防衛隊《ホーム・ガード》を視察するリュドミラ少尉」という見出しの記事だけで、紙名については確かではない)。

次に予定されていたのは情報省の会議室での記者会見だった。アメリカでの記者会見での経験は無駄にはならないだろう。わたしたちは覚悟を決め、とっぴで奇妙な、ときにはただ馬鹿げているという以外のなにものでもない質問が投げかけられるのにそなえた。

記者会見はいつものようにはじまり、三時間ほど続いた。馬鹿げた質問について言えば、そんなものはまったくなかった。わたしたちは驚いて聴衆を眺めた。そこに座っているのは、上着にシャツ、ネクタイをつけ、あるいはイギリスの正式な服装で身なりを整えた真面目な紳士淑女の面々だった。彼らは手帳とペンを手におだやかに話し、その代わり熱狂的な雰囲気もなかった。彼らは、プチェリンツェフとわたしが戦った、レニングラードやオデッサ、セヴァストポリの一連の軍事行動についてある程度の知識を身に着けて記者会見に来たと思われた。これは尊敬に値することだろう。それとは別に、彼らはわたしたちにスターリングラードで続く戦闘や、わが国の軍需産業の稼働状況、それにソ連の新型戦車や装備、航空機について質問した。

さらに、ドイツの侵略者が占領したソ連領土に対して犯した残虐行為にかんする質問と、それについて説明を求める声もあった。「これはほんとうなのですか？」。「まちがいなく事実です！」。ニコライ・クラサフチェンコは鋭く言葉を返し、遅かれ早かれ、戦争犯罪者は国際裁判所でその行いを裁かれると確信していると言った。

イギリスの新聞や雑誌、ラジオ局の記者たちのふるまいには好感を抱いた。わたしたち三人はこの点について、記者会見後に大使館へもどる途中で話し合った。それはなぜなのか、答えはとても簡単だった。アメリカ人とは違い、イギリス人は現代の戦争とドイツのファシズムについてすでに知識があったからだ。彼らは戦場でじっさいにフリッツたちと向き合った経験があった。一九四〇年夏の、フランスのダンケルクの戦いはとくにイギリスにとって惨憺たる結果に終わっており、連合国であるフランスの部隊とともに敗走したのである。

駐英ソ連大使、イヴァーン・ミハイロヴィッチ・マイスキーとの会話でもこの話題が続いた。経験豊富な外交官であり、英語が非常に流暢で「霧のアルビオン」の歴史と文化についての造詣が深い大使は、すでに大使の地位に一〇年もあった。大使は地元の人々の習慣や礼儀作法によく通じていた。

イヴァーン・ミハイロヴィッチはわたしたちに直近二年間のできごとについて、すべてを解説してくれた。ダンケルクのあとにはバトル・オヴ・ブリテンが続いた。この戦闘は、英独双方の何百という航空機が投入された大規模な航空戦だ。ナチはイギリスの航空戦力の破壊を目論み、イギリス各地の都市や産業の中心地、それに軍事基地などに爆撃を行った。たとえば、ロンドン、ベルファスト、ポーツマス、コヴェントリーに大規模な空襲が行われ、コヴェントリーの大部分が破壊された。だがヒトラーはイギリス人の抵抗の意志をつぶすことはできず、イギリス本土上陸作戦である「シーライオン（アシカ）作戦」を中止した。

「イギリス人の決意の強さには驚くべきものがある」。マイスキーはわたしたちに言った。「だがもちろん、ナチは大西洋地域に大きな軍事行動を起こすに至ってはいない。ドイツはスターリングラードですっかり立ち往生しているのだ」

「それならば、ソ連は古き良きイングランドの盾となっているのですか?」。クラサフチェンコが冗談まじりに聞いた。

「そうだな、イギリス海峡沿岸部にはまだドイツ国防軍空軍の部隊がいくらかいる」。マイスキーは答えた。「今年四月にはバースとエクセターを爆撃している。それについ先日の一〇月にはカンタベリーを攻撃した。地元報道機関によると、敵機は三〇機ほどいたようだ」

「わが国が連合軍に対する支援の意志を示すのはよいことではないでしょうか」。わたしは言った。

「君たちの旅の目的はそこにある」。イヴァーン・ミハイロヴィッチはわたしを見て笑みを浮かべた。

「それに君たちのイギリス滞在中の計画は立てており、予定はびっしりつまっている。たとえば明日一一月七日には午前中にエンプレス劇場に向かい、イギリス社会の急進派が開催する、一〇月社会主義者大革命二五周年を記念する集会に参加する。そして夕方にはこの大使館で、同じ趣旨の公式な宴が催される」

ロンドンからイギリス南東部やケント地方へは、アスファルト敷きの立派な道路が伸びていた。ケント地方は「イングランドの庭園」として有名で、まさにこの呼び名にふさわしい土地だ。秋の陽が、道路の両側に続く手入れのよい畑やリンゴの果樹園、牧草地や雑木林を輝かせていた。ときおり、小さく素敵な家々や、城の灰色の塔やそのそばの要塞の壁、それに石造りの家がならぶ村々やその近くにあるこぎれいな教会が見え、遠くからはまるでおもちゃのようだった。

わたしたちは、一一月八日の早朝に大英帝国の首都を二台の車で発った。一台はイギリス情報省が用意したもので、軍服を着た職員が乗った。ジョン・ハーカー大尉は四〇歳くらいで愛想がよく笑みを浮かべており、もうひとりのやせて若いロバート・スミス中尉は、とてもいかめしい顔つきだった。ふたりは二台の映画用カメラと数本のライト、それになんらかの装備が入ったケースをもっていた。ハーカー大尉は、わたしたちとケントの住民との集会はすべてフィルムにおさめて、それをソ連学生派遣団のイギリス訪問の長編映画にする任を負っているのだと説明した。彼は撮影への協力を願い、わたしたちはもちろん快くそれに同意した。

二台めの車はわが国大使館のものだ。大使館職員のセルゲイ・クラインスキーはわたしたちの訪問地すべてに同行し、通訳を担った。わたしたちはこれに喜んだ。セルゲイはイギリスに着任して三年になり、英語に堪能なだけでなく、イギリスでの生活の決まり事にも詳しかったからだ。

まず、わたしたちはバーベック・カレッジに寄った。ここでは日曜日にも授業が行われており、若者たちがわたしたちに気持ちのよいあいさつをしてくれた。わたしたちは彼らにソ連・ドイツ間の戦線でのできごとを語り、さまざまな質問に答えた。だがわたしたちの予定は厳密に時間が決められており、わたしたちは再度車に乗り込んだ。

　車は南部の防衛地区の要塞へと向かい、戦車旅団を訪ねることになっていた。第二戦線が置かれれば、ヨーロッパ大陸に上陸することになる旅団だ。先行きはまだ不透明ではあったが、わたしたちのために儀仗兵と軍楽隊による歓迎の式典が行われてちょっとした集会が設けられ、また旅団指揮官の少将とは気持ちよく会話がかわせた。

　少将の外見は典型的なイギリス人だった。背が高くひきしまった体つきで、赤毛に青い目。彼のトレンチコートとズボンにはきっちりとアイロンがかかっていて他の模範となっていたが、ブーツには革ゲートルをつけており、それにわたしたちは非常に驚いた。この地位にある赤軍の指揮官はゲートルをつけることはなく、黒の牛革の長ブーツをはき、それもラッカー仕上げであることが多かったからだ。

　少将は笑みを浮かべてわたしたちと握手し、自分が指揮する旅団について語った。その旅団は三個戦車大隊から成り、そのどれもが五二台の戦車とその他の兵器で構成され、一個大隊にはおよそ六〇〇人の兵士がいた。戦車はふたつのタイプがあった。チャーチルＭａｒｋⅢとチャーチルＭａｒｋⅣだ。少将はそれから練兵場につれていき、大隊のひとつが行う演習を見せてくれた。わたしたちは高いところからそれを眺め、チャーチルＭａｒｋⅣ戦車の砲塔に入ってみた（４）。

　一九四一年八月から一〇月までのオデッサの防衛戦では、わたしはソ連の戦車を見たことはなかった。だが、チェコ製ＬＴｖｚ・35は何度も目にした。この戦車に援護され、ルーマニア兵がわが連隊の陣地を攻撃したのだ。わが軍の兵士がモロトフ・カクテルをこの戦車に投げると、それはよく燃えた。セヴァストポリの防衛戦では、わたしたちにはＴ－26とＢＴ－７軽戦車があり、この戦車は歩兵がナチの攻撃を退けるのを助けてくれた。

こうした戦車にくらべると、チャーチルＭａｒｋⅣ戦車はまるで巨人だった！　全長七・五メートル、幅は三メートル、それに重量は四〇トンもある。前面の装甲は一〇一ミリから一九二ミリもの厚さがあり、戦車砲一基、機関銃三丁、榴弾砲一基をそなえ、五人が搭乗した(5)。

その戦車のそばには、搭乗員が正式な敬礼をしてならんでいた。わたしたちは勇敢な若者たちに近寄り、握手をして、これほど強力な戦車を生産できるイギリスの軍需産業に対して心からの称賛を口にした。彼らはわたしたちの言葉にほんとうにうれしそうだった。戦車を見れば、搭乗員たちがその巨大な戦車を心底気に入っているということがよくわかった。内部はとても広く、装甲板は頼りになり、ドイツの武器でこの装甲板を貫通するものなどほとんどないだろう。わたしたちにその戦車のすみずみまで紹介するため、彼らは操縦士とメカニック、それに戦車前方の機関銃手の座席に座らせることまでしてくれ、左右のふたつのハッチを開け、砲塔に上がるのを手助けしてくれた。

訓練は非常に技術水準の高いものだった。戦車の搭乗員は、縦隊で進軍して攻撃のために兵士を展開させ、溝や隆起地や水濠を乗り越え、戦車砲を放ち、機関銃を撃つようすを見せてくれた。縦隊が通る練兵場には埃が舞い上がり、装甲車両のエンジンがうなり、キャタピラーがガタゴトと音を立てた。ただわたしたちが少々意外だったのは戦車の速度だった。時速二五キロ程度だったのだ。

訓練を見たあと、大隊の将校たちはわたしたちを夕食会に招待した。われわれの共通の敵に対する勝利を願い、戦友であることをたたえてかなりの量のワインが飲まれた。

「ヨーロッパの戦場で再会し、力を合わせてナチの部隊を打ち負かすことを願っています」。わたしは戦車の搭乗員たちとの別れのあいさつでそう述べた。

「もちろん、そうなるはずだ」。少将はそう答えたが、その笑みはどこかわびし気だった。すばらしいケント地方をめぐる旅はまだ終わらなかった。天候にはとても恵まれ、暖かく晴れた日が続いた。道路の状況もとてもよく、村から村まではたいして離れておらず、三〇分もすると二台の車は第七〇歩兵連隊の検問所にぶつかった（6）。

ヴラディーミル・プチェリンツェフとわたしはふたりとも、この栄光ある兵科（歩兵）の所属だった。このため、わたしたちはこの連隊から簡素だが友好的なあいさつを受け、それからすぐに射撃場へとつれていかれて赤軍の狙撃訓練のレベルを見せることになった。

わたしたちにとって、こうしたことはなにも初めてではなかった。アメリカ訪問時にもいく度かわたしたちの射撃技術を試される――もちろん、そうした機会がある場合にはだが――ことはあったからだ。「報道の自由」のもとに生まれた、わたしたちが前線の兵士ではなく共産主義のプロパガンダ要員にすぎないという馬鹿げた作り話を検証するためだ。貸してくれた銃に小さな欠陥があることも時にはあった。わたしたちを歓迎しているように見える人々はじっくりとわたしたちのことを観察し、わたしたちがこうした問題点をかなりあっさりと見抜き、それを修正してターゲットを狙って正確な射撃をはじめると、目に見えてがっかりするのだった。こうした筋書きがくりかえされることに対して、わたしたちはいくらか防御策をとらざるをえなかった。階級が上のヴラディーミルがまず銃を調べ、それから二、三発撃ってみる。「バレルのテスト」と狙撃手が呼ぶものだ。その間、わたしはリポーターやカメラマンの一団相手に気楽な話をしており、銃を確認したプチェリンツェフはライフルや機関銃をわたしに手渡し、銃についてみじかに説明する。そしてわたしのあとから記者団が好奇心むき出しでぞろぞろとついてくる。見逃す手はない――銃をもった女性だぞ！　だから、わたしはミスなく、すばらしい腕前を見せなければならなかった。

歩兵連隊の射撃場はごくふつうの造りで、固いレンガ壁があり、その上にターゲットを貼った木のボードがある。射撃位置からターゲットまではおよそ五〇メートルだった。わたしはイギリスのステンＭｋ１短機関銃を手渡された。この銃は、ソ連軍では「シュマイザー」と呼んでいたドイツのエルマ社製ＭＰ・38に非常によく似ていた。プチェリンツェフとわたしはどちらもＭＰ・38には詳しかった。ナチの機関銃手や工兵、あるいは信号手との戦闘でしばしば戦利品とされたからだ。だがイギリスのモデルはかなり作りが粗く、またその三二発入りボックス・マガジンは銃身の下ではなく左側についていた。

プチェリンツェフはその銃を調べ、シングルショットの射撃に切り替えて射撃位置に行き、ターゲットに向けて数発撃った。彼はわたしに、この短機関銃は正常な状態にあると報告した。わたしは再度短機関銃を自動モードに切り替え、それから三発撃った。どの銃弾もターゲットに達し、軍のカメラマンたちも満足していた。彼らはその後じっくりと、わたしとプチェリンツェフ、そしてイギリスの歩兵たちが銃弾の穴が開いたボードのそばで談笑するようすを撮影した。

イギリスの短機関銃でわたしたちがすばらしい射撃をやってみせた土産に、第七〇歩兵連隊は、プチェリンツェフとわたしに正式に金属バッジと証明書を贈り、この隊の名誉将校としてくれた（7）。

とても濃密な経験をしたこの日には、最後にベルンハルト・バロン邸を訪問した。そこにはイギリス軍に従軍する人々の子どもたち向けの寄宿学校があった（8）。一〇歳から一五歳までの士官候補生や少年少女がびっしりとわたしたちの乗った車を取り囲み、そのなかから、校長であるバジル・エンリケとその妻ローズが現れた。ふたりはわたしたちに施設をすべて案内した。士官学校の上級生が射撃や格闘術を実演し、下級生たちは踊りやフォークソングを披露した。夕食会のあとには若者の討論クラブの会合があり、そこにわたしたち学生派遣団も参加した。

カンタベリーはケント州南東部に位置し、海岸から二五キロ離れた小さな市だった。ここはイギリス最古の町のひとつだ。紀元四三年にローマ帝国皇帝クラウディウスが、ケルト人が定住していた地にこの町を作った。六世紀にはケント王国のエセルバート王がこの地に城を置いた。司教区や修道院が置かれたのもこの頃だ。それ以降この町にはカトリックの司教座と、一五三四年の国王至上法以降は英国国教会の長であるカンタベリー大司教座が置かれている。一二世紀から一五世紀にかけて建造されたカンタベリー大聖堂は壮大で美しい建物だったが、わたしたちが訪れた当時は損傷がひどかった。

「なぜこんなことに?」。わたしは案内役の大使館職員セルゲイ・クラインスキーの興味深い解説をさえぎって聞いた。

「ドイツ軍の爆撃を受けたからですよ」。彼は答えた。「ドイツはこの街に数回空襲をかけたのです」

「ここには軍事施設かなにかがあるのですか?」

「ありません。あるのは軽工業だけです。ナチはイギリスの歴史の象徴を消し去ることで、イギリス人を怖気づかせたかったようです」

わたしたちの車はカンタベリーの市庁舎前で止まった。玄関ホールでわたしたちはフレデリック・レフェヴァー市長のあいさつを受けた。長く色鮮やかなヴェルヴェットのガウンを羽織り、胸に大きな金の鎖をつけるという伝統衣装だ。市長は妻を伴っていて、そちらも同様の、だがもっと控えめな衣装を身に着けていた。あいさつをかわすと、わたしたちは市長と一緒にカンタベリーの街の見学に出た。

街のようすは悲しい記憶を呼び起こした。わたしたちは通りを歩いたが、そこは家々の残骸に挟まれたせまい通路に変わり果てていた。チューダー様式で建てられた歴史の古い家並み——木の骨組みにレンガや石、粘土やわらを積んだ二階建ての家々——は、あっさりと破壊されていた。わたしにはとても親しみのある街となったセヴァストポリも、ナチがセヴァストポリに三度目の攻撃をかけたこの年の六月にはカンタベリーと同じような状況になっていた。毎日空襲や爆撃を受け、セヴァストポリの街はほぼ壊滅状態にあった。胸を痛めながらわたしは今、わが祖国から遠く離れた街で同じような光景を目にしている。ドイツがしかけた戦争は、ヨーロッパ全土にあまりにも多くの悲しみや苦しみをもたらしていた。

まもなく名高いカンタベリー大聖堂の前に出た。教会内部のほとんどに瓦礫が積み重なり、壁にはぽっかりといくつもの穴が開いていた。だが中世の作であるステンドグラスの多くは生き残っていた。祭壇へと続く細長い通路で、やせて灰色の髪をした、黒い司祭平服を着た男性がわたしたちを出迎えた。カンタベリー大聖堂の主席司祭、「レッド・ディーン（赤い司祭）」「ソ連を一貫して支援したためこう呼ばれた」と呼ばれるヒューレット・ジョンソンだった。

少なくともセルゲイ・クラインスキーは、わたしたちにカンタベリーとその住民のことを話すときに、ジョンソンのことを「レッド・ディーン」と呼んでいた。ジョンソン司祭はオックスフォード大学の卒業生で、一九〇四年にこの教会に入った。彼は、一〇月社会主義者大革命が起こったというニュースを歓迎し、ソ連邦とイギリスとの外交関係樹立のために一貫して運動を続け、そしてわが国にかんした興味深い書を数冊書いていた。その当時はソ連支援合同委員会の議長をつとめていた。

ジョンソンは教会を案内し、特別な彫像を見せ、さまざまな像や肖像画の重要性を解説し、カンタベリー大聖堂にゆかりのある聖人や聖職者、政治家の名をあげた。その後の会話では、レッド・ディーンはクラサフチェンコやプチェリンツェフよりもわたしに注意を向けていた。ジョンソンの言動から判断すると、女性が武器を手に取り戦場に出る——つまり伝統的に男性の仕事だった——ことがなかなか理解できなかったようだ。彼はきどった話し方で自分の考えを述べた。

「あなたはきっと、ご自分が倒した敵のことを思い苦しまれていることでしょうね?」

「まったくそのようなことはありません」。わたしは答えた。「敵はどのような場合でも敵です。新しい命を生み出すことだけが女性の仕事ではありません。必要であれば、子どもたちや家族、祖国を守ることもそうなのです。わたしたちの国はその機会をわたしにあたえているのです」

「そう、そうですね。そのとおりですとも!」。司祭はすぐに自分の意見をひっこめた。「わかります。ロシアは特別な国ですからね。あなたがたの国民はつねに勝利のために戦っています。わたしはあなたの勇気を賞賛します。軍服は一般女性のドレスと同じようにあなたにお似合いですよ。ですが、戦争が終わったらここで、平時の服装でまたお会いしたいものです」

「もちろんです! 戦争はいつか終わりますから」

「その時はきっと来ます」。ジョンソンは励ますように言った。「この大聖堂の壁も新しくなるでしょうし、内部の調度や装飾も修復されるでしょう。教会は教区民で満ち、わたしたちはもう戦争など起きず、女性が軍服を着ることなどなく子どもを育てられますようにと祈るでしょう。教会が女性にいだくのは、機関銃ではなく、ラファエロの絵画のように腕に幼子をいだく聖母のイメージなのです」

「まったくあなたと同意見です」。わたしは言った。「ですがそのときが来る前に、わたしたちがまずしなければならないのはファシズムをたたきつぶすことです。そのためにわたしは軍服を着ているのです。全世界に平和が訪れたら、そのときは、わたしたち女性は子どもを育てることにとりかかるでしょう」

ジョンソンはわたしたちが車に乗るまでつきそい、別れのあいさつをして、わたしたちに十字を切った。わたしたちの車が遠ざかるまで、ジョンソンは長いあいだその場に立って見送っていた。今も、巨大で荘厳な大聖堂を背景に立つ、黒い服をまとった彼の姿が目に浮かぶ。その建物は長い年月をへても変わらずにそこにあったのに、現代の野蛮人はそれを見逃しはしなかったのだった。

ケント州をめぐる旅の最後の訪問地は、工業の中心地でありイギリス海軍の基地をもつ一大港湾都市、ドーヴァーだ。開戦当初からここは前線の街だった。ドイツはくりかえしこの街を襲撃し、イギリス海峡を挟んで数マイルしか離れていないフランス北部に設置した大口径砲から、大規模な爆撃をこの街に行った。わたしたちは特別許可証をもっていたため、ドーヴァー中を自由に車で走ることができた。

ようやくわたしは、この島国を囲む海を目にした。秋の陽の下で、海は空の青から海のような青緑、そして淡い青へとさまざまに色を変えた。イギリス側の案内役は、イングランド南部の絵のように美しい海岸が要塞に変わり果てたようすを見せ、地雷原や何本も張りめぐらされた鉄条網、曲がりくねった塹壕線、掩蔽壕、機関銃陣地、それに十分に装備された砲陣地など、すべてを詳細に解説してくれた。イギリスは敵の本土侵攻に徹底的にそなえていた。それがじっさいに起こらなかったのは幸いだった。

ロンドンにもどるとわたしたちはマイスキーを訪ね、旅の報告を行った。わたしたちは全般的に好印象を受けていた。そしてわたしたちは、長く待ち望んだ言葉をイヴァーン・ミハイロヴィッチが発するのを今か今かと待っていた。「明日、モスクワへと発つように…」あるいは「明後日…」もしくは「二日したら…」。だが、こうした言葉が出てくることはなかった。その代わりに、大使は沈痛な面持ちでこう言った。「共産主義青年同盟の同志諸君、イギリスの冬の訪れはそう遠くない。ロシアほどイギリスの冬はきびしくはないが、ときおり雪が降る。君たちには冬用のコートが必要だ」

「どこで手に入るのですか？」。プチェリンツェフが驚いてたずねた。

「注文して縫ってもらうことになる。明日、いろいろな布地が君たちのホテルに届く。一番合う生地を選びたまえ」

これはそう簡単なことではないと判明した。わが国の軍用オーバーコートに使う、耐久性があって厚く、かなり粗いが毛羽立たない生地はイギリスでは生産されていなかった。わたしたちはふつうのコート用生地で妥協しなければならなかったが、それは色も手触りもとてもよく似ていた。それよりも付属品のほうが問題で、星がついた真鍮のボタンやラズベリー色の台布、金属製の「四角」に赤いエナメルを施した尉官用の階級章や、金色の組みひもで作る山形袖章を用意する必要があった。大使館はそれをひとつひとつ民間の工房に発注した。冬用コートはまずまずのできで、次の旅で、雨に濡れ、染み入るような冷たい風と霰《あられ》にみまわれたわたしたちは、イヴァーン・ミハロヴィッチの気づかいに感謝した。

わたしたちは北東部のケンブリッジに向かっていた。ロンドンから七〇キロ離れ、ケム川沿いに位置する街だ。わたしたちは、イングランド最古の大学のひとつであるケンブリッジ大学の学生から集会に招待されていた。わたしたちはまず、ケンブリッジ大学を構成するカレッジのひとつ、トリニティ・カレッジを訪ねた。グレート・ゲートに近づくと、ゲートの通路の向こうに、一五四六年にこのカレッジを創設したヘンリー8世王の彫像が見えた。このカレッジは多くの著名人を輩出している。当時のイギリス国王ジョージ6世やアイザック・ニュートン、フランシス・ベーコン、それに詩人のバイロン卿などがそうだ。

トリニティ・カレッジは数棟の建物からなる。三階建てで、三世紀から四世紀前に建造されたものがほとんどだった。広大なグレート・コートにはていねいに整えた緑色の芝生と、中央には美しい噴水があった。だがわたしたちが一番気に入ったのは、快適でなにからなにまで現代的な講義用ホールや、設備がすばらしい研究室、美術品や骨董品の膨大なコレクションがあるフィッツウィリアム美術館、それに、中世の、値がつけられないほど価値のある千部を超す手書き原稿や、ウィリアム・キャクストンがイングランドで初めて印刷、出版した書籍が収蔵されているレン図書館だった。

一一月一一日の夕方になると学生たちが集まり、とてもにぎやかで活発に意見がかわされる集会となった。そこではソ連邦について、温かな言葉を多数耳にした。学生同盟のロンドン支部委員長ジョイ・レイド女史は、これを歴史的集会と言った。またセント・ジョンズ・カレッジの大学院生であるアーネスト・ベニアンズは軍服で現れたわたしたちに、勇敢なる赤軍を歓迎するとあいさつした。ケンブリッジ大学大学院の委員会議長リチャード・テイラーは、学生生活や学んでいることについて、わたしたちに興味深い話をあれこれとしてくれた。とくに、ケンブリッジ大学の多くの学生が夜間は軍需工場で働き、共通の敵であるナチズムとの戦いに貢献しているという事実を知り、わたしたちは驚いた。

わたしたちはいつもどおりの手順で話をした。クラサフチェンコがナチ部隊の後方におけるパルチザン活動について語り、プチェリンツェフが狙撃手の仕事について、そしてわたしはオデッサとセヴァストポリの防衛について解説をした。わたしはこの短いスピーチのしめくくりにカンタベリーの話題にもふれ、この破壊されたイギリスの街は、同じくドイツ軍に容赦なく爆撃されたセヴァストポリの街に匹敵すると述べた。聴衆はわたしたちに多数の質問をした。学生たちの反応は不安の表れと言ってもいいだろう。彼らはソ連とドイツ間の前線でのできごとをよく知っており、ソ連がドイツを打ち負かすことを心から願っていた。

一一月一二日の午後にわたしたちはロンドンにもどった。首都はすでに薄暮のなかにあった。二日間の骨の折れる旅を終えたわたしたちはホテルでくつろげることを期待しつつ、デラックス・スウィートで夕食を注文した。だが一時間後には、大使館からの車がホテルに到着した。わたしたちは、イギリスとソ連の若者の親善を推進する協会主催の集会に参加することになっているのだという。三人とも、みな疲れ切っていて、とても話す気分ではなかった。しかし三〇〇人ほどが出席する集会の雰囲気はとても温かく気持ちがこもったもので、わたしたちがおざなりな対応をするわけにはいかなった。じっさいには、話したのはヴラディーミル・プチェリンツェフだけだったのだけれど。この集会で採択された解決策は、非常にじっさい的なものだった。イギリスの青年組織は、赤軍の兵士たちへの贈り物として二万五〇〇〇個の荷を集めることを決議したのだった。

ロンドンの人々は、一九四〇年秋にヒトラーの空軍がこの街を爆撃したとき、とてつもない恐怖に向き合った。夜になると地下鉄の駅ですごし、日中は瓦礫の山や破壊されたものをより分け修復した。一九四二年の終わりに近づく頃には、ロンドンの街を修復しようと人々が力を合わせており、それを目にするのはとても喜ばしいことだった。一一月一三日の朝の散歩に出かけたときに、わたしたちもそれを目のあたりに見たのだった。

わたしのお気に入りはロンドン中心部のウェストミンスター区にあるピカデリーだった。そこを歩きまわり、贅沢な品を売る店（たとえばフォートナム＆メイソン）を物めずらしそうにのぞき、荘厳な建物（リッツ・ホテルやクライテリオン劇場、セント・ジェームズ教会など）やピカデリー・サーカスにあるエロスの像などを見てまわった。この通りはすばらしい設計の常緑のハイド・パークに続いており、この公園では馬に乗って小道を行く紳士淑女に出会うこともあった。

イヴァーン・ミハイロヴィッチはわたしたちに、むやみにくつろぐ時間をあたえていたわけではない。ソ連学生派遣団はイングランドのごくふつうの人々と会う必要があった。それも車の窓越しではなく、すぐそばでふれ合う必要があった。大使からは、自分の考えをまとめ、任務が責任重大であることを忘れないようにという助言ももらっていた。それには大きな理由があった。わたしたちと会うことを希望する人々のなかに、ほかならぬイギリス首相サー・ウィンストン・チャーチルとその妻クレメンタインがいたからだ。

これを聞いたとき、わたしたちはまず当惑した。戦前のチャーチル氏についてソ連の新聞が書いていたことを読むかぎり、こうしたことは考えられなかったからだ！　チャーチル首相は社会主義の敵、青年労働者と小作農の国の敵だと言われていた。一九一八年から一九二一年にかけてのイギリス、フランス、アメリカ軍によるわが国への干渉を主導したのがチャーチルだとされていたし、また一九三八年にヒトラーとムッソリーニといわゆる「ミュンヘン協定」（これに署名したのはチャーチルではなかったが）を取りかわしたことを非難されていた。

わたしたちの顔に驚きを見て取ると、マイスキーは笑っただけだった。「わが共産主義青年同盟の同志諸君、これが今日の現実なのだ！　最近のウィンストン・チャーチルは、すっかり、洞察力があり賢明な政治家なのだよ。チャーチルは即座に、ドイツによるソ連攻撃が全世界にとってどれほど危険であるかを見て取ったのだ。一九四一年六月には、チャーチル政権は、ヒトラーに対しソ連と協調行動を取ることに合意するという結論を出している。またつい最近の今年五月には、ナチ・ドイツに対して英ソ同盟条約がロンドンで調印され、戦後の協力および相互援助について合意している」

首相との面会は国会議事堂で行われた。有能な使用人がお辞儀をしながらドアを開けてくれた。わたしたちは、白大理石で装飾を施した大きな暖炉がある、それほど広くはない四角の客間に入った。部屋の中央にテーブルがあり、その周りに、座り心地のよさそうな椅子が数脚ある。暖炉からわたしたちのほうへ向かってきたのは、かなり背が低いがとてもがっしりとした体つきの、肩幅が広くて大きな丸い頭をした人物だった。口には葉巻をくわえていた。彼の灰色のややギョロっとした目はわたしたちをじっと見ていた。突き刺すような、といった表現がぴったりの眼差しだった。

「首相、イギリスへの客を紹介させていただきます。ソ連邦からの三人の若者たちです」。マイスキーが言った。

チャーチルは葉巻を口から離し、一歩わたしたちのほうに出て手を差し出した。大きくやわらかいが力強い手だった。首相はかすかな笑みを浮かべて言った。「パヴリチェンコさん、イギリスはいかがですか？わが国の霧にはうんざりではありませんかな？」

「いいえ、霧で困っていることはありません」。わたしは答えた。「わたしたちは戦時の同盟国を訪れることができてうれしく思っております。霧はよいカムフラージュになります。敵機から攻撃される危険も少ないでしょう」

チャーチルはそれからわたしたち派遣団の団長であるニコライ・クラサフチェンコと言葉をかわし、こんなにも素敵な女性であるパヴリチェンコ少尉を指揮下に置いてどんな気分かね、と冗談まで口にしていた。最後に、マイスキーはヴラディーミル・プチェリンツェフを紹介した。このとき、わたしたちは少々驚いた。首相にわが国の勲章の制度についてある程度の知識があることがわかったからだ。プチェリンツェフの胸にソ連邦英雄の金星を見つけると、首相は、どんな手柄を立ててソ連邦最高の称号をもらったのかね、と聞いたのだ。プチェリンツェフは、レニングラードの防衛における戦闘でナチを一〇〇人倒したことによるものですと答えた。

おしゃべりは二〇分ほど続いた。それからチャーチルはわたしたちを炉辺に呼んだ。暖炉では小さな火が焚かれており、わたしたちはそこに座るよう勧められた。そのとき、五五歳くらいの、ほっそりとして優雅で、完璧な身なりの美しい女性が客間に入ってきた。マイスキーはすぐに彼女をわたしたちに紹介した。「クレメンタイン・オギルヴィ・スペンサー・チャーチル夫人だ」。首相夫人は笑みを浮かべてわたしたちと握手し、駐英ソ連大使がわたしたちのことを説明するのに耳を傾けた。わたしたちはみな、テーブルのそばの肘掛け椅子に腰をおろした。客間の通用口が開き、使用人が、コーヒーポット、ミルク壺、カップ、それにサンドウィッチとビスケットの皿を載せたキャスター付きテーブルを押して入ってくると、わたしたちをコーヒーでもてなす支度をした。

ウィンストン・チャーチルは葉巻に火を点けた。チャーチルはイヴァーン・ミハイロヴィッチの横に腰をおろし、ふたりは五月に調印された英ソ同盟条約の今後について真剣な会話を続けていた。わたしたちの注意はすっかりチャーチル夫人に向いていた。彼女は、自分が一九四一年九月に設立したイギリス赤十字社ロシア支援基金の活動について熱心に話した。クレメンタインはそれに真っ先に寄付し、それにならい何百万人ものイギリス人が寄付を行っていた。国民はクレメンタインの呼びかけに応じ、自分たちの給料から週に一ペニーを基金に寄付しはじめたのだ。基金は慈善活動の行事も計画し——とくにサッカーの試合——その収益が基金の口座に入った。基金の口座には過大な金額があるわけではないが、それでも、薬品や医療設備、食糧、衣類、毛布、それに負傷者のために義足や義手を購入してわが国へ送ることができたという。

首相夫人は赤軍の医療班がどのように組織され、戦場や、戦場を離れた兵士や将校はどのような支援を受けるのかという点に興味を示した。わたしが、自分の経験にもとづきそれに答えた。オデッサで負傷したとき、わたしは連隊の医療中隊の衛生兵から救急処置を受け、それから師団の医療大隊へと運ばれてそこで外科医が砲弾の破片を除去する手術を行った。合併症が生じていたら陸軍の野戦病院に運ばれて、必要であれば後方の病院で本格的な手術を受けていたはずだ。

チャーチル夫人はそれをとても合理的な制度だと思うと言った。夫人は、薬の使用法や医療技術、それに負傷兵の世話にかんして詳細に知りたがり、わたしにさまざまな質問をした。わたしは進んでそれに答えた。わたしたちの会話はとても熱が入ってきた。しかしプチェリンツェフとクラサフチェンコは病院で手あてを受けた経験がなかったため、その会話にくわわることはなかった。

ビッグベンのチャイムの音が響くと、わたしたちを好意的に迎えてくれた首相と夫人が立ち上がり、わたしたちは面会が終わったことを悟った。別れる際にわたしたちは再度握手と友好的な笑みをかわした。クレメンタインはわたしに、いろいろと説明してくれてありがとうと言い、その情報をもとに、ロシア支援基金向けの活動をより的確なものにすることができると言ってくれた。

ついでながら、一九四一年から一九五一年まで存続したクレメンタイン・チャーチルの基金は八〇〇万ポンド以上を集め、この基金によってスターリングラードとロストフ・オン・ドンに数軒の病院が建った(9)。一九四五年春に、首相夫人はロシアを訪問した。夫人が赤軍の支援に多大な貢献をしたことを知ったスターリンはクレムリンで、クレメンタインに個人的にお礼の品を渡した。ダイアモンドのついた金の指輪だ。一方ソ連政府は労働赤旗勲章を夫人に授与した。

わたしはクレメンタインとエレノア・ルーズヴェルトを比べずにはいられなかった。ふたりには多くの共通点があった。年齢、受けた教育、社会的地位や家族の状況。ふたりは公的生活に活発に参加していた。しかし、エレノアのほうが率直にふるまい、もっと庶民的で、それに彼女は政治的にも大きな役割を果たしていた。エレノアは夫の選挙運動のすべてを切り盛りして全国をまわり、夫から任された仕事がきちんと終わったか検討してそれを大統領に報告し、閣議に参加していた。一方クレメンタインは、イギリスの上流社会出身で特権階級の女性であるという雰囲気をずっと身にまとっていた。彼女は男性の仕事に魅力を感じるような女性ではなく、自分の果たすべき仕事を慈善活動に限っていたが、とはいえそれはとてもうまくいっていた。

イギリスをめぐる旅は続いた。カーディフ、バーミンガム、ニューカッスル・アポン・タイン、リヴァプール、コヴェントリーをまわり、機器製造業や冶金、武器工場、それに造船所（わたしたちは新造の戦艦の進水式にも出席した）、教育施設や軍の基地を訪ねた。どこに行ってもわたしたちは温かく迎えられ、式典用の狙撃ライフルなど贈り物をもらうことも多かった。

一一月末に、ソ連軍がスターリングラードへと進軍し、その後ドイツ陸軍元帥パウルスの軍が包囲されて何千人ものドイツ兵が捕虜になったというニュースが届くと、イギリス社会は大きく沸いた。わが連合国の人々は、これが第二次世界大戦の転換点であり、これほど大きな敗北を喫したヒトラーのドイツ軍は、もう立ち直ることができないという点を理解していた。だがその頃わたしたちの思いは、祖国に帰ることにしか向いていなかった。

18 「同志スターリンはわれわれに命じた……」

薄暮のなかにある四発機のリベレーターB－24爆撃機は、海岸に引き上げられた巨大な魚のようだった。大きな腹部をもつこの機は、地面に寝そべっているように見える。そうした印象を受けるのは、この機についた三車輪式の降着装置の脚柱がとても短いからだ。ひとつは胴体前方、あとのふたつは、全長三三メートルあまりの翼の下にあった。これにもかかわらず、機関銃が搭載された光沢のある機首は、この航空機に威圧的な外観をもたらしていた。航空機上部、操縦士と航法士用コックピットのすぐ後ろにも機関銃座があった。

爆撃機は今回は戦闘にそなえたものではなかった。航空機の整備士が台車に載せて、翼をもつ何トンもの巨体に運んでいるのは爆弾ではなく、スーツケースやいくつもの箱やカゴだった。その荷はわたしたちのもので、ほとんどは連合国からの贈り物だ。まちがいなく、荷物は来たときの二倍以上になっていた。兵士たちは荷を手際よく空《から》の爆弾槽に投げ込み、それからドアを閉めた。

毛皮のついた飛行服、手袋、長ブーツ、飛行帽という飛行士さながらの恰好で、ソ連学生派遣団はアルミニウムのタラップをのぼって搭乗員とともに航空機に乗り込んだが、わたしたちが入ったのは客室ではなく、乗員区画に隣接する貨物室だった。貨物室は快適さとは無縁で、座席の代わりに壁際にとても固くてせまいベンチがあった。腰をおろしても体はこわばるし、寝転ぶこともむずかしかった。そこには丸窓はなく、天井にある数個の電球が弱々しく光をともしていた。

わたしたちは一九四三年一月四日から五日にかけての一二時間を、この陰気で暖房もない貨物室ですごすはめになった。一二時間とは、通常リベレーターが、グラスゴー近くのイギリス空軍基地からモスクワ近郊のヴヌコヴォ空港まで飛ぶのに要する時間だった。爆撃機は一九四二年一〇月からこのルートを飛んでいた。スコットランド北部から、北海、スウェーデン西部のスカゲラック海峡、バルト海を越え、途中で降りることなく一気に飛ぶのだ。レニングラードとモスクワ間の前線地帯上空が危険であることは確かだった。しかし、爆撃機は夜間に高度九〇〇〇メートル超を時速三〇〇キロの速度で飛び、ドイツの戦闘機はこの高度まで到達することはできなかった。この大型爆撃機は第二次世界大戦前にアメリカのコンソリデーティッド社の設計士が開発したもので、航続距離が四五六〇キロもあるこの機の投入は非常にうまくいき、リベレーターはおおいに活躍した。

乗員がエンジンを一基ずつ始動させ、四基のエンジンがすべてうなりをあげた。航空機は揺れ、前方に動き出した。その動きは速くなり、エンジン音はどんどん大きくなっていく。滑走路をかなり長く走ったが、ついに機体は大きく前方に飛び出した。リベレーターは飛行場上空に上り、高度を増し、旋回して航法士が計画したコースを取った。もうわたしたちに聞こえるのはブンブンというエンジン音だけだった。

エンジン音のせいでわたしたちはしゃべることもできなかった。クラサフチェンコとプチェリンツェフは右側、わたしは左側のベンチに寝そべり、どうにか体を伸ばした。機体の壁の金属部分全体に、次第に霜の結晶が付いてきた。それは時間が経つごとに増え、貨物室は「雪の女王」の寝室のような様相を呈してきた。冷気で息苦しくなる。だが発熱体のついた特注の下着付き毛皮製飛行服は温かさを保ってくれた。ただ、肌着とズボン下に縫い込まれた銅線の網に弱い電流が通っているせいで、肌は少々ぴりぴりとしたが。

爆撃機の乗員は乗員室からタラップを降り、たびたびわたしたちのようすを見にきてくれた。四か月間をアメリカ、カナダ、イギリスですごし、ニコライ・クラサフチェンコとヴラディーミル・プチェリンツェフは毎日何百もの英単語を覚え、かなりうまく英語で答えられるようになっていた。一方、辞書と教本をもっていたわたしは独学を重ねてふたりよりもずっと英語が上達しており、流暢に英語を話せた。イギリス軍の部隊を訪ねた最後の旅では砲兵隊や航空機や戦艦を見学したが、わたしは進んで英語の短い演説を行い、連合国の兵士や将校たちはそれをとても喜んでくれた。

今、わたしたちは祖国へともどる途上にあり、もちろん、頭にあるのは戦争のことだ。わたしもプチェリンツェフも、互いに考えていることはよくわかっていた。どの戦線、どの軍や師団、連隊にわたしたちは送られるのか？　最初のうちは、スターリングラードに向かうのではないかと思っていた。アメリカとイギリスの新聞は、ヴァシリー・ザイツェフという狙撃手についての記事を掲載していた。三か月でナチを二二五人倒したのだという。しかし一九四二年一二月には、ソ連軍はドイツ第六軍を包囲し、ヒトラーの部隊とともにヴォルガ川の要塞を包囲していたルーマニアとイタリアの師団を敗走させていた。スターリングラードでの戦闘は終結に向かっていた。敵に対する赤軍の完勝だ。

しかし、レニングラードの包囲は続いていた。開戦当初からレニングラード戦線に就いていたヴラディーミル・プチェリンツェフは、この件についてわたしに何度も話していた。フリッツの進軍は一九四一年一一月にいったん止まったが、ソ連軍には、この一〇月革命発祥の地から即刻敵を追い出すほど十分な兵力がなかった。このため陣地戦になっており、資源が乏しいなか、敵に大きな損失を被らせなければならなかった。プチェリンツェフは、ソ連軍がはじめて狙撃手を大規模に配置したのがまさにこのレニングラードなのだと何度も言っていた。彼は、ネヴァ川、スヴィル川、ヴォルコフ川沿いに広がる湿地に建つ街レニングラードに最初に配置された狙撃手のひとりで、その功績でソ連邦英雄の称号を授与されていた。

航空機の整備士であるロバート・ブラウンが、コックピットからわたしたちのところにやって来た。彼はホットコーヒーの入った魔法瓶とカップ、それにチーズとハムのサンドウィッチがのった皿を手にしていた。それをわたしたちと一緒に口にしながら、彼はモスクワまであと一時間半だと教えてくれた。ヴヌコヴォ空港には無線で知らせてあり、この機をわたしたちの親族が迎えるという。

そしてそこにあるのは、雪に覆われた広大なロシアの大地だった！　大地はどこまでも広がり、そのはるか彼方にはぼんやりと青く、森林地帯がとぎれとぎれに見えていた。左手には数軒の建物があり、そこから人々が、滑走路の先端に停まっていた爆撃機に向かって駆け寄ってきた。プチェリンツェフの妻リタ、それにわたしの愛する母エレナ・トロフィモヴナの姿が目に入った。わたしと母は抱き合い、三度ずつキスをして、長いことじっと抱き合ったままだった。母はすすり泣き、言った。「神様、ありがとうございます、ありがとうございます。わたしの愛しい娘！　一か月出かけてくると言って、四か月もたってからもどってきたわ」

国防人民委員部の家族用宿舎の部屋はあっというまに身動きできないほどになった。スーツケースを動かしてどうにか壁を一箇所だけ空け、荷物を少しずつ取り出した。アライグマの毛皮のコートは大きく重くてかさばるが、どうにかクローゼットにおさまった。クローゼットのなかに打ってある釘に、わたしは滑腔銃身のトレンチガン（塹壕銃）、ウィンチェスターM1897をかけた。トロントのカナダ軍の武器工場で従業員から贈られた銃だ。イギリス軍将校の野戦用携帯食――グラスゴーの軍事基地で出されたもの――は、テーブルの上の陶器（これも贈り物）に並べるとおいしそうに見えた。チーズ、ハム、魚の缶詰にチョコレート、ビスケット。この静物画のようなテーブルに、わたしはスコッチ・ウイスキーのホワイトホースのビンをくわえた。この黄色いラベルのついた五〇〇ミリリットル入りのビンを、いつだれからもらったのかわたしは覚えていなかった。

その日、わたしと母はしゃべり通しだった。わたしは母に語った。アメリカとイギリスの人々がとても温かくわたしたちを迎えてくれたこと、集会では大きな拍手をもらい、赤軍のための基金に多額の寄付が集まったこと、国際学生会議が対ファシストの「スラヴ覚書」を採択してくれたこと、アメリカ合衆国大統領フランクリン・デラノ・ルーズヴェルト夫妻がソ連学生派遣団を先祖代々の家であるハイドパークに招いてくれたこと、そして有名な俳優であり映画監督であるチャーリー・チャップリンがわたしに、ソ連の人々にチャップリンの言葉を伝えてくれるよう頼んだことなどなど。外国語の教師だった母は、わたしがもち帰っていた外国語の新聞に興味をもち、わたしたちはイギリスとアメリカの英語の違いについても話した。母は新聞記事のいくつかの単語については、わたしに訳してくれるよう頼んだ。母は海外旅行の経験がまったくなかったため、このすべてが母にとってはとても有意義なものだった。

わたしたち派遣団の旅はそこで終わりではなく、報告を行う必要があった。一週間の準備期間があたえられたが、わたしは気が散らないように、また派遣の旅について忘れたり混同したりすることが一切ないよう、宿舎の建物を出ることさえしなかった。全部で三〇枚ほどの報告書を書いたが、その大半を線で消したり書きくわえたり、また修正したりして書き上げた。報告書にするためにわたしたちはもっとも重要だと思うできごとを選び出し、それを正確であることにくわえ、政治的にも矛盾のないようにまとめなければならなかった。

学生派遣団はまず共産主義青年同盟中央委員会事務局、それから赤軍政治部の執務室、次に、一九四三年一月二〇日にソヴィエト情報局青年委員会の集会で旅の報告を行った。ラジオ局の放送内容はこの集会の議事録をもとにしたものであり、これによってソ連邦の何百万人という人々が、共産主義青年同盟の三人の会員が資本主義国家の町や市をめぐり、ヨーロッパに第二戦線を至急開設するよう訴える運動を行ったことを知ったのだった。

放送されたわたしの報告の一部を抜粋する。

わたしたちはアメリカ合衆国への旅でアストラハン［ロシア南部の都市］、バクー［アゼルバイジャンの首都］、テヘラン、カイロ、ブラジルを経由せざるをえず、その道筋でさまざまな国のさまざまな肌の色の人々と出会いました。当初はわたしたちがソ連派遣団だとわかる人はだれもいませんでしたが、わたしたちがソ連邦から来たのだと知ると、すぐに態度が変わり、温かく、とてもすばらしい歓迎の意を示してくれたのです…。

マイアミからは列車に乗ってワシントンまで行き、駅からホワイトハウスへと向かい、そこでアメリカ大統領夫人、エレノア・ルーズヴェルトの歓迎を受けました。わたしたちは夫人と朝食を摂り、その後初めての記者会見をソ連大使館で行いました。ルーズヴェルト夫人がわたしたちに格段の心遣いをしてくれたことをまず述べておかなければなりません。彼女の態度にならい、公職に就くほかのアメリカの人々もわたしたちに対して気持ちよく、友好的に接してくれたのです…。

わたしたちは記者会見をたびたび行い、アメリカの記者団からの質問にできるかぎり答えなければなりませんでした。アメリカでは情報に重きを置き、アメリカの人々はありとあらゆるものについて目新しいことが大好きです。しかし、記者会見で記者たちが質問したことの多くは、軍事情勢についてではありませんでした。彼らは、たとえば前線での生活のようすなど、わたしたちの個人的なことについて情報を聞き出そうとしたのです。彼らは、わが軍の兵士が塹壕で生活していると聞いて驚いていました。彼らは概して、現代の戦争とはどういうものかをほとんど知りませんでした。アメリカの人々は平和な生活を送っています。その領土には一発の爆弾も投下されたことがありません。ニューヨーク市の市長が一度、空襲警報の訓練を行うと発表したことがありますが、翌日、心臓発作で五人が亡くなったことが報じられました…。

アメリカは、贅沢の国という一面をもつ一方で、貧困の国という面を合わせもちます。アメリカの黒人たちの生活状況は劣悪です。わたしたちは生活の維持に必要な基本的条件もそろわない地域を訪ねる機会がありました。そこでは人種差別にとても驚いたものです。列車には白人専用の特別客車があって、有色人種は別の…。

わたしたちはラジオ放送を聞いた人々がわたしたちの話にどう反応するか見当もつかなかった。しかし直にわたしたちの報告を受けた人々は、派遣団の海外での活動を彼らなりに評価した。クラサフチェンコとプチェリンツェフは、普通よりすぐれているという「良」をもらい、聞いたところによると、とくにわたしの報告は誉められたそうで、わたしの報告書には「優」の評価が下された。

そして派遣団の解散をわたしたちは告げられた。ニコライ・クラサフチェンコは共産主義青年同盟のモスクワ市委員会の仕事にもどった。ヴラディーミル・プチェリンツェフはすぐに前線にもどり、そこで勇敢に戦って敵兵士と将校を狙撃用ライフルで倒し、戦争終結までに彼は四五六人の確認戦果をあげた。わたしもモスクワを離れる準備をしていた。わたしが狙撃小隊の指揮官に任命されていた第三二親衛空挺師団は、南西戦線に配置されていたからだ。

だがそうはならなかった。一月末にわたしは師団の作戦部に呼ばれ、そこで大尉用の藍色の台布のついたチュニックを着た、非常に礼儀正しい男性と長い会話をかわした。彼の質問はわたしのこれまでの経歴の詳細すべてにおよんだ。外国語の知識、オデッサとセヴァストポリでの軍事行動へのかかわり、アメリカ、カナダ、イギリスへの派遣の旅、そしてエレノア・ルーズヴェルトとの面会。それにくわえ、わたしは五ページにおよぶ書類に書き込んだ。それにはわたし自身のことだけではなく、両親や息子、夫やその他の親戚にかんするさまざまな情報（どこに住み、なにをして生計を立て、どこに埋葬されているかなど）を求められていた。その大尉は、わたしが第三二親衛師団から異動し、赤軍最高司令部予備役扱いになると言った。言い換えれば、わたしは前線には行かないということだ。

「ですが、なぜなのですか、同志大尉？」。そう聞くわたしの声は大きくなった。

「君がやるべきことがほかに見つかるだろう。君のすばらしい能力にもっと合った仕事だ」

「わたしは狙撃手です！」

「なによりもまず、君は将校であり、誓ったはずだ…」

彼がわたしの能力云々と言ったことは正しかった。ソ連邦国防人民委員部中央人事局の命令（一九四三年六月三日付け、ソ連邦国防人民委員部命令第〇二八一号）で、わたしは中尉に昇進した。だが襟のラズベリー色の台布にルビー色の四角を二個つける代わりに、わたしはチュニックの肩章に星を二個つけた。一九四三年一月以降は、チュニックのデザインが変更されていたからだ。折り返しの襟は固い立ち襟になり、縫い目のあった胸ポケットはスリット入りに変わった。わたしはすぐには新しい軍服が手に入らなかったが、金色の組みひもでふちどりしたパレード用肩章はすぐにわたしの手元に届いた。

ある日の夕方遅く、母とわたしはラジオから流れる音楽を聴きながらのんびりすごしていた。わたしがアメリカからもち帰ったラジオの音質はすばらしかった。コンサートが放送されており、それはスターリングラード戦線の勝者たち――二月に、パウルス陸軍元帥指揮下のドイツ軍を壊滅させた兵士と将校たち――のリクエストによるものだった。コンサートでは少々古い音楽や民謡が何曲か、それにソ連で人気の音楽も演奏されていた。突然、ドアがノックされた。ふたりのＮＫＶＤの若い将校が部屋に入ってきて、わたしたちにあいさつし、自分たちと一緒に出掛ける準備をするよう言った。

かわいそうなエレナ・トロフィモヴナは、夕方のお茶を飲んだカップを洗って拭いていたのだが、それを床に落としてしまった。母の手は恐怖で震えはじめた。国の「機関」が逮捕するときのやり方はなんら秘密ではなかった。その職員が突然、容疑をかけられた者の家に現れて礼儀正しくあいさつし、すばやくその犠牲者をつれ去るのだ。わたしはチュニックを着て肩章をつけ、将校用ベルトを腰に締めた。その右側には焦げ茶色の革のホルスターがありＴＴピストルがおさまっている。もしそれをはずすよう命じられれば、ピストルはとりあげられるだろう――そしてそれは、逮捕されるということだ。

「同志中尉、これからクレムリンに向かいます」。将校のひとりが言った。

「クレムリンですか？」。わたしは本棚に向かい、英露辞典を取り出してポケットにつっこんだ。それに英文法の教科書はコートの内ポケットに入れた。この二冊は最高司令官のものだったからだ。会うことになれば、返す必要があった。

宿舎のあるストロミンカ通りからモスクワ中心部へは一〇キロほどの距離だ。ヤウザ川の堤防、レンガ作りの古い家々、それにルサノフ・クラブ——その二階は巨大な歯車の一部のようだった——などソヴィエト時代の見栄えの悪い建物が後方へと流れていった。車のヘッドライトがあたって、大通りの木々、市内電車の線路、数階建てのビルの壁など、さまざまな物が暗闇から飛び出してくるように見えた。集中しようと努め、わたしは、なにか重要で新しい任務があたえられるのだろうか、それともヨシフ・ヴィッサリオノヴィッチは最近もどったばかりのアメリカへの派遣旅行の詳細に興味があるのだろうかと考えをめぐらせた。

待合室で、迎えにきた中尉たちは、わたしがコートを脱ぐのを慇懃に手伝ってくれた。わたしはピストルのホルスターのボタンをはずすと、それをスターリンの秘書官に渡した。はげて、背が低くかなりがっしりした体格の、アレクサンドル・ニコライエヴィッチ・ポスクリョブィシェフだ。彼はわたしのTTをデスクの引き出しにおさめ、帰りには返すと約束した。そしてドアを指さし「行きたまえ、同志スターリンがお待ちだ」と言った。

執務室の焦げ茶色の樫の板壁、T字形に組み合わされたテーブル、それに覆いがかけられた巨大な地図。すべては一九四二年八月に見たときのままだった。そのあと、われわれ共産主義青年同盟学生派遣団はアメリカへと発ったのだ。今このとき、わたしはひとりで共産党中央委員会書記長の前に立っていた。ヨシフ・ヴィッサリオノヴィッチ・スターリンはわたしのほうに一歩踏み出すと、握手をしてほほえんだ。

「やあ、リュドミラ・ミハイロヴナ」

「ごあいさつ申し上げます、同志最高司令官！　仰せに従い、パヴリチェンコ中尉がご報告いたします！　お借りしていた辞書と教科書です」。わたしは本を長いテーブルの端に置き、気をつけの姿勢にもどった。

「それは役に立ったかな？」

「たいへん役に立ちました！　どうにか話が通じました」

「派遣団はとてもうまくいったと聞いている」

「あなたの命令を完遂するよう努めました、同志スターリン！」。わたしは直立の姿勢をくずさず、軍の規則にあるように、目でこの上官の動きを追った。

「座りたまえ」。スターリンはテーブルの隣の椅子を指し示し、わたしと向かい合った椅子に腰をおろした。「ルーズヴェルト大統領夫妻の招きで、君たちは夫妻の自宅であるハイドパークに一週間滞在したそうだな」

「そのとおりです、同志スターリン」

「この秋、わたしはこのアメリカ人と会うことになるだろう」。最高司令官は有名なパイプを口にもっていき、大きく吹かした。「教えてくれ、この夫婦はどのような人々なのだ？」

わたしはなぜだか、このときは非常に神経質になっていた。辞書や教科書を頼むのと、いろいろなことがあった派遣の旅の結果について国家指導者に報告するのとはまったく別だ。それにわたしたちは、第二戦線の形成をなんとしても推し進めるという大きな目的を果たしてはいなかった。連合国はあいかわらず、ヨーロッパでの軍事作戦にじっさいにはまったく着手してはいなかった。われわれ学生派遣団はアメリカ、カナダ、イギリスの世論に一定の影響を及ぼし、ファシズムに対するソヴィエトの人々の戦いに、一般大衆の共感をかき立てたにすぎなかった。連合国の指導者たちは自国の利益のことしか考えおらず、とくにわが国に共感をいだいていたわけではなかった。とはいえわたしには、ルーズヴェルト大統領とその夫人はチャーチル首相よりも誠実で正直であり、他国とは別の観点から物を見ることもできる人たちに思えた。

わたしの話はまとまりがなく、長い間が空いた。スターリンはさえぎりはしなかったが、話が終わる頃にはわたしを落ち着かせようとし、やさしくたずねた。「なぜ君はびくびくしているのだ、リュドミラ・ミハイロヴナ?」

「責任ある仕事だからです――あなたに直接報告するのですから」

「君は狙撃手の任務に就いているときにはまごつかなかったはずだ。前線でそのように落ち着きを失くしていたら、ずっと前に命を落としていただろう」

「狙撃の任務とこれとはまったく状況が異なります」。わたしは落ち着いて答えた。

「そうか、では比べてみようではないか」。最高指揮官は冗談を言った。「狙撃手の仕事について話してみなさい。射撃手の訓練、射撃手が使う銃、君がオデッサ付近の草原やセヴァストポリ近くの丘陵地で採った戦術について話を聞こう。それと今日の報告に違いがあるのか、みてみようではないか」

わたしはスターリンがこれほどわたしたちの軍務に興味をいだいているとは思ってもいなかった。彼は狙撃という仕事の特殊な性質のことをよく知っていた。彼の質問は的を射ており、とても具体的だった。そうした質問に答えるうちに、わたしの気持ちはとても落ち着き、大胆になって、お願いをすることにした。わたしは最高司令官に、前線に戻してくださいと頼んだのだ。

「君は砲弾に撃たれて負傷した」。スターリンは言った。「なぜまた前線にもどりたいのだ?」

「この戦争では非常に多くの死傷者が出ています」。わたしは答えた。「ですがだれかが戦わなければならないのです。わたしは戦友たちのもとにもどりたいです。わたしには知識と経験があります。ですから生き残るチャンスは大きいのです」

スターリンはこの答えに満足したように思えたが、すぐには口を開かなかった。「それは君には無理だな」。スターリンは突然結論づけた。「君は計算ができるか?」

スターリンの意外な答えに驚き、わたしはうなずいた。スターリンはえんぴつをもち、テーブルに載っていた大きな紙を自分のほうに引き寄せて、学校の教師のように説明しはじめた。「君が前線に行けばナチを一〇〇人殺すだろう。だが、敵も君を倒すかもしれない。だが君が一〇〇人の狙撃手を訓練して君のかけがえのない知識を伝授し、その一〇〇人の狙撃手がそれぞれ一〇人のナチを撃つとしたら、何人の敵を倒すことになる? 一〇〇〇人だ。それが君がすべきことなのだ。君がもっと必要とされているのはこなのだ、同志中尉」

最高司令官の言葉はわたしの心に響いた。それはもっともな話だったのだ。開戦当初、国防人民委員部の公式計画――一九四一年四月に確定(国防人民委員部命令第〇四/四〇二号)――では、各ライフル連隊には一八人の射撃手しかいなかったが、しかしスターリンとの面会当時は、一九四二年に軍の規則が変わったことにより、連隊には八七人の狙撃手、中隊には九人、小隊には三人置くことを必要としていた。赤軍には何百もの連隊があるため、規則通りになっていれば、「超一流の狙撃手」の数はすでに一桁ではおさまらず、何十人も、いや何百人にもなっているはずだったのだ。だれかが、短時間で的確な訓練を行い、高いレベルの技術を身につけた狙撃手を育てる必要があった。

赤軍における狙撃手の全体的な技術向上には、高い射撃技術を有する教官が求められていた。一九四二年三月に、モスクワ近郊のベシュニャキの村に狙撃教官の学校が設立されたのもそのためだ。のちに中央狙撃教官学校と改名された学校だ。だがこれだけでは十分ではなかった。まもなく、射撃手向けの三か月の課程がこの学校に開設され、七月以降は訓練期間が半年に延長された。一九四一年から一九四四年までの大祖国戦争中に、オソアヴィアヒムやフセヴォブーチ（民間人向け一般軍事訓練課程）内や、軍管区が運営する一流の射撃手および狙撃手向け学校、それに陸軍の訓練センターで訓練を受けた狙撃手の合計は四〇万人を超えた。

一九四三年七月二八日にクレムリンで設けられたスターリンと前線の「超一流の狙撃手」グループとの会合は、ソヴィエト軍内の狙撃手の技術向上を進めるうえで重要な一歩となった。ヴラディーミル・プチェリンツェフもわたしもこれに参加した。わたしたちのほか、一五〇人以上敵兵および将校を倒した狙撃手一〇人があちこちの戦線からモスクワに集まった。残念ながら出席者の名前は忘れてしまったが、そのなかでも業績が際立っていたのが、シベリア出身のヴァシリー・ザイツェフだった。スターリングラードでその名をとどろかせ、三か月で二二五人のナチを葬り去ったソ連邦英雄だ。

その会は事務的な雰囲気のなか行われた。最高司令官はわたしたちに、率直な意見を述べ、また任務を遂行するうえで支障になっている点を指摘するよう求め、要求や希望も出すようにと言った。わたしたちは指揮系統が統一される必要がある点を話した。一流の射撃技術を学んだ兵士は、大隊や中隊、もしくはそれ以外の指揮官のもとにばらばらに置かれるのではなく、連隊のひとりの指揮官のもとに就く必要があった。同じく重要であるのが、軍の職務における名称変更だった。「狙撃手」という名称をくわえてもいい頃だ。また需品係将校への要求もあった。多くの戦闘部隊では季節に応じたカムフラージュ服を使えず、夏、秋、冬と同じものを使っていること、防弾盾があれば狙撃手が重傷を負ったり命を失ったりすることを免れる場合もあるが、これが支給されていないこと。また多くの狙撃手が、モシン・ライフル改良の必要性を口にしていた。とくに、固いトリガーは支障になっており、新人狙撃手にとってこの点は大きな問題だった。

一九四三年八月初めに、わたしは赤軍最高司令部予備役となり、「赤旗」ヴィストレル戦術ライフル課程で学ぶことになった。歩兵将校が技術を向上させ、大隊指揮官となるための課程だ。この課程はモスクワ州の、セネジスキー湖にほど近いソルネチノゴルスクで行われた。ここでは、戦闘経験のある将校――多くは病院で療養後の将校だった――がその技術を磨いた。講習プログラムはきびしく密なものだった。授業は一二時間もあり、おもに実地で行われた。わたしたちはライフル大隊における現代戦の戦術や、戦闘とほぼ同じ状況で部下を指揮する技術を学び、そして、とくに徹底して手動式銃の扱いを教わった。もちろん銃の扱いについては、わたしは大きな喜びをもって臨んだ。三か月のきびしい実践授業を受けると、わたしの同期生たちは前線へと向かった。歩兵大隊を指揮するのだ。大隊指揮官向けの課程を卒業したあとのわたしは（ここで学んだ女性はわたしだけだった）、この有名で、とても独特な指導を行う軍事訓練機関に一九四四年五月まで残り、狙撃教官としての仕事に就いた。

大祖国戦争中におよそ二万人の将校がヴィストレルの課程で訓練を受け、そのうち二〇〇人ほどがナチ・ドイツの軍との戦闘において顕著な功績をあげ、ソ連邦英雄を授与された。わたしの名も一九四三年一〇月二五日に栄誉ある受賞者名簿に載り、わたしはソ連邦最高会議幹部会によって、この国家最高の栄誉称号を授与された。

19　退役！

ヒトラーが率いるドイツの完敗はすぐそこに迫っていた。キエフが解放されると、一九四二年にカザフスタンに避難していたウクライナの国立大学はその首都にもどった。ドイツ軍はここキエフを激しく破壊し、中心部を爆撃してさまざまな施設の研究所や図書館を荒らしていた。だが、教授や研究者や教師たちの尽力で大学は一九四四年一月には再開し、上級課程の学生向け講義をはじめた。わたしはこれを知り、青春時代をすごしたこの街にもどった。わたしは史学科に復学し、国家試験に合格して、わたしが戦前に取り組んでいた学位論文を完成させたかった。わたしは上官に申請書を提出し、一年残していた高等教育を修了させるために陸軍を退役することになった。

一九四四年一〇月、わたしはチュニックを脱いでふつうの服に着替え、勲章や記章を箱にしまい、キエフ国立大学史学科の五年生になった。ふたたびわたしは、教科書を熟読し、マルクス・レーニン主義の原理や、ギリシア・ローマ、それにソ連邦の歴史を思い出し、ロシア語とウクライナ語、ラテン語のテストや試験を受ける身となった。大学生活がなかなかうまくいかないのも無理はなかった。なにしろわたしは二八歳になっていた。大学には、戦争に参加経験のある二五歳から三〇歳までの学生もかなりいたのも事実だが、史学科では、わたしは最年長の女子学生だった。

論文を提出して「優」をもらうと、一九四五年五月にわたしはモスクワにもどった。そこにわたしはアパートメントを借りており、母のエレナとわたしの息子ロスティスラフが暮らしていた。その後わたしは海軍所属となり、参謀本部艦隊史部門の研究助手になった。時が経つにつれてわたしは、前線での負傷と戦争神経症の後遺症に苦しむようになっていた。わたしは海軍沿岸警備隊の少佐になっていたが、一九五三年六月には、病気を理由に（障害者二級）退役し、軍を離れざるをえなかった。

だが、将校年金を受け取るからといって、じっと家にいてなにもしないわけにはいかない。一九五六年九月にはモスクワで、ソヴィエト退役軍人会の母体であるソヴィエト退役軍人委員会が設立された。これはわが国のさまざまな地域、地方に住む何千人もの元兵士を束ねる組織だった。それから第一回全国委員会が開催されて幹部会のメンバーが選出され、委員会議長にソ連邦元帥Ａ・Ｍ・ヴァシリエフスキー、事務局長にパイロットでソ連邦英雄のＡ・Ｐ・マレシエフが就任した。また、各常設委員会（国内外の組織を担当する部署、宣伝・広報を担うもの、傷病兵向けの仕事、教育機関と連携した仕事、亡くなった兵士たちの追悼を受けもつもの）の仕事を監督する幹部会を選出した。わたしはその準備や運営に積極的にかかわり、幹部に選出された。

わたしたちはソ連陸軍の輝かしい伝統を世に広めるための定期的な活動に着手し、小中学校や工科大学、高等教育機関の若者たちと頻繁に会い、また部隊を訪問する旅を行った。各地の部隊ではわたしたちに戦後のソ連軍について熱心に説明し、訓練課程に招いて新しい銃で射撃の実演を行ってくれた。

狙撃手の技術は、ファシズムとの戦いにおいてわが国ではそれまでになく高い水準になり活用されたが、それが次第に遠くなり忘れ去られていくのを目のあたりにするのは悲しかった。軍の教義も変化していた。国防省は、戦場で敵と衝突するのではなく、地上軍の兵士に代えて核爆弾を使用することを考えていた。熱核爆弾が爆発すればそこは焦土となり、敵は塵と消えて狙撃手が銃弾を放つ相手など残ってはいないだろう。このため一九五〇年代半ばには、多くの狙撃手学校や狙撃課程が閉鎖されて、経験豊富な将校たちは除隊した。狙撃の訓練や指導を支えた伝統は失われた。たとえば、ライフル兵の機動分遣隊にかんする新しい規則では、隊に置くべき「超一流の狙撃手」がひとりになっているのだ！　新しい「地上軍軍規」では、一般の戦闘における狙撃手の任務にほとんどふれていなかった。その作成者たちが、狙撃手には戦闘の結果を左右するほどの力がないと考えているのは明らかだった。

もちろん、森林や山地、それに重火器を使えないような人口の多い地域で軍事作戦を遂行する特殊部隊はいた。こうした部隊はまもなく、それにふさわしい能力をもつものへと進化した。こうした環境では、最初の一発でターゲットを倒すことがまさしく決定的な役割を果たし、作戦全体の成功を左右する場合もあるのだ。

第二次世界大戦終結時にはすでに、多くの人が、固定式マガジンのモシン・ライフルは時代遅れで新しくする必要があると考えており（わたしたちにとっては忠実で信頼のおける銃だったのだが）、モシンに代わる銃の開発が試みられた。とくに一九四五年と一九四七年には、設計技師Ｓ・Ｇ・シモノフが、自らが開発したＳＫＳカービン銃をもとにした狙撃用ライフルを作ったが、どちらのタイプも本質的な欠陥があった。一九五八年には、ソ連軍ロケット砲兵局が、新たな七・六二ミリ自動装填狙撃用ライフルの開発にかんする条件を発表した。この仕事は技師の三グループが担った（健全な競争を生み、最善の結果をえるためだ）。

第一のグループは著名な武器設計技師のセルゲイ・ガブリロヴィッチ・シモノフがリーダーとなった。シモノフは社会主義労働英雄であり、ソヴィエト連邦国家賞を二度受賞している。一九四一年に対戦車銃を、一九四五年に自動装填ＳＫＳ－45カービン銃を開発したことにより授与されたものだ。シモノフはまた、自動装填ＡＶＳ－36ライフルも開発しており、この銃は一九三六年に赤軍に制式採用された。わたしはこの銃をセヴァストポリで見たことがある。一四・五ミリシモノフ対戦車ライフルはとくに部隊では人気があった。その銃弾は一般的なドイツ戦車の装甲板なら貫通したからだ。わが軍の歩兵は、長い銃身が特徴のこのシモノフ対戦車ライフル、ＰＴＲＳを使って、セヴァストポリを攻撃するナチの装甲車両をかなりの数食い止めていた。

技師として長く評判をとっていたシモノフも六五歳となっており、それに代わる勢いの若い技師たちも登場していた。ロシアの小火器開発における新世代の若者たちで、軍務を通じて技術開発の教育を受け、ソヴィエトの軍需産業の労働者がその職歴のはじまりという世代だ。この第二のグループのリーダーはアレクサンドル・セミョノヴィッチ・コンスタンティノフだった。コンスタンティノフはコヴロフ出身の技師で、伝説のＤＰ軽機関銃の開発者であるデグチャレフのもと、銃器設計局で働いていた。

第三のグループは少し遅れて新しい銃の開発にくわわった。このグループは、イジェフスクにあるイズマッシュの造兵廠で、イェフゲニー・フェドロヴィッチ・ドラグノフの指導のもと働いていた人々だ。ドラグノフはこの街で生まれ育ち、戦時中は連隊の兵器工場で兵器係として働いていた。ドラグノフは手動式火器の知識にすぐれ、以前に働いていた工場にもどり、複数の狩猟用ライフルの開発者として有名になった。ヴラディーミル・プチェリンツェフ、ヴァシリー・ザイツェフ、そしてわたしはイジェフスクでじっさいにドラグノフと会ったことがある。造兵廠の運営者が、コンサルタントとしてこの計画にくわわるよう、元兵士たちを招待したからだ。わたしたちはこの申し出が心からうれしかった。最新式の狙撃用ライフルの開発にくわわることは、射撃手にとって大きな名誉だ。わたしたちはこの仕事に熱心に取り組んだ。

ドラグノフが初期に開発したのは狩猟用ライフルだった。彼はこの狩猟タイプを狙撃用ライフルの設計に活用した。わたしたちは、いわゆる「スケルトン」タイプのライフルの銃床（真ん中に大きな穴がある）と、ピストル・タイプのグリップの設計図を見たときには驚いた。なんといっても、軍用銃は狩猟用よりも大きな荷重に耐え、天候にかかわらず正確に作動し、射撃陣地だけでなく移動中にも扱いやすいものでなければならないのだ。

ロケット砲兵局の要求には多くの矛盾もあった。たとえば、射撃の精度を高める点にかんしては、機構のすべての部分がぴったりと組み合わさっていなければならない。だが同時に、射撃と装填の動作を相互に安定したものにするには、その動作にかかわる部品のあいだに隙間があったほうがうまくいく。こうした要求を満たすには、長い時間をかけて熟慮した作業が必要で、それは何段階にもおよぶものだった。

こうしてまず一九五九年にドラグノフのチームは、求められていたかなり厳密な射撃精度を満たす第一弾のライフルを提出した。シモノフのグループが考案した狙撃用ライフルは、開発競争からすぐに脱落した。しばらくのあいだは、ドラグノフとコンスタンティノフのふたつのライフルが、試射やその他のテストでほぼ同様の結果を出した。しかし一九六二年にロケット砲兵局の専門家たちが採用したのは、ドラグノフのモデルだった。

才能ある開発者は最終的に、軍の当局者が設計グループに課したすべての条件を満たすことができた。チームは多くの困難を乗り越えた。とくに、フォアエンドの造りは一見簡単そうだが、とても複雑なものだ。チームはほぼ一年をかけて一〇発入りボックス式マガジンを改良した。非常に精度の高い銃身を作り上げた技術は、I・A・サモイロフのものだ。またこの銃に付随して開発されたのが、わたしにはとてもなじみのあるPEやPEM、それにPUといった照準器よりもずっと複雑な望遠照準器だった。

A・I・オヴシニコフとL・A・グリゾフが開発したこのPSO－1照準器の照準線は小さな山形袖章のような形で、その左右に一〇ミルの水平の補正線がある。山形の照準点は、一番上の主照準点の下に、一一〇〇、一二〇〇、一三〇〇メートルの照準点が縦にならんでいる。この照準器によって、照準がより速く正確に行えるようになった。この照準器のほかにライフルには通常のオープンサイトも装備されていたが、銃尾の最上部が高いために、照門はとくに使いづらかった。

一九六三年にSVD――ドラグノフ狙撃用ライフル――はソ連陸軍での使用を認められた。わたしは、わが軍は非常にすぐれたモデルを手に入れたのだと確信した。四・五二キロ（マガジンと望遠照準器も含め）は歩兵には一般的な重量であり、全長一二二五ミリ、一分あたり三〇発の発射速度、それに直接照準射撃の射程は望遠照準器付きで一三〇〇メートル、オープンサイトで一二〇〇メートルだ。オートマチックの作動は燃焼ガスを利用して行う。SVDの場合は、ボルトキャリアーとガス・シリンダー内のピストンが一体とはなっておらず、ピストンがボルトキャリアーに衝突してこれを動かす構造だった。

イズマッシュの兵器廠の監督官は「超一流の狙撃手」である退役兵が新しい狙撃用ライフルの開発に貢献したことを評価し、公的な集まりで、プチェリンツェフ、ザイツェフ、わたしの三人は賞状と贈り物を受け取った。わたしたちはそれぞれ、手で組み立てた独特なデザインの戦闘用ピストルを贈られたのだった。

この当時、わたしはソ連東部のウドムルト自治ソヴィエト社会主義共和国や、南部のクリミア半島とセヴァストポリを訪ねる機会があった。セヴァストポリは、わたしの第二の故郷のような地だった。一九六一年には、ソ連邦が大祖国戦争開戦二〇周年を祝った。そしてこの時期に、大祖国戦争の話題をとりあげた機関誌や新聞が発行され、また軍人による回顧録が刊行されて、理論と実践を盛り込んだ会議も開催された。ソヴィエトの新しい世代にとっても、ファシズムとの戦いで兵士や市民があげた功績はまちがいなく大きな偉業だったのだ。

セヴァストポリからは、この街の「防衛と解放博物館」の学術会議が主催する会合への招待状が届き、その会で演説するよう依頼された。それは一九六一年一〇月二五日に開催された会合であり、演説の所要時間（二〇分）とそのテーマ――ナチ・ドイツの侵略軍と戦うセヴァストポリの狙撃者たち――については事前に話し合っており、そこで行われた演説の記録は出版される予定だった。

「わたしたち狙撃手が、敵の兵士や将校を倒したときの話を詳細に語ることが認められることも多くなりました」。わたしは演説をはじめた。「ですが、それは狙撃手にとってなにか犠牲を強いることでもないのに、前線で真剣に取り組んだこの困難な任務を詳細に議論する機会が近年にあったでしょうか？」

まず、わたしはこの輝かしい日を生きて目にすることができなかった狙撃手たちの名前をあげた。海軍歩兵第七旅団、ソ連邦英雄の上等兵曹ノイ・アダミア、ＮＫＶＤ第四五六連隊のイヴァーン・レヴキン伍長と、その連隊の同志であるソ連邦英雄のイヴァーン・ボガティル伍長。狙撃術にすばらしい才能を見せたものの、勲章を授与されることなく命を落とした狙撃手たちもいた。たとえば、セヴァストポリの若き住民、ユーリ・フォードレンコだ。

学術会議の参加者は選ばれた一定の人々であり、市内の三つの博物館の職員や歴史家、セヴァストポリの戦いを経験した退役兵たちだ。こうした人々には噛んで含めるように説明する必要はなかった。狙撃手がどのようなものかよく知っていたからだ。だがわたしは演説が刊行されることが頭にあったため、一流の狙撃手の戦場における戦術やその精神鍛錬について話すことにしていた。また、狙撃手とはただの仕事ではない、それは生き方だということを話すつもりだった。

「今日のようなお天気の日には――」。わたしは窓を指さした。その向こうには、一〇月の、ロシア南部の太陽が輝いていた。「狙撃手は午前三時に起床して四時には射撃陣地に就くのです」

狙撃手はつねに中間地帯で配置に就き、自軍の最前方の監視所を背に、ナチの監視所を前にしています。ご存知のように、セヴァストポリ要塞の中間地帯はせまく、幅一五〇メートルほどある場所もありはしましたが、一般にはもっとずっとせまく、このため狙撃手は必然的にドイツ軍と非常に接近した位置にいました。丸一日で撃てるのは五発から一〇発ほど。そして、セヴァストポリの狙撃手たちの腕は悪くはありませんでしたよね？　みなすばらしい狙撃手たちでした…。葉っぱで身を隠してだまし合ったというような話も知られていますが、別に葉っぱが重要なわけではありません。前線の受けもち区域に敵狙撃手が現れたと思ってください。その狙撃手は邪魔になり、わが軍を混乱させるような動きをしているという情報が上がってくるとします。するとわが軍の狙撃手に、その敵を排除せよという命令がくだります。そして狙撃手は、その敵狙撃手の位置を突き止めようとして、二日とか二日半を費やすことになります。この間ずっと、狙撃手は単独で行動しています。観測手も狙撃手とは行動をともにしません。余分な人員は余分な犠牲を出し、敵に気づかれることにもなりかねないからです。

狙撃手が敵をおびき寄せて銃弾を放つためには多くの手段があります。草や缶、利用できるものならなんでもよいのです。わたしたちは特別な道具をもっていたわけではありません。ですが、敵狙撃手の位置を突き止めたら、いわゆる狙撃手の決闘がはじまります。照準器越しに敵狙撃手の目が見え、髪の色もわかりますが、敵にも自分のことが同じように見えています。ここまでくると、ほんの一瞬の差ですべてが決まるのです。こうした決闘では、狙撃手は数時間もじっとして身動きしません。疲弊して、汗も出ないほどです。

　わたしたちはどうにか、ナチが日中に陣地周辺を自由に動き回らないようにすることには成功しましたが、やるべきは、ナチを狩り、一掃することです。ドイツ国防軍の兵士や将校を倒せば、その度に敵に心理的影響をあたえるため、これをうまく行うための新たな方法を考える必要がありました。そしてわたしたちはそれを見つけました。狙撃手の隠れ場を置くのです。まず敵後方五〇〇メートルから八〇〇メートル程度の場所に隠れ場を設置します。そして夜間に自軍の陣地を出て、見とがめられないようにそっと前線を越えるのですが、このときは総毛立つような気分になります。こうした隠れ場に行くのは志願者だけです。生きてもどる確率はとても小さく、一〇パーセントに満たなかったからです。

　朝のうちに隠れ場に到着し、八時頃まで監視を続けます。そこには三人から五人ほどの狙撃手が入り、敵を観察します。指令が下ると狙撃手は攻撃をはじめ、敵の叫び声が上がります。ナチが、パルチザンに攻撃を受けていると叫んでいるのです。敵は混乱に陥りますが、やがて立て直し、迫撃砲を何十発もこちらに撃ってきます。同志が隠れ場で命を落としたことも何度もありました。しかし、わたしたちは同志の遺体を決して敵には渡さず、自分たちでつれもどりました。

　狙撃手が戦闘において果たす役割は大きなものでした。わが軍の歩兵に進軍の命令が下ると敵の機関銃座に援護射撃を行う必要があり、狙撃手がこれを担います。進軍の一時間から二時間前に、狙撃手は中間地帯に入って敵の最前線に忍び寄り、銃の照準を敵機関銃座に合わせておきます。つまり、敵陣地の正面に伏せて待つのです。わたしたちはこうした任務も遂行したのでした。

セヴァストポリの防衛では上官が狙撃手を高く評価してくださり、わたしたちはそれを十分に活用しました。

狙撃手になるために必要なのは、正確な射撃能力だけではありません。もう一点重要なことが、敵に冷たい憎悪をいだくことです。そうすれば、感情よりも、計算し照準を合わせることが先に立ちます。兵士の鉄の意志が狙撃を行うのです。狙撃手は昼も夜も敵から目を離さず、このため偵察兵の記録簿にある情報の正誤が、狙撃手の作戦によって確認されることもたびたびあります。狙撃手は、地面のくぼみのひとつひとつ、自分の陣地前にある茂みのひとつひとつを空《そら》で覚えておかなければなりませんでした。セヴァストポリでも、ソ連軍とドイツ軍が置いた戦線の他区域でも、狙撃手の任務は神経を張り詰めるものであったため、狙撃手の健康に影響を及ぼしました。狙撃手が適度な休息をとらずに長期間任務に就けば、「心的外傷による神経症」に罹ることもごくふつうでした。

わたしはセヴァストポリで初めて狙撃手が集められたときのことを覚えています。沿海軍指揮官のペトロフ少将の命によるものでした。少将は狙撃手が作戦を遂行するさいの過酷な状況に目を向けてくれた初めての指揮官で、監視に就く狙撃手全員に、携帯食糧を追加支給するよう命じてくださいました。監視所には温かい夕食をもっては行けませんし、食べるのはいつも夜遅くになってからでした。ペトロフ少将は、わたしたち狙撃手が週に一日休暇を取ることも命じてくださいました。

沿海軍における狙撃手の作戦はプルト川ではじまりました。第二五チャパーエフ師団が受けもつ任務です。この当時、狙撃手の任務に就いていたのがヴァシリー・コフトゥン少尉で、少尉は戦前に狙撃学校を卒業していました。プルト川に増援部隊の第一陣が到着すると、わたしたち射手はコフトゥン少尉の小隊に集まりました。わたしたちは少尉に羨望のまなざしを向けました。少尉はすでにナチを五〇人も倒していましたが、わたしたちはまだ、それぞれひとりかふたりの戦果しかなかったのです。

作戦からもどった狙撃手は、最初に見つけた塹壕に立ち寄る場合もあることを話しておくべきでしょう。自分の塹壕にたどりつく力が残っていないこともあるためなのですが、兵士や水兵はみな、当然のこととして、自分の塹壕を譲って狙撃手を迎え入れ、休ませてくれました。彼らは無煙火薬の火で沸かした熱い紅茶を出してくれます。みな、わが軍の狙撃手をリラックスさせるのが自分の仕事だと思ってくれたのです。

週に一度の休暇をもらうとセヴァストポリの街に出かけるのですが、街に近づくと、まずあいさつをしてくれるのは子どもたちでした。狙撃手は何度狩りに出ても、ひとりも倒せない時もあり――敵は隠れているのです――そして休日にセヴァストポリに行くと、子どもたちにあいさつされる。少々生意気な子どもや、ときにはズボンをはいておらず、鼻水をたらした子もいます。そんな子どもたちが真剣な面持ちでこう聞いてくるのです。何人ドイツ兵を殺したのですか？　ひとりも殺していないこともあるかもしれません。指揮官には、周囲にドイツ兵がいなかったと説明することができます。でも、同じことを子どもに言おうとしてごらんなさい。あたりにドイツ兵がいなかったと言えば、こんな答えが返ってきます。「僕のことをしっかり守ってくれていないのですね」

セヴァストポリの子どもたちは、わたしたちに銃弾が不足していることを知っていました。わたしは一度、マチュシェンコの丘からやって来た子どもたちからパチンコをプレゼントされたことがあります。これはなに、と聞くと、子どもたちはこう答えました。「狙撃手は毎日訓練しなければなりませんが、銃弾はたくさんないのでしょう？　銃弾をむだづかいしてはいけません。パチンコで練習してください」。おもしろい話だと思うかもしれません。ですがこのできごとは、英雄都市セヴァストポリではわが軍の前線の状況が広く理解されており、おとなだけでなく、子どもたちもそれをよく知っていたことの証なのです。セヴァストポリの人々は、あらゆる点で、沿海軍の部隊を支援しようとしていました。街には水が不足し、配給制になっていました。それでもわたしが街に着くと、最初に会った女性はきっと自分の水をわたしに分け、肌着や衣類を洗濯し、つつましくとも休む場所を提供してくれるのです。女性は、そうするのが自分のつとめだと思っていたのです。わたしたち防衛軍の強さはまさにここにありました。三つの力――セヴァストポリの人々、陸軍、海軍――が力を合わせてひとつになり、二五〇日にわたってナチのドイツ軍侵略者の攻撃に耐えてこれを粉砕しようとしたのです。今、わたしたちはセヴァストポリのみなさんに心から感謝しています。みなさんがあの伝説の日々を忘れずに、わが軍の働きを記憶にとどめていてくださるからです。街を守る者は変わっても、セヴァストポリは変わらずここにあります！（1）

セヴァストポリを再訪するたび（たとえば一九六四年五月にはセヴァストポリ解放二〇周年記念式典に、一九六五年五月には戦勝記念日に訪れた）、わたしはいつもこの街を覆っているある雰囲気を感じ取った。セヴァストポリの住民にとって、退役軍人から聞く敵に激しく抵抗した話は、決して無意味なものではなかった。敵に破壊され焼かれてもこの街は以前の美しさを取り戻したが、建物や通りや広場は新しくなっても、そこには過去の戦闘の記憶をとどめているように思えた。わたしたちが小中学校や工科大学やさまざまな企業で講演を行うと、つねに聴衆から熱意に満ちた反応が返ってきた。一九四一年から一九四二年にかけてセヴァストポリの戦線でソ連軍の兵士や将校が立てた功績を、若い世代からずっと上の世代まで、みながとても詳しく知っているのがよくわかった。時が経過したからといって、この街で起きたことの核心は忘れ去られてはいなかった。

このため、射撃をスポーツとして楽しむ若い男女に会うととても心がはずんだ。若者たちと会う機会を設けてくれたのは、ディナモ・スポーツ協会のセヴァストポリ射撃練習場支配人であるフィリップ・フョドロヴィッチ・モジャエフだった。この協会のクリミア支部上級コーチ、ウクライナ支部の名誉コーチ、そしてターゲット射撃におけるソ連邦スポーツマスターであるモジャエフが、わたしに手紙を送ってきたことがきっかけだ。その手紙には、セヴァストポリで射撃競技会を開催し、ソ連邦英雄リュドミラ・パヴリチェンコの名を冠した賞を作りたいが、それにわたしの同意をえたいと書かれていた。「いいに決まっているわ」。わたしはそう思い、承諾の返事を送った。とにかく、若者にとっては射撃は絶好の娯楽だ。そして将来の狙撃手がその腕を披露できるところといえば、ライフルやピストルの射撃クラブになるのだ。

モジャエフは軍の学校で学び将校となった。レニングラードの士官学校で射手と迫撃砲撃手の技術を学んだモジャエフは、一九四四年に立派な成績で卒業した。そして大祖国戦争中に、赤星勲章と「戦闘功績」記章を授与された。その後、ザバイカル軍管区で軍務に就いたモジャエフ少佐は、そこで軍の狙撃手を育てた。退役後にはセヴァストポリに移り、全身全霊を射撃に捧げたモジャエフはここでもスポーツクラブ――もっと正確に言えばライフルの射撃訓練のためのセンター――を作った。彼は射撃訓練場の構想を練り、それを実現させていた。

その射撃場は市の中心部にあった。鉄道駅に向かう途中のクラスヌイ坂にあり、プーシキン広場やウシャコフ広場からも遠くない。この施設の設備のレベルは非常に高かった。射撃場には射撃線があって、そこから五〇メートル、二五メートル、一〇メートル（空気銃用）の位置に的が置かれている。そのほか、ふたつの教室、コーチ用の部屋、それに、銃をしまう装甲板のドア付き金庫があり、金庫には一〇〇丁のライフルと五〇丁ほどのピストル、それに弾薬の箱が保管されていた。射撃場の敷地は鍵付きの金属製格子が囲っており、最寄りの義勇兵駐屯地につながる警報機が複数ついていた。さらに夜間には警備員が常駐していた。

もちろん、なにをするにしろ、資金が大きくものをいう。だが、正直で知識が豊富で、指導力に恵まれ、そして人々を励ますことのできる人物がトップにいることは非常に重要だ。モジャエフを見ていると、わたしが初めて狙撃を学んだ、キエフのオソアヴィアヒム学校の上級教官であるポタポフを思い出した。ふたりが似ている点のひとつに、モジャエフがまぎれもなく狙撃手としての資質をそなえていることがあった。穏やかでバランスがとれた性格なのだ。また、教師としてすばらしい能力がある点もそうだ。彼には多くの、さまざまなタイプの生徒がいた。学校の生徒、大学生、労働者や黒海艦隊の将校たち。彼が指導したソ連邦スポーツマスターやスポーツマスター候補者、それに「一級スポーツマン」のランク保持者は一〇〇人近くに上った。射撃場の生徒たちは国際大会やソ連邦および共和国の競技会で優秀な成績をおさめた。またモジャエフ自身の子どもたちも射撃場で練習し、ターゲット射撃の腕を磨いた。長女のエレナはライフル射撃、次女のイリーナはピストル射撃でソ連邦スポーツマスターを授与されている。

わたしはモジャエフと話し合って「ソ連邦英雄リュドミラ・パヴリチェンコ賞」を設け、セヴァストポリのピストル射撃競技会を開くことにした。それにわたしには、自分も射撃線に立ち一、二発撃ちたいという希望もあった。いわゆる開会宣言だ。その頃になると、わたしは短銃身の銃のほうを好むようになっていた。もう、ライフルをうまく扱うだけの筋力がなくなっていたのだ。

競技会当日には、射撃場の教室にとても大勢の人々が集まった。競技会の参加者にくわえ、モジャエフのほかの生徒たちもいた。わたしはセヴァストポリを守った戦いについて短い話をし、若者たちが質問をはじめた。彼らが興味を示したのはとても特殊なテーマだ。大祖国戦争中に使用した狙撃用ライフルや、それに装着した望遠照準器のタイプ、それにカムフラージュの方法や敵狙撃手との戦いについて。こうした質問が出るのは、このクラブの会員たちがすぐれた基礎理論を学んでいるからだ。今、セヴァストポリの平和な空の下では生徒たちはスポーツマンとして銃を撃っているが、明日、もし祖国に求められれば、彼らは一流の射撃手として前線に立つことができるだろう。

その後参加者は射撃場に移動した。競技会はとてもよく運営されていた。混乱も、急かされることもなく、すべてが明確に計画どおりに進行した。最優秀賞は、モジャエフの次女である、セヴァストポリの工学校四年生のイリーナが受賞した。彼女が使っていたのは競技用ピストルのマーゴリンで、標準的なＭＰ－５およびＭＰ－８射撃を行った（丸いターゲットに向かって二五メートルと五〇メートルの距離からすばやく射撃を行う）。出席者の拍手のなか、わたしは彼女に賞状を渡した。それからわたしたちはたっぷりとおしゃべりをしてセヴァストポリを歩きまわった。一九七〇年五月のセヴァストポリは、一九四二年五月と同じように美しかった。明るい太陽、青い空、青い海、海岸大通り、そしてキクやバラやグラジオラス、チューリップと色とりどりの花が咲くたくさんの庭。

翌日、わたしはサプン丘の永遠の炎の点灯式に出席した。ここには、一九四四年五月七日に起きたサプン丘の強襲を立体的に再現した模型をおさめた建物があり、この施設は一〇年以上前に開設されていた。またここでは第二次世界大戦の記念碑と軍用装備の展示を見ることもできた。午前中にマラホフ高地で集会が行われ、大勢の人々が集まった。ブラスバンドが演奏し、赤旗が海風にはためくなか、いくつか演説が行われた。赤軍の兵士と将校の功績が語られ、またナチの大群の攻撃から黒海艦隊の主要海軍基地を守った人々、さらにその後、電光石火の進軍を行う残虐なナチを要塞都市セヴァストポリから追い出した人々の粘り強さ、勇猛果敢さがたたえられたのだった。

マラホフ高地の防衛塔で燃える永遠の炎にトーチをあてて火を点けると、わたしはそれをソ連邦英雄のF・I・マトヴェーエフに手渡した。マトヴェーエフは一九四四年五月七日に、サプン丘のドイツ要塞を急襲した第九九七親衛ライフル連隊の軍曹として、セヴァストポリ解放にくわわった人物だった。

装甲輸送車に乗り、親衛隊にエスコートされ、わたしたちはそのトーチをコラベルナヤ・ストロナの通りから市の中心、それからオストリャコフ将軍大通り、そしてヤルタ・ハイウェイへ抜けてサプン丘へと運んだ。ここでトーチは追悼施設の中央を通る道を運ばれ、マトヴェーエフは栄光のオベリスクの足元にある、専用の壁龕に永遠の炎を灯した。

モスクワに向けて発つ前、わたしはもう一度セヴァストポリ郊外をまわった。グラフスカヤ埠頭付近の波止場からは小さな船が定期的に出ており、船は湾を渡って乗客を湾北岸のインケルマンとミハイロフ砲台へと運んでいた。インケルマンも黒海沿岸の人口集積地だ。北岸に着いたわたしはバスに乗って友愛の墓地へと向かった。それは長い旅ではなかったが、わたしにとってはとても大きな意味をもつものだった。

墓地の中央の道は聖ニコライ教会が建つ丘に続いていた。一九四二年六月にはこの墓地の付近で戦闘があったものの、一九世紀に建てられた美しい墓石の大半は損傷を受けてはいなかった。かなり背の高い、ピラミッドのような外観をした丘の上の教会はこのときも閉鎖されており、かつては十字架が立っていた最上部は崩れ落ちていた。わたしは教会の右側をぐるっとまわって丘を降り、墓地の北東の区画へと向かった。そこにはセヴァストポリを守って戦った人々の墓があった。この区画の墓はどれも簡素でつつましく、黒と白の大理石の墓石が建つものも、鋳物の扉がある納骨室も、縦溝彫りの柱やその上に載る英雄の胸像もなかった。わたしは赤いカーネーションの花束を墓に置き、木のベンチに腰をおろした。ベンチの上にはアカシアの木が枝を伸ばし、明るい太陽をさえぎって、あたり全体に影を落としていた。

友愛の墓地はしんと静まり返っていた。杉の木立を飛び交う小鳥がさえずり、ときおり海から一陣の風が吹き、野バラの茂みがカサカサと音をたてる。そして、水晶のように澄み切った大空の下、通路や小道や兵士の墓碑が輝いている。ここは、高くしっかりとした塀で周囲の世界から切り離されている。あのときからなにも変わっていなかった。第五四ライフル連隊の兵士と将校たちが、すぐれた将校でありわたしの夫であるアレクセイ・キツェンコ少尉を埋葬したあの日から。

空前の激戦でキツェンコは命を落とした。わたしたちはともに銃弾の飛び交う戦場に立ったが、わたしは生き残って勝利を目にし、彼はそうではなかった。今、あの苦闘した日々を振り返ると、わたしたちの世代はただ苦しい試練に耐えなければならなかったのではなく、大きな名誉をえたのだと思えてきた。わたしたちはこの国を守ったのだ。わたしたちがみな生まれて育ち、学び、労働したのは、そのためだったのではないだろうか。わが身をなげうって、困窮する祖国を守るために。わたしにはそう思えてくるのだった。


モスクワ－セヴァストポリ、一九六七～七二年

原注

＊本英語版にはロシア語版の編集者、アラ・イゴレヴナと英語翻訳者による全角括弧の注釈がある（TN の記載あり）。巻末注はアラ・ベグノヴァ、ジョン・ウォルター、マーティン・ペグラーおよびデヴィッド・フォアマンによる。

1　工場の壁

1　パヴリチェンコは自分の息子の父親との関係についてあまり詳細を述べていないが、おそらくは結婚生活が長続きしなかっただけでなく、パヴリチェンコの両親がベラヤ・ツェルコフから離れる決断をするような醜聞があったと思われる。1941 年夏に入隊したパヴリチェンコは、夫であるアレクセイ・パヴリチェンコと接触を断ってから 3 年になると書いており、その後はアレクセイのことにふれていない。アレクセイは戦時中に命を落とした大勢のロシア兵のひとりだったようだ。

2　明日戦争がはじまれば…

1 パヴリチェンコは共産党が発表した内容をそのまま記載している。スペインの人民戦線政府寄りのジャーナリストはこのとき何千人もの死を報じたが、現在は、死者は数百人程度だったのではないかという評価が下されている。さらに、ドイツが支援する右翼勢力側にとってゲルニカ爆撃は、より大きな戦略目標のひとつであった。

2　通常は「ミル」と略される「ミリラジアン」（mrad）は、それまでの角度（度、分、秒）計測法の、迅速な計算がむずかしいという問題点を克服するために 19 世紀に考案されたものだ。射程の違いや、風や、回転する発射体が横方向に流されることで生じる誤差に対する調整が容易なため、砲兵や銃兵が取り入れた。基本となるのは角度の単位であるラジアン（円の半径に等しい長さの弧の中心に対する角度）であり、これを 1000 等分したものが 1 ミリラジアンだ。そして、円周角 360 度をミルで表すと（円周率は概数であるため）およそ 6284 ミルになる。しかしフランスをはじめ、NATO 軍も含む世界の多くの軍は、現在 6400 ミルという概数を採用している。これは数学上は正確とは言えないが、その誤差は、軍用ライフルでの射撃に実際には影響をおよぼさない程度のごくわずかなものだ。しかしロシアのシステムは、円の半径に等しい長さの辺をもつ正三角形の、円の中心点の角度（60 度）を分割して（当初は 100 等分、1918 年 9 月 15 日以降は 1000 等分に）求めたものであるため、パヴリチェンコが使用した「ミル」は、円周角の 1/6000 となる。とはいえ、これと 1/6400 との違いは、戦闘の射程においては大きくはない。ソヴィエトとその他の多くの国で使用する望遠照準器の調整ダイヤルは、1/10 ミル単位の目盛りを回すとカチッという音がする。つまり、3 回「カチッ」といえば 0.3 ミルとなる。

3　プルト川からドニエストル川まで

1　この文とこれ以降の統計データはＮ・Ｍ・フレブニコフ、Ｐ・Ｓ・イェヴランピエフ、Ｙ・Ａ・ヴォロディヒンの *The Legendary Chapayevs* (Moscow, 1967) からの引用。

2　パヴリチェンコの記憶は誤りである。フォッケウルフ 189 航空機は飛行テストを行い、1940 年秋にはフォッケウルフ 189A-0 が（ドイツ）親衛隊の訓練に支給されてはいたが、ソ連邦侵攻後に使われた偵察機はすべて、それ以前の単発ヘンシェル Hs.126 航空機だった。フォッケウルフ 189-1 および 189-A-2 航空機が東部戦線に投入されたのは 1942 年春以降である。

3　I.I. Azarov, *Odessa Under Siege* (Moscow, 1966), pp. 26–32.

4　これは UR-82 のことである。

4　最前線

1　*Engineering Forces in the Battle for the Soviet Homeland* (Moscow, 1970),p. 114.

2　パヴリチェンコが姉のヴァレンティナに宛てた 1941 年 8 月 27 日付けの手紙。現在はロシア連邦中央軍事博物館に所蔵。ファイル番号 4/18680。

3　I.I. Azarov, *Odessa under Siege* (Moscow, 1966), p. 81.

4　アーニャとはチャパーエフ師団の元女性兵士のこと。

5　兵士たちの回想録である *By the Black-Sea Fortresses* (Moscow, 1967), p. 205 より。

6　*By the Black-Sea Fortresses* (Moscow, 1967), p. 135.

7　現在のオデッサ州コミンテルン地区クラスノセロフカ村。

8　I.I. Azarov, *Odessa under Siege* (Moscow, 1966), pp. 141, 143.

5　タルタカの戦い

1　自走式多連装ロケット砲「カチューシャ」BM-13 は、戦争終結まで国家機密に分類されていた。

2　現在のオデッサ州オヴィディオポリイェ地区プリリマンノエ村。

3　*By the Black Sea Fortresses* (Moscow, 1967), p. 137.

6　海を渡って

1　*By the Black-Sea Fortresses* (Moscow, 1967), pp. 51–2.

2　この船（Zhan Zhores）はフランスの社会主義者ジャン・ジュール（Jean Jaures）にちなんで命名された。ロシア語の「Zh」は「J」に近い音だ。

3　近年の調査によると、船長と 15 人の乗員は亡くなり、20 人の乗客と乗員が救助されたという。

7　伝説のセヴァストポリ

1　パヴリチェンコはこれを突撃砲Ｆ型（Ausf. F）としているが、Ⅲ号突撃砲（Stu. G. Ⅲ）のこの型は 1942 年 3 月までは登場していない。

2　L.N. Tolstoy *Sevastopol Sketches* (Moscow, 1969), pp. 20, 22.（トルストイ『セヴス

トーポリ』中村白葉訳、岩波書店、1954 年)
3 ソ連邦英雄(死後に授与)の狙撃手、タチアナ・バランジナもこれで命を落とした。
4 1940 年支給のこの TT モデル 1933、シリアルナンバー PA945 は、パヴリチェンコの個人コレクションである他のピストル(モーゼル、コルト、ルガーのパラベラム拳銃、ブローニング)とともにロシア連邦中央軍事博物館に所蔵。ファイル番号 2/3776。
5 *By the Black Sea Fortresses* (Moscow, 1967), pp. 182–3.
6 *By the Black Sea Fortresses* (Moscow, 1967), p. 203.

8 森の小道
1 現在のセヴァストポリ、ナヒモフ地区ヴェルフネサドヴォエ村
2 これは 11 月に起きたことである。
3 フォン・シュタインゲルの身元については、同様の記載がジョン・ウォルター著『*The Sniper Encyclopedia*』(London, 2018) にある。
4 *By the Black Sea Fortresses* (Moscow, 1967), pp. 219–20.

9 第二次攻勢
1 パヴリチェンコのものであるパイプ、タバコポーチ、銀のシガレットケース 2 個はロシア連邦中央軍事博物館に所蔵。ファイル番号 2/3776。
2 これは、連邦政治出版社の依頼でパヴリチェンコが 1958 年に書いた小冊子『*Heroic Annals: The Defence of Sevastopol*』からの抜粋。pp. 23–5。

10 決闘
1 *For the Motherland* 紙からの抜粋は、「チャパーエフの狙撃手」というタイトルで選集『*Kievan Combat Stars*』(Kiev, 1977)、p. 363 に再度掲載された。

11 名もなき高地にて
1 現在のセヴァストポリのバラクラヴァ地区、ヴェルフネエ・チェルノチェンスコエ村。

12 1942 年春
1 パヴリチェンコから母 E・T・ベロヴァへ宛てた 1942 年 3 月 15 日付けの手紙。この手紙はロシア連邦中央軍事博物館に所蔵。ファイル番号 4/18681。
2 スタハノフとは、非常に生産能力が高く勤勉な労働者のこと。

13 赤軍司令官からの言葉
1 これは撃沈されたイギリス船「ランカストリア号」と並び、史上最悪の海上災害である。死者の総数は不明だが 5000 人を優に超えると思われ、生存者は 8 人のみだった。
2 この書類はロシア連邦国防省中央公文書館に保管されている。ファイル番号 33、目録 682524、文書番号 613。

14　モスクワの星

1　この文書は、セヴァストポリの防衛と解放博物館で見ることができる。

15　ワシントンへの派遣団

1　ジャーナリスト兼作家でピューリッツァー賞受賞者のジョゼフ・P・ラッシュ（1909-87年）のことである。アメリカでロシア系ユダヤ人の両親のもとに生まれ、フランクリンとエレノアのルーズヴェルト夫妻の伝記を著したことでよく知られる。エレノア・ルーズヴェルトの親しい友人であるラッシュは、この会議当時には徴兵されていた。海軍情報局に入ろうとしたが共産主義者への賛同という背景のせいでかなわず、そのため1942年4月28日にアメリカ陸軍に入隊した。ナンシー・ベッドフォード＝ジョーンズと結婚した（1935年）ラッシュは、ガートルード・「トルード」・プラット（1908-2004年）と恋愛関係に陥る。ガートルードは夫と1943年に離婚し、ナンシーと離婚して（またはナンシーから離婚されて）いたアッシュと1年後に再婚した。

16　愛しい人

1　パヴリチェンコは英語名の表記については注意しているが、ここにある「Jonson（ジョンソン）」はめったにない綴りで、これが正しい表記であるかどうかは不明だ。1935年のニューヨークの市勢調査に掲載されている冶金業者を探すと、ウィリアム・ジョンストン（Johnston）Ⅲ世という名があり、この人物である可能性が高い。ジョンストン氏は年齢も職業も当てはまるからだ。
2　「ティングース」とは実際には3発機の旅客機で、1926年から1933年にかけてのみ製造された。パヴリチェンコはおそらくは、フォード社のウィローラン工場で1942年から1945年にかけて製造されていた、4発機のB-24リベレーターのことを言っているのだと思われる。
3　この賞は現在はロシア連邦中央軍事博物館に所蔵されている。ファイル番号2/3776。
4　これらの銃にはおもしろい歴史がある。ロシアはこの銃を第一次世界大戦中にコルト社から購入したのだが、ロシアが保有する金を担保にイギリスが発注したものだった。コルト社の市販モデルのM1911ピストル5万1100丁（シリアルナンバーC23000からC89000までの銃から選択）が購入され、1916年2月19日から1917年1月8日にかけてロシアに向け発送された。スライドの左側に「АНГЛ. ЗАКАЗЪ」（「イギリスの発注による」というスラブ語の略語）の刻印があるこれらの銃が、10月革命勃発前にどれだけロシア軍に届いていたかは疑問だ。コルトの多くはロシア革命で失われたと考えられ、このため赤軍にはほとんどこの銃がなかったのだと思われる。
5　国際学生支援会の幹部であるガートルード・「トルード」・プラットとジョゼフ・P・ラッシュのこと。
6　この手紙はロシア連邦中央軍事博物館に所蔵。ファイル番号4/3761/15-38。

17　大海に浮かぶ島

1　イギリス空軍は3つのタイプのB-17爆撃機を使用していた。フォートレスⅠ、Ⅱ、

Ⅲ型だ。本来は高高度での昼間爆撃を目的としたこの機はその能力が劣っていることが判明し、長距離対潜水艦巡視や、空軍沿岸軍団との偵察や、RAF エア（RAF ヒースフィールド飛行場とも言われる）に本拠を置く空輸軍団との大陸間輸送の任に就いた。パヴリチェンコがここに書いているのは、輸送機に使用されたうちの１機のようだ。
2　これはおそらく、1916 年生まれで、アーサーと結婚したヘレン・ルイザ・シヴァースのことだろう。ヘレンは 1939 年のロンドンの選挙人名簿に掲載されており、その後、1947 年にグラスゴーに移っている。
3　実際に、詩人のバチュシコフが 1814 年にイギリスを訪問した１年後に書いた手紙に、こうした状況の描写がある。
4　これらの戦車は 1942 年７月のレンドリース法（武器貸与法）でソヴィエト連邦に供給された。そしてクルスクの戦いや、レニングラード包囲戦を解いた戦闘、キエフを解放する戦いに投入された。
5　チャーチル Mk Ⅳ戦車は 1943 年以前には導入されていなかったようだ。このためパヴリチェンコが書いているのは、３インチ榴弾砲を搭載する唯一の戦車であるチャーチル Mk Ⅰと、1942 年後半に導入されたチャーチル Mk Ⅲだろう。Mk Ⅲは基本的には Mk Ⅳの前身だが、Mk Ⅲの砲塔が溶接式であるのに対し、Mk Ⅳは鋳造式だ。大きさはここに書かれているのとほぼ同じではあるが、Mk ⅢとⅣは６ポンド砲１基と、３丁ではなく２丁のベサ機関銃を搭載し、どちらも榴弾砲は搭載していない。
6　第 70 歩兵連隊は、1881 年のイギリス陸軍改編によってイースト・サリー連隊に組み込まれた。
7　現在、これらの品はロシア連邦中央軍事博物館に保管されている。ファイル番号 2/3776。
8　バロン邸はロシア生まれのタバコ王、ベルンハルト・バロン（1850–1929 年）が建てたものだ。バロンは最初期のタバコ製造機を開発し、タバコ会社のカレーラスとギャラガーの大株主になった。バロンは資金を出してイースト・ロンドンのステプニーに大きな建物を建造した。ユダヤ人の子ども向けのクラブを収容するためのこの建物に、第一次世界大戦中にバジルとローズのエンリケ夫妻が設立したオックスフォード・聖ジョージ・クラブも入っていたのである。
9　現在の約２億ポンドに相当する。ヴォルゴグラード（スターリングラード）の市立病院には、赤旗労働勲章を胸に付けたクレメンタイン・オギルヴィ・スペンサー・チャーチル女男爵のブロンズの浅浮彫りがある。そこに添えられた解説文は、大祖国戦争中にクレメンタインの基金が行った支援活動にふれている。

19　退役！

1　この演説の全文はセヴァストポリの防衛と解放博物館に所蔵。

◆著者略歴◆

リュドミラ・ミハイロヴナ・パヴリチェンコ（Lyudmila Mykhailvna Pavlichenko）

1916年、ウクライナの小村で生まれる。1941年に第25チャパーエフ・ライフル師団にくわわり、第二次世界大戦時に大きな確認戦果をうちたてた狙撃手のひとりとして名をはせた。負傷がもとで前線をしりぞき、1942年にソ連の欧米派遣団の一員となる。ソ連に帰国後は前線にもどることはなく、狙撃手の訓練にあたった。戦後はキエフ大学に復学して卒業し、歴史家となる。1974年10月10日、58歳で死去。モスクワのノヴォデヴィチ墓地に埋葬された。

◆序文執筆者略歴◆

マーティン・ペグラー（Martin Pegler）

ロンドンのユニヴァーシティ・カレッジで学ぶ。王立武器庫の火器専門官をつとめた。著書は20冊にのぼり、軍の狙撃史のスペシャリストとして著名。BBCの「Timewatch」やthe History Channel（歴史チャンネル）の「Battlefield Detectives」など多数のテレビ番組に出演し、「The Antiques Roadshow」では6年にわたり軍事専門家としてレギュラー出演した。現在は引退し、妻とともにフランス在住。

◆訳者略歴◆

龍和子（Kazuko Ryu）

北九州市立大学外国語学部卒。訳書に、ジャック・ロウ『フォト・メモワール　ケネディ回想録』、ダン・スミス『中東世界データ地図――歴史・宗教・民族・戦争』、ユーリ・オブラズツォフ、モード・アンダーズ『フォト・ドキュメント女性狙撃手――ソ連最強のスナイパーたち』（以上、原書房）などがある。

最強《さいきょう》の女性《じょせい》狙撃手《そげきしゅ》

レーニン勲章を授与されたリュドミラの回想

●

2018年12月5日　第1刷

著者………リュドミラ・パヴリチェンコ
訳者………龍《りゅう》和《かず》子《こ》
装幀………川島進デザイン室
本文組版・印刷………株式会社ディグ
カバー印刷………株式会社明光社
製本………小高製本工業株式会社
発行者………成瀬雅人

発行所………株式会社原書房
〒160－0022　東京都新宿区新宿1－25－13
電話・代表 03(3354)0685
http://www.harashobo.co.jp
振替・00150－6－151594
ISBN978-4-562-05611-8